CONQUISTAR A UN DUQUE

Lenora Bell

Conquistar a un duque

Traducción de Pura Lisart e Isabella Monello

ESPASA

Obra editada en colaboración con Editorial Planeta – España

Título original: *How the Duke Was Won*

Bajo el sello editorial ESPASA M.R.
Avenida Presidente Masarik núm. 111,
Piso 2, Polanco V Sección, Miguel Hidalgo
C.P. 11560, Ciudad de México
www.planetadelibros.com.mx

Primera edición impresa en España: julio de 2021
ISBN: 978-84-670-6320-2

Primera edición en formato epub en México: enero de 2022
ISBN: 978-607-07-8250-3

Primera edición impresa en México: enero de 2022
ISBN: 978-607-07-8243-5

Impreso en los talleres de Impregráfica Digital, S.A. de C.V.
Av. Coyoacán 100-D, Valle Norte, Benito Juárez
Ciudad De Mexico, C.P. 03103
Impreso y hecho en México – *Printed and made in Mexico*

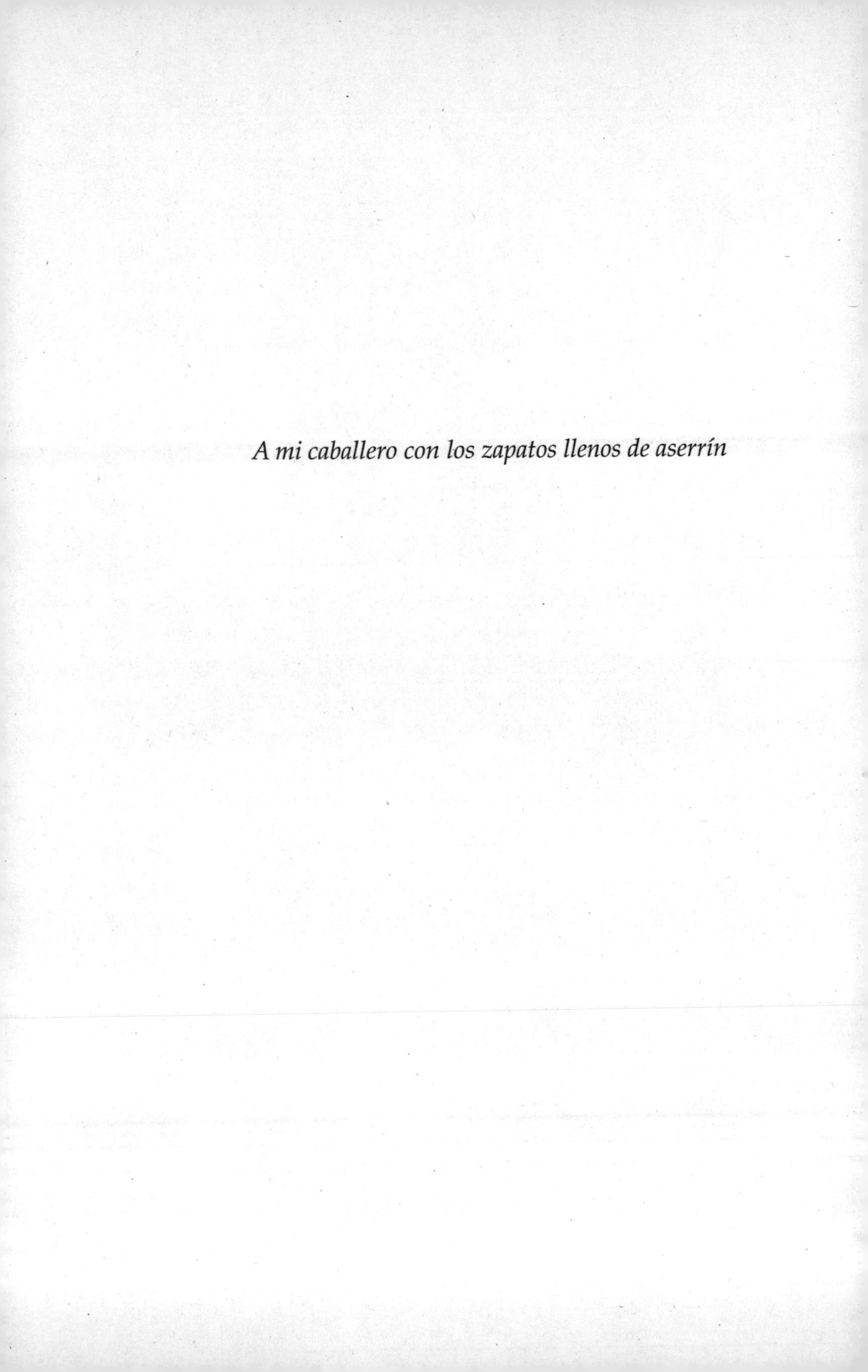

A mi caballero con los zapatos llenos de aserrín

Capítulo 1

SURREY, 1817

«Ella me servirá.»

James apuntó a los rizos de oro y sonrisa serena, y lanzó la daga. Directo al blanco. Justo entre los sosegados ojos azules.

—Una elección magnífica, su excelencia.

Cumberford se ajustó los lentes en la nariz estrecha y consultó el registro.

—Lady Dorothea Beaumont, la mayor de las hijas del conde de Desmond.

Lady Dorothea. Una purasangre preparada para dar a luz a campeones.

—¿Qué opinión te merece, Dalton?

La única respuesta fue un ronquido ebrio. Su amigo Garrett, marqués de Dalton, yacía en un sillón con el brazo colgándole del borde, todavía agarrado a un vaso vacío de brandy.

James seleccionó otra daga del estuche de cuero y examinó los bocetos al pastel que había encargado de forma anónima a un ilustrador de periódicos.

Zas. El filo atravesó un delicado cuello de cisne. Zas. Ensartó una nariz aristocrática. Cumberford recitaba pedigrís a la par que se alejaba todo lo posible de los cuchillos.

James bebió más brandy de un trago.

¿Cómo había podido llegar a eso? Era la vergüenza de la familia, el sustituto exiliado que no le importaba a nadie. Debería estar abriéndose camino a machetazos por la jungla de las Indias Occidentales, no escogiendo candidatas a duquesa.

El matrimonio jamás había entrado en sus planes.

Su siguiente lanzamiento se tambaleó en dirección este, apenas esquivó la nariz de Cumberford y se clavó en el lomo de cuero color granate del ejemplar *La vida y época* de su venerable antecesor: el primer duque de Harland.

Si Cumberford estaba en contra de que James rayara las paredes revestidas de caoba de la biblioteca, no lo hizo notar. Había sido el procurador de los negocios de los Harland durante demasiado tiempo como para dejar entrever sus emociones.

—¡Maldición!

—¿Qué pasa? —Dalton por fin levantó la cabeza de los cojines del sillón.

—Estuve a punto de seleccionar a Cumberford.

—No se preocupe, su excelencia —afirmó el procurador.

—¿Que has estado a punto de qué? ¿Por qué sostienes un cuchillo? —Dalton gruñó y se cubrió los ojos con la sangradura del brazo—. ¿Dónde estoy?

James inclinó la cabeza y un lacayo le sirvió otra copa a Dalton.

El marqués cerró los ojos azules enrojecidos.

—Voy a vomitar.

—Nada de eso. —James levantó a su amigo de un jalón y le cerró los dedos sobre la empuñadura de una daga—. Sé útil.

Dalton contempló la daga.

—Tienes razón. Una vez que caigas en la trampa del matrimonio, seré una de las últimas esperanzas. Será terrible. Debo acabar con todo ahora mismo.

—Para ti no, idiota. —Lo hizo girar hasta encararlo a la fila de preciosidades de papel—. Para una de ellas.

Tres damas acribilladas por cuchillos les devolvían la fiera mirada. Servir de alfiletero no era de su agrado. James juraba que los inmensos ojos de lady Dorothea se habían entrecerrado.

—No lo has pensado detenidamente —objetó Dalton—. Irán por ti como una manada de lobas. Warbury Park estará rebosante de féminas confabuladoras. Tengo que irme. Ahora.

Dio un paso vacilante, pero James lo sostuvo.

—Ya que viniste sin anunciarte, lo menos que podrías hacer es quedarte para ayudarme a evaluar a las candidatas.

—Si tienes que escoger a tu futura mujer, ¿por qué no esperar a que empiece la temporada como cualquier hombre civilizado? —Dalton se golpeó la frente con la mano libre—. Ah, espera. Se me olvidaba. Nunca has sido civilizado. ¿Sabes cómo te llaman en Londres? Su tosquedad.

—Cosas peores me han dicho.

—Al menos considera rasurarte esa barba de salvaje. Te hace parecer un pirata.

—Lanza el cuchillo de una vez.

Dalton entrecerró los ojos para mirar la fila de pinturas colgadas de las paredes de la biblioteca.

—¿Qué diferencia hay? —dijo arrastrando las palabras—. Labios suaves y ojos de cordero degollado. Hasta que te echan el lazo. Entonces se convierten en lenguas viperinas y miradas de Medusa. Pueden convertir a un hombre en piedra por echar un vistazo a otra dama. Te lo advierto, no es divertido. Ni por asomo.

El anfitrión se encogió de hombros.

—En realidad, son sus padres quienes me interesan. Cumberford asegura que estos son los hombres más influyentes con hijas refinadas en edad casadera.

—¡Ajá! —Dalton asió a James por el pañuelo—. Si quieres llegar a los padres, entonces invítalos a ellos. Les ofreceremos tu brandy exquisito y negociaremos como caballeros. Ni siquiera tendrás que conocer a las hijas hasta el día de la boda.

James sacudió la cabeza.

—Quiero escoger a mi esposa. Necesito una socia sensata para mis negocios. Alguien cortés, elegante, de moral intachable... Todo aquello que yo estoy lejos de ser.

—Entonces te deseo lo mejor.

—¿Cuándo te convertiste en un cínico? En la escuela siempre te deshacías en elogios a la belleza y las apariencias.

—La vida. —Dalton blandió el cuchillo—. La vida me ha cambiado, viejo amigo. Me he llevado demasiadas decepciones como para enumerarlas. ¿Estás seguro de que no quieres reconsiderarlo?

—Imposible. Ya sabes lo que hay en juego.

—Lo sé, lo sé. —Esbozó una mueca irónica—. Debes engendrar un heredero. Preservar el legado Harland. Abrir tu querida fábrica. Y demás sandeces. Una responsabilidad atroz, en mi opinión.

—No es que me agrade más que a ti. El matrimonio es lo último que quiero. No necesito más complicaciones.

Tamborileó los dedos sobre el muslo. No quería nada de aquello. Ni el ducado ni la novia de la alta sociedad.

Se había pasado los diez últimos años recorriendo el mundo, rigiéndose por sus propias reglas y no tenía intención de volver a la fría y restrictiva Inglaterra para convertirse en un tirano cerrado de mente como su padre. En lugar de eso, encontraría a una inocente virgen a la que sacrificar para los dioses de la reputación y la respetabilidad; una cuyo padre tuviera recursos de sobra y conexiones políticas bien cimentadas para irse en cuanto le fuera posible.

Extendió la mano hacia los bocetos al pastel.

—Una de estas damas encantadoras tiene, sin duda, madera de duquesa. Una recatada y educada...

—¡Medusa!

Para su sorpresa, su amigo consiguió clavar la daga en el borde de uno de los retratos.

Cumberford se permitió soltar un suspiro de alivio.

—Otra elección espléndida. La señorita Alice Tombs, hija de sir Alfred Tombs, quien se rumora que ha amasado una fortuna de más de...

—Es la cuarta —declaró James—. Envíe las invitaciones, Cumberford. Quiero ponerle fin a este asunto de la esposa con tanta prontitud como me sea posible.

Ya era agosto. El luto por su padre y su hermano había hecho que se quedara en Inglaterra demasiado tiempo. Debía zarpar hacia las Indias Occidentales antes de que la temporada de huracanes hiciera que cruzar los océanos fuera más peligroso. Se quedaría en su país el tiempo suficiente para engendrar un heredero y garantizar el éxito de su fábrica de cacao.

—Estupendo, su excelencia. —El procurador hizo

una reverencia—. Mañana por la mañana entregaré personalmente las invitaciones a las damas afortunadas.

James lo excusó con un gesto de la cabeza y su procurador prácticamente salió corriendo por la puerta, ansioso por poner distancia entre él y la práctica de puntería embriagada.

—Aún no es demasiado tarde. —Dalton levantó el puño—. ¡Llama a los perros! ¡Detén la cacería!

—Cuatro damas. Tres días. Tan malo no será.

El marqués suspiró.

—No tienes ni idea. No digas que no te lo advertí, duque.

«Duque.»

El duque había muerto.

James ayudó a Dalton a regresar al sillón y se sirvió otra copa de brandy.

Todavía podía ver el ataúd con herraje de plata que desaparecía en el interior de la cripta oscura, tras la capilla familiar adornada en negro. Todavía podía oler la muerte y la dulzura empalagosa de los lirios. La lluvia inglesa había empapado la lana y el lino, había transformado su piel en hielo.

Incrustó una de sus dagas en la pulida caoba del escritorio de su padre.

«Soy el último de mi linaje. Nunca he querido esto. Nunca he querido ser el duque.»

Su hermano, William, había sido el descendiente consumado de la familia. Formal, serio, obediente..., cumplidor de la ley. Pero murió en el mismo accidente de carruaje que había dejado a su padre herido de muerte y que reclamó su vida seis meses más tarde.

James jaló en busca de aire la soga que la sociedad llamaba pañuelo. Nunca se le había dado bien seguir las normas o un camino establecido. Sin embargo, en aquellos momentos había demasiada gente que dependía de él.

No solo sus arrendatarios y trabajadores. Pensó en la pequeña que se encontraba en el piso de arriba, en el cuarto de los niños. Sus ojos tristes y oscuros, los ataques de llanto rebelde. Una responsabilidad de lo más imprevista. Aunque estaría a salvo en Inglaterra junto a una duquesa elegante e inocente que la protegiera del desprecio inevitable de la sociedad y supervisara su desarrollo.

Dio un sorbo al brandy y observó los bocetos.

No tenía madera de duque, pero podía escoger a la duquesa perfecta.

Cumberford había juntado un previsible ramo de rosas inglesas. No cabía duda de que todas serían de mente limitada y poseerían el alma encadenada digna de una educación aristocrática respetable.

James había cumplido con un celibato inusual en él desde su llegada al país, pero estaba seguro de que las debutantes en sociedad serían demasiado tímidas para tentarlo, lo cual le convenía. No se podía permitir distracciones. Se trataba de un acuerdo de negocios, no de una unión por amor.

Vació la botella de brandy y brindó por los ojos inocentes y la beata sonrisa de lady Dorothea.

Tendría que ser una verdadera santa para casarse con alguien como él.

Algunas noches Charlene Beckett se sentía de todo menos santa.

Cuando le dolía la espalda y tenía los dedos enrojecidos, en carne viva de tanto limpiar. Cuando le palpitaba la cabeza de tanto contemplar cifras que nunca parecían sumar lo que debían.

Algunas noches le costaba sonreír, brindar consuelo, ser fuerte.

Y aquella era una de esas noches.

Arrastraba los pies cada vez con más pesadez a medida que subía las escaleras en dirección a su cuarto. Solo quería arrastrarse hasta la cama y taparse la cabeza con la colcha. Mantener a raya los sonidos que descendían del piso de arriba.

Risitas suaves. Voces masculinas tempestuosas. El tintineo de un pianoforte.

Envuelta en terciopelo rosado y plumas, flotando gracias al láudano que utilizaba para sofocar la tos que cada día empeoraba más, su madre recibía a los invitados en su discreto burdel, conocido como la Pluma Rosada.

Charlene se apoyó contra la pared un momento. El sonido de la tos de su madre la hizo estremecerse. Al día siguiente encontraría la forma de convencerla de que dejara de trabajar. Aquella noche ella necesitaba dormir.

La puerta de su cuarto estaba entreabierta.

—¿Lulu? —preguntó a la par que abría la puerta. Pensaba que su hermana pequeña la estaría esperando.

Una nariz aguileña que coronaba un reluciente y blanquísimo pañuelo de cuello emergió de entre las sombras.

Le dio un vuelco el corazón. El momento que tanto había temido durante más de un año había llegado.

«Esta noche no. Por favor, esta noche no.»

—Te he estado esperando, pajarillo. —Lord Grant se levantó de su asiento cerca de la ventana.

—Lord Grant. —Consiguió mantener la voz firme a pesar del pánico que le arañaba la garganta—. No lo esperábamos hasta dentro de varios meses.

—No podía dejar a mi bandada sola durante tanto tiempo, ¿no te parece?

Dio un paso hacia la luz del candil y la muchacha contuvo las ganas de vomitar. El lord se quitó los guantes grises de piel de cabrito y los dejó sobre la mesa. Se pasó una mano por el ondulado cabello castaño, arreglado con cera con aroma a naranja. Le habría parecido apuesto si no fuera porque conocía la crueldad que se escondía en lo más profundo de aquella fachada elegante.

Grant evaluó su cuerpo recorriéndolo con la mirada.

—Ya veo que sigues igual de bella, incluso con ese vestido anodino.

Charlene abrió más la puerta para buscar movimiento en el pasillo. Estaban solos.

Fue capaz de contener la inquietud a medida que él se acercaba.

El hombre le acarició la mejilla con el dedo.

—He soñado con este momento.

También ella. Solo que en sus sueños, ocurría a plena luz del día y ella ardía con un odio tan afilado que hacía jirones el miedo asfixiante.

—Necesitamos más tiempo —informó.

—¿Más? —Él le puso una mano en la mejilla—. No lo comprendo.

—Para reunir el dinero. Necesitamos más tiempo.

La madre de Charlene, conocida como madame Cisne, había abierto aquel burdel de lujo gracias a los regalos de un benefactor agradecido, pero era demasiado bondadosa para dedicarse a aquel tipo de negocio. La mayor parte de las ganancias se destinaban a sus empleadas. Había aceptado un préstamo de lord Grant, uno de los visitantes asiduos, y este había venido a reclamarlo.

Se rio y le tomó la cara con la mano. Ella la apartó, pero él volvió a colocarla donde antes de un jalón.

Sus uñas parecían medias lunas blancas a las que les habían sacado brillo. No era de esas personas que se ensuciaban las manos. Le sorprendía que no hubiera traído a uno de sus guardias aquella noche para doblegarla si se ponía impertinente. Lo cual haría.

—Nunca aprendes, ¿no es cierto? —inquirió él—. La vida no tiene por qué ser complicada. Es muy simple. —Apoyó la frente contra la de ella—. Te quiero a ti, nada más. Eres el único pago que necesito.

Le mordisqueó la oreja, la intensa fragancia a naranja amarga del pelo le obstruía los sentidos.

—Estoy dispuesto a perdonar y olvidar.

Charlene se quedó inmóvil. Que él estaba dispuesto a perdonar, decía. Se enfrentó a un arrebato de furia que amenazaba con hacerle perder la compostura. La última vez que lo había visto, él empuñaba un hierro candente y se preparaba para marcarla con el blasón de su familia. Para reclutarla en su harén privado.

Él bajó la cabeza para acariciarle la mejilla con la nariz.

—No te pongas difícil, es innecesario.

Nunca se olvidaría del momento en el que él sostuvo el hierro ardiente sobre su hombro. El mundo se había abierto bajo sus pies. Antes pensaba que la vida era prometedora, que quizá incluso cabía la posibilidad de encontrar el amor. Después de aquello, sabía que los caballeros ricos con títulos estaban llenos de maldad. Nunca se enamoraría. Nunca le permitiría a nadie tener siquiera una pizca de poder sobre ella.

La oportuna llegada de Kyuzo, el guardia del burdel, le permitió escapar justo antes de que Grant la marcara, y el barón se había ido a Escocia al día siguiente. En el transcurso de aquel año, había practicado cómo defenderse a sí misma en caso de que Grant regresara.

«Recuerda tu entrenamiento, Charlene.

»Nada de furia. Nada de miedo. Solo un río tranquilo que sigue su curso.

»No tiene ni idea de que esta vez estás preparada.»

Un brazo le serpenteó por la espalda. Él la atrajo hacia su inquebrantable corpulencia.

—No te resistas, pajarillo —le susurró al oído.

Le besó el cuello.

—Suélteme.

—¿No quieres todo lo que te puedo ofrecer? —comentó con genuina perplejidad—. ¿No estás cansada de vestir tela corriente y oler a blanqueador? Yo te concederé una vida de lujos. Tendrás sedas y perfume francés.

Y tendría dueño, encarcelada para complacer a un hombre. Jamás lo permitiría.

—Suélteme —repitió mientras lo miraba fijamente a los ojos.

—No. Llevo demasiado tiempo esperando.

«Espera hasta que rebose energía. —Las palabras de Kyuzo reverberaron en su mente—. Utiliza esa energía en su contra. De esa manera, poseerás la fuerza de dos personas.»

Ella giró la cara para evitar su beso. Él le rodeó la garganta con una mano enorme y la forzó a devolverle la mirada.

«Pronto. Espera, respira. Ahora.»

Con agilidad, dio un paso atrás siguiendo las instrucciones de Kyuzo: «Coloca ambas manos alrededor de la mano que te sujeta por la garganta. Dóblate hacia atrás para huir del peligro. Retuércele la muñeca. Coloca tu codo sobre el suyo. Pie derecho a pie izquierdo. Oblígalo a caer».

—¿Qué demonios?

La rodilla derecha de Grant golpeó el suelo. Gruñó por el dolor inesperado y su brazo se torció en un ángulo poco habitual.

Desde aquella posición podría partirle el codo.

«Respira. Nada de furia.»

Presionó con mayor fuerza el codo extendido y débil, lo cual obligó a que bajara la otra rodilla al suelo.

—No estoy a su disposición.

—No eres tú quien lo decide —jadeó mientras forcejeaba contra la llave que le hacía en el brazo.

—Charlene. —Kyuzo irrumpió en el cuarto—. Oí un ruido.

La muchacha soltó al barón.

Grant se puso de pie a tropezones mientras se apretaba el codo y la muñeca contra el pecho. Lanzó una mirada de odio a Kyuzo.

—Veo que todavía dispones de tu mestizo protector.

Kyuzo cruzó los brazos sobre su formidable pecho, cuya envergadura había convencido a su madre para que lo contratara como guardia.

—La señorita Beckett dice que usted ya se iba.

Charlene recogió el sombrero de copa, los guantes y la capa del barón, y tiró las prendas a los brazos del lord.

El guardia tomó al barón por el codo, pero este se zafó de su agarre.

—No me toques. —Los ojos cafés se oscurecieron

hasta volverse casi negros—. Volveré para reclamar lo que me deben.

—Yo pensaría dos veces volver a aparecer por aquí si fuera usted —gruñó Kyuzo—. Lo acompaño.

Lo condujo hacia la puerta que se encontraba ante él.

La columna vertebral de Charlene siguió rígida hasta que los oyó descender por las escaleras. Titubeó hasta llegar a la pared y sus rodillas fallaron.

Grant volvería.

A pesar de dedicarse a la limpieza y de vender las pinturas de Lulu, no habían conseguido ahorrar lo suficiente para devolver el préstamo y los intereses desorbitados que les había cobrado.

Mientras su respiración volvía a la normalidad, se devanó los sesos para dar con una solución. Debía encontrar la forma de saldar la deuda, cerrar la casa y proteger a Lulu.

Daría con la forma.

Tenía que hacerlo.

Capítulo 2

Charlene se sacudió la falda del vestido y se alisó el pelo; después tomó el candil y se dirigió por las escaleras al piso de abajo. Kyuzo había regresado a su puesto, junto a la puerta principal.

—Impresionante —comentó, y entrecerró los ojos—. Has empleado la técnica del *Ude Gatame*.

—Será porque tuve un profesor impresionante —respondió Charlene con una sonrisa.

Hacía quince años, Kyuzo había logrado escapar del barco mercante que se lo había llevado del pueblito pesquero japonés en el que vivía, un navío en el que lo habían obligado a servir como esclavo. Había sobrevivido en las calles de Londres solo gracias a su inteligencia y a sus habilidades combativas, y así se había ganado la vida.

Gracias a sus conocimientos de *jiu-jitsu*, un arte marcial tradicional japonés, había conseguido trabajo como guardia. Durante todos esos años, Charlene había ayudado al hombre a mejorar su dominio del idioma y él, a cambio, le había enseñado varias técnicas defensivas básicas para protegerse de las desagradables insinuaciones de los nobles caballeros que visitaban la Pluma Rosada en busca de esparcimiento.

—Regresará, Kyuzo, y no vendrá solo —dijo Charlene estremeciéndose.

—Lo sé, y estaremos preparados. No te preocupes.

Entonces alguien llamó a la puerta. A Charlene se le aceleró la respiración.

—¿Será Grant otra vez? —susurró.

—Él no se habría tomado la molestia de llamar —respondió Kyuzo negando con la cabeza.

Deslizándola, Charlene abrió la ventanilla de la puerta y, desde la seguridad de su hogar, observó a un hombre alto e imponente, y a una mujer ataviada con una capa negra que aguardaban en la entrada. Lucían atuendos costosos y parecían impacientes. Eran miembros de la nobleza, y no estaban acostumbrados a que los hicieran esperar.

—¿En qué puedo ayudarles? —preguntó la joven.

Al hablar, el hombre se dirigió a la ventanilla:

—Nos gustaría tratar un asunto privado con usted.

Tras decidir que no suponían una amenaza para su integridad, Charlene alzó el pasador de la puerta.

—¿Es usted la señorita Charlene Beckett? —preguntó el hombre.

Charlene guardó silencio. ¿Cómo sabían su nombre?

—¿Qué motivo los trae hasta aquí?

—Usted —contestó la mujer.

Kyuzo estaba junto a Charlene, y se puso tenso.

—No estoy disponible. —La joven estaba cansada de tratar con clientes que daban por hecho que ella era una de las mercancías en venta.

La mujer se quitó la capucha y a Charlene le dio un vuelco el corazón. Reconoció aquel perfil severo y esos pálidos ojos azules. Lady Desmond. Un día, mientras compraban en Bond Street, su madre la había señalado y le había dicho quién era.

—Sabe quién soy —dijo la condesa. Era una afirmación, no una pregunta.

Charlene asintió.

—Acérquese.

La autoridad de la orden provocó que Charlene se acercara a la condesa antes incluso de ser consciente de que se estaba moviendo.

Lady Desmond la tomó del mentón.

—La luz es pésima —comentó. Entonces volteó el rostro de Charlene hacia las velas de sebo que ardían en los candelabros de pared del pasillo—. ¿Qué opinas, Jackson? ¿Me servirá?

—Es extraordinario, señora. Podría pasar por la gemela de lady Dorothea.

—Exacto. —La condesa estrujó las mejillas de Charlene hasta conseguir que abriera la boca—. Conserva todos los dientes. Y, además, están bastante blancos... Debo decir que es toda una sorpresa.

La joven se alejó de la condesa con brusquedad y se acercó a Kyuzo.

—Aunque es un poco más robusta. —La condesa ladeó la cabeza y, con la mirada, tomó mentalmente las medidas de Charlene—. Pero, bueno, podré enfundarla en los vestidos de Dorothea. Me servirá, Jackson. Estoy segura.

—Señora, debo pedirles que se vayan, buenas noches. —Charlene hizo la más sutil de las reverencias y señaló la puerta.

Al ver que no hacían movimiento alguno, Charlene miró a Kyuzo y se llevó un dedo a la muñeca; era su seña secreta para indicar que las visitas no eran bien recibidas en su casa.

Kyuzo dio un paso hacia delante, pero la condesa alzó la mano.

—Deshágase de su guardia, necesitamos privacidad. Tenemos que tratar un asunto que podría resultarle extremadamente provechoso.

—Lo que tenga que decir, dígalo ahora, y delante del señor Yamamoto. Él se queda.

Kyuzo miró detenidamente a Jackson y cuadró su postura.

—Me quedo.

—De acuerdo. —La condesa alargó una mano elegante, cubierta por un guante blanco, hacia Charlene—. Sé que aquí lleva una vida desdichada. Déjeme ayudarla.

La joven se rodeó el pecho con los brazos.

—Usted no sabe nada de mí.

—Al contrario, querida, me he encargado personalmente de investigar a todos los hijos ilegítimos de mi marido. Tanto a los que ha reconocido, como a los que no. —Lady Desmond inhaló con aspereza, como si todo aquello le produjera un gran pesar—. Pero por usted tengo un interés especial, porque es casi idéntica a mi hija, lady Dorothea.

La hija legítima del conde. Su media hermana. Charlene había pensado en lady Dorothea muchas veces, y se preguntaba cómo sería su vida en aquella casa tan elegante de Saint James, ubicada a varios mundos de distancia del caos y la porquería de Covent Garden.

—Ha librado una gran batalla, querida —continuó la condesa—. Pero solo es cuestión de tiempo que se vea obligada a seguir los desgraciados pasos de su madre. Vender su alma. Ser la alcahueta. Y luego está Luisa, una niña con unas dotes artísticas magníficas. ¿Qué será de ella? ¿Se lo ha planteado alguna vez?

Claro que Charlene se lo había planteado. Lulu todavía era una niña inocente; vivía en su propio mundo, concentrada en los retratos en miniatura que adoraba pintar, feliz en la ignorancia de las indecencias que tenían lugar en su hogar. Charlene haría todo lo que estuviera en su mano para evitar que descubriese la verdad.

La condesa Desmond hurgó en su pequeño bolso y sacó un fino trozo de papel rectangular. La luz de las velas lo iluminó y dejó a la vista unas palabras estampadas en oro y unas esquinas doradas.

—Tiene ante usted una oportunidad única en la vida. Una invitación del duque de Harland, dirigida única y exclusivamente a cuatro señoritas de todo Londres.

—¿Y eso en qué me concierne a mí?

La condesa le tendió el papel a la joven.

—La invitación es para lady Dorothea, que está de camino en un barco desde Italia. —La mujer entrecerró los ojos, de un azul pálido—. Y me niego a permitir que una nimiedad como el hecho de que ella no esté aquí eche a perder su oportunidad de convertirse en duquesa. Querida, naciste para interpretar este papel. Emplearás tus... artes... para engatusar al duque. Él se verá obligado a casarse con mi hija. Y ella será duquesa.

Charlene reprimió un arrebato de risa incrédula.

—¿Quiere que seduzca a un duque? ¿Que lo seduzca al tiempo que finjo ser su hija?

—Si quiere decirlo con esa franqueza, sí, eso es. En realidad es muy sencillo. Tres días fingiendo a cambio del dinero suficiente para cumplir sus mayores anhelos. ¿Qué es lo que más ansía?

Para Charlene, era una pregunta sencilla.

—Pagar nuestras deudas, cerrar la Pluma Rosada y abrir una casa de huéspedes. —La salud de su madre empeoraba día a día. No podía continuar con esas jornadas de trabajo tan largas. Charlene dirigiría la casa de huéspedes. Salvaría a las jóvenes vulnerables de la prostitución, las salvaría de los depredadores como Grant—. Y también quiero pagarle la formación artística a mi hermana.

—En ese caso... —dijo la condesa con una leve sonrisa en el rostro—, ¿eso es todo? Jackson.

El hombre sacó un paquete del abrigo.

—La señora se ha anticipado a sus exigencias. Aquí tiene una carta de recomendación para su hermana, dirigida a la señora Anna Hendricks de Essex, una miniaturista a quien la vista ya le está fallando. Necesita una joven aprendiza con talento. —Por un segundo, Jackson desvió la mirada hacia la condesa, como si le estuviera dando tiempo para detenerlo. Al ver que su señora no se movía, continuó—: A ello, se le suman mil libras que la señora le dará si cumple con su cometido.

Charlene jadeó. La condesa debía de estar sumamente desesperada. Tendrían los recursos necesarios para pagar a Grant y abrir la casa de huéspedes en un barrio decente. ¿Cómo sabían tanto de ella y de Lulu? Era muy siniestro, demasiado.

—¿Y bien? —preguntó la condesa.

Charlene negó con la cabeza.

—Fui educada para... para esta vida. No puedo hacerme pasar por una condesa.

—Es indiferente la educación que haya recibido, la sangre de los emperadores le corre por las venas, por muy mancillada o diluida que esté.

Charlene se puso derecha. Aquel día ya se había encargado de correr a un barón de su casa. Se negaba a que una condesa la intimidara.

—Si tan mancillada estoy, ¿cómo espera que engañe

al resto de las señoritas, quienes, asumo, conocen a lady Dorothea?

—Solo la conoce una de ellas, y no en demasía. Las otras dos jamás la han visto en persona.

—¿Y el duque? Estoy segura de que ya habrá conocido a lady Dorothea.

—El duque ha estado diez años viviendo en el extranjero, y no hace mucho que heredó el título nobiliario. Se dice que es un bruto, más un pirata que un caballero. Pero me atrevo a afirmar que ya es toda una experta en tratar con hombres complicados.

Era un total disparate. Charlene extendió las manos, desprovistas de guantes.

—Fíjese bien. En esta casa, me gano la vida con la contabilidad y como lavandera. ¿Cree posible que una chica con estas manos seduzca a un duque?

—Por favor... —respondió la duquesa—. La gente solo advierte lo que espera ver. Y un duque no es ninguna excepción. Con un par de días bajo mi tutela bastará para refinarla.

La determinación que se reflejaba en la mirada glacial de la condesa dejó claro que la mujer se creía omnipotente. Kyuzo le hizo un gesto a Charlene para que se acercara a él. Le dio la espalda a la condesa, y le susurró al oído:

—Pregúntale cuáles serán las condiciones si no lo consigues, si el duque no te pide la mano. Tendrá que pagarte lo logres o no; si no, no valdrá la pena correr el riesgo.

—Tienes razón —coincidió Charlene. Ambos voltearon y la joven se dirigió a sus interlocutores—: ¿Qué pasaría si no aseguro la pedida de mano? —preguntó—. ¿Y si no lo consigo?

Jackson frunció los labios en un gesto de desaprobación.

—La señora ha fijado unos términos que encontrará más que satisfactorios. Cien guineas ahora, y se las quedará aunque no consiga que el duque la pida en matrimonio.

El hombre agitó el monedero. Resonaba el ruido metálico del entrechocar de las monedas. El sonido que dirigía el mundo de su madre. El sonido de la venta de una chica.

—En cambio, si lo logra, recibirá la recompensa completa. Todo esto, claro, con la promesa de que jamás contactará con la señora, ni con ningún miembro de la familia, y que acompañará a su hermana, la señorita Luisa, a Essex durante al menos un mes tras el término del contrato.

Charlene vaciló. Podría estar delante de la respuesta a sus plegarias.

—Son solo cinco días, señorita Beckett —la alentó la condesa—. Debemos comenzar su instrucción esta misma noche. Por la mañana podrá enviarle una carta a su familia para explicar su ausencia, sin mencionar mi nombre ni su misión, por supuesto. Le exijo total discreción.

—Eh, usted, Yamamoto ha dicho, ¿no? —Jackson le arrojó un monedero a Kyuzo—. Esto a cambio de su silencio. Si llega a mis oídos que va ventilando nuestros asuntos privados, responderá ante mí.

A Kyuzo se le acentuaron las arrugas que le rodeaban los surcos de la boca mientras examinaba el contenido del monedero.

—¿Y a esto lo llama usted un soborno, señor? ¿Veinte guineas? Podría ganar el doble esta noche apostando en juegos de azar.

Charlene esbozó una sonrisa burlona ante la expresión de sorpresa que se dibujó en el rostro de Jackson. Era evidente que el hombre no había esperado ningún tipo de rebeldía.

—Dudo muchísimo que tenga los recursos para disponer de unas sumas tan grandes de dinero —contestó Jackson con desdén—. Se contentará con lo que le di.

Kyuzo fingió estar considerando la oferta. Después sonrió.

—Me pregunto... ¿Cree que a la prensa le interesará esta historia? —La sonrisa desapareció de su rostro—. Cincuenta guineas, y siéntase afortunado.

—¡Qué ultraje! —exclamó Jackson.

—Uno debe ahorrar para la jubilación —respondió Kyuzo encogiéndose de hombros.

—Jackson, págale y acabemos con esto —dijo impaciente la condesa—. Vamos, señorita Beckett, no hay tiempo que perder.

Algo sonó en las escaleras. Lulu apareció en lo alto de los escalones, pálida y delicada, con la larga cabellera pelirroja, muy diferente a los cabellos rubios de Charlene, cayéndole por los delgados hombros.

—¿Charlene, vienes a la cama?

Charlene corrió a los pies de la escalera.

—Cielo, vuelve a la cama, todo está bien.

Charlene sonrió para tranquilizarla. Su hermana no aparentaba los catorce años que tenía, parecía mucho más joven.

—Ya es tarde —dijo Lulu. La preocupación se reflejaba en los ojos de color avellana de la joven—. ¿Quiénes son estas personas?

—Vamos, señorita Beckett. Tenemos que irnos —la apresuró Jackson.

Kyuzo se acercó a Charlene.

—No te preocupes, Luisa estará bien.

—¿Y si Grant regresa? —susurró Charlene.

—Contrataré a otro guardia mientras estés fuera. Vete. —La luz brillaba en su mirada—. Ese pobre duque no se hace idea de lo que le espera. Puedes hacerlo.

Tenía que hacerlo, sí o sí. No les quedaba más alternativa.

Charlene le tomó la mano a Lulu.

—Cielo, debo irme, pero volveré pronto. No te preocupes. Regresaré a casa dentro de un par de días.

Charlene se obligó a desviar la mirada. Las preguntas que vio en los ojos de su hermana tendrían que esperar.

Kyuzo acompañó a Lulu escaleras arriba. Charlene cerró los ojos un instante y siguió a la condesa y a Jackson hasta el carruaje que los esperaba.

Se haría pasar por una noble si hacía falta. La habían preparado para ser una cortesana selecta y, aunque había rechazado ese papel, Charlene hablaba francés, tocaba el pianoforte y sabía perfectamente cómo debía dirigirse a los caballeros que buscaban placer.

La joven volteó para mirar la casa. La luz de las velas vacilaba en las ventanas del piso superior, y se perfilaba la silueta curvilínea de Paloma, la chica favorita de su madre. Su madre también estaba allí, ajena al acuerdo desesperado al que había llegado su hija.

Mientras se acomodaba entre los opulentos cojines de seda del carruaje, acarició con el dedo las letras doradas de la invitación.

Se solicita el favor de la presencia de lady Dorothea de Beaumont en Warbury Park, a petición de su excelencia...

¡El duque de Harland!

Seguramente llevaría corsé para contener una barriga prominente, tendría un bigote grasiento y acostumbraría a fumar mezcla de tabaco. Y, como había nacido entre privilegios y una riqueza escandalosa, solo pensaría en destrozar y desechar mujeres con la misma indiferencia con la que se cambiaba de casaca para la cena.

La misma clase de bravucón ególatra y déspota con la que se había relacionado tantas veces.

Pero ¿qué otra opción le quedaba?

Recorrieron el breve trayecto hasta Saint James en silencio. Antes de llegar a la puerta principal de la casa del conde, Jackson dio un par de golpecitos en el techo del carruaje y le hizo una seña a Charlene para que lo siguiera. La llevó a la puerta del servicio y la hizo subir a escondidas por las escaleras, cubierta por la capa negra de la condesa.

—Estos son los aposentos de lady Dorothea —susurró el hombre vigilando el pasillo antes de hacerla entrar en la habitación—. Lady Desmond no se demorará mucho. —Le tendió a la joven un ejemplar de la *Guía de etiqueta y buenos modales* de Debrett encuadernado en cuero—. Estúdieselo —dijo, y se fue.

Era una habitación muy femenina, con estampados florales en abundancia. En la alfombra había rosas rosas y nomeolvides azules. De las paredes llenas de ramilletes de delicados lirios del valle blancos colgaba un muestrario de bordados en los que se representaban las flores silvestres de Inglaterra. Un dosel de seda, del color de un rosáceo atardecer de verano, cubría una enorme cama de madera, sobre la que se extendía una colcha blanca bordada con enredaderas entrelazadas y vilanos.

Charlene se hizo una idea de cómo era su media hermana: se la imaginó tan femenina y delicada como la habitación. Una mariposa que revoloteaba entre las flores.

Cuando era pequeña, Charlene tenía fantasías con gran lujo de detalle en las que el conde la reconocía como su hija y las invitaba a ella y a Lulu, a pesar de que esta no fuera hija suya, a vivir en esa imponente casa.

Pero ella no era más que una usurpadora que había invadido el mundo de privilegios de lady Dorothea. Charlene se preguntaba en qué estaría pensando su media hermana en sus lujosos aposentos del navío que la traía desde Italia. ¿Acaso era sabedora de la existencia de Charlene?

La condesa entró en la habitación, acompañada por una esbelta doncella vestida de negro, con una cofia blanca y un delantal con olanes del mismo color.

—Veamos, señorita Beckett. Su forma de hablar es tolerable, pero debemos corregirle la postura. Póngase derecha, por favor, una señorita jamás se sienta de esas maneras.

—No soy una señorita —contestó Charlene.

—Será capaz de parecer una dama cuando acabe con usted —replicó la condesa con seriedad—. No dejaré que me ponga en evidencia. Señorita Beckett, quítese la capa.

Charlene se deshizo del abrigo y lo apoyó sobre el respaldo de la silla.

—Su pelo está en un estado deplorable —dijo la condesa. Volteó hacia su doncella, quien observaba a Charlene como si hubiera visto un espíritu—. Blanchard, deja de mirarla con esa cara de boba y ve a buscar un cepillo.

Tenemos mucho trabajo que hacer. Y trae también la pomada para manos: tenemos que suavizarle la piel.

Blanchard se fue apresurada.

La condesa desplegó un trozo de terciopelo cuadrado, de color azul, sobre el tocador que se alzaba enfrente de Charlene. Después, colocó varias copas de múltiples formas y tamaños, junto a una fila de tenedores y cucharas de plata.

—¿Qué copa se utiliza para el jerez? —preguntó la condesa.

Charlene escogió al azar una copa delgada.

—No, esa es para los licores.

La condesa se embarcó en una lección de cristalería.

Blanchard regresó y se deshizo de los pasadores que sujetaban el pelo de Charlene. Después, se lo cepilló con un resplandeciente cepillo de plata.

La condesa hizo una pausa para respirar.

—Si debo hacerme pasar por lady Dorothea, ¿no debería aprender cosas sobre ella, y no solo el protocolo durante las comidas? —preguntó Charlene.

La condesa dejó encima del tocador el tenedor que empuñaba.

—Lady Dorothea es un dechado de virtudes. Nunca habla a menos que se dirijan antes a ella, y jamás toma más de una galleta, un hábito que deberías empezar a imitar —comentó la condesa mientras lanzaba una elocuente mirada a la cintura de Charlene.

La joven nunca había sido capaz de resistirse a ninguna clase de dulce siempre que había podido permitírselos.

—Dedica su tiempo libre a bordar y a las causas benéficas. —La condesa señaló el muestrario de bordados de flores silvestres que colgaba de la pared—. Es una de sus primeras obras.

El bordado sobre cañamazo y Charlene eran enemigos acérrimos.

—A pesar de las muchas virtudes que posee mi hija —continuó la condesa—, en sus dos primeras temporadas no tuvo el éxito inmediato que me habría gustado, por alguna razón que no alcanzo a comprender. Hubo un... desafortunado incidente. La envié a Italia para que visitara a una tía, y se refinara todavía más. Si hubiera sabido que un duque se iba a interesar en ella, jamás le habría permitido embarcarse en ese viaje.

—Pero ¿y sus gestos y peculiaridades? Es decir, ¿cómo se ríe, por ejemplo?

La condesa frunció el ceño.

—No lo sé, ¿cómo se ríe la gente?

—¿Tiene una risa aguda o grave? ¿Tiene una risa alegre o es más bien chillona?

Lady Desmond volteó hacia la doncella y le preguntó:

—¿Cómo es la risa de lady Dorothea?

—Señora, lady Dorothea tiene la risa aguda, aunque es más una risita que una carcajada. Creo que siempre suelta risitas así cuando está nerviosa. Y, bueno, eso ocurre... —Blanchard miró a la condesa— siempre.

La doncella hablaba con un ligero acento francés.

—Olvídese de su risa, carece de importancia. Solo debe fingir que es ella durante tres días —sentenció lady Desmond—. Lo mejor será que hable lo menos posible. Sospecho que el duque no va en busca de una conversación interesante. Lo que necesita es una dama elegante para enmendar su mancillada reputación.

El silencio nunca había sido uno de los fuertes de Charlene. Era demasiado testaruda.

—¿Está segura de que soy la persona adecuada para interpretar este papel?

—Su madre le enseñó todo lo que sabe, ¿verdad? Utilice sus habilidades... Sea afable..., sea... complaciente.

En otras palabras, que le diera pie al duque para tomarse ciertas libertades. Coquetear con él, adularlo y engatusarlo para hacerle caer en una situación comprometedora. No era necesario mantener una conversación interesante.

La condesa retomó su disertación sobre los modales en la mesa. A Charlene le costaba mucho mantener los ojos abiertos. Había sido un día muy largo, y la lujosa cama de lady Dorothea la reclamaba. Seguro que era cómoda y acolchonada. Se taparía con la colcha bordada hasta la cabeza. Durante un par de horas, se olvidaría de su peligrosa misión.

—Señorita Beckett, intente prestar atención —la reprendió la condesa—. No permitiré que me deje en evidencia en los dominios del duque.

Cuando sus miradas se cruzaron en el espejo, Blanchard esbozó una sonrisa de empatía. Al final, la condesa dio por finalizada la lección sobre cómo debe comportarse una dama durante la cena.

—Por la mañana continuaremos con las clases. Puede dormir aquí esta noche. Debe acostumbrarse a la sensibilidad de lady Dorothea.

La mujer salió de la habitación a toda prisa, sin mirar atrás. Tras su ida, Charlene se puso de pie.

—¿Cómo te llamas? —le preguntó a la doncella.

—Manon Blanchard, señorita.

—Por favor, creo que es evidente que no soy una señorita —dijo Charlene, y Manon sonrió—. Cuéntame más cosas sobre lady Dorothea. ¿De verdad nos parecemos tanto? —preguntó la joven.

—Podrían ser gemelas —contestó la doncella asintiendo. Ayudó a Charlene a quitarse sus atavíos y a ponerse un camisón de batista precioso—. Es una chica muy dulce. Obediente y recatada. Pero no es..., ¿cómo dijo la señora? ¿Un dechado de virtudes? No es un dechado de virtudes. Es una chica, nada más.

En la mente de Charlene se estaba forjando una lady Dorothea más real, y no una princesa mítica que aparecía en las páginas de un cuento de criaturas mágicas. Seguro que debía de ser todo un reto tener una madre con unas expectativas tan imposibles de cumplir.

Cuando Charlene se metió en la cama y por fin se tapó con la suave colcha hasta el mentón, le empezaron a arder los ojos por las lágrimas que no había derramado. Nunca había estado lejos de Lulu, ni una sola noche. Aunque se llevaran cinco años y no fueran hijas del mismo padre, las jóvenes se llevaban muy bien.

Lulu estaba a punto de alcanzar la edad que tenía Charlene cuando descubrió la verdad sobre su vida. Hasta los catorce años, la vida de Charlene parecía anodina, incluso refinada. Hasta que, una noche, su madre la subió al piso de arriba, a la Pajarera. Allí donde nunca le habían permitido poner un pie.

Recordaba aquel momento con claridad. En la sala secreta del piso superior, las chicas que para ella antes solo eran amigas se balanceaban en perchas de seda y ofrecían bailes con abanicos llenos de plumas a lores de miradas lascivas. Ruiseñor, Paloma, Golondrina, Jilguero... Todas tenían nombres de aves. Y, en un momento de terrible iluminación, Charlene comprendió por qué.

Charlene había huido del que era su hogar durante una fría noche invernal, en un intento por escapar de su destino. Se había visto obligada a volver, pues la otra opción era arriesgar la vida en las calles de Covent Garden durante el invierno. Pero se había negado rotundamente a trabajar como cortesana. Prefería encargarse de la lavandería.

Charlene nunca quiso que su hermana descubriera la sórdida verdad. Lulu no era solo una chica inocente, era casi como si estuviera ciega a las circunstancias que la rodeaban. Se pasaba las horas pintando escenas románticas en miniatura, con gran detalle y precisión. Unos pintorescos castillos en ruinas que se habían desmoronado en campos de amapolas naranjas. Daba la sensación de que no veía el mundo real, el hollín y la suciedad de Londres, y prefería vivir en un mundo imaginario creado por su propia mente.

Charlene haría lo que hiciera falta para proteger la inocencia de su hermana.

Y seducir a un duque era mejor que ser la esclava de Grant durante el resto de su vida.

Capítulo 3

James agarró la muñeca de su ayudante de cámara.

—Que no quede demasiado corto.

Pershing, dolido, soltó una exhalación.

—Le dejaré rizos alrededor del cuello. Su excelencia lucirá despeinado y poético, aunque a la moda. Las damas caerán rendidas.

—Pero que no quede demasiado corto.

El duque había visto a demasiados hombres trasquilados como ovejas. Para mantener los piojos a raya. Para marcarlos como prisioneros.

El prisionero del espejo le devolvía la mirada. El pelo oscuro le caía sobre los hombros, anchos debido a la tala de árboles y el levantamiento de leña. Aquel corte de pelo sería la única concesión que iba a darle a la caza de mujeres que estaba a punto de dar comienzo. El resto de su persona ya era suficiente mala reputación.

Pershing se cernió sobre él y se afanó en cortar como un colibrí con pico afilado.

El pelo caía en montones alrededor de sus pies. El cuello hizo su aparición. Grueso y varonil.

Hacía diez años que no se cortaba el pelo.

Un recuerdo le empapó la mente, como la salpicadura del océano sobre un botalón.

A medida que trepaba a la cima de la aguja, la ciudad

de Cambridge menguaba bajo sus pies. Sus amigos observaban la escalada desde las sombras y él no se detenía, aunque el miedo y el frío le entumieran los dedos y ya no recordara el porqué de aquella hazaña.

Cada vez más alto. Quince metros, dieciocho metros, la bandera agarrada con los dientes. Se sujetaba con un solo brazo mientras amarraba la tela a la aguja con el estómago revuelto.

Al amanecer, la bandera negra ondeaba sobre King's College, un esqueleto que arponeaba un corazón y brindaba por el demonio.

El emblema del pirata Barbanegra.

«No muestres clemencia. No tengas miedo.»

En aquellos tiempos, para él había sido de suma importancia rebelarse. Renegar del legado despiadado de su padre. Declarar su independencia.

Por supuesto, lo habían expulsado por su libertinaje. Y todavía conservaba las cicatrices del castigo que le propinó el antiguo duque en la espalda.

«Si insistes en hacerte el pirata, te enviaré al mar. Te enseñaré a temer a Dios y a tu familia.»

Al día siguiente, lo envió a su debilitada plantación de caña de azúcar en Trinidad.

Durante aquel primer año, treinta de los hombres que trabajaban en la plantación de su padre habían muerto por la fiebre amarilla. Él estuvo a punto de ser uno de ellos. Mientras agonizaba empapado en sudor por la fiebre, tuvo alucinaciones en las que su madre todavía seguía viva. Notó su mano fría en la frente, una caricia que él no había sentido desde que ella murió al dar a luz a un bebé muerto cuando él tenía catorce años y estaba lejos de casa, en Eton.

Cuando la sed se tornó mordaz y vomitaba líquido

oscuro sobre las sábanas, contempló sus ojos azul claro, que le imploraban que no muriera.

Vivió. Se dejó barba. Juró que no regresaría a Inglaterra ni junto al padre que lo había enviado a una muerte segura.

James cerró la brutal plantación de azúcar de su progenitor y se fue de las Indias Occidentales para recorrer el mundo; se ganaba su propio pan con sudor, apuestas y buenas inversiones.

Tras varios años, regresó a las Indias Occidentales y, sin emplear ni un solo penique de su padre, invirtió en el cultivo de cacao de otros pequeños agricultores que habían labrado tierras de aquel producto poco rentable en Trinidad y Venezuela.

Las tijeras le atacaron la barba.

Cuando por fin capturaron y mataron a tiros al infame Edward Teach, conocido como Barbanegra, catalogaron sus heridas. Le habían disparado cinco veces y le habían propinado más de veinte puñaladas.

En el momento en que recibió la carta en la que le informaban del accidente de carruaje que había matado a su hermano mayor en el acto y había dejado al viejo duque moribundo, James pensó en Barbanegra. No en catalogar las heridas que su padre había recibido, sino las que él había infligido.

Sería una letanía interminable. Había sido un hombre cruel que solo valoraba a la gente por los cuartos que pudiera sacarles. William había aprendido el arte de la obediencia de su madre callada y desvaída, que había elegido la supervivencia antes que la independencia, mientras que James había escogido luchar.

Nunca había dejado de hacerlo.

La nariz torcida que se atisbaba en el espejo contaba

aquella historia. Demasiados desafíos temerarios en tabernas oscuras, demasiadas peleas en las que le superaban en número, aunque eso no le había impedido buscar pleito. Nunca aprendió a quedarse callado ante la injusticia, nunca aprendió a cerrar el pico.

Pershing le cubrió la mandíbula con algún tipo de ungüento que olía a bosque de pino y una hoja afilada le rozó la piel.

El duque contrajo los dedos y se enfrentó a su instinto de cambiar las cosas a su posición de vulnerabilidad y estrellar a su ayudante de cámara contra la pared con un puño en la garganta.

—Suficiente —ordenó.

Despachó a Pershing con un gesto de la mano y se apartó bruscamente la toalla de los hombros. El ayudante sacó dos chalecos a rayas de un estante.

—¿El carmesí o el jade, su excelencia?

—Es inútil, Pershing. —James se frotó la cara con la toalla—. Jamás me convertirás en alguien respetable. —Inclinó la cabeza mientras estudiaba su reflejo—. Aun así, asustaré a las pobres damas.

Demonios. Se parecía a su padre. Lanzó la toalla contra el espejo para ocultar la perturbadora realidad.

Debía escapar. Cada día que pasaba en Inglaterra hacía que esos recuerdos se volvieran más sofocantes.

Tan solo pensar en que debía aceptar su posición en el linaje de duques de Harland, cuyos adustos rostros embrujaban las paredes de la galería, hacía que se le tensara la mandíbula por la ira y la frustración.

No podía ataviarse con un ostentoso chaleco de seda y colocarse frente a la entrada de una casa que detestaba, darle pie a una sociedad educada para juzgarlo.

Aunque, por supuesto, no tenía opción.

Engendrar un heredero requería de una esposa. Aunque a dicha esposa le repugnara su crudeza.

Pershing le ofreció otro chaleco.

—¿Qué me dice de este azul celeste...?

El duque se levantó de un salto, lo cual sobresaltó al ayudante.

Solo le quedaba una hora a salvo del escrutinio de la alta sociedad, de que declararan que no estaba a la altura, como siempre.

—Robert —llamó al joven lacayo que esperaba de pie junto a la puerta.

—¿Su excelencia?

Sus hombros eran más estrechos que los de él, pero serviría.

—Necesito tu casaca.

El lacayo se la desabotonó y se la entregó sin chistar. Aplazar lo inevitable durante aquella hora le concedería la oportunidad de observar la llegada de las damas desde el anonimato.

—No necesitaré los chalecos, Pershing —declaró—. Todavía no.

«Maldición, vaya que me queda pequeña.»

James se colocó en fila junto al resto de los lacayos encorvando los hombros para aflojar la lana que le jalaba.

Dalton deambuló escalones abajo.

—¿Has visto a Harland? —Oyó que le preguntaba a Hughes.

El mayordomo hizo una seña en dirección al duque con la cabeza, no estaba dispuesto a poner en palabras la verdad impensable e inadmisible. Que su señor, James

Edward Warren, el séptimo duque de Harland, marqués de Langdon, conde de Guildford, barón de Warren y Clyde, esperaba, para su espanto, en una fila de sirvientes ataviado como un mero lacayo.

Aunque un lacayo de estatura imponente y de un carácter bastante irritable.

—Pero ¿qué...? —Dalton se acercó—. ¿Eres tú, Harland?

El duque asintió. La idea de hacerse pasar por un lacayo durante su primer encuentro con las damas le había parecido inteligente. En sus aposentos.

Dalton arqueó una ceja.

—Desde luego que eres tú. Demonios, apenas te reconocí sin la barba de pirata. Te pareces al antiguo duque.

—Lo sé —espetó mientras el odio de antaño y la impotencia le pesaban en el pecho—. Pero nunca me convertiré en él. Lo prometo.

El marqués levantó una mano.

—Por supuesto que no. No me atrevería a sugerirlo. ¿Qué demonios llevas puesto? ¿Es una broma?

Había sido cómplice de James en Cambridge durante demasiadas ocasiones como para sorprenderse.

El duque señaló con un gesto la hilera de carruajes que aparecían por la majestuosa entrada.

—Una mujer jamás le muestra su verdadero yo a una posible pareja. Las evaluaré de incógnito. Recabaré información sobre su adecuación.

Su amigo asintió.

—Ya veo que no has cambiado. Nunca fuiste de los que hacían las cosas de la forma convencional.

—No tengo intención de cambiar. —El duque se secó una gota de sudor de la frente—. Esto no fue buena idea. Creo que volveré dentro y me quitaré la casaca.

—Demasiado tarde.

El primer carruaje se detuvo, el blasón de la familia Selby lo engalanaba con tal cantidad de pan de oro que no dejaba lugar a dudas sobre quién lo ocupaba.

—Pensaré en qué contarles a las señoritas —susurró el marqués y volvió a los escalones de la entrada.

A James no le quedaba otra que seguir con la función. Ayudó a lady Vivienne, la hija mayor del marqués de Selby, a descender del carruaje.

Sin conceder una sola mirada en su dirección, ella y su madre, la marquesa, se deslizaron en dirección a la casa levantando de forma quisquillosa el dobladillo de sus capas, con las cabezas erguidas adornadas con capotas.

Cuando se detuvo el siguiente carruaje, asistió a una esbelta dama envuelta en terciopelo blanco de la cabeza a los pies a bajar los escalones. En el momento en que sus piecitos tocaron el suelo, tropezó y cayó sobre su pecho.

—Pero, bueno, vaya que es usted robusto —ronroneó—. ¿Qué ha estado levantando?

Dejó reposar la mano enguantada sobre su pecho durante varios segundos y la deslizó sugerentemente hacia abajo.

—Lady Augusta —farfulló su madre, lady Gloucester, una mujer fornida ataviada del mismo terciopelo blanco—. Apártate de inmediato.

Lady Augusta se alejó contoneándose y le lanzó una mirada coqueta por encima del hombro.

Dios santo, sentía predilección por los lacayos. No era exactamente la virgen que buscaba para sacrificar. Le había pedido a Cumberford que reuniera un grupo virtuoso. Habría habido algún malentendido con ella.

La señorita Tombs apareció en un ostentoso carruaje con el doble de postillones y lacayos de lo normal; no había mejor forma de anunciar la pasmosa fortuna de su padre, un baronet. La muchacha admiró con determinación en sus ojos aguamarina la impresionante envergadura de Warbury Park, construido en piedra color arena. Después sonrió de forma pícara, lo cual reveló dos hoyuelos marcados en ambas mejillas.

—Deja de sonreír, Alice —le instó su madre—. Abstente de jueguitos esta vez. Nada de excentricidades. Ni de charlas ridículas o frugivorismo.

¿Frugivorismo? James no tuvo tiempo de considerar qué podría significar aquello, porque divisó un par de ojos azules que brillaban tras la ventanilla de uno de los carruajes.

Por fin. Su santa serenidad, lady Dorothea.

Cuando la ayudó a bajar del carruaje, fue él quien estuvo a punto de tropezar.

El artista de los bocetos al pastel no le había hecho justicia. Allí no había rastro de aquella doncella piadosa y remilgada.

Un rostro ovalado con un mentón casi demasiado afilado. Una nariz que coqueteaba con impertinencia. Abundantes rizos de color miel que se atisbaban bajo su capota.

Sonrió; se trató solo de un ligero movimiento, pero bastó para atraer su atención a aquellos labios curvilíneos que suplicaban que los besaran. Y aquellos ojos azul grisáceo. No tenían nada de inocente. Diablos, brillaban con un ingenio exquisito, suficiente para tentar a un clérigo a abocarse al pecado.

Quizá fuera porque había imaginado una historia muy elaborada sobre su santidad durante su estado de embriaguez o quizá fuera porque había pasado demasiado tiempo desde que una mujer le había calentado el lecho. Fuera como fuera, sus facciones presentaban una armonía desequilibrada que le dio un golpe de verdad.

La sangre se dirigió a partes de su cuerpo que auguraban peligro. Se suponía que iba a ser un acuerdo de negocios.

Práctico.

«Exangüe.»

Ella no serviría.

Estuvo a punto de meterla de nuevo en el carruaje como un paquete y cerrar la puerta.

Lady Dorothea bajó la mirada y después dirigió sus ojos turbulentos hacia él.

«Aparecen nubes oscuras. Viento del norte. Tablones de madera crujen bajo tus botas. Gritos de hombres, suenan alarmas.»

—Me temo... que me está dando la mano —comunicó.

Su voz rasgada de contralto hizo que se estremeciera hasta la punta de los pies. Y que quisiera que siguiera hablando para poder flotar a la deriva en aquella voz.

«Maldición.»

Soltó su mano diminuta.

—Le ruego me disculpe, milady. Es que... me recuerda a alguien que conocí.

Ella frunció levemente el ceño.

—Tengo la certeza de que no nos conocemos.

Se despidió con un breve gesto de la cabeza y se alejó. James se encontró cara a cara con la condesa Desmond, quien resopló de forma pomposa y le dirigió una mirada desdeñosa mientras permitía que le ayudara a bajar.

El duque retrocedió a la fila de lacayos que se dedicaban a descargar el equipaje. Se echó uno de los pesados baúles de lady Dorothea sobre el hombro.

«Pensabas que las tímidas debutantes en sociedad no te tentarían, y todo lo contrario.»

Se golpeó mentalmente por haber estado tan equivocado. Totalmente equivocado.

En sus planes, trazados con extrema cautela, no cabía la lujuria desenfrenada.

¿Cuántas horas faltaban? Cuarenta y seis, si lady Dorothea se quedaba hasta el domingo por la noche. Menos, si se apresuraba a decidirse por una esposa y mandaba al resto de vuelta a sus casas. Pero eso sería una grosería imperdonable, incluso para un salvaje sin civilizar como él.

O... podría encontrar la forma de despacharla antes de tiempo.

Espantarla.

Hacer que se sintiera tan profundamente escandalizada que se desvaneciera y tuviera que guardar cama sin salir. En Londres. Muy lejos de él.

Sin duda, aquella era la única medida posible. El uniforme de lacayo le serviría para su propósito.

Aunque debería haber conservado la barba de pirata.

El lacayo descarado le sostuvo la mirada y guiñó un ojo.

«Lo sabe.»

No había otra explicación para aquellas confianzas tan insultantes.

Charlene se tragó el terror que la acechaba. Se había acabado. Debía de haberla visto en la Pluma Rosada en alguna de las ocasiones en que su madre había estado demasiado enferma para ser la anfitriona y la habían obligado a asumir ese papel. Era posible que el lacayo del duque fuera uno de sus clientes. Verdaderamente podría pasar por un noble.

Pero ¿no lo recordaría? Un metro ochenta de puro músculo no sería fácil de olvidar. Lucía unos hombros tan anchos que habría sospechado que llevaba hombreras de no ser porque la casaca le quedaba tan justa que las costuras estaban a punto de estallar. No le cabía duda de que las doncellas suspirarían por aquellos hombros.

Su nariz lo delataba como alborotador de tabernas. No le resultaría sencillo disuadirlo si se empeñaba en complicarle la vida.

—Cielos —exclamó lady Desmond—. Qué insolencia. Ciertamente, debo tener una charla en privado con el duque acerca de ese lacayo.

—A mí me gustaría charlar en privado con ese lacayo —susurró Manon a espaldas de la muchacha.

—¡Oí eso, Blanchard! —desaprobó la condesa.

—Lady Desmond, lady Dorothea, les doy la bienvenida a Warbury Park.

Un hombre alto cuyos cabellos color cobre brillaban con el sol del atardecer se inclinó sobre la mano de Charlene. ¿El duque? ¿No le había comentado alguien que sus cabellos eran negros?

—Lord Dalton. —La condesa hizo una reverencia—. ¿Dónde se encuentra su excelencia?

—En estos momentos se halla indispuesto, nada preocupante, esta noche estará perfectamente.

—Una lástima —aseguró la condesa—. Por favor, hágale saber que nos complace estar presentes durante esta ocasión tan propicia.

—Ah, por supuesto que se lo comunicaré.

Lord Dalton sonrió con los ojos rebosantes de picardía.

Un mayordomo de aspecto solemne con una calva brillante en la parte posterior de la cabeza las guio a un vestíbulo cavernoso. Warbury Park era una mezcla de paneles de madera oscura, tapices de cacería sedienta de sangre y techos enlucidos en blanco demasiado altos para los meros mortales. Se trataba del coliseo en el que las cuatro muchachas lucharían a muerte. Su premio: el duque.

Las bestias mitológicas bordadas en oro y granate en la alfombra que cubría las escaleras hacia el piso de arriba la abucheaban.

«Impostora. Fraude.»

¿Cómo había llegado a pensar que funcionaría? De un solo vistazo, uno de los lacayos había percibido que no era una dama.

El mayordomo anunció que lady Desmond y lady Dorothea se alojarían en los aposentos de junquillo.

Sobre la cama de madera tallada se extendían más paredes recubiertas con madera de roble, techos blancos remotos y seda estampada de color amarillo canario. La condesa y Charlene disponían de dormitorios contiguos separados por un espacioso vestidor. Manon y Kincaid, la doncella de la adusta señora, ya se encargaban de supervisar el desempaque del equipaje.

Charlene se desabrochó el abrigo spencer y se quitó la capota. No sería más que un estorbo mientras la condesa y su tropa de doncellas y lacayos se cercioraban de que ninguna de las delicadas prendas se hubieran maltratado durante el viaje.

A través de las estrechas ventanas con molduras en forma de rombo, contempló los jardines esmeralda que desembocaban en un frondoso bosque de robles, al que bordeaban matas de campanillas y violetas. Una vista que transmitía semejante paz no estaba hecha para muchachas acostumbradas al ajetreo y la suciedad de Covent Garden.

¿Qué estaba haciendo allí? Aquella era una habitación para una lady Dorothea. Una habitación para una muchacha que daba sorbos a su chocolate para desayunar y compraba un par de zapatos nuevos para cada vestido de fiesta.

Si el lacayo todavía no había expresado sus sospechas podría tener una oportunidad para sobornarlo. ¿Cuál sería el precio que tendría que pagar por su silencio?

Una voz grave y ronca hizo que se sobresaltara.

—Aquí estás. ¿Pensabas que podrías escaparte de mí? Ni hablar.

Ella se secó las manos húmedas en la fina tela de muselina que tan extraña le resultaba y se dio la vuelta. El lacayo descarado se hallaba junto al umbral de su puerta, con los brazos y los tobillos cruzados, y una sonrisa burlona que le jalaba una de las comisuras de aquellos labios perfectamente esculpidos.

«Recuerda, es su palabra contra la tuya. Y eres lady Dorothea.»

Alzó el mentón y lo fulminó con una mirada altiva. Él avanzó a grandes zancadas en su dirección.

No le cabía duda de que la caída de aquellos ojos verdes y apasionados hacía que las doncellas se derritieran, pero no tenían efecto alguno en ella. Ya se había enfrentado a hombres de altura semejante. Le habían pedido la mano. La habían intentado agredir. Era un baluarte fortificado, inmune a los hombros anchos.

Aquel hombre no se anduvo con rodeos románticos. Le sostuvo el mentón entre las enormes manos y le pasó un pulgar por el labio inferior.

—El artista no te hizo justicia. —La miró fijamente a

los ojos—. Tus ojos son más grises tormenta que azul sosegado.

Su mente estalló con una furia intensa y veloz. Echó la cabeza hacia atrás con brusquedad, pero él la sostuvo con fuerza. Su mirada se encontró con la del hombre.

—Le ruego que aparte las manos o voy a...

—Shhh..., no hables. —Presionó el pulgar contra sus labios para silenciarla—. No irás a andar con rodeos, ¿verdad? ¿Piensas fingir que no me conoces?

El corazón de Charlene latió con fuerza.

—Es que ¡no lo conozco! No nos hemos visto nunca.

Él sonrió con suficiencia.

—Por supuesto que sí.

—Se confundió. Ahora déjeme ir.

—Nos hemos visto —insistió.

Ella sacudió la cabeza.

—Eso es imposible.

«Por favor, por favor, no digas que me has visto en la Pluma Rosada.»

Le apartó un rizo de la mejilla.

—Te veo todas las noches, mi ángel...

¿Todas las noches?

—En mis sueños —reveló.

La invadió una oleada de alivio. Tan solo se trataba de otro hombre que había visto su figura menuda, los rizos rubios y los ojos azules, y había supuesto que era una muñeca de porcelana creada para complacerlo.

Las apariencias engañan.

Él hizo descender sus labios y el aliento cálido le golpeó la mejilla.

Era enorme, muy varonil. Se recompuso y se irguió todo lo alta que era, con lo que solo consiguió que sus ojos le llegaran a la mandíbula marcada.

Charlene adoptó la actitud sucinta y autocrática de la condesa.

—Esto es inaceptable. El duque tendrá noticias de este ultraje. Ahora, váyase de inmediato.

—¿Me das órdenes en mi mismísima propiedad?

¿Su propiedad? Pero ¡bueno!, aquello ya era tomarse demasiadas libertades.

La muchacha se apoyó sobre los talones, tensándose en previsión a lo que estaba por venir.

—Si no se va en este instante, haré que se arrepienta.

Él levantó una ceja.

—Y ¿cómo piensas hacerlo? ¿Vas a pisarme los dedos del pie? ¿Vas a golpearme en los nudillos?

«Se acabó. Este lacayo necesita que le den una lección.»

Se acercó a él e inclinó la cabeza con una sonrisa tímida.

—Tengo mis métodos. Tan solo es necesario una pizca de esto. —Se puso de puntitas y se inclinó hacia delante.

Él parpadeó. Como hacían todos los hombres que trataban de besarla.

—Y otra pizca de esto. —Le pasó un dedo por el borde de su cuello almidonado hasta dar con un agarre firme—. Y después, esto. —Metió la parte derecha de la cadera entre sus piernas y empujó, le hizo perder el equilibrio con un barrido arrollador. *Harai Goshi*. La forma más sencilla de incapacitar a alguien mucho más corpulento y fuerte que una misma.

Cuando ambos aterrizaron sobre la alfombra, ella se apresuró a rodearle el cuello con los brazos. De esa forma, realizó un estrangulamiento básico con la suficiente fuerza para reducirle el suministro de aire, aunque sin cortarlo por completo, mientras le aplastaba la cara contra el pecho.

Por desgracia, el hombre había hecho bastante ruido al estrellarse contra el suelo. La condesa apareció en el umbral de la puerta, seguida por Manon, quien gritó y se llevó las manos al pecho. El mayordomo de incipiente calvicie irrumpió en la sala y se desplomó sobre las rodillas.

—¡Dígame! ¿Está herido, su excelencia?

¿Había dicho...?

—¿Su excelencia? —repitió Charlene.

—Me declaro culpable. —Se oyó la respuesta estruendosa, amortiguada por los senos y el encaje que le llenaban la boca.

Capítulo 4

«Maldita sea.»

Charlene se levantó de un salto. Podía darse el caso de que un lacayo ostentara una altura inusual, que poseyera unos penetrantes ojos verdes y que gozara de una mandíbula tan angulosa que bien podría usarse para cortar el cristal, pero... ¿aquella innata sensación de poder hacer y deshacer a su antojo? Propia de un duque. ¿Por qué iba vestido como un sirviente cualquiera? Era una broma horrenda para una joven.

Fingir ser otra persona. Correteando de aquí para allá, seduciendo a la gente.

Justo lo que ella misma estaba haciendo.

«Maldita sea una y mil veces.»

El mayordomo del duque agitaba los brazos como si de una gallina histérica alrededor de sus polluelos se tratara, y lo ayudó a ponerse de pie.

La condesa, de forma inusitada, se había quedado sin palabras.

—Mis disculpas, su excelencia. No sabía nada. Es decir..., yo pensaba que...

No sería habitual que alguien hiciera notar la presencia de un duque disfrazado de lacayo. Charlene sería afortunada si su excelencia no la enviaba a prisión. Seguro que arrugar el cuello de la camisa de un duque y arrojarlo contra el suelo estaba castigado con la pena de muerte.

—Vaya —comentó Charlene con alegría—, al parecer nos conocimos de una manera poco tradicional, su excelencia. Por favor, permítame que le ofrezca mis disculpas. Confío en que posea toda una sala llena de camisas blancas de lino, ¿verdad? Excelente. Muy bien, nosotras deberíamos regresar y retomar nuestros quehaceres deshaciendo el equipaje, ha sido un verdadero placer conocer...

—Basta. —El duque tenía la voz grave y profunda, y transmitía tanta autoridad que Charlene obedeció por puro instinto.

No había dicho más que sandeces. «Cálmate.» ¿Qué haría lady Dorothea en una situación como aquella? Ella jamás se habría visto envuelta en una situación como aquella.

—¿Qué diablos fue eso, lady Dorothea?

—Un... ¿error?

Ninguno de los presentes pareció reaccionar a su débil conato de broma.

Lady Desmond entrecerró los ojos hasta que no fueron más que dos finas rendijas de color azul claro. Sin embargo, se recompuso con prontitud, como habría hecho cualquier otro experimentado estratega militar en su lugar.

—¡Santo cielo, las excentricidades que una dama puede aprender en el extranjero! —La condesa le dio un par de palmaditas a Charlene en el hombro—. Hace apenas un par de días que lady Dorothea regresó de su viaje a Roma —añadió, como si eso explicara lo acontecido.

James arqueó una de las perfectas cejas ducales en un perfecto ángulo.

—Ah..., sí. —Charlene se aclaró la voz—. Las... eh... estatuas de los antiguos atletas... me despertaron gran interés. —«Piensa, vamos, piensa»—. Hay señoritas que coleccionan recuerdos o que adquieren cierto gusto por los helados de sabores, pero yo descubrí que siento una pasión desenfrenada por... —buscó las palabras adecuadas para dar una explicación plausible—, por... la lucha romana.

No era muy plausible. Por si acaso, Charlene incorporó varios aleteos de pestañas y una de las risitas nerviosas de lady Dorothea.

—¿Lucha romana? —El duque arqueó la ceja un poco más. Pero todavía no había reclamado su cabeza, y eso tenía que ser un buen augurio.

—Lucha romana. —Charlene se iba entusiasmando con su mentira—. Todos esos antiguos luchadores de mármol... ¡Es emocionante! Y, bueno, me percaté de que me gustaría aprender a luchar así. Lo provechoso que podría resultar semejante talento si solo quedase una capota en un escaparate y dos señoritas la divisasen al mismo tiempo. —Charlene se esforzó por parecer apenada a la par que arrepentida y dispuesta para el combate.

—Es verdad —añadió la condesa—. Cuando llegó de su viaje a Italia, lady Dorothea casi me derribó a mí con su abrazo. Y nuestros pobres sirvientes están llenos de magulladuras. ¿No es así? —preguntó volteándose hacia Manon.

La doncella asintió con entusiasmo.

—Lady Dorothea me zarandea todo el tiempo como si fuera un saco de harina. —Hizo una reverencia y añadió—: Su excelencia.

Las costuras de la casaca que había tomado prestada

el duque se tensaron y estiraron al tiempo que el hombre se cruzaba de brazos.

—Me parece lógico que sea capaz de hacerlo, puesto que su altura es semejante. Mas no logro comprender cómo una señorita menuda como usted consiguió derribarme a mí.

—Estoy convencida de que fue cosa del azar, nada más.

El duque se volteó hacia su mayordomo:

—Bickford, haz el favor de advertir al resto del personal de la casa de la desenfrenada pasión de lady Dorothea.

—De inmediato.

—No será necesario —intervino la condesa mientras le clavaba las uñas a Charlene en el antebrazo—. De aquí en adelante, lady Dorothea será un auténtico corderito.

Charlene asintió y esbozó lo que esperaba que pareciera una expresión de cordero degollado, apropiada a la situación.

Al duque le temblaron los labios.

—No sé bien por qué, pero dudo muchísimo que eso sea posible.

El noble repasó a Charlene con la vista, muy despacio, desde las puntas de sus zapatos de cuero blancos, pasando por su vestido, hasta dejar la mirada posada sobre el canesú de la prenda, que se le había desacomodado y dejaba a la vista demasiada carne.

¿Por qué no estaba enojado? Los hombres que Charlene conocía se habrían mostrado furiosos. Y no habría sido para menos, dado que lo había hecho caer al suelo. Pero no, el duque, bueno, parecía hambriento. No había otra palabra para describirlo. Bickford bien podría haberle puesto a su señor una servilleta alrededor del cuello y haberle tendido un cuchillo y un tenedor para trincharla en pedacitos.

Mientras el duque proseguía con su lento escrutinio, Charlene sintió que un calor le subía del vientre hasta las mejillas. Se sintió expuesta, como si, en vez de estar examinándola con la mirada, el duque la estuviera inspeccionando con sus propias y colosales manos. Su intención de besarla adquiría un cariz nuevo. Era una señal esperanzadora, ¿verdad?

Hasta aquel momento, Charlene no había puesto en práctica sus artes de seducción. Pero todo había cambiado, sabía que ese hombre era el duque. La joven lo observó con mucha atención y, con descaro, recorrió su cuerpo con la mirada.

El cabello negro como la tinta le caía en ondas hasta la nuca. Unos hombros como vigas: fuertes y esculpidos. Y unas piernas largas y sin atisbo de grasa en ellas.

Riqueza, privilegios y atractivo. El duque debía de disfrutar de una vida muy sencilla. A Charlene le dieron ganas de derribarlo de nuevo y borrarle esa sonrisa de depredador del rostro.

Pero, en vez de cumplir con sus deseos, sonrió y soltó una risilla delicada bajando la mirada. Charlene jamás, nunca, soltaba risillas.

—Lady Dorothea, confío en que sea capaz de contener sus ansias de agredir a mis sirvientes el tiempo suficiente para acompañarme durante la cena a las siete y media —dijo el duque.

Charlene asintió con la gracia y el recatamiento con los que la condesa la había instruido, aunque el duque ya estaba saliendo de la sala con Bickford y su rebaño de lacayos tras su estela. Cuando la puerta se cerró, se hizo el silencio más absoluto.

Charlene se preparó para lo peor.

La condesa se acercó a ella con una mezcla de fuego y azufre reflejada en la mirada.

—Eso, querida, fue la exhibición más vulgar y escandalosa que he presenciado en mi vida. —La mujer enfatizó cada uno de los adjetivos con un paso amenazador—. Fue una actitud grosera, soez e indecorosa, y solo tengo una pregunta para usted... —Lady Desmond se detuvo ante Charlene y la tomó por los brazos—. ¿Podría hacerlo otra vez?

—Estoy profundamente arrepentida, yo... —Un momento. «¿Qué?»—. ¿Hacerlo otra vez?

—Sí, derribarlo, como acaba de hacer. Que yazca en el suelo como un charco insignificante. ¿Podría repetirlo? ¿O no fue más que una muestra de talento momentánea? —El traqueteo de las ruedas del carruaje debía de haberle trastocado el pensamiento a la condesa—. ¿Y bien? —insistió la mujer, al tiempo que taconeaba con uno de sus elegantes y estrechos pies.

—Sí, por supuesto. Pero... ¿por qué habría de hacerlo?

—Porque, querida, es evidente que nuestro duque prefiere a las lobas, no a los corderitos. ¿No es así, Blanchard?

La doncella sonrió.

—Sin lugar a dudas, señora. El duque se quedó prendado. Hizo que se cayera de espaldas. —La sonrisa de Blanchard se ensanchó—. Literalmente, he de añadir.

—Así es. Debemos plantear un cambio radical en nuestra estrategia.

Las dos mujeres intercambiaron una mirada y, después, asintieron con precisión militar.

—El vestido de satén color durazno —decidió la condesa—. Pero ¿con qué joyas deberíamos acompañarlo?

—¿Los topacios, señora?

—Demasiado recatados.

—¿Y los diamantes y las perlas?

—Disculpe —dijo Charlene, y agitó la mano.

Tanto la condesa como la doncella hicieron caso omiso de su gesto y continuaron analizando las diversas opciones de alhajas.

—¡Disculpe!

Ambas se voltearon y la miraron como si se hubieran olvidado completamente de su presencia.

—¿No está furiosa?

La condesa frunció el ceño.

—¿Furiosa? No, desde luego. Debo admitir que así fue durante un par de segundos, pero debo decir que la he subestimado, querida. El duque parece disfrutar con los asuntos poco convencionales hasta un punto que jamás habría sospechado.

—Lo que sucedió es que iba vestido de lacayo, y se tomó demasiadas libertades. Me estaba defendiendo.

—Es más que evidente que el duque se estaba aprovechando de la libertad que el uniforme le confería para complacer sus... instintos más primitivos. Y eso nos favorece.

Charlene seguía sin comprenderlo.

—Pero ¿por qué llevaba las ropas de un lacayo?

La condesa se limitó a hacer un gesto con la mano.

—Querida, los duques pueden hacer lo que les plazca. Si nos pidiera que nos comiéramos el papel que cubre las paredes, todos tendríamos que empezar a arrancar las tiras una a una.

Mientras la condesa y Manon tramaban su nuevo plan, Charlene meditaba sobre cómo una situación que podría haber desembocado en desastre había acabado siendo una pequeña victoria. Había lanzado a un duque usando la cadera como punto de apoyo, lo había asido del cuello, y la condesa la había felicitado por ello.

Insólito.

Quizá al final podría lograr su objetivo. Al duque no había parecido importunarle su fuerza, y la había mirado sin apartar los ojos ni un solo segundo, como si tuviese delante un desafío intrigante que debía desentrañar y saborear.

Ella le intrigaba: ella.

Charlene dio unos pasos suaves y acompasados, dignos de una futura duquesa, hasta ver reflejado su rostro en el espejo ovalado con marco de caoba que se alzaba en la esquina de la habitación. La joven se dedicó a practicar su sonrisa seductora.

Podía cautivarlo.

Carecía de relevancia que el duque provocase que a Charlene se le acelerara el corazón y se le removiera algo en el estómago. Jamás perdería de vista el hecho de que ella era Charlene, y no era de las que se desmayaban por la emoción.

Lo convencería de que se había quedado locamente enamorada de él. Todo sería una farsa. Sentía la necesidad de hallar un rinconcito tranquilo y practicar sus *katas*. El duque era un hombre excepcionalmente grande y robusto, y no el lord corpulento que se había imaginado. Charlene debía estar en plena forma si la condesa le pedía que volviera a tirarlo.

Sobre todo porque, la próxima vez, seguro que el duque estaría preparado.

—Me hizo caer contra el suelo como si fuera un pendenciero cualquiera de una taberna —dijo James.

Dalton vertió un poco de brandy sobre la alfombra de la biblioteca.

—¿Estamos hablando de lady Dorothea? ¿Esa chiquilla tan menuda?

—La misma. Vaya agarre, posee los brazos de un marinero. No me sorprendería descubrir que los tiene cubiertos de tatuajes. —James apoyó el cuello dolorido en la almohadilla del sillón—. Bueno, ya puedes cesar con tus risas.

—Me resulta imposible. Es una historia muy graciosa. El gran Goliat derribado por un David extremadamente delicado.

—Intentaba ahuyentarla. Se me ocurrió que, como vestía el uniforme de uno de mis lacayos, si me comportaba con una irrespetuosidad imperdonable, se desmayaría, afirmaría que no se encontraba bien y regresaría a Londres; o, al menos, que se encerraría en sus aposentos.

—Y ¿se puede saber por qué lo hiciste?

—Ya te lo dije. No puedo permitirme ninguna clase de distracción. Necesito una esposa sensata, una esposa que no me cause problemas. Y lady Dorothea es un problema en sí misma. Cualquiera sería capaz de percibir la tormenta que se está forjando en su mirada a veinte pasos de distancia. Un instante estaba contemplando esos tempestuosos ojos y, al siguiente, ¡pum!, me hallaba tendido de espaldas al suelo, con sus muñecas rodeándome el cuello, y dando patadas como si me hubieran colgado con una soga en Snow Hill.

Lo había tomado totalmente desprevenido y, aunque no sabría explicar bien el porqué, también lo había excitado.

—Queda patente que lady Dorothea sabe cómo dejar a alguien impresionado —dijo Dalton arrastrando las palabras—. Jamás me había fijado en ella. Parece una joven callada y nerviosa.

—Me confesó que en Italia adquirió cierta pasión por la lucha romana.

—¿Lucha romana?

—Eso dijo. Es tan inverosímil que solo puede ser verdad.

—¿Crees que podríamos persuadir a lady Dorothea para que luche con lady Augusta antes de irse? ¿Solo un asalto? Conozco a muchos caballeros que pagarían una gran suma de dinero por tal espectáculo. —James se estiró y le dio un golpe a Dalton en el hombro—. ¡Maldita sea! ¿A qué viene eso? —preguntó Dalton.

—Estamos hablando de un acuerdo de negocios, no de un combate de boxeo erótico.

Lo había tirado de espaldas. James le daría una lección a esa señorita. Sí, eso era lo que tenía que hacer. Encandilarla y desarmarla y, entonces... ¡pum! Sería ella la que estaría tendida de espaldas. A ver si le gustaba.

Aunque, claro está, tendrían una cama sobre la que caer. Y ella no vestiría más que una camisola. Una camisola de un tejido muy fino y muy transparente.

James se llevó las manos a la frente. «Por supuesto que no.» Era una transacción de negocios. Racional. Debía mantener la sangre fría.

Lady Dorothea era una joven enigmática, atractiva... y una completa y absoluta distracción. Era una dama con una capacidad para arruinarlo mayor aún que para salvar su reputación. ¿Y si se le antojaba derribar a los abogados? ¿O si tiraba a aquellas elegantes señoras cuyas capotas desaprobaba?

—Bueno, ¿y qué te parece el resto de las aspirantes? —preguntó Dalton—. ¿Qué opinión te merecen?

James comenzó a enumerar a las señoritas con la ayuda de los dedos.

—Podría decirse que lady Augusta se arrojó a mi pecho.

—Lo presencié. Al parecer, posee cierto gusto por los lacayos.

—A mi futura esposa no pueden gustarle los lacayos. Debe ser decente, sumisa. Eso es lo que necesito. Lady Vivienne, en cambio, atravesó el jardín como si fuera la reina de Saba; ella sería capaz de acallar los chismorreos. Y luego está la señorita Tombs, una joven muy prometedora. —James vació la copa—. Tiene unos hoyuelos adorables.

Pero no eran precisamente los hoyuelos de la señorita Tombs lo que lo atormentaba.

En su mente no dejaba de revivir una y otra vez aquel extrañamente perfecto instante en el que se sumergió en la tormentosa mirada de lady Dorothea.

Aquel instante tras el cual ella lo derribó.

«Contrólate.»

¿Qué clase de esposa haría algo semejante? Una mujer peligrosa. Una esposa que jamás encontraría satisfacción en un acuerdo de negocios. Una esposa que querría cambiarlo, doblegarlo a su voluntad. James necesitaba una mujer agradable, refinada y sutil, atractiva pero no demasiado; una esposa que expiara su reputación y que compensara su osadía.

—Puesto que fui incapaz de disuadir a lady Dorothea, haré caso omiso de su presencia durante el resto de su estancia —sentenció James.

Una sonrisa de complicidad se dibujó en el rostro de Dalton.

—Hirió tu orgullo, ¿no es así? No todos los días una muchachita como ella derriba a un hombre.

—No es así. Pero no es la esposa que necesito, nada más. Pasaré muchísimo tiempo en las Indias Occidentales. Debo asegurarme de que mi esposa lleva una vida formal e intachable.

Quizá él no fuera la persona indicada para ostentar el título de duque, pero necesitaba una esposa que encajara en el papel de duquesa. Y las duquesas no practicaban la lucha romana, desde luego.

James hizo girar el contenido de su copa, al tiempo que recordaba la sensación que le había embargado al estrechar su cuerpo contra el pecho de lady Dorothea. No habría hecho falta más que un suave jalón del canesú que lucía y los pechos de la dama habrían caído en su boca.

El duque gruñó.

Lady Dorothea, sus exuberantes curvas y sus peligrosos codos debían irse.

Y cuanto antes, mejor.

Capítulo 5

—Aguanta la respiración —le ordenó Manon.

Charlene tomó aire y la doncella intentó abotonar la espalda del canesú una vez más. Que el diablo se llevara consigo a lady Dorothea y su cuerpo de sílfide. No iba a quedarle su vestido de fiesta.

—No lo comprendo, si te anudé el corsé tan fuerte como me fue posible —confesó Manon.

Charlene soltó el aire que estaba aguantando.

—No va a funcionar. El canesú es demasiado estrecho.

—No lo es. —La doncella le clavó la rodilla en la zona lumbar—. Piensa en menudencias. Imagina que eres una bailarina de ballet esbelta cual un sauce.

Esbelta. Ella jamás había sido esbelta. Ni siquiera de niña.

—Ya está —reprochó Manon—. Lo abotoné.

—Pero no puedo respirar.

—Estupendo. Puede que así te desvanezcas y el duque te lleve en brazos hasta tus aposentos.

Manon le giró el rostro hacia el espejo.

El vestido de noche estaba confeccionado con una delicada seda color durazno revestida de una capa de encaje. Las mangas abullonadas se recogían con lazos y rositas de satén.

Charlene bajó la vista. Los senos le llegaban casi hasta el mentón. Lady Dorothea era bastante menos exuberante en la zona del tronco que ella.

De alguna forma, aquel vestido parecía más indecoroso que las sedas rojas y moradas con las que se pavoneaban las chicas de la Pluma Rosada. Tenía que ver con la forma en la que el encaje se aferraba a la seda color carne, como si estuviera desnuda bajo aquella capa de tela. Manon le había humedecido las enaguas con una cantidad bastante generosa de agua de rosas, de modo que se le adhirieran al cuerpo y revelaran su figura.

Charlene siempre vestía modestamente, con tejidos resistentes como algodón gris o estambre, lo cual disuadía las atenciones de hombres no deseados. Al menos hasta aquel momento, que se encontraba con los senos a punto de desbordarse del corsé.

—¿Esta indumentaria es decente? —preguntó.

La doncella se encogió de hombros.

—Es francesa. Sabemos cómo vestirnos para los hombres. Esos montículos de tu delantera harán que el duque quiera utilizarte como almohada.

«Esto no está bien. No, nada de remordimientos.»

Una oportunidad de tal magnitud solo se daba una vez en la vida. Si era necesario que imitara a las muchachas de la Pluma Rosada, así lo haría. Debía ser seductora, lo suficiente para ganarse una petición de mano del mismísimo duque.

«Estás viviendo un tiempo prestado, Charlene. Luces vestidos prestados. Respondes a un nombre prestado.»

Aun así, había algo bueno. A pesar del agua de rosas y la delicada seda, todavía seguía siendo ella misma.

Ilegítima. Criada en un burdel. Charlene.

Los polvos de maquillaje caros no bastaban para enmascararlo.

Manon abrochó un collar de diamantes y perlas que simulaba un ramo de flores en el cuello de la muchacha. Debía de valer una fortuna.

—Soy capaz de romperlo.

Manon se rio.

—No te preocupes, no lo harás. Es más resistente de lo que parece.

Adornó los rizos recogidos de Charlene con rosas del té color durazno y plumas de avestruz. Para cubrirle las manos, las cuales distaban de ser blancas como la leche, le colocó un par de guantes de encaje y con ello completó la transformación.

No estaba acostumbrada a llevar plumas. Se le deslizaban del peinado y le hacían cosquillas en la nariz.

—Las plumas son de lo más sugerentes, *non?* —preguntó Manon—. Oscilan y seducen. Harán que al duque le sea imposible apartar los ojos de ti.

Charlene le devolvió la mirada a la dama rica que se reflejaba en el espejo.

—Esa no soy yo —susurró.

—Lo eres. Estás lista para cazar a un duque. Vamos.

Manon la empujó hacia los aposentos de lady Desmond.

La condesa se aferró a ambos descansabrazos de la silla.

—Asombroso. Podría tratarse de lady Dorothea.

Durante un fugaz instante, Charlene atisbó a una madre afectuosa, llena de orgullo; pero entonces el rostro de la condesa se endureció hasta adoptar su habitual expresión de grandeza intocable.

—Lo hará bien. Buen trabajo, Blanchard.

Manon hizo una reverencia.

—Gracias, señora.

La condesa volteó hacia Charlene.

—Recuerde, un solo indicio de su actitud de plebeya y se acabó. Permanezca en silencio siempre que sea posible. No se dirija a lady Augusta. Tratará de tenderle una trampa. Es una muchacha de lo más imprudente y rencorosa. Usted concéntrese en el duque. No coma nada, por lo que más quiera. Necesita adelgazar si desea entrar en el vestido de terciopelo rosáceo mañana.

La condesa se esfumó de la habitación, continuando todavía con su sermón, y Charlene tuvo que apresurarse para no quedarse atrás. No estaba acostumbrada a los zapatos de satén atados a los tobillos.

¿Cómo se suponía que iba a seducir al duque si no podía hablar, comer y mucho menos caminar?

La velada prometía ser maravillosa.

Descendieron por las escaleras y se adentraron en el salón.

Era como visitar un país extranjero. Una vasta extensión de alfombras verdes y azules se desplegaba ante ella cual mar sin explorar. Al otro extremo, las inquilinas se sentaban en sillones de terciopelo y daban sorbos a unas finas copas llenas de un líquido ambarino.

—El techo dorado se encargó para el rey Jacobo I —le susurró la condesa al oído para continuar con sus lecciones mientras se aproximaban a las señoritas. No había ni rastro del duque o de lord Dalton.

Todas las miradas se fijaron en Charlene. Sabían que era una forastera en su territorio. No podía hacerlo. Nunca funcionaría.

«Huye. Antes de que te metan en prisión por infiltrada.»

—Lady Dorothea, querida —arrulló una rubia preciosa cuya sonrisa no llegaba a sus gélidos ojos azules—.

Hacía siglos que no te veía. Tengo entendido que has estado en Italia. Ven, siéntate conmigo.

Dio palmaditas en el sillón que se encontraba a su lado.

—Cuidado, esa es lady Augusta —le susurró con urgencia la condesa al oído a la par que la empujaba hacia delante.

«Lady Augusta. La belleza que impera en la alta sociedad, aunque sigue soltera tras tres temporadas. Su familia está empezando a desesperarse. —Charlene recitó la lección de la condesa para sí misma—. Es la rival de lady Dorothea. Proceda con extrema precaución.»

—Cielo santo. —Lady Augusta contempló el pecho de Charlene cuando esta se sentaba—. Parece que te sienta bien la brisa marina. Vaya, estás ciertamente... rebosante... de salud. ¿No es así, mamá?

Lady Gloucester, la madre enjoyada y emplumada en exceso de lady Augusta, hizo uso de un monóculo para examinar el generoso escote de la muchacha. Soltó un suspiro de desaprobación.

«Una mujer boba. Antigua cantante de ópera. Su matrimonio fue un escándalo, ya que se casó con alguien muy por encima de su posición.»

Lady Augusta le rodeó la cintura con un brazo.

—Haznos el favor de hablarnos de tu viaje por Roma. Parece ser que has probado muchas de sus ofertas culinarias.

Charlene añadió «bruja maliciosa» a la descripción de la señorita.

—Sí, por favor, cuéntenos —suplicó una muchacha con marcados hoyuelos, unos ojos de un azul verdoso poco común y cabellos castaño claro—. Ansío viajar.

—Tonterías, señorita Tombs. Como siempre digo, no hay nada como el hogar —explicó lady Tombs.

¿Qué le había contado la condesa de lady Tombs?

«Una codiciosa arribista social que se casó con un baronet de gran fortuna.»

La señorita Tombs sonrió y la genuina calidez que mostraron sus ojos reforzó el coraje de Charlene.

—Si no pudiera visitar París al menos una vez al año, me moriría sin más —declaró perezosamente una morena esbelta que debía de ser lady Vivienne. No cabía duda de que ella no había tenido que pensar en menudencias en toda su vida—. Gracias a Dios que terminó esa guerra absurda.

—No podría estar más de acuerdo, lady Vivienne —corroboró su madre, la marquesa de Selby, tan morena y esbelta como ella—. Una no puede encontrar la misma calidad aquí en Inglaterra. No, si hablamos de modistas, tiene que ser París y, si hablamos de balnearios, Suiza. Debería probar a ir a un balneario, lady Tombs. Conozco uno encantador en Baden. Notaría una inmensa mejoría en su cutis.

—Pero bueno —resopló lady Tombs.

Los vilipendios apenas disimulados viajaron de un lado a otro sin requerir mucho más que un asentimiento de Charlene.

No eran tan diferentes de las muchachas que ella conocía. Se comparaban las unas con las otras, competían para que las compraran, para que las protegieran. ¿Acaso el sagrado matrimonio convertía aquel acto en algo menos censurable? La señorita a la que el duque comprara tendría dueño en la misma medida, uno que la descartaría igual de rápido si se cansaba de ella o no llegaba a engendrar un heredero.

Charlene nunca se entregaría a un hombre, ni a cambio de dinero ni de un contrato matrimonial, porque aquello funcionaba igual en todas las partes del mundo, sin importar que se tratara de las calles más respetables o el agujero más infernal. Los hombres berreaban para intentar sentirse más poderosos. Las muchachas fingían sonreír, fingían reírse, alimentaban los egos que ansiaban dominio y control.

A ella jamás la poseerían. Estaba allí para ganarse su propia libertad, la de su hermana y la de sus amigas de la Pluma Rosada.

No podía bajar la guardia ni un solo instante.

Echó un vistazo anhelante a una charola repleta de galletas escarchadas. En los ojos de lady Desmond se sobreentendió un aviso: «Ni se te ocurra». Sin embargo, no le había ordenado que no bebiera. Charlene aceptó una de las elegantes copas que le ofreció un sirviente. La bebida era dulce y le dejó un sabor a almendras en la boca.

No podía más que respirar de forma superficial con aquel canesú, lo que la hacía sentir mareada.

El entrenamiento de Kyuzo la había preparado para lanzar por los aires a hombres que la doblaban en tamaño y mantener la serenidad de la mente durante un ataque físico. No obstante, no la había ayudado a fortalecerse ante los peligros de un estómago vacío y un canesú demasiado opresivo.

Las prendas de lady Dorothea eran tan provocadoras como sus maniobras de lucha.

Su vestido de seda color durazno estaba recubierto por un encaje que sugería, de forma ingeniosa, que estaba envuelta en ajustadas telarañas y que todo lo que tenía que hacer él era apartarlas para alcanzar sus carnes cálidas y desnudas.

Su asiento se situaba en el ecuador de la mesa de metro ochenta.

No lo bastante lejos.

James volteó hacia la izquierda para eludir las telas de araña y una de las plumas flotantes de lady Augusta estuvo a punto de dejarlo ciego. ¿En verdad había sido idea suya invitar a ocho mujeres a cenar? Había plumaje suficiente para rellenar un colchón.

Lady Selby, que se sentaba en la cabecera de la mesa al ser la mujer de mayor rango en ausencia de sus familiares, lo observaba con severa altivez.

—Debo decir, su excelencia, que me sorprende ver que no nos acompañen más caballeros esta velada. —Su tono refinado cortó el aire de la sala como un cuchillo—. Siempre he defendido que uno debe reunir al mismo número de damas que de caballeros para que las conversaciones resulten lo bastante variadas.

—Les presté a lord Dalton. Él equivale a una docena.

Dalton se giró hacia la marquesa haciendo uso de todo el poderío de sus ojos azul oscuro y su mentón partido.

—¿Ese broche es nuevo, lady Selby? Es hermoso. Complementa sus ojos a la perfección.

—Hum... —rezongó la marquesa, pero su expresión se suavizó y se atisbó un brillo en su mirada.

—Conozco a una gran cantidad de caballeros ilustres que residen en fincas cercanas —comentó lady Gloucester—. Lord Grant, por ejemplo.

Lady Dorothea emitió un sonido ahogado.

—Recientemente regresó de su propiedad en Escocia —continuó la mujer—. Ayer mismo hizo una cuantiosa donación al Asilo Femenino Gloucester, mi institución benéfica para el amparo y la educación de jovencitas indigentes, tras lo cual lady Augusta y yo le mostramos las instalaciones.

Lady Dorothea tosió en su servilleta.

—¿Conoce usted a lord Grant, lady Dorothea? —inquirió lady Gloucester.

—No dejaría que se acercara a una jovenci... —Lady Dorothea hizo una mueca de dolor y tomó aire como si alguien le hubiera propinado una patada por debajo de la mesa. Alguien ataviada de terciopelo púrpura y que respondía al título de lady Desmond—. Quiero decir... —Esbozó una sonrisa—. Solo de vista. Lo conozco solo de vista.

¿Qué había estado a punto de decir?

Lady Augusta captó la mirada del duque y sonrió.

—¿Es usted patrocinador de asuntos benéficos, su excelencia?

—No en Inglaterra.

—Entonces tiene que visitar nuestro asilo. Se le conmoverá el corazón y decidirá ser generoso, como a muchos les ocurrió antes. Las muchachas muestran una docilidad piadosa y modélica.

Cuando pronunció la palabra *corazón* se llevó ambas manos al pecho, sin duda con la esperanza de atraer su mirada. Su vestido color marfil era casi tan revelador como el de lady Dorothea. Su belleza era innegable, con la diferencia de que sus ojos azul aciano y sus curvas voluptuosas lo dejaban impasible.

Asintió sin comprometerse y continuó atacando su pichón estofado mientras evitaba mirar al tentador manjar que se exhibía más allá de la mesa. El canesú de lady Dorothea parecía ser demasiado pequeño para contener sus suntuosos pechos.

De hecho, daba la sensación de que se encontraba a una inhalación profunda del desastre.

Él no podía más que esperar que la tela resistiera, pues si no se vería forzado a cargar con ella sobre el hombro y llevarla hasta el lecho más cercano, lo que no daría lugar a un matrimonio prudente y desprovisto de pasión.

—Yo encuentro el campo encantador durante esta época del año —señaló lady Vivienne—. Las hojas caerán pronto, es tan pintoresco...

Lucía una seda de un frío color plata que resaltaba su sofisticada belleza. Su canesú era bastante más reservado, si se comparaba con el de las demás. Muy apropiado para una duquesa.

—Los robles están espléndidos en nuestra finca de Somerset —comentó la señorita Tombs—. Se extienden hasta donde llega la vista, envueltos en bermellón y dorado. —Tenía la mirada fija en la pared; claramente se encontraba muy lejos del comedor.

Las señoritas pasaron de hablar de los robles a la caza de faisanes y de ahí a la posibilidad de una helada impropia de la estación mientras que James se sentía cada vez más incómodo.

Las paredes parecían cernirse sobre él y los distintos perfumes florales de las damas se entremezclaban hasta provocarle dolor de cabeza. ¿Cuántas cenas atroces había soportado en aquella estancia cuando tuvo edad suficiente para comer con sus padres? Al antiguo duque le encantaba adularse. Se esperaba que ellos aguantaran sus peroratas en silencio.

Cuando James se hizo más mayor, las comidas se convirtieron en guerras a gran escala. Él interpretaba al provocador, al rebelde, con el objetivo de enfurecer a su padre, y William quedaba atrapado en el fuego cruzado.

—No concibo cómo ha podido estar lejos de Inglaterra durante tanto tiempo, su excelencia —puntualizó la marquesa—. Mucho me temo que la sociedad no puede ser tan agradable en las Indias Occidentales. ¿Acaso tenían una temporada?

—Detesto la temporada.

La impresión y la consternación que se dibujó en sus rostros fue cómica. Comenzaron a hablar todas a la vez.

—¿Detesta la temporada? ¿Por qué? ¿Cómo puede ser?

—¿Qué puede haber de cuestionable en tan venerable tradición?

—Las exhibiciones, las carreras, los bailes...

Dalton sonrió, estaba claro que disfrutaba del espectáculo.

—De verdad, muchacho —añadió su voz al embrollo—. Nunca digas que no disfrutas de la temporada. Es verdaderamente antipatriótico.

James hizo un gesto con la cabeza al aparador y Robert irrumpió llevándose todas las atenciones. Tenía varias botellas de un burdeos añejo decantándose en el mueble.

Una vez que James tuvo entre sus manos una copa de tonificante vino, interrumpió a las damas todavía exaltadas.

—La detesto por la vanidad, la ostentosidad y los petulantes rituales de cortejo. Los hombres se pasean con chalecos coloridos como plumas de pavo real. Las debutantes se exhiben para el mejor postor.

Lady Dorothea sacudió la cabeza.

—Ya veo. Prefiere atraer a las posibles hembras con las que aparearse a su casa y hacernos una audición como si fuéramos un coro teatral. ¿Por qué no se limita a contratar a un subastador? ¿A exhibirnos? ¿A prescindir de cualquier pretensión de civismo?

La señorita volvió a esbozar una mueca de dolor.

—Exacto, lady Dorothea. ¿Por qué andarse con rodeos? —contestó—. Prescindo de toda hipocresía. Todo el mundo sabe la razón por la que las damas asisten a los bailes. Esta ocasión no es diferente.

—Se equivoca, es tremendamente diferente —espetó lady Tombs—. Mi hija jamás formaría parte de un coro teatral.

Miró fijamente a los comensales, retándolos a contradecirla.

Dalton soltó una risita. Si James hubiera podido alcanzarlo, también le habría dado una patada por debajo de la mesa. No estaba siendo de ayuda.

—Háblenos de las mejoras que ha hecho en Warbury Park, su excelencia. —Fue el intento de lady Desmond de redirigir la conversación a temas menos controvertidos—. Tengo entendido que modernizó las cocinas.

—Sí, háblenos de las cocinas —animó con sus hoyuelos la señorita Tombs—. Hoy en día, uno nunca puede bajar la guardia. Espero que su ama de llaves supervise la preparación de los panes. En especial, el de espelta. Yo misma nunca como pan, no después de leer el fascinante ensayo del erudito doctor Thuillier. Verá, los cereales podrían estar infestados de *Claviceps purpurea*. Y no desearía ver mi piel desprendiéndose debido a una lenta y repugnante putrefacción. ¿No cree usted?

No había respuesta posible a aquello.

Le salvó la entrada de Josefa, que cargaba una reluciente charola de plata con el principio del segundo plato: carne preparada con su fragante salsa favorita. La mujer le lanzó una mirada mordaz al pobre Robert, quien se había apresurado a tomar la charola, y no estuvo satisfecha hasta haber colocado su obra maestra sin percances ante su excelencia.

Él sonrió y le tomó la mano curtida.

—Permítanme que les presente a la señora Mendoza, mi cocinera.

En lugar de hacer una reverencia, ella se limitó a asentir, evaluando sin disimulo alguno a las señoritas, una a una.

Se hizo un silencio de escándalo.

—Encantada de conocerla, señora Mendoza —dijo al fin lady Dorothea.

Josefa examinó a la muchacha.

—Qué hermosa —dijo con su marcado acento latino. Volteó hacia James—. Es linda, ¿no?

Dalton le guiñó un ojo a la cocinera.

—Mi señora, tú eres la más encantadora de todas.

Esta meneó un dedo en dirección a Dalton.

—Si serás pilluelo... —Devolvió su atención a lady Dorothea—. ¿Tú papá es un hombre importante?

Lady Dorothea frunció el ceño.

—Eh... sí.

Josefa asintió con aprobación.

—Bien. Me agrada esta. Tiene modales.

—Santo cielo —exclamó lady Desmond sin molestarse en disimular su estupor.

James contuvo una carcajada. Si supieran la verdad, habría sido un escándalo. Josefa tan solo se hacía pasar por su cocinera. En realidad, era su socia de negocios y tenía un interés personal en que el duque encontrara una esposa con buenos contactos.

—Que les aproveche la carne, señoras —expresó Josefa. Inclinó la cabeza en dirección al lacayo—. Muchacho, ya puedes servir.

Salió de la estancia; el chongo de pelo castaño oscuro que se había enroscado en la coronilla mostraba una opulencia tan regia como las plumas de la marquesa.

Dalton encontró la mirada de James con una enorme sonrisa esbozada en su rostro.

—Dios santo —comentó lady Gloucester—. Qué persona tan peculiar.

El duque se imaginó a las señoras relatando para todas sus amigas a la hora del té el calvario que fue la cena con su tosquedad cuando regresaran a Londres.

«Querida, nunca creerás lo que hizo después. Nos presentó a su cocinera en la mesa. Y ella ni se dignó hacer una reverencia. Casi me da un infarto...»

—En toda mi vida, jamás me habían presentado a una cocinera mientras comía —declaró la marquesa—. Y ¿qué diablos es esta salsa? Tiene un aroma bastante intenso.

Las damas jugueteaban con la carne de los platos.

Lady Vivienne dio un mordisquito y se llevó la servilleta a los labios de inmediato para camuflar un ataque de tos.

—¿Qué han utilizado para condimentarlo?

—Tengo entendido que chiles rojos, anís y algo de cilantro. Y grano de cacao molido. Existe el rumor de que los aztecas le sirvieron un plato similar a Cortés cuando llegó para conquistarlos, ya que pensaban que era un dios.

—¿Cacao? ¿Se refiere al cacao que bebemos? —La señorita Augusta contempló el plato con mayor interés—. Jamás pensé que pudiera utilizarse en una salsa.

—Hay quien afirma que veintiocho gramos de cacao

contienen tanto sustento como medio kilogramo de carne. El ser humano podría subsistir a base de cacao si fuera necesario —informó James.

—Según tengo entendido, abrió usted una fábrica de cacao. —Lady Vivienne sonrió con engreimiento. Se había preparado.

—Una pequeña. No está lejos de aquí, se halla cerca de Guildford. Estoy reformando Banbury Hall.

La marquesa levantó una ceja.

—No tendrá usted necesidad de dedicarse al comercio.

—Necesidad no, pero sí pasión. Sueño con que el Parlamento reduzca los aranceles del grano de cacao cultivado en tierras que no usan esclavos como mano de obra.

La familia de Josefa era dueña de unos campos en el remoto pueblo costero de Chuao, en el país de Venezuela. James era su principal benefactor.

Lady Dorothea sonrió con aprobación.

—Qué idea más maravillosa.

—Si se reducen los aranceles y se descubren mejores métodos de producción, todo el mundo podrá permitirse el sustento y el placer de beber chocolate. —Meneó una mano en el aire—. Chocolate para el pueblo.

—Es digno de admirar. —Era evidente que lady Vivienne pensaba que era de todo menos admirable que él abogara por una cuestión tan de plebeyos como que hubiera «chocolate para el pueblo».

Lady Dorothea probó una pizca de la salsa. Una sonrisa dichosa jaló las comisuras de su exquisita boca. Las otras damas se abanicaron con las servilletas.

—Tomen un sorbo de vino, señoras. Sé que no es costumbre que beban, pero comprenderán que complementa la salsa a la perfección y enmascara el picante.

—Nuestra familia jamás bebe licores —anunció lady Tombs—. «Se abstendrá de vino o bebidas fermentadas —entonó—, vinagre de vino y otros licores; no beberá jugo de uva, ni comerá uvas ni pasas.»

La señorita Tombs esbozó una mueca de desagrado.

—Siempre he querido visitar Italia, pero ¿ha oído cómo preparan el vino por aquellos lares? —Sonrió de oreja a oreja—. Con los pies. ¿Sabe usted qué cantidad de malformaciones se pueden contraer por culpa de los pies? Sin ir más lejos, excrecencias, sí, señor. —Cuando vio sus miradas perdidas añadió—: Es otra forma de decir «verruga». Mi prima Adeline tiene una en una aleta de la nariz, pobrecita.

—Alice —siseó su madre.

«Que el señor me libre de esta cena.»

Lady Dorothea brindó por las damas Tombs.

—«Vamos, vamos. Sabiéndolo beber, el vino es un espíritu benigno; no lo condenen.» —Dio un buen sorbo—. Palabras de Shakespeare.

Dalton aplaudió.

—Bravo, lady Dorothea. Bien dicho.

James no tuvo más remedio que estar de acuerdo. Diablos, mostraba más agudeza y fogosidad que el resto de las damas combinadas.

Alzó una copa hacia Dalton y, al bajarla, su canesú se deslizó aún más hacia abajo. James contuvo el aliento, cautivado por la turgencia de sus pechos exquisitos.

La fina capa de seda resistía.

Su control estaba llegando a un límite peligroso.

Capítulo 6

El duque la observó con esos imponentes ojos verdes que tenía, una mirada llena de intensidad. Charlene ansiaba que no estuviera jugando a «una de estas señoritas es diferente a las demás». La joven se estaba esforzando por integrarse con las otras chicas, pero, cada vez que abría la boca para intervenir, la condesa le daba una patadita por debajo de la mesa.

Entre los golpes que le propinaba la condesa en el pie, y que sabía que debía privarse del acervo de apetecibles exquisiteces que tenía delante, Charlene estaba viviendo su propio infierno. El vestido solo le quedaba estrecho en la parte superior. ¿No podían dejarle comer al menos un mísero bocado?

Cuando retiraron de la mesa la ternera exquisitamente sazonada con la mitad de la carne todavía en el plato, Charlene suspiró: era un sacrilegio.

Casi lo había echado todo a perder ante la mención de lord Grant. Si el duque hubiera invitado a su vecino a la cena, habría sido un desastre. Engañar a una boba con la cabeza hueca como lady Augusta no era complicado. Pero burlar a un enemigo peligroso que la conocía como Charlene habría sido una hazaña casi imposible de lograr.

Charlene vació su copa de vino de un trago y recordó

la sensación que la había embargado al sentir la mano del barón sujetándola por el cuello, el brillo de lujuria que reflejaba su dura mirada. En apenas unos segundos, el sirviente rellenó su copa, a pesar de las desesperadas señas de la condesa. Ni una sola de las demás jóvenes había probado el vino, pero a Charlene no le inquietaba. Así se sentía imprudente y atrevida. Totalmente capaz de embelesar a todo un ejército de duques.

—Disfruto mucho de un buen ponche de vino con limón y nuez moscada —comentó lady Augusta con su característica vocecita entrecortada, propia de una niña pequeña—. Mi madre siempre me repite que debo contenerme. —Entonces, batió las rizadas y espesas pestañas—. Pero me temo que, en ocasiones, me resulta imposible negarme.

Una cabellera suave, del color del trigo, unos labios carnosos rojos como las frutas del bosque y un par de enormes ojos azules, cristalinos como el agua de un lago. Era una verdadera injusticia. Lady Augusta era una auténtica delicia para la vista, y era muy consciente de ello. Miró a Charlene y entrecerró los ojos, el equivalente cortés de una tigresa dejando ver sus garras.

—Lady Dorothea, querida —añadió sonriendo afectada—, ¿recuerdas cuando, en tu presentación en sociedad, bebiste demasiado rosolí de cerezas? Santo cielo, cuando vomitaste encima del vestido de seda dorada de lady Beckinsale en el tocador pensé que semejante humillación acabaría contigo.

¿Le había pasado de verdad eso a lady Dorothea? Pobrecita. Charlene agarró el tenedor con más fuerza y consideró clavarlo justo entre los pechos de proporciones perfectas de lady Augusta. En cambio, esbozó una dulce sonrisa.

—¿Cómo podría olvidarlo? ¿No fue también aquella la noche en la que te descubrieron en el balcón con cierta persona? Creo recordar que habías perdido un botón, ¿no? ¿Que se te había deslizado por el canesú?

Las mejillas de lady Augusta adquirieron un intenso rubor escarlata.

—¡Jamás ha ocurrido cosa semejante! —exclamó—. ¡Vaya por Dios! ¿Qué te sucede? Nunca has pronunciado más de dos palabras seguidas.

—Señoritas, señoritas, por favor —les advirtió la marquesa—. Esta actitud es del todo impropia de unas damas.

La señora las observó fijamente con una mirada de reprobación. El duque también las miraba. Los ardientes ojos del hombre provocaron que Charlene fuera consciente de cada uno de sus movimientos, de cada respiración.

—Lord Dalton, llegó a mis oídos que, el próximo mes de junio, tiene pensado participar en la Copa de Oro con uno de sus caballos —dijo lady Vivienne—. ¿Lo hará con *Premonición* o con el *Señor Mermelada*?

La conversación derivó en las carreras de caballos, un tema totalmente ajeno a Charlene, así que se quedó a solas con sus pensamientos.

Por lo que había presenciado, el duque no estaba cayendo en la trampa de tentación e inocencia que había preparado lady Augusta. Y, al parecer, la señorita Tribulación Tombs carecía de cualquier tipo de estrategia. Era bastante extraño que la joven pareciera una chica normal hasta que se dirigía al duque y, entonces, de su boca emergían palabras como *verruga* o *repugnante putrefacción*.

Quizá la joven sufría de ataques de nervios, como

lady Dorothea. En cambio, lady Vivienne mantenía ocultas sus tácticas, y se lo jugaba todo al encanto de la atrayente señorita llena de misterios.

No obstante, ninguna de las jóvenes necesitaba al duque tanto como ella. Luchaban por prestigio, gloria, por la emoción de oírse llamar «su excelencia». Charlene, por el contrario, luchaba por su libertad, por la inocencia de su hermana y por la salud de su madre. No podía fracasar.

Antes de aquella noche, Charlene habría asegurado que todos los miembros de la nobleza eran iguales. Dominantes, arrogantes, de esos hombres que hacen que todo el mundo baile al son de sus caprichos con una mano firme en las riendas.

Pero aquel duque era mucho más complejo.

Tenía las manos grandes, las uñas mal recortadas y lucía unos callos prominentes en las palmas y en las yemas de los dedos, como si agarrara las bridas sin guantes. Charlene se imaginó cómo sería que esas manos la agarrasen a ella. Cómo sería que la animaran a echarse a galopar.

¿Por qué diablos había pensado algo así?

Sería el vino. No estaba acostumbrada a disfrutar de bebidas tan fuertes, su consumo se limitaba a un par de sorbos de licor aguado de vez en cuando. El duque era un hombre poco convencional. No seguía ninguna de las reglas que la condesa le había enumerado durante las lecciones. Apoyaba los codos sobre la mesa y les había presentado a su cocinera durante la cena.

Aunque eso último había sido un bonito detalle, la verdad.

Aunque *bonito* no era la palabra exacta que a Charlene se le ocurría cuando pensaba en el duque.

Formidable.

Primario.

La naturaleza del exterior había entrado en aquella casa a través de sus ojos, verdes como las hojas de los pinos, y de la madera maciza de roble con la que parecían esculpidos sus hombros. Se le veía bastante incómodo encajado en una de las sillas del comedor. Tamborileaba los dedos sin parar sobre el tablero de la mesa y daba golpecitos con el pie sobre la alfombra, inquieto y listo para ponerse en marcha cuanto antes.

Era muy diferente a lord Dalton, su lánguido amigo, que rezumaba el encanto de un infante de coro que se dejó llevar por el mal camino, con aquella cabellera dorada, un perfil de proporciones clásicas y la sonrisa lobuna.

Pero, cuando pensaba en lord Dalton, no pensaba en sus manos asiéndola con firmeza.

El duque deslizó su copa de vino por el anguloso contorno de su mandíbula, despacio, sin prisas, y fijó los ojos en Charlene con toda la intensidad de su mirada salvaje.

La joven levantó el mentón, le sostuvo la mirada y movió los hombros con el más leve y sutil de los movimientos. El canesú se le deslizó peligrosamente hacia abajo.

Charlene se percató de una ligera crispación en la mandíbula del duque.

Kyuzo le había enseñado que todos los oponentes tenían una debilidad. Además, le había explicado cómo conseguir que el miedo no se apoderara de su mente.

De fondo se oía el vaivén de unas voces femeninas, que estallaban en exclamaciones y risitas.

Charlene inclinó un poco la cabeza y se imaginó cómo

seduciría al duque cuando por fin estuvieran a solas. Desharía el nudo del pañuelo, le desabotonaría el abrigo y dejaría que la prenda se deslizara hasta el suelo. Notaría los músculos firmes del noble bajo los dedos, ansiosos por recorrerlo. Una fuerza bien reprimida. Un hombre que controlaba su cuerpo por completo, que era muy consciente de su atractivo y que esperaba que las mujeres se peleasen por él.

A Charlene se le aceleró la respiración; alzó la copa de vino y dio un sorbito, pero el contenido no llegó a sus labios, tal y como ella había planeado.

Unas gotas del color de los rubíes le cayeron por la barbilla y entre los pechos. Con suaves golpecitos, Charlene se secó con la servilleta, y recogió las gotas antes de que mancharan el costoso vestido que llevaba; la suave presión que ejerció provocó que se le endurecieran los pechos bajo la fina seda de su vestido.

La mano del duque se tensó alrededor de la copa, y la joven llegó a pensar que rompería el pie de cristal. Entonces el noble se levantó con el estruendo de la vajilla y el rechinido de las patas de la silla al moverse.

—La cena llegó a su fin —anunció, y salió de la sala dando zancadas.

El servicio se apresuró a retirar los platos, y las señoritas intercambiaron unas miradas de estupefacción.

—Su tosquedad ha hablado, señoritas —dijo lord Dalton con una sonrisa burlona—. Tendrán que perdonarlo. Ya no está acostumbrado a disfrutar de una compañía tan educada. —Se levantó de su asiento y le ofreció el brazo a lady Selby—. Permítanme que las acompañe hasta el salón principal.

Al diablo con los fracs y los pantalones ajustados.

Un hombre no podía tener una erección sin convertirse en el centro de atención de los presentes. Antes de dar por finalizada esa interminable cena, James se había sentado a la mesa a la espera de que «amainara» su situación.

Una mujer no había causado tal efecto en él en... su vida. Desde luego, nunca lo había conseguido una joven inexperta. El duque prefería que sus compañeras de alcoba fueran mayores y más experimentadas. Durante sus viajes, había conocido a una viuda en Francia con una imaginación desbordante; una cantante de ópera con unos magníficos... «pulmones»... en Florencia; una encantadora actriz de Trinidad. Fueron mujeres que comprendían las reglas del juego y participaban en él en busca de su propio placer. En busca de las miradas abrasadoras, la persecución y el momento sublime de la consumación. Las señoritas inexpertas daban demasiados problemas. No entendían las reglas del juego.

Pero había algo en lady Dorothea que acababa con su control y que cambiaba todas las reglas que conocía. La forma en la que causaba estragos en su sangre fría era todo un peligro.

Debía mantener la distancia. Elegir a lady Vivienne o a la señorita Tombs y acabar de una vez por todas con aquel disparate. Entonces podría irse directamente a Londres y caer en los brazos de alguna atractiva actriz sin cerebro, cuyo único enigma fuera la manera en que conseguía memorizar las líneas de la obra.

Lady Dorothea era un misterio demasiado grande... Tan pronto lo tiraba contra el suelo como coqueteaba con él sin vergüenza alguna. James no necesitaba un dédalo complicado que terminase en una peligrosa distracción.

Debería irse a cortar algo de leña. O beberse una botella de brandy. Cualquier cosa que consiguiera quitarle de la mente esos ojos azules grisáceos que portaban la amenaza de mareas tormentosas.

Dalton asomó la cabeza por la puerta del despacho.

—Tu mala educación es injustificable, la verdad. Regresa y ofréceles tus disculpas. Tienen todas las plumas crispadas.

—Estoy demasiado acostumbrado a vivir en la naturaleza —contestó James, y suspiró—. Perdí el gusto por la charla insustancial. Debería elegir a la señorita Tombs y dar por finalizado el tema. Al menos me aseguraría de que mantendría mi casa impoluta. ¿En qué estaba pensando? Tendría que haberle dicho a Cumberford que fuera él quien eligiera a mi esposa. Hay demasiadas mujeres en la casa, no puedo pensar.

Había sido un error invitarlas a su hogar para que compitieran por él. Tal y como lady Dorothea había sido tan amable de mencionar ante toda la mesa.

James descorchó una botella de coñac con los dientes y le dio un sorbo.

—Cuatro damas. Tres días. Tan malo no será —dijo Dalton imitando la voz grave de James.

—Eres muy gracioso.

—¿Y por qué no eliges a lady Vivienne?

—Si hiciera caso a mi cabeza, la elegiría a ella. Pero otras partes de mi cuerpo...

—Prefieren a lady Dorothea.

—¿Tan evidente resulta?

—Me temo que sí —respondió Dalton al tiempo que se encendía un puro con el fuego de la chimenea.

—Esto es un infierno —se quejó James con otro suspiro—. ¿Cómo llegué hasta aquí? Se supone que debo ser racional. Mantener la sangre fría.

—Te embaucó, ¿eh?

—Dalton, son debutantes inocentes, no cortesanas.

—Te sorprenderías. La última dama que quede en pie se ganará el título de duquesa. Apostaría cualquier cosa a que están más que dispuestas a jugar sucio. Será mejor que, por la noche, cierres la puerta de tu cuarto con llave, o puede que descubras a una debutante empeñada en meterse sigilosamente entre tus sábanas. Tenlo por seguro. —Entonces Dalton hizo una pausa e inclinó la cabeza—. Aunque, pensándolo mejor, podríamos intercambiar nuestros dormitorios sin comentárselo a nadie. Estaría encantado de sacrificarme y ocupar tu lugar.

—¿De verdad crees que se rebajarían hasta tal punto?

—Desde luego. Esas señoritas están en busca de sangre. Ya has presenciado cómo lady Dorothea y lady Augusta discutían durante la cena.

—Al final, quizá podrás disfrutar del combate erótico que ansiabas.

Dalton agarró la botella de coñac.

—¿Por qué no las envías a todas a casa y reúnes una nueva remesa para el próximo año?

—Debo terminar con este asunto cuanto antes. Por si no te has percatado, traje conmigo a una niña de Trinidad. Flor ha tenido una vida muy dura. Albergaba esperanzas de encontrar una esposa que estuviera dispuesta a aceptar a mi hija ilegítima y le brindase consejo y protección.

—¿Para eso no están ya las institutrices?

—Todas las institutrices son tediosas. Flor ya ha rechazado a dos; necesita una madre. Una mujer que le allane el camino hasta la sociedad. Cuando regrese a Trinidad, me quedaré allí un año, como mínimo. —James no tenía conocimiento alguno de lo que había que hacer para educar a una niña. Sobre todo a una niña rebelde que se parecía mucho a él a su edad.

James y Dalton se pasaban la botella mientras charlaban.

—¿Y tú? —inquirió James—. ¿Acaso tu familia no quiere que encuentres una buena esposa?

—Claro que sí. No hay nada que mi madre quisiera más en el mundo, pero no puedo hacerlo. Tengo mis razones. —A Dalton se le ensombreció el gesto—. Prefiero las mesas de juego del club. Dichoso ante la ausencia de mujeres a la caza de un esposo.

—¿Eres feliz siendo un libertino indolente? —preguntó James.

Dalton apoyó la barbilla en uno de los puños y se quedó absorto mirando las llamas, con los ojos azules ensombrecidos.

—Me veo encerrado en un círculo muy estrecho, viejo amigo. El club, el sastre, alguna viuda complaciente de vez en cuando, y de vuelta al club. Estás tomando la decisión correcta al dejar esta vida atrás. —Dalton meneó la cabeza, como si quisiera aclararse las ideas—. Bueno, dejemos de hablar de mí. Tienes un salón lleno de mujeres a las que has de entretener.

—No quisiera defraudarlas. Tendré que comportarme de forma más escandalosa si es posible. Darles una buena historia que contar.

—¡Así me gusta! Eres consciente de que los miembros del club tienen sus apuestas, ¿verdad?

—¿Sus apuestas sobre qué?

—Sobre todo este asunto. Sobre «la caza de esposa por parte de su tosquedad». El azar corre a favor de lady

Augusta, dado que es la única belleza conocida. Hoy envié una nota con mi apuesta. Como bien sabes, poseo información privilegiada.

—¿Y bien? —preguntó James—. ¿Por quién has apostado?

—Trescientos por lady Dorothea.

James tragó saliva demasiado rápido y carraspeó.

—Vas a perder.

—Ya veremos —contestó Dalton sonriendo con picardía.

Capítulo 7

—¿Qué más crees que hará? —le susurró la señorita Tombs a Charlene—. Se vistió de lacayo, nos sirvió comida extranjera y puso fin a la cena de una forma que dista de ser la convencional. —Sus hoyuelos se marcaron más—. ¿No es divertido?

Charlene sonrió y asintió, aunque solo por educación. Aquello no tenía nada de divertido. Era la guerra. Y ella era una ciudadela amurallada.

El duque estaba jugando con ellas, trataba de sorprenderlas, de tomarlas desprevenidas. O quizá les estaba enviando un aviso. Aquello tenía más sentido. Se estaba esmerando demasiado en demostrar de forma inequívoca que jamás sería un esposo atento, que lo peor que podían esperar de él las señoritas era el abandono y lo mejor excentricidad.

La señorita Tombs se sentó en el sillón junto a ella.

—Has estado soberbia durante la cena. ¡Vaya espectáculo!

¿A qué se refería con espectáculo? Le estudió el rostro, pero su sonrisa era franca, amistosa y sin rastro de malicia.

La gente veía lo que esperaba ver, tal y como le advertía la condesa constantemente.

—Gracias, señorita Tombs. Y usted estuvo... encantadora.

—Ah, por favor, llámame Alice. Y no hay por qué mentir —dijo alegre—. Soy consciente de que no tengo esperanza alguna. No hay nada que hacer. Es mi forma de ser.

Lady Tombs, que mantenía una profunda conversación con lady Gloucester, soltó un fuerte suspiro e inspeccionó a su hija desde el otro lado de la estancia. Las madres se habían dirigido a una zona de la sala, mientras que lady Vivienne y lady Augusta charlaban cerca de ellas.

—A mi pobre madre le saca totalmente de quicio —le susurró la muchacha al oído.

No conseguía distinguir si hablaba en serio. Parecía inteligente, pero resultaba obvio que era ajena a las artes de seducción. Tenía el pelo castaño claro y curvas estilizadas, aunque lo que de verdad le concedía atractivo eran sus ojos aguamarina pálido, que bailaban entre el verde y el azul. Era una suerte que no pareciera interesada en conquistar al duque.

—Deberías tratar de hablar sobre... temas más comunes —sugirió Charlene.

—Ah, ¿te refieres al tiempo? ¿O a los caballos?

—En efecto.

Alice sonrió.

—Resulta muy altruista de tu parte que me ayudes. Lo intentaré, lo prometo.

¿Por qué se había tomado tantos vasos de vino? La cabeza le daba vueltas.

Como si hubiera recibido una señal, uno de los sirvientes le ofreció una copa llena de un líquido naranja que olía al pudin que se servía en Navidad. Alice la rechazó, pero ella aceptó la bebida.

—En mi opinión, has estado maravillosamente provocativa. Estoy segura de que he visto al duque contemplándote encandilado —informó la señorita.

Lady Vivienne se recostó sobre los almohadones del sillón a la par que peinaba el aire con una elegante mano de dedos largos.

—Es cierto que parece algo trastornado —la oyó decir Charlene.

—Un bárbaro —corroboró lady Augusta—. Esos brazos musculosos con tan poco gusto. Como los de un jornalero del puerto. Apuesto a que puede levantarme con uno solo. Y llegó a mis oídos que es un depravado sin corazón. Para que lo sepas, lady Caroline me contó... —Acercó la cabeza y bajó tanto la voz que Charlene fue incapaz de oír sus palabras.

El tema de su conversación irrumpió en la sala seguido de lord Dalton. El duque se posicionó en un taburete tapizado de terciopelo en el mismo centro del salón, como si estuviera posando para una clase de arte y esperase que ellas lo dibujaran.

El hombre se desprendió del frac con un movimiento de hombros y se lo lanzó a un sirviente.

Se levantó un murmullo interesado por parte de las señoritas y una protesta de las madres.

Entonces, comenzó a desabrocharse los puños de la camisa.

Primero uno. Luego el otro.

Alice cruzó la mirada con la de Charlene y se acercó para susurrarle:

—¿Lo ves? ¿Qué te había dicho?

Se remangó la camisa, con lo que incumplió todas las normas de etiqueta del salón de forma deliberada. El anfitrión no debía desnudarse después de la cena para así exponer unos antebrazos cincelados y bronceados por el sol.

Se podría haber oído una mancuerna al golpear el suelo en la sala.

El duque se sentó en la silla con las piernas abiertas, la espalda recta y los hombros firmes; imponente a la par que autoritario. Despertó todo rastro de feminidad y embriaguez que existía en ella. Sin embargo, no era de ese tipo de muchachas que caían rendidas. Además, su corazón nunca latía con fuerza ni aleteaba.

Solo que, en aquellos momentos, no conseguía recuperar el aliento y el corazón le galopaba desbocado contra las costillas.

«Contrólate, Charlene. Tus defensas son inquebrantables. No eres la concubina de ningún hombre.»

—Señoritas —articuló el duque—, les ruego que disculpen mi descortesía. He pasado demasiado tiempo en compañía de hombres toscos. Permítanme que les toque una canción. —Acunó una guitarra contra su cuerpo, sus dedos viajaron por las cuerdas y jugueteó con las clavijas hasta haberla afinado—. Interpretaré un fandango español. Una danza de cortejo que aprendí a tocar durante mis travesías.

Se escuchó un *crescendo* vertiginoso y a continuación comenzó la melodía, lenta y constante. Un ritmo foráneo destacado por un grácil trémulo de notas alegres. Rasgó las cuerdas para dar énfasis, golpeó la guitarra con la palma de la mano e hizo que esta cantara y retumbara en el suelo.

Con las mangas recogidas y la oscura melena tupida cayéndole sobre los ojos, el duque no se parecía a ningún otro noble que ella hubiera conocido. En él no se distinguía rastro de zalamería ni elegancia. Se sentaba con las piernas completamente abiertas mientras apoyaba la guitarra en una rodilla.

«Esta será la razón de sus callos y uñas descuidadas», reflexionó al verlo rasgar las cuerdas. Tocaba con desenfreno, sin importarle lo que ellas pensaran. Sus dedos temblaron en el mástil de la guitarra y después acarició las cuerdas con dulzura.

El ritmo era cada vez más rápido, más frenético; atacaba las cuerdas con los ojos ocultos tras sus cabellos. La transparencia de sus emociones la tomó por sorpresa. La melodía reverberaba en su interior. Él hizo una mueca y suspiró, absorto en la música. La canción sonaba triste y eufórica al mismo tiempo.

Por un momento, Charlene se olvidó de por qué estaba allí y se permitió sentir la música y nada más.

«Yo soy un hombre, tú una mujer —cantaban las cuerdas—. Esta es nuestra danza. No existe la vergüenza. Ni el pecado. Sígueme, deja que te guíe. Estos son los pasos, muévete conmigo.»

El resto de las mujeres estaban embelesadas y se inclinaban hacia delante en sus asientos con la boca abierta. La música era intensa a la par que exigente y, al instante, se transformaba en una melancolía que desgarraba el corazón. Charlene se imaginó los dedos del duque acariciándola, arrancándole suspiros de los labios.

La canción llegó a su fin de forma abrupta y el chasquido de la madera hizo que la atención del grupo se dirigiera a la puerta del salón. Para su sorpresa, había allí una niña con las manos alzadas a un lado. El duque levantó la cabeza, le hizo un gesto afirmativo a la pequeña y comenzó a tocar otra canción.

La chiquilla no podía tener más de seis o siete años. Su tupido cabello negro estaba recogido en un elegante chongo a un lado del cuello, engalanado con una flor. Su piel era de una suave tonalidad tostada. Se había envuelto en una mantilla de seda con largos flecos que rozaban la alfombra.

Se balanceaba al ritmo de la música, taconeaba en el suelo con sus zapatitos al entrar en la habitación mientras hacía piruetas con una sonrisa deslumbrante en el rostro y esquivaba muebles hasta llegar junto al duque.

Levantó los brazos y Charlene atisbó unos discos de madera hueca en sus dedos, atados a sus pulgares con lazos. Golpeteó unos discos contra los otros al ritmo de la música y su castañeteo sirvió como contrapunto perspicaz para el rasgueo del duque.

El par se movía en perfecta sincronía, tanto sus pies como sus dedos llevaban a cabo una conversación compleja de percusiones y carrerillas. Lanzó las manos al aire e hizo girar las muñecas con agilidad mientras daba vueltas y castañeteaba.

¿Quién era aquella niña y por qué el duque tocaba para ella con semejante dulzura?

Cuando la danza llegó a su fin, la pequeña se quitó la flor del pelo y se la ofreció a lady Augusta con una bonita reverencia.

Lady Augusta soltó una risita. Su madre le lanzó una mirada penetrante al duque, como si por pura fuerza de voluntad fuera capaz de transformar a un tosco con mangas arremangadas que tocaba la guitarra en un miembro de la corte con camisa correctamente abotonada que jugaba críquet.

Lady Augusta le acarició la mejilla a la niña. Lady Selby alzó su monóculo.

—Cielos, qué niñita más encantadora. ¿De quién es, su excelencia?

—Mi nombre es Flor María —reveló la pequeña con un marcado acento extranjero—. ¿Y tú quién eres?

—Flor —reprendió el duque con un tono de advertencia.

Charlene disimuló una sonrisa.

—Por todos los santos. —La marquesa bajó el monóculo—. Qué modales.

—Flor es un nombre muy bonito —aseguró Charlene.

La chiquilla asintió.

—Mi mamá me llamó Flor. Ahora ella está con los ángeles. ¿Crees que los ángeles bailan? Deben hacerlo. Porque si no lo hacen, mi mamá no estará contenta en el cielo.

—Eres una bailarina excelente —afirmó Charlene.

—Puedo mostrarte cómo bailar y cómo usar las castañuelas.

Flor le ofreció los discos de madera. El duque le guiñó el ojo a Charlene.

—Es posible que lady Dorothea no sea capaz de aprender el fandango.

Flor la escudriñó.

—Aunque tiene los cabellos claros, creo que podría enseñarle.

Lord Dalton sonrió.

—¿Y qué me dices de lady Vivienne? —Señaló a la morena.

Flor se dio la vuelta para observarla.

—Pues claro. Empezarán las clases mañana —les dijo a ambas jóvenes—. Comiencen a practicar el taconeo. Primero punta y luego tacón. Así. —Hizo una demostración—. Punta y luego tacón.

Era obvio que lady Vivienne no estaba acostumbrada a recibir órdenes de una niña de seis años y no sabía cómo responder. Charlene asintió con seriedad.

—Te prometo que practicaré.
—Pero, bueno, ¿de quién es esta niña? —insistió la marquesa—. ¿Quizá de una de sus sirvientas?
El duque colocó una mano en la cabeza de la pequeña.
—Es mía.
La marquesa soltó su monóculo, que se quedó colgando de la cadena alrededor de su cuello.
—¿Suya?
Lady Desmond le preguntó al duque con voz entrecortada:
—¿Estuvo casado en el extranjero?
Él asió con más fuerza el mástil de la guitarra.
—No, no lo estuve.
Las mujeres dejaron escapar jadeos y murmullos.
Ahora que él lo había admitido, Charlene apreció la semejanza. Los ojos verde claro de la niña, las líneas marcadas de la mandíbula.
Había reconocido a su hija ilegítima y extranjera. La niña rechazada y no reconocida que habitaba en su interior deseaba ponerse de pie y gritar: «¡Bravo!».
—Este no es un tema adecuado para las jovencitas. Haga el favor de apartar a esa niña de nuestra vista, su excelencia. —Lady Selby levantó el mentón en el aire con arrogancia.
Flor contempló a su padre con ojos inquisitivos al sentir la oleada de desaprobación que rompía contra ella. Jaló la manga del duque.
—¿Por qué no les gusto a estas señoras, papá? —Se estremeció—. Aquí nadie me dice nunca que soy linda y hace mucho frío. Quiero irme a casa.
El duque señaló la puerta.
—A la cama ahora mismo. ¿Dónde está la señorita Pratt?

—Quiero quedarme contigo. —El labio inferior de la pequeña tembló y a Charlene se le derritió el corazón.

—Yo creo que eres muy hermosa —opinó.

Flor alzó los ojos color verde, que se habían oscurecido y brillaban con lágrimas.

—Gracias. —Sorbió por la nariz.

—Hiciste una amiga, lady Dorothea. —En la voz de lady Augusta se apreciaba una perversidad que podía cortar.

El duque le entregó la guitarra a un lacayo y se levantó.

—¡Señorita Pratt! —bramó.

Una mujer delgada ataviada con un austero vestido gris y una cofia blanca se apresuró a entrar en la estancia.

—Me siento muy avergonzada, su excelencia. —Hizo una reverencia rápida—. Mis señoras. —Volvió a hacer una reverencia, esta vez en dirección a la marquesa—. No tenía constancia de que se hubiera escapado. Pensaba que se había dormido.

Agarró a su protegida por el hombro y trató de arrancarle los discos de madera de los dedos.

—No toques las castañuelas. Son de mi mamá. —Flor les lanzó una mirada desafiante—. Nadie toca mis castañuelas.

—¡Flor! Debes disculparte. ¿Acaso quieres que estas señoras tan elegantes piensen que eres una salvaje?

Flor levantó el mentón.

—No soy una salvaje.

—Cielo santo. —La marquesa ladeó su regia cabeza—. Qué temperamento más desafortunado.

—Les pido disculpas —se excusó la institutriz apretando los labios como si se hubiera comido un limón—. Ven conmigo, niña.

Y se llevó a empujones a Flor de la sala.

—¿Quién era su madre, su excelencia? —inquirió la marquesa.

—Una... amiga.

—Confío en que no acostumbre a exhibir a la niña en público.

Ambas condesas estuvieron de acuerdo.

El duque se abotonó los puños de la camisa y aceptó el frac que le ofrecía un criado.

—Tengo una hija que nació fuera del matrimonio —manifestó—. Si lo consideran un defecto irreparable, les concedo permiso para tomar a sus hijas y e irse con toda libertad.

Charlene percibió que apenas podía contener la furia que lo embargaba.

—Ah. —La marquesa parpadeó—. Vaya.

Parecía estar considerando seriamente la opción de agarrar a lady Vivienne y partir.

Charlene se imaginaba el diálogo que estaba teniendo lugar en la mente de la marquesa.

«El duque tiene una de esas hijas. Sí, pero es un duque. ¡Y lady Vivienne sería una duquesa! Aunque la niña es extranjera. Qué repugnante. En efecto, pero se puede ocultar la existencia de la niña, darle una buena dote y casarla a los quince con algún miembro menor de la nobleza de su país.»

Las plumas de lady Tombs temblaron.

—Qué poca delicadeza. Señorita Tombs, quizá lo mejor sería que parlotearas sobre alguna de tus cuestiones. No creo que esta conversación sea en absoluto apropiada.

Alice frunció los labios rosados.

—La niña dijo que tenía frío. El clima debe de ser mucho más cálido en las Indias Occidentales. La pobrecita.

Charlene asintió.

—No me cabe duda de que también se sentirá sola. Las niñas de su edad necesitan compañía. —Se dirigió al duque—. ¿No hay niños en las propiedades colindantes que puedan jugar con ella?

Voltearon todas. Lady Selby la observaba como si le hubieran salido cuernos y pezuñas hendidas, mientras que el pie de lady Desmond golpeó el suelo como advertencia.

—Una no puede permitir que los niños de semejante condición fraternicen en público, lady Dorothea —profirió la marquesa con gran disgusto.

—No creo que se deba penalizar a Flor por las circunstancias de su nacimiento —declaró ella—. ¿Cómo puede responsabilizar a una niña de...?

—Lo que mi hija quiere decir —interrumpió con mucha labia lady Desmond— es que una institutriz debería mantener controlados a los niños que tiene a su cargo.

Las damas asintieron.

Aquello no tenía nada que ver con lo que en realidad quería decir.

«Respira. Un río que fluye. Eres lady Dorothea. No la ilegítima Charlene.»

—Le suplico que cambie de tema. —Lady Tombs se retorció las manos—. Estas jóvenes encantadoras e inocentes no deberían verse expuestas a tan indecorosa cuestión.

Charlene apenas fue capaz de contener una respuesta mordaz. La presunta superioridad que creían tener aquellas damas resultaba de lo más dañina.

—Entonces, entiendo que ninguna de ustedes desea partir —inquirió el duque con una mueca irónica en los labios, como si prefiriera que el rebaño menguara.

Las mujeres contemplaron la alfombra.

—¿Por qué no jugamos a la veintiuna? —sugirió lady Tombs para romper el incómodo silencio.

—Como desee —contestó el duque.

«¡Diablos!» La condesa no había tenido tiempo de enseñarle ningún juego de mesa. Tendría que inventarse una razón para excusarse del pasatiempo.

Charlene se preguntó si lady Dorothea se avergonzaría de Flor y querría ocultársela a la sociedad. El duque ya había dejado a su hija a cargo de aquella institutriz con cara de que alguien la estuviera pellizcando, aun cuando la niña daba muestras claras de necesitar amor y compañía.

Con todo, había decidido reconocerla como su descendiente y supuestamente le daría una dote. Lo respetaba por aquello, pero eso no cambiaba el hecho de que fuera un duque. Sabía que aquel título y la fortuna que había heredado daban lugar a la corrupción.

Si los cuchicheos de lady Augusta eran ciertos, aquel hombre era un sinvergüenza que había dejado corazones rotos a su paso por varios continentes. Había traído a su hija a su hogar, a su vera, pero eso no significaba que no hubiera dejado una legión de hijos ilegítimos para que se pudrieran en el olvido.

Verlo tocar la guitarra para su hija había hecho que tuviera ganas de apreciarlo.

Lo cual quedaba completamente descartado.

Mientras los lacayos traían las mesas para jugar a las cartas y reorganizaban las sillas, James analizó a lady Dorothea. No había tenido intención de revelar la existencia de su hija hasta que hubiera elegido una esposa, pues comprendía la tormenta que Flor provocaría. Jamás se le ocurrió que una de las damas saltaría en su defensa. No era inusual que los duques reconocieran a sus hijos ilegítimos, aunque rara vez los invitaban a vivir con ellos en sus moradas.

Ocupó un asiento junto a Dalton en una de las mesas sin dejar de meditar sobre la sorprendente extravagancia de lady Dorothea.

—¿Por qué no se une a nosotros, lady Dorothea? —preguntó el marqués, quien se proponía sentarla junto a James debido a su apuesta de trescientas libras a favor de la muchacha.

—Me temo que me duele un poco la cabeza —respondió—. Me sentaré junto a la chimenea y observaré cómo se divierten.

Los ojos de Dalton danzaron traviesos.

—Entonces su excelencia le hará compañía. Le oí afirmar con frecuencia que prefiere ver jugar a las cartas antes que participar.

James frunció el ceño. Él jamás había dicho algo semejante. Ah, por supuesto. Las trescientas libras.

—Buena jugada, señor —murmuró mientras se levantaba para unirse a lady Dorothea.

—Todo vale en el amor y en las apuestas de los caballeros —fue su irritante respuesta.

Las madres posicionaron a sus hijas en las mesas de juego a empujones con el fin de disponer de una mejor oportunidad de presumir la mercancía.

James podía sentarse con lady Dorothea. No tenía por qué hablarle, mirarla o preguntarse qué se sentiría al tener aquellas curvas llenándole las manos. Los labios. Ciertamente, no quería ni imaginarse cómo se sentiría él si estuviera llenando su...

—¿En qué está pensando?

La voz rasgada de contralto de lady Dorothea le acarició los sentidos. ¿Por qué había sonado tan diferente durante la cena? Más afectada, con un tono de voz más agudo.

Él se aclaró la garganta.

—Yo... me preguntaba por qué ha sido tan amable con mi hija.

—Debe de ser complicado para ella residir en un país desconocido sin más niños con los que jugar. Se siente muy sola.

—Le confieso que no lo había pensado. Debe de haber crecido usted en una familia numerosa.

Ella se quedó callada un instante.

—Tengo... dos hermanos. ¿Y usted, su excelencia?

—Tenía un hermano.

La muchacha se llevó la mano a la boca.

—Ah, cuantísimo lo siento, no recordaba su pérdida.

Él esperó a que continuara hablando, que pronunciara las usuales frases trilladas sobre cómo aprendería a soportar la pérdida con el tiempo o que se había convertido en duque para un mayor propósito, pero no lo hizo.

Se quedó tan quieta que hasta las plumas que le adornaban el pelo cesaron su movimiento.

Las llamas de la enorme chimenea de color blanco tiza lamían los troncos de roble. La madera añeja ardía con intensidad y sin descanso.

Las mujeres jugaban cartas, hacían apuestas y se reían de manera estridente. Lady Augusta echó la cabeza hacia atrás para mirarlo sin tapujos, lo cual hizo que las plumas y las perlas oscilaran.

Lady Dorothea siguió sin pronunciar palabra.

Una imagen le vino a James a la mente de forma espontánea. Estaba de pie a su vera en la cubierta de un barco, el viento salado le revolvía los rizos, que le daban latigazos en los labios. A ella no le importaría tener los cabellos alborotados, ni que el servicio de té temblara por la mesa.

A pesar de sus rasgos delicados y su pequeña figura era una joven fuerte.

Alguien en quien podría apoyarse.

Qué pensamiento más inesperado. Uno no se apoyaba en las señoritas de alta alcurnia. Las protegía, les cubría los ojos ante las verdades duras de tragar que ofrecía el mundo, las mimaba y las consentía.

Retomó la conversación para apartar aquellos pensamientos de la cabeza.

—William era un buen hombre. Templado y convencional. Se le había criado durante toda su vida para que asumiera el título y habría sido un duque excelente. Sobrio y justo. —No pudo evitar que el rencor se deslizara en su voz—. Mientras que yo soy un completo inepto para la condición de duque... y para la paternidad.

—No siempre podemos escoger nuestro camino. A veces se nos concede un deber, una oportunidad y o nos ponemos a la altura de la ocasión, o nos tambaleamos bajo los golpes que nos propina la vida.

Fue él quien se quedó en silencio en aquella ocasión mientras consideraba sus palabras. Había hablado con convicción, como si ella misma hubiera experimentado adversidades. Quizá fuera algún hecho de su pasado, algún tormento oculto que él desconocía. Sintió curiosidad.

—Habla como si hubiera recibido alguno de esos golpes, lady Dorothea.

—¿Yo? ¿Cómo iba a hacerlo? He vivido en una burbuja, su excelencia. —Dio un sorbo a su copa de licor—. ¿Cómo es que se trajo a Flor consigo a Inglaterra?

—Me la entregaron de forma inesperada. Yo la engendré, por lo que acepto toda responsabilidad para con su bienestar —relató—. Ni siquiera sabía de su existencia hasta que la madre me la confió dos semanas antes de que zarpara a Inglaterra.

—¿Y la madre sufrió mucho por renunciar a su hija?

—Murió por la fiebre amarilla cuatro días después de dejarme a Flor. No podía abandonar a mi hija para que muriera por la fiebre... o la capturaran los esclavistas. Disculpe que le hable con tanta franqueza, lady Dorothea, pero es la verdad. El único sitio en el que estará a salvo es aquí. Desde luego, jamás podría llevarla conmigo en mis viajes.

Lady Dorothea suspiró.

—Cuánta pérdida. No hay duda de que extraña a su madre con locura, y perder asimismo a su padre le partiría el corazón. ¿Su madre era una buena amiga suya, su excelencia?

—Apenas nos conocíamos.

Aquella conversación se estaba adentrando en un camino completamente imprevisto. La madre de Flor, María, había sido una actriz de Trinidad con ascendencia española, europea y africana. Habían compartido alcoba varias noches. Había tenido cuidado. Nunca debería haber nacido ninguna hija. Sin embargo, cuando María le entregó a Flor varios años después, contempló los ojos verdes de la niña y supo, de alguna manera, que era suya.

Removió el brandy de su vaso. Ahora lady Dorothea sabía más sobre él que la mayoría de la gente, exceptuando a un puñado selecto de personas. Había algo en la profundidad insondable de sus ojos que hacía que se le soltara la lengua.

—Es una niña inteligente, vivaracha y curiosa. Sin embargo, presenta una vena rebelde y puede llegar a ser más mala que un demonio si se le lleva la contraria. Consiguó que dos institutrices dimitan en muy poco tiempo, y la señorita Pratt ya muestra signos de derrota. Luce esa arruga permanente entre ambas cejas, lo cual significa que está a punto de hacer las maletas y partir en el siguiente coche de correos.

—Pues deje que se vaya —opinó lady Dorothea mientras se le acercaba con ferviente sinceridad—. Es demasiado severa. Encuentre a una institutriz de actitud más afable.

—Flor necesita una rutina estricta.

—Lo que necesita es compasión.

—Debe aprender a ser fuerte y no mostrar emoción alguna. Tiene ataques de ira. Deberá aprender a controlarse si va a entrar en sociedad.

—¿Alguna vez ha pensado que tal vez esos ataques se deben a que está sola y quiere llamar su atención?

—No espero que la hija de un conde reconozca cuán cruel puede llegar a ser la sociedad. Usted nunca ha tenido que soportar el escrutinio ni que la ridiculicen. A los ojos de Inglaterra, Flor ya tendrá demasiados puntos en su contra, como su nacimiento o su condición de extranjera. ¿No ve que mi único deseo es protegerla?

—Lo que veo es a una niña que piensa que nadie la tiene en estima. Debería pasar más tiempo con ella.

—Si paso más tiempo con ella ahora, será incluso más complicado para mi hija cuando regrese a Trinidad y la deje aquí. Tiene que acostumbrarse a mi ausencia. Pronto tendrá una nueva madre, alguien que la proteja y que use su influencia para ofrecerle mejor suerte en la vida.

—Su excelencia —lo llamó la marquesa levantando la voz para que se la escuchara por encima de su conversación—. ¿Por qué no se une a nosotras? Estamos a punto de comenzar una nueva ronda.

Lady Augusta esbozó una sonrisa desagradable.

—Antes de que volvamos a empezar con el juego, tengo entendido que lady Dorothea tiene un talento que compartir con todos nosotros. ¿Serías tan amable de hacernos una demostración de lucha romana, querida?

Lady Vivienne frunció el ceño.

—¿Qué quiere decir con «lucha»?

—Tengo claro que no deseo descubrirlo. Señorita Tombs, deberíamos retirarnos —declaró lady Tombs.

—En efecto —corroboró lady Desmond—. Me encuentro abrumada por la fatiga. Ven conmigo, lady Dorothea. No habrá nadie interesado en las extravagantes habilidades que has adquirido en tus viajes.

—No sea así, si adquirió una nueva habilidad, a todos nos gustaría disfrutarla. —Lady Augusta se levantó y caminó en dirección a la chimenea. Le arrebató a lady Dorothea uno de los pasadores enjoyados que le adornaban los cabellos y lo sostuvo en las alturas—. Imagina que soy un ladrón de joyas. ¿Qué harías?

—Devuélvemela. —La voz de lady Dorothea era grave y monótona.

—Ah, limitarse a pedirlo no serviría de nada —azuzó lady Augusta—. A estas alturas ya me encontraría a mitad de la *piazza*.

—Devuélveme el pasador.

—Me lo tendrás que quitar de las manos. —Lady Augusta echó la cabeza atrás desafiante.

Lady Dorothea apretó los puños.

—Señoritas, por favor —interrumpió con tono severo lady Gloucester—. Ha sido una velada muy larga. Es hora de retirarse.

Lady Augusta entrecerró los ojos.

—¿Y si te estuviera atacando, qué harías entonces? —Mantuvo la mirada fija en la de lady Dorothea, y levantó una mano lentamente, como si fuera a darle una bofetada.

Lady Desmond soltó un grito ahogado.

James se levantó de un salto; se había despertado su instinto protector, aunque no tenía de qué preocuparse.

Lady Dorothea bloqueó el golpe de lady Augusta y, después, todo se tornó borroso por lo repentino del movimiento; la segunda dama titubeó hacia atrás hasta caer en un sillón. Mientras caía, se agarró a la espalda del vestido de lady Dorothea con una de las manos.

Se escuchó un desgarre ensordecedor. Un botón salió volando por los aires. Y entonces, el vestido de lady Dorothea se rasgó, abriéndose completamente por la espalda como un durazno que se partía por la mitad.

Ella consiguió aferrarse al canesú antes de que se le desprendiera por completo, pero no antes de que él vislumbrara sus curvas exuberantes e incluso un pezón rosado.

Por el altercado que tuvo lugar a continuación, cualquiera habría pensado que un asesino andaba suelto.

Las muchachas gritaban, al menos una madre se desmayó. Dalton abría la boca y lady Dorothea se quedó inmóvil, como un ciervo asustado que se enfrentaba a una flecha.

James se apresuró a ir a su lado.

—Aquí tiene, póngase esto. —Se quitó el frac, le envolvió los hombros con él y se lo abrochó.

Los ojos de la muchacha estaban vidriosos, como un lago congelado durante el invierno.

—Lo lamento —susurró—. No puedo hacerlo.

Capítulo 8

James se vio tentado de enviar a lady Dorothea de vuelta a Londres con el pretexto del poco decoro que había mostrado. A una duquesa jamás se le deben rasgar las costuras en público.

«La seda color durazno se desgarró y dejó al descubierto unos pechos redondos y exuberantes; se pudo vislumbrar un atisbo, un atisbo muy tentador, de un erizado pezón rosado al que ansiaba... James, deja de pensar en eso.»

Por fortuna, la conmoción que había causado la revelación de lady Dorothea había sustituido al escándalo de su hija ilegítima.

James subió las escaleras hacia el cuarto de su hija. Lady Dorothea le había aconsejado que pasara más tiempo con la niña. El duque nunca había puesto un pie en aquella habitación; abrió la puerta de un suave empujón.

Flor estaba en la cama, tenía los puñitos cerrados con firmeza, y las rodillas pegadas al pecho. James extendió el brazo hacia abajo aunque, cohibido, no llegó a tocar el pelo de su hija.

La niña dormía acurrucada, una bolita de intensa concentración. Al tener los ojos cerrados con mucha fuerza, las espesas pestañas proyectaban su sombra en las mejillas. La larga melena oscura se enredaba con las sábanas de la cama. La niña había podido dormir incluso durante el largo viaje en barco hasta Londres, a pesar de los balanceos que daba el navío por el movimiento de las olas.

Para su hija, el viaje a Inglaterra había sido muy complicado. No dejaba de sollozar y lamentarse, llorando la muerte de su madre, desconcertada ante el repentino cambio que había sacudido su vida.

La verdad sea dicha, la niña le había alegrado el largo viaje a su padre. Tras varias semanas, Flor por fin había superado su pena, con los ojos muy abiertos y llenos de curiosidad, y el asombro de su hija había logrado distraerla y evitar que pensase en el futuro que le esperaba. En que era el único descendiente vivo de su linaje y en que tendría que enfrentarse a los recuerdos que tanto tiempo llevaban enterrados en su mente. La presencia de la niña le había dado un nuevo propósito al duque, un nuevo objetivo: protegerla, que llegara sana y salva a Inglaterra, darle una nueva vida y conseguirle una nueva madre.

La niña había entablado amistad con el primer oficial de cubierta, quien le había confeccionado unas muñequitas con retazos de ropa de cama y cuerdas. James pensó que, si la pequeña había podido hacerse amiga de un marinero entrado en años, quizá podría conquistar hasta los corazones más fríos de la aristocracia británica.

Una niña como ella jamás disfrutaría de una vida sencilla.

Lady Dorothea se equivocaba en sus consejos para manejar a su hija. Si James consentía a Flor, sus mimos no harían más que promover que fuera más dependiente y susceptible. La pequeña sería quien riera al último únicamente si derrotaba a los demás en su propio juego. Solo lo conseguiría si desarrollaba un temple mayor incluso que el de la marquesa y si se desvinculaba del desvergonzado libertino que tenía por padre.

La pequeña se enfurecía y se ponía a llorar con facilidad. Era igualita a él cuando James tenía su edad. Antes de que su padre, el duque, lo reeducase a base de golpes. James iba a hacerle a su hija el mejor favor que podría haberle hecho: dejarla en paz. En su lugar, le daría una madre, alguien con mano dura, aunque cariñosa. Lo que más le convenía a James era mantener la distancia con Flor. La niña tendría más oportunidades de florecer con una madre que le enseñara el camino.

Lady Dorothea creía que James debía estimar a su hija.

La joven había utilizado esa palabra con demasiada libertad.

Tras la muerte de su madre, James había comprendido que el amor se abría camino por el pecho, como si fuera un gusano horadando una manzana. Y cuando uno se quita la camisa, puede ver las paredes de la habitación a través del agujero.

La estima, el amor, eran palabras peligrosas. Eran las precursoras de la pérdida y la soledad.

A su hija le convendría más aprender a ser reservada. Serena. A mantener el control.

«Nunca pierdas el control, Charlene.» ¿Cuántas veces le habría repetido Kyuzo aquella frase? «Te alteras con demasiada facilidad. Cuando te tranquilices, tu rival cometerá un error.»

Charlene se metió debajo de las sábanas, y se tapó

con ellas los restos del vestido que todavía llevaba puesto. La condesa le había advertido sobre lady Augusta, y aun así Charlene se había dado el lujo de dejar que la provocase hasta hacerle perder los estribos. Le ardían los ojos por las lágrimas.

Había fracasado. Había hecho pasar a lady Dorothea un ridículo irremediable.

Seguro que las otras pretendientas del duque se estarían riendo por lo ocurrido, y estarían recordando el incidente entre susurros escandalizados. Cuando le tendió el frac, Charlene vio cómo la compasión, y no el deseo, se reflejaban en la mirada del hombre. La joven supuso que su verdadera naturaleza siempre saldría a la luz, y la señalaría como la intrusa que era en aquel mundo superficial y restrictivo.

Defenderse físicamente de las insinuaciones amorosas de un duque disfrazado de lacayo podía llegar a excusarse. Pero lanzar a una de sus contrincantes contra el sillón, por mucho que se lo mereciera, delante de un grupo que debía cumplir un código de etiqueta más largo que su brazo era inaceptable.

Y eso sin mencionar el humillante desgarre de las costuras de su vestido. Cuando la condesa le había dicho que el duque prefería una loba, era más que evidente que no se estaba refiriendo a un acercamiento tan poco civilizado como el que habían vivido.

Charlene gimoteó con las mejillas encendidas. No debería angustiarle lo más mínimo ofender a unos aristócratas oficiosos, pero en realidad le importaba mucho. Quería demostrar su valía. Una parte de ella anhelaba demostrar que era tan excepcional como las bellas damas de la alta sociedad, y que ella también era capaz de ganarse a un duque.

La puerta se abrió.

—¿Se está escondiendo, señorita Beckett? —Era la dura voz de la condesa.

Charlene se destapó la cabeza y se frotó los ojos con una mano.

—Lo lamento muchísimo. Perdí el control. Le pagaré el vestido.

Con un gesto de la mano, lady Desmond le restó importancia a la pérdida de la prenda.

—Ese vestido ya cumplió con su cometido. No lo necesitamos más.

—He de recalcar que avisé a Blanchard de que me quedaba peligrosamente estrecho.

Un atisbo de sonrisa revoloteó en el rostro de la condesa.

—Debería haber visto sus caras. El duque no podía apartar la mirada de usted, como si no quedase ni una pizca de luz en todo el salón. Y las otras jóvenes... —Otro amago de sonrisa—. Era una mezcla de envidia e indignación a partes iguales. No me sorprendería que, mientras conversamos, sus doncellas estén descosiendo las costuras de sus canesús, con la esperanza de incitar una revelación similar a la suya. Está usted muy... bien dotada.

Charlene se irguió un poco más en la cama. ¿Por qué la condesa no se lamentaba y retorcía las manos?

—Y he de reconocer que tampoco me disgustó ver a lady Augusta recibir su merecido —continuó la condesa—. De todas las groserías que podían salir de su boca, tuvo que mencionar el incidente de la presentación en sociedad de Dorothea.

—¿Es cierto que lady Dorothea... vomitó?

—Nunca mencionamos lo ocurrido aquella noche

—contestó lady Desmond desviando la mirada. Después, volteó y dijo—: Por mucho que aborrezca tener que admitir algo así, sus estrafalarios arrebatos parecen sernos de gran utilidad.

Charlene se apartó unos rizos húmedos de los ojos.

—Entonces ¿cree que todavía seguimos en la competencia?

—Más bien diría que, en realidad, estamos muy cerca de la línea de meta. Lo único que necesitamos es encontrar la manera de que se quede a solas con el duque. No se preocupe, querida, yo me encargaré. Únicamente necesita un poco más de estímulo y, entonces, será mío.

La condesa se fue al vestidor. Qué extraño. Al parecer, Charlene no se equivocaba nunca.

¿Que tumbaba a un duque contra el suelo? Era encantadora.

¿Que se exhibía en público? Era demasiado perfecta.

Jamás entendería a la nobleza.

Manon entró en la habitación para ayudarla a desvestirse.

—Me han dicho que le has ofrecido un espectáculo al duque —comentó, y en su oscura mirada brillaba la chispa de la risa.

—Supongo que es una forma de decirlo. —Charlene todavía no podía creer que la condesa no estuviera enojada con ella.

Manon la ayudó a deshacerse del vestido dañado y le quitó los pasadores y las arrugadas rosas del cabello. A Charlene le rugía tanto el estómago que hasta Manon pudo oír los ruidos que salían de él. La doncella miró de reojo al vestidor, y dijo:

—Te guardé un plato en la despensa, escaleras abajo. No me atreví a subirlo aquí, por si acaso la señora me descubría. Deberías comer algo. No ganarás nada con matarte de hambre.

—¿Me estás diciendo que debería ir a las cocinas?

—¿Y por qué no? Todo el mundo se irá pronto a dormir, y tú necesitas recobrar fuerzas. Además —sonrió—, algo me dice que el duque prefiere las curvas.

Charlene le devolvió la sonrisa.

—Supongo que nadie le impediría a la hija de un conde bajar a la despensa si tuviera un antojo nocturno.

Manon asintió y le recogió el pelo a Charlene en una trenza floja, con un lazo de seda al final para sujetarla.

—Estamos viviendo una situación pelicular, ¿no te parece? —preguntó Charlene a la doncella—. Gracias por ayudarme.

—Muy propia de una obra de teatro, *non?* —contestó Manon con una risita tonta—. Identidades ocultas, atractivos duques, vestidos que se desgarran en el momento adecuado...

—De verdad que pensaba que ya se había acabado mi tiempo en el escenario. Pero, al parecer, me han otorgado una nueva oportunidad. No puedo fallar.

Manon dobló el desgarrado vestido de encaje y se lo colocó sobre el brazo.

—No te preocupes, *chérie*. El duque ya está medio enamorado de ti, pero aún no lo sabe.

La doncella se fue y cerró tras ella la puerta que conectaba las habitaciones.

Se equivocaba, desde luego. Los hombres como el duque no sabían amar. Lo único que sabían hacer era poseer. El duque era un hombre que tomaba aquello que quería, cuando lo quería, y no admitía discusión alguna. ¿Qué habría pasado si ella no hubiera sabido defenderse aquella tarde, cuando el hombre la había abordado disfrazado de lacayo?

¿Había sido ella quien le había llamado verdaderamente la atención? ¿O acaso habría hecho lo mismo con cualquiera de las otras damas, y ella no había sido más que la opción más idónea?

Charlene debía intentar comprender qué deseaba el duque, qué haría que lo llevara al borde de pedir su mano en matrimonio. ¿Mostrarse coqueta o seguir provocándolo con su peculiar comportamiento? Era difícil saber qué enfoque sería el acertado.

La joven se desplomó sobre la cama y se tapó el pecho con el frac negro del duque. De él emanaba un aroma a ramas de pino recién cortadas, una fragancia masculina y silvestre. También distinguía un ligerísimo olor al humo de la chimenea. Y la penetrante manzana de los licores caros.

Charlene deslizó una mano por debajo del suave algodón de su camisón, por debajo del frac. Bajó los dedos por el abdomen, y después un poco más, hasta meter la mano entre los muslos.

Antes había notado la presencia de un hilo enganchado allí. Un hilo que conectaba su cuerpo y los dedos del duque mientras él tocaba la guitarra. Charlene había sentido cada fuerte rasgueo y golpe de las cuerdas como si el hombre la estuviera tocando a ella y no al instrumento.

La lana del frac del duque le arañó las mejillas y los labios. Su aroma la envolvió. El rasgueo de los dedos del hombre lograba arrancarle varios suspiros de entre los labios. A Charlene se le aceleró la respiración.

Entonces tiró a un lado el frac y, en un rápido movimiento, se sentó erguida sobre la cama.

Maldita sea, se estaba dejando seducir, ¡ella! Eso no podía ocurrir.

Debía recordar todos los secretos que una fachada atractiva y encantadora podía ocultar. Ya lo había visto muchas veces. Las calles de Covent Garden estaban llenas de chicas con la marca hecha con hierro candente de lord Grant en su cuerpo. Y Charlene había estado a punto de unirse a ellas.

Un hombre que trataba a las mujeres como si fueran ganado. ¿Acaso el duque era diferente? Había reunido a todo un harén para que se disputasen el favor de su excelencia.

Charlene tenía que dejar de pensar que el duque era mejor que los demás. Era un aristócrata, arrogante y controlador. Para él, las mujeres eran como peones: podía manipularlas de acuerdo con sus necesidades y deshacerse de ellas si no lograban complacerlo.

Debía mantenerse fuerte y tener el control. El duque tenía una debilidad, y ella iba a encontrarla.

Al día siguiente, Charlene se pondría su disfraz y sería la debutante más cultivada y encantadora que el duque habría conocido en su vida. Sonreiría con afectación, pestañearía sin cesar y lo cautivaría.

Aquella noche, vestida solo con su camisón de algodón, y con el pelo recogido en una trenza, simplemente era Charlene. La Charlene maleducada que siempre estaba a la defensiva, y que no se preocupaba por mantener una figura esbelta.

Se cubrió los hombros con uno de los suaves chales de lady Dorothea, uno de color marfil, dejó sus aposentos y bajó las escaleras. De puntitas, atravesó el oscuro comedor, amueblado con aparadores de caoba y bronce, y salió por la puerta que había visto que utilizaban los sirvientes. Recorrió un largo pasillo con muchas puertas, y se equivocó un par de veces en el camino hasta dar con las estrechas escaleras del servicio que bajaban a las cocinas.

Charlene empujó la puerta y se quedó petrificada. La luz de la vela ondeaba sobre las brillantes cazuelas de cobre, sobre las carnes curadas que colgaban de las altas vigas del techo y sobre una silueta alta que se alzaba imponente frente a los fogones de hierro.

Era el duque.

Capítulo 9

Lady Dorothea estaba de pie en la puerta, ataviada con un camisón de una fina tela de algodón blanco y un chal de color marfil; llevaba el pelo recogido en una trenza suelta que le caía como una cascada por el hombro hasta llegarle casi a la cintura. La vela que sostenía le iluminaba los ojos azul grisáceo, que tenía completamente abiertos debido a la sorpresa.

—¿No puede dormir, lady Dorothea? —preguntó James.

—Yo... este... —Parecía que estaba a punto de huir, pero entonces la sorpresa se derritió y dio paso a un destello provocativo—. Tuve un antojo nocturno. —Entró en la cocina y dejó la vela sobre la mesa—. ¿Le importa que me una a usted?

Sonrió. Una sonrisa que floreció con lentitud hasta hacerse tan amplia que podía llenar la cocina, y tan cálida como para calentar la totalidad de sus terrenos.

No podía ver nada más.

Quería extender las manos, abrigarse en la calidez de esa sonrisa.

Fue su turno de tartamudear.

—Por supuesto..., si así lo quiere...

Volvió a dirigir la atención a su tazón de chocolate y removió frenéticamente. Debería irse. Era demasiado tentadora. Demasiado peligrosa.

Una taza de chocolate, una conversación educada y luego a la cama.

Cada uno a la suya.

—¿Qué está removiendo? —Ella se colocó a su espalda.

—Mi mezcla de cacao personal.

Ella cerró los ojos e inhaló.

—Huele de maravilla.

James dejó de remover. Podía atisbar la turgencia de sus pechos a través del fino algodón y la lana. Los senos que ahora sabía que eran del tamaño perfecto para caberle en las manos. Un pedazo de seda azul le ataba la larga trenza. Si le jalara el lazo, se le desenredaría el pelo y se derramaría a su alrededor como un rayo de sol abriéndose paso por un pozo.

El olor de la leche quemada hizo que su atención volviera a los fogones. Removió la mezcla.

«Cuidado, James. O te puedes quemar.»

Se aclaró la garganta para tratar de poner en orden sus pensamientos. Sí, estaban solos. Sí, ella lucía un camisón de algodón. Uno fino y transparente. Pero aquello no significaba que él tuviera que transformarse en una bestia lujuriosa.

—Hay noches en las que no consigo conciliar el sueño —confesó—. Beber cacao con leche endulzada me ayuda a calmarme.

Al afirmar aquello se quedaba corto. Apenas había dormido unas cuantas horas seguidas desde que llegó a Inglaterra. Siempre tenía la misma pesadilla. Paredes de barro. El olor a tierra mojada y a sudarios. Pan. Cerveza ácida.

—Yo estaba demasiado hambrienta para dormir —comentó ella—. Mi madre me hace seguir una dieta reductora muy estricta. Engordé varios kilos durante mi viaje a Italia.

«Estás de lo más suculenta —quería decirle él—. No adelgaces ni un gramo.»

—Por supuesto, ahora todo el mundo lo sabe —profirió con una sonrisa compungida—. Tras lo que ocurrió con lady Augusta.

Él contuvo una sonrisa al recordar las reacciones escandalizadas del resto de las damas.

—Ciertamente, era complicado no mirar.

—Me temo que arruiné la velada.

—¿Arruinarla? Yo diría que más bien la animó. Que lady Augusta cayera en el sillón y después su... su...

—Mi canesú. Desgarrado. —En su voz se distinguía un tono sarcástico—. Me alegro de que sirviera de entretenimiento para todos. Me atrevería a decir que relatarán la historia del desgarre de mi canesú en el club Almack's durante toda la eternidad. Jamás volveré a recibir una invitación.

—Probablemente no. —Sofocó otra sonrisa.

—Ah, adelante. Ríase. Supongo que sí que fue cómico.

Él esbozó una amplia sonrisa. Ella se la devolvió. Una sonrisa íntima, solo para él, que le hacía desear hacerle maldades escandalosas e irreparables.

No, era una muchacha inocente. Aquella noche no habría nada escandaloso.

Él desmenuzó otra pastilla prensada y oscura de cacao dentro del tazón.

Ella pasó un dedo por las especias que había reunido en la barra, su mano se rezagó en las ramas de canela anaranjadas, las pastillas de vainilla y cardamomo, y los chiles rojos secos.

—Desconocía que se necesitaran tantos ingredientes.

—Durante mis viajes he sido testigo de muchas formas de preparar chocolate a la taza. Los antiguos aztecas creían que los dioses les otorgaron el chocolate. Les prohibieron a las mujeres y a los niños beberlo. Los chamanes mezclaban su propia sangre con el chocolate y lo dejaban como ofrenda a sus muertos en las tumbas.

—Dios santo. —Ella contempló la mezcla espumosa.

—En esta no hay sangre —aseguró—. Solo cardamomo y vainilla. Un poco de miel y un toque de chile.

Bajo la luz titilante de la vela sus ojos parecían de ensueño.

Él alargó la mano y hundió sus dedos en la trenza hasta dar con unos pétalos de rosa extraviados.

—Podemos probar con esto. —Machacó los pétalos y los añadió al tazón—. Para el dulzor.

Maldito fuera su cuerpo traicionero. Con tan solo una caricia a su pelo suave ya se enfrentaba a otra «situación». Al menos, en aquella ocasión la bata se anudaba sobre su ropa, con lo que le proporcionaba mayor cobertura.

—Traiga esas tazas si es tan amable —pidió con una voz que sonaba ronca y crispada.

Ella encontró dos tazas de barro en un estante y las dejó en la barra. El duque vertió la mezcla de chocolate en ellas y las llevó a la mesa de la cocina.

—Vaya con cuidado. —Alargó la mano y se detuvo a punto de tocarle el brazo—. Está ardiendo. Espere un momento.

Desvió su atención de la tentación que le suponían sus ojos audaces para añadir leña a los fogones y abanicar los ámbares candentes hasta que se convirtieron en llamas.

Cuando se levantó, ella estaba sentada en el banco mientras sostenía la taza con ambas manos. Un extremo del chal se le había deslizado del hombro y, a través del fino algodón de su camisón, revelaba más de lo que ella era consciente. Unos pechos rebosantes y redondos con pezones impertinentes que suplicaban que los besara. Incluso el incitante triángulo oscuro entre sus muslos.

«¿Recuerdas lo que ocurrió la última vez que trataste de besarla? ¡Pum! Acabaste de espaldas en el suelo.»

Quería hacer algo más que besarla. Lo quería más de lo que había deseado cualquier cosa en mucho tiempo. Por supuesto, no podía entregarse a sus impulsos. Se sentó al otro lado de la mesa y colocó un metro de roble macizo entre ellos.

Ella sopló el chocolate y dio un sorbo diminuto.

—Ah —pronunció mientras lo contemplaba—. Qué delicia. Me encantaría que mi... madre pudiera probarlo.

—Visitaremos mi fábrica de cacao mañana. Allí podrá probar un poco.

—¿Es una fábrica grande?

—Todavía está construyéndose. De momento solo dispongo de un puñado de trabajadores.

—Pero contratará a muchos más en el futuro.

—Bastantes más, sí.

—¿Niños?

—Tengo entendido que la edad mínima establecida en el contrato es de dieciséis años.

Ella asintió y el extremo de su larga trenza le acarició los senos.

Él dio un buen trago al chocolate y estuvo a punto de proferir un improperio cuando se quemó el paladar. Le estaba bien merecido.

—¿Por qué lo pregunta?

—La grave situación de los niños en las fábricas de este nuestro país es sin duda descorazonadora. He oído que a veces les clavan las orejas a la mesa de trabajo si osan escaparse. —Se estremeció—. Si las jovencitas consiguen huir, se les vende y se les destroza, como si fueran porcelana, y así, rotas en pedacitos, acaban en los barrios bajos.

¿Qué sabía ella de los barrios bajos?

—¿Se involucra en proyectos benéficos, lady Dorothea?

Ella levantó la mirada de forma brusca, sus ojos estaban empañados.

—He visitado los barrios marginales. Con escolta, por supuesto. Que haya muchachas tan jóvenes que tengan que caer en el pecado... me rompe el corazón.

Él la miró con admiración durante un instante. Se veía increíblemente bella con las mejillas sonrojadas por la emoción y la bebida caliente.

—Usted no es para nada como esperaba. Es la hija de un conde, la preferida de la sociedad y, aun así, muestra una franqueza, una compasión y es como...

«Aire fresco» fue lo que se le vino a la cabeza.

Una bocanada de aire fresco, como el agua cristalina de un río tras un paseo por la montaña. Como el pan todavía caliente recién salido del horno.

O el aroma del grano de cacao recién tostado.

El duque alargó la mano y le colocó un rizo rebelde tras la oreja.

—Es usted una mujer que no deja de impresionarme, ¿lo sabía?

La condesa no cabría en sí de la alegría. Aquella era

munición suficiente para comprometer a lady Dorothea con creces. Sola con el duque. Vestida con nada más que una tela fina de algodón y un chal.

Estremeciéndose más por la caricia de sus dedos en la mejilla que por el frío de la noche.

Charlene pensó que iba a besarla cuando se acercó para quitarle los pétalos de rosa del cabello.

La llama de la vela proyectaba sombras alargadas sobre su mandíbula marcada y le empañaba los ojos con oscuridad mientras se bebía su chocolate.

Charlene sopló en el líquido granulado y dio un sorbito. El dejo de amargura del chocolate contrastaba con la miel dulce y la leche cremosa. El sabor rojo intenso de la canela y el cardamomo y el toque de chile le ardían levemente en la garganta.

Él estudió su reacción atentamente.

—¿Qué le parece?

—¿Le soy sincera? Es un pecado. Un completo pecado.

Sonrió de la forma seductora que había estado practicando en el espejo.

Él tomó un sorbo de chocolate sin soplar para enfriarlo antes y tuvo que contenerse para no soltar un improperio cuando se quemó la lengua.

Charlene pocas veces había podido probar el chocolate, porque era demasiado caro. Notaba el sabor de la promesa de sus besos en cada sorbo sofocante. Él se tomó su tiempo, aunque también agarraba la taza con tanta fuerza que sus nudillos se habían puesto blancos.

Iba a besarla. Tenía que besarla. No importaban sus palabras, podía escuchar el deseo en su respiración entrecortada.

—Hábleme de sus viajes.

Charlene se sorprendió al sentirse interesada de verdad. Nunca había pensado en viajar. No era una opción para las muchachas criadas en burdeles con una deuda asfixiante y hermanas vulnerables a las que proteger.

—Nunca retrocedo en mi empeño de buscar los granos de cacao de mayor calidad. Como estos. —Desgarró un paquete de papel que se encontraba sobre la mesa y una cascada de granos almendrados de color café oscuro se vertió sobre el mueble. El duque inhaló y las líneas marcadas de su boca se suavizaron—. Cacao. Es imposible encontrar un aroma como este en cualquier otra parte de Inglaterra. Crece en mis campos de Trinidad. —Pasó los dedos por los granos. Los agrupó en montones—. Huelen a la jungla densa. Como la luz del sol que se filtra entre las hojas estriadas.

Charlene inhaló el aroma terroso y tomó uno de los granos entre los dedos.

—¿Y crecen así? ¿En los árboles?

El duque sacudió la cabeza.

—No, crecen en vainas de color carmesí más largas que mi mano. Cuando abres una, la carnosa pulpa blanca es dulce y refrescante. —Miró fijamente a las esquinas sombrías de la cocina, su voz se tornó soñadora y grave—. Los papagayos te regañan desde las alturas. Se siente el olor de la vegetación húmeda y en descomposición junto a la acidez verdosa de la nueva vida.

Mientras escuchaba, Charlene podía imaginarlo vívidamente.

—Después, los granos se amontonan en hojas de platanero —continuó el duque—. Se cubren con más de estas hojas. Se tuestan bajo el sol hasta que fermentan y su color cambia a este café anaranjado. —Restregó uno de los granos entre su pulgar y su índice. Una fina cascarilla se desmenuzó en copos—. El interior del grano se muele para hacer cacao. —Le tendió un fragmento pequeño y oscuro—. Pruébelo.

Ella abrió la boca y se deslizó el grano por la boca antes de masticar. Era más amargo que la bebida, de sabor más ahumado.

—Su descripción de Trinidad es de una belleza incomparable —afirmó.

—Sí. Pero también existe mucha vileza. Aunque el comercio de esclavos en sí ha sido abolido, los horrores siguen teniendo lugar en las plantaciones de cacao y azúcar españolas y británicas. Los esclavos africanos trabajan más de dieciocho horas al día y se alimentan únicamente de plátanos quemados y arroz. La mayoría se ven obligados a dormir en tablas de madera, veinte personas en un cuarto diminuto.

—¿Eso ocurre en sus campos?

—No. —Sacudió la cabeza con vehemencia—. Los campos de cultivo en los que yo invierto están bajo la tutela de hombres y mujeres libres que trabajan a cambio de buenos salarios y un reparto equitativo de las ganancias.

¿Un duque con conciencia? ¿Existía acaso semejante criatura?

—Me alegra sobremanera oír eso —aseguró Charlene.

—He estado escribiendo informes todos los meses al Parlamento en los cuales enumero las atrocidades de las que he sido testigo —relató el duque. Extendió los dedos sobre la mesa—. Se han hecho algunos avances. El Congreso de Viena, por ejemplo. Sin embargo, solo es un garabato de tinta en una hoja de papel. La crueldad continúa.

Se quedó en silencio durante un buen rato con la mirada perdida en la llama de la vela; su melancolía era como una ráfaga de viento invernal que se colaba por una grieta del alféizar.

Charlene quería consolarlo, decirle que las cosas saldrían bien. Pero eso sería otra mentira que añadir a la colección.

—Lo lamento, imagino que los temas de tal escabrosidad no serán de su interés —se disculpó él.

—Al contrario, sigo la causa de la abolición con gran ímpetu.

—¿De veras? Me resulta bastante sorprendente.

—¿Y por qué iba a resultarle sorprendente? Sé leer. Tengo cerebro. Tenga a bien saber que no todas somos unas cabezas de chorlito. Nos interesan más cosas aparte de los diseños de la vajilla o los vestidos de fiesta. —Contempló la llama de la vela—. En mi opinión, todas las almas nacen libres. Estoy dispuesta a luchar por la libertad, sin importar cuál sea el costo.

Él alzó las manos.

—No pretendía ofenderla. Es solo que los hombres, como mi difunto padre y los demás lores demasiado seguros de sí mismos, se dedican a trasnochar en sus clubes repartiéndose el mundo como si se tratara de un pedazo de asado. Hacen caso omiso a las barbaridades que se llevan a cabo en su nombre.

—¿Ocupará su lugar en el Parlamento y abogará por sus creencias en público?

Él negó con la cabeza.

—No puedo quedarme en Inglaterra, aquí la vida ya está predeterminada. Solo estaré el tiempo suficiente para desposarme y engendrar un heredero. Me aliaré con una fuerza política de gran influencia como su padre, quien puede ayudarme a reducir los aranceles del cacao producido sin emplear esclavos.

Así que aquella era la razón por la que había escogido a aquel grupo de damas en particular. Por sus padres. Todo tenía cada vez más sentido.

—¿Abandonará a Flor?

Él se quedó callado.

—Ella estará mejor aquí, sin mí. Junto a una madre que supervise su desarrollo para que se convierta en una damisela. Desconozco qué debo hacer con una niña pequeña.

La muerte acechaba en sus ojos y le nublaba la sonrisa. Era el último de su linaje.

Ella se estiró hacia el otro extremo de la mesa y le colocó la mano sobre el brazo. Necesitaba consuelo desesperadamente. Quizá él mismo no se daba cuenta, pero ella podía distinguir el dolor en sus ojos, sentir su necesidad de conectar con alguien.

—Se le está enfriando el chocolate.

Charlene levantó la taza y dio otro sorbo. El camisón se le enrolló en los pechos. Cuando hizo descender el brazo, desplazó un poco más la tela y se le bajó, lo cual expuso todavía más el hombro y la curva de su seno.

Él se acabó el cacao de un trago y bajó la taza.

Ahora la besaría. Pero no lo hizo.

Si Lulu pintara su retrato, tendría que plasmar su pelo iluminado por la luz de las velas, resplandeciendo de un color casi azulado. Como tinta que se derramaba sobre un pergamino.

«Ten mucho cuidado, Charlene. No eres dada a la poesía.»

—Tiene un poco de chocolate. —El duque se levantó y estiró el brazo para acariciarle el carnoso labio inferior con el pulgar—. Aquí.

Cerró los ojos y su respiración se aceleró.

Se oyó el ruido de un banco arrastrándose por el suelo.

Ella mantuvo los ojos cerrados con fuerza. Ahora. Ahora sí iba a besarla.

Pasos.

Todavía no hubo beso. Sosegó la respiración e inclinó la cabeza hacia atrás. Esperaba. Estaba preparada.

—Voy a besarte —le susurró el duque al oído—. Tienes tres segundos para irte, ni uno más. Te aconsejo que lo hagas. —Esperó un instante—. Por favor, vete.

Ella abrió los ojos repentinamente.

—Puedo detenerlo cuando me plazca y lanzarlo de bruces contra el suelo, ¿lo recuerda?

—¿Acaso me estás retando? —Sus ojos verdes se tornaron humeantes e intensos—. Nunca he sido capaz de resistirme a un desafío.

—Quizá —contestó ella con aire de superioridad.

Él se sentó en el banco que había junto a ella, se acercó de forma intencionada.

Charlene levantó el mentón.

—No tengo miedo.

Una sonrisa pícara se esbozó en los labios del duque.

—Deberías.

Ah, qué arrogante era. Pensaba que la abrumaría con sus besos. Pues no tenía ni idea. Ya la habían besado antes. Sin embargo, al contemplar aquellos ojos resplandecientes, sintió una pizca de miedo. No miedo al duque, sino miedo de sí misma.

Anhelaba que él la besara. No solo por la recompensa, sino porque la agitación que sentía en la boca del estómago desde el momento que él había tocado la guitarra era más intensa que nunca, lo cual la empujaba a buscar solución a aquella dulce tortura.

Quizá fuera un hombre poco convencional y tuviera

conciencia, pero aun así seguía creyendo que las mujeres deberían pelearse por él.

—Uno —comenzó él.

La condesa no cabría en sí de dicha.

«La condesa.»

Se había olvidado por completo de que ponerse en una situación comprometida no serviría de nada si la condesa no estaba allí para descubrirlos.

«Maldita sea.»

—Dos.

El duque la jaló del chal hasta que se le cayó de los hombros y se desparramó por el suelo.

La condesa le fue indiferente.

Pero no contó hasta tres.

Una palabra implícita reverberó en el espacio que separaba sus labios. Él le acarició suavemente la mejilla con un dedo sin apartar los ojos de su boca. Entonces, le separó los labios con el pulgar y le echó hacia atrás la cabeza. Le recorrió los labios con el dedo y lo deslizó en el interior de su boca, la punta le tocó la lengua.

Ella notó el sabor a la canela del chocolate y a su piel salada. Su cuello frágil y fino descansaba sobre la enorme mano del duque.

Aquel no era el momento adecuado.

Debería esperar a que la condesa los interrumpiera.

Sería una locura.

—Tres —susurró Charlene.

Capítulo 10

Antes de que terminase de pronunciar la palabra, el duque le había rodeado la cintura con un brazo y la había estrechado contra su musculoso cuerpo. Al principio fue un beso suave, una sucesión de roces ligeros por el contorno del labio inferior de la muchacha.

El duque le tomó la cara con una de las manos, y extendió los dedos por la superficie de su mejilla; con delicadeza, hizo que inclinara un poco la cabeza para facilitarle el acceso. Cuando la lengua del hombre se abrió paso entre sus labios, Charlene sintió el sabor del chocolate y un ligero toque de chile rojo. El beso, lento y provocador, hizo que le fuera difícil recordar por qué querría detenerlo. Al contrario, ansiaba más.

Charlene separó los labios; el duque aceptó su invitación de buen grado y profundizó el beso. Unos dedos firmes jalaron el lazo de seda que recogía su trenza, y deshicieron el embrollo hasta conseguir que la cabellera le cayera por los hombros y el calor le recorriera todo el cuerpo.

El duque la miró directamente a los ojos, recogiéndole los rizos con los puños y jalándole la cabeza hacia atrás.

—Por Dios, te deseo —gimió.

Movió la boca sobre los labios de Charlene, y con la

lengua la persuadió para que los separara un poco más. Aquel beso era una invitación descarada al pecado. Ese beso le confirmaba a la joven que el duque conocía sus más ocultos deseos y que cumpliría todos y cada uno de ellos.

Le pareció que pasaban minutos..., años, mientras él la besaba sin cesar. Charlene no podía pensar en nada, salvo en la intensa necesidad que solo los labios del duque podían satisfacer. El hombre le acarició los hombros con delicadeza, y cambió el ángulo de sus bocas para poder profundizar todavía más aquel beso.

La lengua de él vacilaba sobre la de ella, exigiendo respuestas. Charlene enterró los dedos en la mata de su pelo y se apretó tanto contra su cuerpo que perdió toda noción del punto en el que acababan sus curvas y en el que empezaba el cuerpo compacto de su acompañante.

La joven recorrió la espalda del duque con las manos y notó sus fuertes músculos, que se contraían y agrupaban bajo su tacto. Era un hombre muy grande. Muy abrumador. El calor y la fuerza que emanaban de su cuerpo rodeaban a Charlene; la embriagaban.

—Sí —le murmuró al oído—. Sí, tócame.

Charlene no quería ni por un segundo que él parara. Había vivido demasiados años bajo una firme protección. Se había cerrado muchísimo ante la posibilidad de que un hombre pudiera no solo darle placer, sino también disfrutarlo.

El duque le acarició el cuello con los dedos, y con el pulgar localizó el delicado hueco de la base del cuello. ¿Qué había sido de todos esos buenos propósitos de mantener el control y refrenar sus emociones? Aquel momento que estaba viviendo no tenía nada de recatado o controlado.

Entonces Charlene volteó la cabeza y rozó con ella la mejilla del duque; la barba incipiente le arañó la piel. Ese mínimo dolor hizo que se concentrara por completo en el muchísimo placer que sentía; partía del anhelo de entre sus muslos, le subía en fuertes oleadas hasta el vientre, se extendía por sus pechos y le cubría las mejillas con calor.

Con otro ligero movimiento, sus labios rozaron los del duque. Charlene besó el labio inferior del hombre con vacilación, mientras él permanecía inmóvil ante su exploración. La joven se envalentonó y su lengua se aventuró dentro de la boca del duque. Este cerró los ojos y soltó un gemido suave.

Aquel sonido la hizo sentirse poderosa. Estaba con el duque de Harland, su tosquedad, un bruto sin civilizar..., y ella podía hacer que gimiera. Charlene le recorrió la mandíbula dejando besos a su paso, al tiempo que introducía una de las manos en la parte delantera de la bata del duque. Notó su pulso acelerado, desbocado e irregular.

El duque deslizó las manos por su espalda y, con ellas, rodeó las nalgas de la joven. Agarrándola con fuerza, la pegó a su cuerpo contra su evidente erección. Dura e insistente, intentaba atravesar el fino algodón de su camisón.

El duque atrapó el lóbulo de Charlene con los labios.

—¿No ibas a detenerme, lady Dorothea? —susurró—. Me había parecido oírte decir que serías capaz de detenerme en cualquier momento.

Desconcertada ante sus palabras, la joven apoyó la mano en el pecho del duque y lo apartó un poco de ella.

—Iba a hacerlo de un momento a otro.

—¿De verdad? Pues no me dio esa sensación. —Respiraba de forma entrecortada, y tenía la voz ronca de la emoción. Charlene se percató de que estaba haciendo grandes esfuerzos por serenarse. Y allí reapareció la ceja arqueada en gesto de burla.

El duque se pasó una mano por el pelo y rehízo el nudo de su bata.

—Solo estaba siendo cortés con usted —replicó Charlene, al tiempo que notaba cómo, de pronto, se evaporaba aquella sensación de explosión de su cuerpo.

—Será mejor que te apresures a irte a la cama ahora, antes de seguir con tus embustes.

Para él, aquello había sido un desafío. Nada más. Lo que había pasado no lo había impactado, ni le había cambiado la vida, ni ninguna de las sandeces que a ella se le habían pasado por la mente.

El duque había confirmado todo aquello que ella había pensado de su persona antes de conocerlo. Se estaba riendo de su deseo.

Pero a ese juego podían jugar los dos.

—¿Y bien? ¿Cuál es mi puntuación? —preguntó Charlene.

—¿Cómo dices?

—Asumo que nos está evaluando a todas nosotras. ¿Acaso no es así? ¿No nos está examinando como si fuéramos aspirantes que pudieran ocupar un puesto en sus caballerizas? Quiero saber mi puntuación. —El duque se apartó de ella, pero Charlene prosiguió—: Del uno al diez. Mi puntuación en la escala de besos. Vamos, dígamelo —insistió.

—Vete a la cama —respondió el duque apretando la mandíbula.

En cambio, la joven alzó el mentón.

—Me desagradaría mucho saber que mi puntuación

es menor que la de lady Augusta. Aunque es una joven encantadora; si es que le gustan las desesperadas.

—Vete a la cama. Ahora.

—¿Es posible que lady Vivienne haya aprendido nuevas técnicas para besar en Francia?

—No vamos a tener esta conversación.

—Un seis —dijo Charlene. El duque la miró perplejo, sin comprender lo que le había dicho—. Le doy un seis. Al principio estaba rondando el siete, pero después lo estropeó todo con la charla del final. Un seis, desde luego.

«Embustera.» No existía una escala en el mundo que pudiera medir la magnitud de aquel beso. Pero si para él no había sido más que una minucia, Charlene no estaba dispuesta a admitir que para ella había sido algo grandioso.

—¿Un seis? ¡Por el amor de Dios! Deberías saber que jamás me han dado... No, no. Ya veo tus intenciones, quieres provocarme para que hable. No funcionará. Esta conversación termina aquí. No diré ni una palabra más.

El duque tamborileó los dedos contra el tablero de la mesa. Era un completo fanfarrón. Había afirmado que no necesitaba una esposa, que solo buscaba un heredero. Pero sus manos decían otra cosa; había encontrado un ritmo melodioso en el tablero de madera, como si estuviera tocando la guitarra. Sus manos le decían a Charlene que su dueño quería tocarla, confortarla.

Y los ojos del duque también contradecían sus palabras. La pérdida y la oscuridad que imperaban bajo la superficie verde clara la reclamaban a gritos. Le decían que él solo la alejaba porque no sabía cómo ser duque, o cómo ser padre. O esposo.

Charlene tuvo que resistir la invitación de sus ojos,

de sus manos. Una invitación a abrirse a él, a cicatrizar sus heridas, a darle el cariño que tanto anhelaba. Pero no le habían pagado para eso. Ella estaba en aquella casa para seducirlo, provocarlo hasta conseguir una situación comprometida, y conseguir una pedida de mano.

Nada más.

Ella no podía ofrecerle nada, salvo mentiras.

—Hazme el favor de retirarte, lady Dorothea —dijo el duque, con los dientes apretados—. Y déjame solo.

—Le agradezco la taza de chocolate, su excelencia. —Charlene se detuvo en el umbral de la puerta—. Aunque, si le soy sincera, me temo que no nos ayudará a conciliar el sueño a ninguno de los dos.

Capítulo 11

Bajo los ojos del duque se marcaban unas sombras oscuras que revelaban una noche de insomnio. Aunque tampoco es que sus miradas se hubieran cruzado aquella mañana. La estaba evitando sin disimulo alguno, le prestaba toda su atención a lady Vivienne.

Se subió al bote de remos y se quedó de pie con las piernas abiertas para ofrecerle la mano a la esbelta morena.

—¿Está seguro de que está en condiciones de navegar? —preguntó lady Vivienne, quien apartaba el bajo del vestido de la orilla embarrada y le echaba un vistazo a la pintura maltratada del bote del duque.

—Tiene un aspecto algo desaliñado, pero está en perfectas condiciones de navegación. *Ranita* me transportó por el río Wey a lo largo de veintiocho veranos. No hay nada que temer.

Cuando se ofreció a llevarlas a navegar por el río, Charlene se había esperado algo más propio de un duque que un humilde bote de remos con el nombre *Ranita* blasonado en el costado con pintura verde descolorida. El bote era convenientemente pequeño, con lo que no era posible acomodar a las madres en él y el duque las había abandonado a su suerte. Ellas no habían protestado ante la idea de que sus queridas hijas navegaran en un bote con su tosquedad desprovistas de acompañante. A Charlene no dejaba de sorprenderle lo dispuestas que estaban a incumplir las normas del decoro cuando se trataba de perseguir su premio.

El duque posicionó a lady Vivienne y a lady Augusta en la popa, mientras que a Charlene y a Alice las colocó en la proa. Soltó las amarras con un golpe experto de sus dedos y utilizó un remo para apartarse de la orilla.

Se situó en la banca de en medio e introdujo el remo en el agua.

Fue entonces cuando las sospechas de Charlene se vieron confirmadas: estaba ignorándola.

Charlene y Alice disfrutaban de una vista estupenda... de su espalda.

Una vez más, se deshizo de su casaca y se arremangó la camisa. Pero ¿es que aquel hombre nunca iba completamente vestido? Le importaba un comino que los fornidos músculos de su espalda jalaran la fina seda de su chaleco color pardo claro a medida que remaba por las aguas del río. Y que sus antebrazos fueran puro músculo, de un grosor similar al de las pantorrillas de ella.

¿Qué clase de hombre besaba a una jovencita con semejante pasión y después le daba la espalda? Charlene había revivido cada excitante momento de su encuentro una y otra vez, incapaz de conciliar el sueño. Sin embargo, para él únicamente se trataba de otra muchacha que había sucumbido a sus encantos. Le había supuesto un reto interesante con el que pasar el rato. Nada más.

—Perfecto. Simplemente perfecto —farfulló por lo bajo Charlene.

—No te sientas desalentada —susurró Alice—. Después de lo de anoche, el duque tiene que escogerte.

Charlene la miró fijamente.

—¿A qué te refieres?

No los habría visto besándose, ¿verdad?

—Ya sabes. —Alice observó el pecho de Charlene, sus mejillas se sonrojaron—. Tu «exhibición». Vi el modo en que te miraba.

—Ah, sí. Naturalmente. Mi exhibición. ¿Cómo podría haberlo olvidado?

Alice le apretó la mano. Para su sorpresa, cuando la joven no estaba hablando con el duque era una persona normal.

—Siento que tú y yo podríamos ser amigas, lady Dorothea, si no fuéramos..., cómo decirlo...

—¿Rivales?

Alice asintió. Charlene no esperaba tomarle cariño a ninguna de las señoritas, pero esta la miraba a los ojos con melancolía.

—No tengo muchos amigos en Londres. No somos lo que se entiende por una familia ilustre —murmuró—. Mi abuelo trabajaba en un molino, por mucho que mi padre ahora tenga el título de baronet. Imagino que no sabrás lo que se siente.

«Te sorprenderías», pensó Charlene. Apretó la mano de Alice.

—¿Y quién se siente desalentada ahora? Eres un completo encanto. Si no son capaces de verlo, entonces no los necesitas.

Alice sonrió.

—Eres muy amable. ¿Por qué no nos visitas para tomar el té alguna tarde?

—Me encantaría.

Tomar el té con la señorita Tombs. Charlene lo añadió a la creciente lista de cosas que debía contarle a lady Dorothea cuando todo aquello hubiera llegado a su fin.

—Confío en que no volquemos, su excelencia —confesó nerviosa lady Augusta mientras se aferraba al abrigo spencer confeccionado con seda verde pastel que le cubría el voluptuoso pecho—. No sé nadar. Tendría que salvarme de morir ahogada.

—No corre peligro, tan solo daremos un paseo por un río cuya parte más profunda es de un metro veinte como mucho.

Charlene no sabía nadar. Nunca antes había subido a un barco. Le agradaba la sensación de la brisa acariciándole las mejillas y el brillo de la luz del sol en el agua. Aquel tiempo se habría desperdiciado por completo en la ciudad. Era un día glorioso en la campiña inglesa, acompañado de un cielo azul sin atisbo de nubes. Ni rastro de humo de carbón en el aire, solo el dulce aroma del heno recién segado.

Era una pena que no pudiera disfrutar del paisaje. Estaba demasiado tensa para hacerlo.

Charlene lanzó una mirada furibunda a la espalda del duque y rezó para que los remos tuvieran astillas.

Deseaba tirar por la borda a lady Augusta y su voz infantil.

Tenía que urdir un plan para volver a llamar la atención de aquel hombre.

Le sería imposible seducirlo si él se dedicaba a fingir que no existía.

Era el momento de recurrir a medidas desesperadas.

Era imposible ignorar a lady Dorothea.

James podía sentir su presencia a sus espaldas, derrochaba sensualidad. Tuvo que girarse para manejar el timón, con lo que sabía que era la única señorita que no había abierto la sombrilla de seda. También era posible que se hubiera percatado de que el sol jugaba con sus rizos y los calentaba, de que sus ojos reflejaban el cielo turquesa y de que su capota estaba adornada con cerezas rojas del mismo color que sus dulces labios curvilíneos.

Aquellos labios.

No había dormido en toda la noche rememorando el extraordinario beso que habían compartido. Imaginando lo que podría haber ocurrido en la robusta mesa de la cocina si él hubiera mandado sus escrúpulos al demonio.

Ella habría estado dispuesta.

Y era tan tentadora, con el pelo dorado suelto y el sabor a chocolate de su lengua.

Remó con mayor intensidad con la intención de perderse en el esfuerzo que le suponía jalar los remos para después hundirlos. El sudor se le deslizaba por la espalda mientras contemplaba el correr del río. Si se dedicaba a observar los remos agitándose, no la observaría a ella.

Había dejado el chal en el suelo de la cocina. Que lo partiera un rayo si no había enterrado el rostro en sus dobleces para inhalar el aroma a pétalos de rosa triturados y a cálida feminidad.

¿En qué demonios estaba pensando? Le había preparado chocolate. Le había hablado de Trinidad. Nunca había conversado con mujeres. Exceptuando a Josefa. Lo rectificaba. Nunca había conversado con mujeres con las que quería compartir lecho.

Dicha situación tan solo requería de palabras expertas.

«Te huele bien el pelo.»
«¿Necesitas ayuda con esas medias?»
«Sí, justo así. No pares.»
Nunca había abierto su alma.

Por otra parte. Un seis. Él no era un seis. Aquel beso sin duda había superado el diez con creces.

Le había pedido a Dalton que se quedara un día más y entretuviera a las madres, ya que quería estudiar el comportamiento de las damas sin sus despóticas acompañantes. Pretendía decidir cuál de ellas mostraba la sensatez y la elegancia innata necesarias para interpretar el papel de la duquesa perfecta.

Lady Vivienne sería la elección más prudente. Su capota estaba adornada con faisanes disecados que no rebotaban como aquellas cerezas traviesas. Ella se mantenía igual de inerte mientras contemplaba el paisaje de forma serena, ni un solo cabello o hilo fuera de lugar.

Si la conversación se desviaba del tema de los establos solía bostezar, pero aquella no era una mala cualidad para una esposa. Ciertamente era una purasangre: alta, esbelta y con el sello inconfundible de una estirpe impecable en cada uno de sus rasgos.

Por el contrario, lady Augusta se lo comía con los ojos sin disimulo alguno. Se inclinó hacia él y las afiladas aristas de la sombrilla estuvieron a punto de sacarle un ojo.

—¿Alguna vez ha estado en el local del pugilista John Jackson? —Le lanzó una mirada lasciva a sus brazos—. Está usted muy bien desarrollado.

—Nunca he disfrutado del boxeo. Prefiero dedicarme a cosas útiles. Yo mismo me encargo de cortar mi propia leña y de remar en mis botes.

Se giró para manejar el timón y atrapó a lady Dorothea poniendo los ojos en blanco. Remó con más ímpetu si eso era posible.

—Cielos —exclamó lady Augusta cuando surcaron con velocidad las aguas—. ¿Es necesario viajar a tal velocidad?

Su rostro empezó a teñirse del mismo verde que su abrigo y se tapó la boca con una mano.

La señorita Tombs parecía estar narrándole un tratado acerca de los vegetales a lady Dorothea, según los fragmentos de la conversación que llegaban a sus oídos. Quería que le agradara la señorita Tombs. Su aspecto era, en efecto, despampanante y se le veía una muchacha bondadosa. Sin embargo, era demasiado... extraña.

Volteó un poco la cabeza.

—¿De qué está hablando, señorita Tombs? —preguntó intrigado.

—De frugivorismo. ¿Está familiarizado con el tema, su excelencia?

—Admito que no lo...

—Ah, pues entonces debo prestarle mi ejemplar de *Una vindicación de la dieta natural*, del señor Percy Bysshe Shelley. La tengo en mi equipaje. No he comido carne animal desde que la leí y he adelgazado algunos kilos.

»Los humanos no están hechos para ser carnívoros. Más bien, somos frugívoros. —La señorita Tombs asintió, lo que hizo que los largos lazos rosas de su capota ondearan con la brisa—. El señor Shelley recomienda una comida a base de papas, frijoles, chícharos, nabos y lechuga seguidas de un postre de manzanas, grosellas, fresas, pasas de Corinto y frambuesas, aunque en invierno se debe sustituir por naranjas, manzanas y peras.

»Le estaba comentando a lady Dorothea que, si tuviera a bien convertirse y volverse una devota de las frutas y las verduras, su vida mejoraría inmensamente.

—Una devota. De las verduras —repitió él. Por lo visto, la señorita Tombs se tomaba muy en serio el asunto de los vegetales.

Lady Vivienne bostezó.

—En efecto. —Los llamativos ojos de color azul verdoso de la señorita Tombs se abrieron por completo—. Jamás de los jamases y bajo ninguna circunstancia debe ingerir nada que antes fuera un ser viviente. Prométame que lo intentará.

James se imaginó una gruesa rebanada de jamón.

—Me temo que no puedo prometérselo —declaró con seriedad—. Piense en el jamón, señorita Tombs. O en una suculenta pieza de cordero.

Lady Dorothea ahogó una risilla con la mano.

—También debe renunciar al vino y a cualquier otro tipo de licor —continuó la señorita Tombs.

—Ahí es donde tengo que marcar el límite, señorita. No puedo vivir sin vino.

—Pero ¡el vino no posee ninguna propiedad saludable! Está contaminado. Solo se debe beber agua filtrada y nada más. El señor Shelley es muy estricto en lo que a ese tema concierne. Estaré encantada de escribirle una lista de frutas y verduras especialmente saludables.

—Eso no será necesario...

—No, no, insisto. Una vez que se haya leído la obra del señor Shelley, abrirá los ojos y se unirá a mí en la eliminación de carne animal en su dieta.

La señorita Tombs continuó enumerando las delicias del frugivorismo.

James cruzó la mirada con la de lady Dorothea. Una vez más, esbozaba aquella sonrisa, la que hacía que el sol brillara con más intensidad y que los pájaros comenzaran a cantar.

Quería volver a besarla.

Podrían haber pasado un buen rato en el bote. Si tan solo hubieran estado ellos dos... Y si ella se hubiera encaramado sobre él mientras remaba...

Si hubiera puesto esas piernas bien proporcionadas alrededor de su cintura. Si hubiera deslizado hacia abajo su sedosidad, envolviéndolo hasta recibir todo su ser.

Si cabalgara sobre él. Si meciera el bote hasta que él se viera obligado a dejar de remar, tuviera que estibar los remos y manejarla a ella en vez de al timón. Hacia arriba y hacia abajo. En una ola de pasión tan grande que podría tragarse a una aldea entera.

—¿Su excelencia? —Lady Vivienne lo llamó con curiosidad.

Por suerte, se había cubierto la solapa de los calzones con el saco. De no ser así, lady Augusta sí habría tenido algo que comerse con los ojos.

—¿Disculpe?

—¿Cuántos potros espera que nazcan este año?

Él le concedió una respuesta satisfactoria, pero le resultaba muy complicado concentrarse en la charla ecuestre cuando unas cerezas rebotaban a sus espaldas sobre un vestido de color mantequilla que se adhería a ciertas curvas generosas.

Cuando se volteó de nuevo, a lady Dorothea se le había caído la capota hasta la espalda. Tenía la cabeza inclinada y le ofrecía el rostro al sol, lo cual dejaba la fina columna que constituía su garganta desnuda y expuesta.

James estuvo a punto de gruñir en voz alta. Lo que habría dado por verla desnuda y resplandeciente bajo el sol matutino...

—¿Es eso un escribano cabecinegro? —Lady Dorothea señaló en dirección a la orilla.

—¿Un qué? —inquirió lady Vivienne.

—Allí, en aquellos árboles. Vi un destello amarillo y una cabeza negra. ¿Puede acercarse para que lo vea mejor?

El duque viró hacia la costa.

—En efecto, es un escribano cabecinegro. Son pájaros muy poco comunes. Nunca había visto uno, a excepción de en los libros.

Lady Dorothea se asomó fuera del bote mientras escudriñaba los árboles del horizonte.

—¿Dónde? —preguntó la señorita Tombs—. Yo no veo nada.

—Vaya con cuidado, lady Dorothea —advirtió James.

Demasiado tarde. Se había asomado demasiado. Se tambaleó durante un instante y después perdió el equilibrio.

Por puro instinto, James se lanzó para agarrarle las faldas.

No fue una buena idea. Al cambiar su peso de repente al otro lado del bote, este se volcó por completo.

Las muchachas gritaron presas del pánico y trataron de aferrarse a él, lo cual fue decisivo.

Lady Dorothea cayó de lleno en el agua, James la siguió y el resto del grupo se resbaló de las bancas hasta acabar en el río gélido y turbio.

Las sombrillas de seda blanca y roja dieron vueltas, descendiendo por el río como cometas que surcaban los cielos.

—Cálmense, señoritas. No hay peligro. ¡El agua no es profunda!

Estalló el caos más absoluto entre gritos de terror y borboteos.

Las damas se sacudían y chapoteaban como furiosas aves acuáticas.

Dios santo, si alguna de ellas salía herida, las increpaciones de las madres serían interminables.

Suspiró y comenzó a sacar del agua a las debutantes, completamente empapadas.

Capítulo 12

No había salido como había planeado.

Charlene se había imaginado cayéndose al agua con gracia y elegancia, y emergiendo de las profundidades entre los fuertes brazos del duque. Se suponía que él debía observarla con esa mirada intensa, abrumado ante la visión de su vestido empapado adhiriéndose a sus curvas; una visión ante la cual sería imposible no verse afectado.

Pero, al final, había no una, sino cuatro señoritas voluptuosas con sus vestidos perfilando su cuerpo, y el duque las había rescatado a todas antes que a ella. Claro. Porque la estaba ignorando.

Si ella se ahogaba, él se lo tendría merecido.

Charlene agitaba los brazos en el agua, que le llegaba al pecho, al tiempo que intentaba reprimir el pánico que se estaba adueñando de ella. Se le habían quedado los zapatos atascados en el lecho lleno de lodo. Intentó dar un par de pasos a la orilla, pero tenía el bajo del vestido enganchado en algo. Jaló la tela, aunque fue en vano.

El duque estaba sacando del agua a lady Augusta, quien se aferraba a su cuerpo. Lady Vivienne nadó hasta la orilla con serenidad, y subió el terraplén por su propio pie. Charlene intentaría imitarla si se le desenganchaba el bajo de las faldas del vestido, pero lo único que consiguió fue hundirse más en el lodo. *Pánico* ya no era la palabra que mejor describía lo que sentía. El terror más absoluto, más bien.

Le molestaba sobremanera tener que admitirlo, pero necesitaba que la rescatasen.

Ni hablar. No, no necesitaba que la rescatasen. Se salvaría ella sola y encontraría la forma de llegar a la orilla, y no sería gracias al duque. Charlene jaló el vestido con todas sus fuerzas.

Nada. Seguía atrapada.

Mientras, el duque sacó a Alice del agua, y la dejó junto a lady Augusta. Si Charlene perdía la vida y acababa sepultada en una tumba submarina a varios metros de la orilla, sería culpa del duque. Vaya caballero tan cortés que la dejaba atrapada tanto tiempo en el fango.

El duque se zambulló en el río y nadó hacia ella con unas largas y seguras brazadas. Charlene intensificó sus esfuerzos, pero el vestido seguía sin soltarse. El duque emergió del agua sacudiendo la cabeza, y con el movimiento varias gotitas salpicaron las mejillas de la joven. Además, del pelo negro le caían varias gotas que le recorrían los hombros como si fueran riachuelos. Había perdido el pañuelo del cuello. La camisa y el chaleco se le pegaban al musculoso pecho.

Durante un breve instante, lo único en lo que Charlene pudo fijarse fue él: robusto, cálido y seguro.

Unas manos grandes le rodeaban la cintura. El duque intentó sacarla del agua.

—¿Qué ocurre? —preguntó el hombre sin terminar de entender por qué no podía levantarla.

—El maldito vestido se me engancho en algo.

—Santo cielo, vaya vocabulario —se burló él.

—¿Va a rescatarme o no?

El duque se rio entre dientes, le rodeó la cintura con los brazos y le pasó la mano por la espalda para jalar la tela del vestido.

—Debe de haberse enganchado en alguna piedra o con la raíz de un árbol. No te preocupes, ahora te suelto.

Entonces el duque metió la mano en el agua y sacó una navaja con el mango de marfil.

Charlene trató de zafarse de su abrazo. No necesitaba que la rescatasen.

—Quédate quieta un segundo —le ordenó.

Charlene intentó liberarse de nuevo, pero lo único que consiguió fue tragar más agua. Se aferró al cuello del duque, escupiendo y tosiendo.

—Lady Dorothea, si no dejas de revolverte, te cortaré a ti en vez de cortar el vestido. ¡No te muevas!

Agarró la navaja con los dientes e inmovilizó a la joven contra su pecho. Con el cuchillo en la boca, el duque lucía como un pirata a punto de trepar por el casco de un navío para llevarse el botín.

Llevársela a ella.

El hombre tomó la navaja con una mano.

—Mantén las manos alrededor de mi cuello y no te sueltes. —Entonces hizo un corte en la tela del vestido—. Un poco más... y... listo. Ya eres libre, como el escribano pelinegro ese, o lo que sea que hayas visto entre los árboles.

Charlene casi se pone a llorar al sentir el repentino alivio que la embargó al verse libre. Se mordió el labio. No iba a llorar.

—Cabecinegro. Escribano cabecinegro. Es una especie muy poco común.

—A mi parecer, no es algo por lo que valga la pena sumergirse en el río.

El duque esbozó una sonrisa burlona y se guardó la navaja en el mismo lugar desconocido del que la había sacado. Charlene todavía no se había soltado de su cuello. Tenía que mantener la cabeza fuera del agua, ¿no? El duque era robusto y cálido, y mientras la sujetaba demasiado cerca de su cuerpo, con los brazos alrededor de su cintura, los ojos verdes del hombre pasaron de brillar por diversión por algo mucho más íntimo.

Él la apretó más contra su cuerpo y la pegó contra su pecho.

—Podrías haberte ahogado —dijo con voz grave y feroz.

Y después la estrechó entre sus brazos. Eso es lo que decían en las novelas, ¿verdad? La alejaba de él y la estrechaba entre sus brazos. Pero así había sido. Tan pronto era presa del lodo, atrapada por las raíces de los árboles, como sentía las manos del duque rodeándola y estrechándola contra su pecho, justo por encima del agua.

Charlene enterró la cara en el cuello de su salvador, y sintió el más estúpido de los deseos de besárselo. O de lamer las gotitas de agua que le llenaban el pecho. Y puede que el corazón le estuviera palpitando. Débilmente, nada más. Pero lo hacía...

Charlene no necesitaba que ningún hombre la rescatara. No necesitaba a ningún hombre para nada. Su casa de huéspedes solo admitiría a mujeres, sin contar a Kyuzo. Él sería el profesor de autodefensa, y les enseñaría a las chicas a creer en su propia fuerza.

Entonces... ¿por qué se sentía tan dichosa al verse en brazos del duque? ¿Al ser rescatada? Sería consecuencia del susto de estar a punto de morir ahogada. Qué iba a ser, si no.

Mientras el duque atravesaba el agua a zancadas, cargando con ella con soltura, Charlene le posó la mano sobre el pecho.

—Muchas gracias —susurró la joven en un tono inaudible para el duque.

—Pobre *Ranita* —comentó el duque echando un vistazo hacia atrás, y Charlene siguió su mirada. El bote se había quedado encallado en el lodo, y a la vista solo quedaba la proa.

—¿Lo podrán arreglar? —preguntó.

—Lo dudo; pasó a la historia. —El duque suavizó el tono de voz—. Era mi escapatoria favorita.

Charlene alzó la mirada, pero, como seguía pegada a su pecho, desde su posición lo único que podía ver era la mandíbula cuadrada del duque.

—¿Escapatoria?

—Tras el fallecimiento de mi madre, Warbury Park era para mí como una prisión. Cuando volvía a casa por las vacaciones de las clases, pasaba días enteros navegando a la deriva por el río con un par de manzanas y una pila de libros, para esconderme del tirano que tenía por padre. Hoy en día sigue sin gustarme dormir en ese caserón de ladrillos a punto de desmoronarse. Hay demasiados espíritus.

Su madre falleció cuando él era joven. Su padre era un tirano. Le gustaba leer. ¿Qué le gustaría leer?

«Charlene, eso es irrelevante.»

El duque posó el cuerpo de la muchacha en la hierba, junto a Alice.

—¡Vaya aventura! —dijo en tono jovial y con voz estruendosa—. Señoritas, no podrán decir que no tienen una gran historia para contar.

Cuatro jóvenes empapadas y temblando lo miraron fijamente.

—¿Qu-qué vamos a hacer ahora? —preguntó lady Augusta, a quien le castañeteaban los dientes.

—Pues buscaremos una zona de prados y dejaremos que se sequen nuestras ropas al sol antes de regresar a casa a pie.

—¿A pie, dijo? —Lady Vivienne ladeó la cabeza de manera inquisidora; su capota estaba empapada y totalmente destrozada.

—A menos que prefieran esperar aquí, solas, mientras voy en busca de otro bote. Esta zona de arboleda carece de un camino apto para el paso de un carruaje. Y no me gusta la idea de dejarlas aquí solas. Creo que lo mejor es regresar a pie, juntos. Síganme, por favor. —Con un gesto, les pidió que se pusieran de pie—. No muy lejos de aquí hay un vergel. Este año las manzanas han madurado antes de tiempo por las temperaturas elevadas de la primavera.

Charlene y el resto de las señoritas caminaron tras él despacio, con los vestidos empapados y los zapatos embarrados. Avanzaban a paso lento.

—Tú eres la culpable de todo —dijo lady Augusta entre dientes dirigiéndose a Charlene—. Creas problemas allá donde vas... Arruinas vestidos, tiras a la gente... Harías bien en irte a casa. El duque jamás elegirá como esposa a una chica tan desastrosa como tú.

Alice tomó a Charlene por el brazo.

—En mi opinión, lady Dorothea debería ser la menor de sus tribulaciones, lady Augusta.

La joven la miró con los ojos entrecerrados.

—¿Qué quiere decir con eso, querida?

—Uno de sus rizos cuelga con una inestabilidad preocupante. No me sorprendería que estuviera a punto de caerse por completo.

—¡Dios mío! —Lady Augusta se llevó la mano al cabello. Uno de los largos rizos rubios que le sobresalía por uno de los lados de la capota se le desprendió y se le quedó en los dedos—. ¿Cómo supo...? —balbuceó—. ¡Es tan pérfida como lady Dorothea!

Lady Augusta se quedó un poco rezagada mientras intentaba arreglarse el pelo. Charlene sonrió abiertamente y miró a Alice.

—Gracias.

—Mi madre lleva rizos postizos —dijo la joven devolviéndole la sonrisa—. Soy capaz de distinguirlos en cualquier lugar. En otra ocasión no habría dicho nada, pero lady Augusta es muy desagradable.

Las dos muchachas caminaban tomadas del brazo, con el chapoteo de sus zapatos mojados resonando de fondo, y con la muselina empapada dificultándoles el paso.

El duque encabezaba el grupo, y las guiaba hacia un prado de hierbas y helechos, salpicado de delicadas flores moradas.

—Madre santa, ¿no te parece que tiene los pantalones cada vez más estrechos? —susurró Alice.

—Eso mismo estaba pensando yo —contestó Charlene resoplando.

Los pantalones de ante del duque estaban empapados; se adherían a su cuerpo y le marcaban los glúteos y los músculos de los muslos, bien definidos. El calor se apoderó de las mejillas de Charlene, y la joven no pasó frío a pesar de llevar el vestido empapado.

Era un escándalo en persona, la viva imagen del pecado.

Su tosquedad, ataviado con unos pantalones pegadísimos y una camisa de lino transparente, guio al grupito de jóvenes debutantes por la arboleda.

—Es una verdadera lástima —dijo Alice suspirando—. Este duque me lo está poniendo muy complicado. El último hombre que quiso pedirme en matrimonio rondaba los sesenta, y le olía el aliento a aceite de hígado de bacalao.

Charlene miró a Alice. Entonces lo comprendió todo.

—¡Tú no deseas desposar a nadie! —De pronto todo cobraba sentido. La repugnante putrefacción, el tratado de las frutas y verduras... Nadie podía estar tan desequilibrado—. Tu intención es que no te elija.

Los ojos azul verdoso de Alice centellearon.

—Has descubierto mi secreto. Mi padre me pidió que consiguiera una unión que resultara beneficiosa para la familia, pero primero ansío vivir, al menos, una aventura.

—Es comprensible —contestó Charlene sonriendo.

—¿De verdad? Nadie parece entenderlo. Todos creen que mis anhelos deberían ser un esposo, una familia..., como si eso fuera el único objetivo plausible que pudiera tener una muchacha.

—En mi opinión, es lógico y natural querer experimentar un poco en la vida antes de sentar cabeza y ser la esposa de alguien.

—Eres la primera persona a la que se lo cuento —confesó Alice—. Desconozco el porqué, pero siento que puedo confiar en ti. Así que, ya ves, no somos rivales. —Alice sonrió con melancolía—. Y espero que podamos ser amigas.

Jamás podrían ser amigas. Alice era una joven brillante y divertida, pero, si descubriera el secreto de Charlene, nunca volvería a mencionar la posibilidad de que surgiera la amistad entre ellas. No entre una señorita elegante y educada, y la hija de una cortesana.

Una nube ocultó los rayos del sol y Charlene se estremeció. Debía concentrarse en su misión, no podía permitirse ninguna clase de distracción.

—Bueno —dijo el duque, y se detuvo en mitad de un prado—. No nos queda más remedio... Señoritas, despójense de sus prendas mojadas.

—¿Cómo dice? —exclamó lady Vivienne.

—Si no se les secan los vestidos que llevan, se enfermarán —explicó el duque.

—Pero no podemos desnudarnos aquí..., ¿verdad? —Lady Augusta se pasó la lengua por los carnosos labios rosas—. Usted nos vería.

—Puedo asegurarles que ya he visto a varias mujeres en paños menores.

Lady Vivienne se llevó una de sus delicadas manos a la mejilla.

—Prefiero morirme.

—Su excelencia tiene razón —convino Charlene—. Si no nos quitamos y dejamos que se seque al menos una de las capas de nuestras vestimentas, caeremos gravemente enfermas. Yo me quitaré mi vestido con mucho gusto.

—Gracias, lady Dorothea —contestó el duque inclinando la cabeza—. Es una decisión muy sensata por su parte.

Lady Vivienne y lady Augusta intercambiaron una mirada dubitativa.

—Bien pensado..., no me gustaría resfriarme —comentó lady Augusta, y le puso ojitos al duque pestañeando sin cesar.

El duque se aclaró la garganta.

—Bueno, me voy en busca de manzanas. Cuando regrese, sus vestidos deben yacer esparcidos por la hierba. Se lo ordeno como duque que soy.

Al ver que se iba a recoger comida para ellas, Charlene sintió que un torbellino de emoción puramente femenina le recorría todo el cuerpo. Podía comprender por qué lo había visto tan incómodo en el comedor. La naturaleza era su hábitat natural. Las amplias extensiones de tierra, con los rayos del sol iluminándole el cabello.

Alice y Charlene se ayudaron mutuamente a quitarse las capotas empapadas y los botines llenos de lodo. El sombrero de paja amarillo de Charlene estaba aplastado y las cerezas que al comienzo del viaje añadían un toque de alegría al conjunto lucían tristes y mustias. Las jóvenes deshicieron mutuamente los lazos del vestido y estiraron las prendas sobre la hierba para que se secaran.

Las señoritas se esforzaron por lucir lo más recatadas posible ante la situación, se arreglaron los peinados y se sentaron con los pies descalzos bajo su cuerpo, con coqueta timidez. Todavía poseían varias capas de enaguas, robustos corsés de algodón y fondos que las protegerían de la mirada del duque.

Tras lo vivido en el lecho del río, las medias de Charlene estaban hechas pedazos, así que la joven deshizo el nudo de los ligueros y se despojó de las prendas maltratadas. Enterró los dedos desnudos en la cálida hierba aromática del prado y se soltó la melena mojada, haciendo caso omiso de la reprobación de lady Vivienne y de la mirada asesina de lady Augusta.

En una situación así, Charlene tenía ventaja, al haber crecido en una casa llena de mujeres que vivían ligeras de ropa. De hecho, era la situación ideal para lograr su objetivo de seducción.

El duque regresó de su expedición. Se había quitado el chaleco y lo utilizaba para cargar con las manzanas que había recolectado.

—Tampoco estamos tan mal, ¿verdad? —preguntó al tiempo que dejaba la fruta que había recogido sobre la hierba y evitaba mirar a las señoritas—. Nos habremos secado y estaremos de vuelta en casa antes de que se den cuenta.

—Si lo de las verduras te pareció gracioso, observa —le susurró Alice a Charlene al oído. Entonces la joven se levantó de un salto meneando la cabeza; no paró hasta deshacerse el chongo y que el pelo le cayera como un látigo alrededor de los hombros—. ¡Tengo una anguila en el pelo! Siento cómo se desliza entre los mechones. ¡Ayúdeme, su excelencia! —Alice sacudió las enaguas e interpretó una danza de saltitos que servía para ahuyentar tanto a anguilas como a duques—. ¡Las tengo por todo el cuerpo! Noto cómo serpentean por mi piel. Ay...

—Señorita Tombs —la detuvo el duque tomándola por los hombros—, no tiene anguilas ni en el pelo ni en ninguna otra parte de su ser. —Entonces le quitó una ramita del pelo—. No es más que un trocito de helecho.

—¡Alabado sea el señor! ¿Se mueve?

Charlene contuvo una carcajada. Con un talento natural para la comedia como aquel, un escenario sería el lugar perfecto para Alice.

El duque se sacó una licorera de plata del bolsillo del chaleco y desenroscó la tapa. Entonces asió a Alice por el pelo, le echó la cabeza hacia atrás y le hizo tragar un poco del contenido de la licorera. Alice forcejeó un poco y tosió, pero el duque la obligó a permanecer inmóvil, sujetándola con uno de sus largos brazos.

—Esto le calmará los nervios. —El duque le echó un poco más de líquido por la garganta. Después, él mismo le dio un gran sorbo a la licorera—. Señoritas, todas tienen que darle un trago. Esto las mantendrá calientes.

Lady Augusta extendió la mano con una sonrisa coqueta en el rostro, y el duque le pasó la licorera. La joven dio un trago largo y ni siquiera carraspeó. Luego le lanzó una mirada desafiante a Charlene.

La susodicha tomó la licorera y bebió un poco. El líquido le abrasó la garganta y sintió que le ardía el estómago vacío; notó un agradable gusto a durazno. Después le tendió la licorera a lady Vivienne.

El duque se sentó sobre la hierba y se quitó las botas; de ellas salió un chorro de agua.

—Mi ayudante de cámara no estará complacido.

Metió la mano en la parte superior de una de las botas y sacó la navaja de lo que debía de ser una funda cosida al interior del calzado. El duque comenzó a pelar una de las manzanas con un largo movimiento ininterrumpido.

Charlene no podía desviar la mirada de su persona.

Todas las chicas tenían la vista clavada en él.

La blanca camisa de lino que portaba seguía mojada y la tela se transparentaba, lo cual acentuaba más los fuertes músculos del pecho y el abdomen plano que escondía el hombre. Podían ver que tenía vello negro en las axilas, y que a la luz del sol la piel le resplandecía con un tono bronceado. Charlene incluso descubrió una línea de pelo oscuro casi imperceptible que conducía al borde de los descoloridos pantalones de ante.

El duque era un espécimen digno de admiración. Deberían encerrarlo en una jaula de la casa de fieras de Edward Cross en King Street, junto a los leones y los tigres, para que así todas las señoritas pudieran admirarlo embobadas.

En el cartel, las visitantes podrían leer: UN DUQUE SALVAJE EN LA FLOR DE LA VIDA. LE GUSTAN EL CHOCOLATE Y LAS VÍRGENES. MANTÉNGASE DETRÁS DE LOS BARROTES.

«Es muy atractivo —pensó. Y, después, otro pensamiento le vino a la cabeza—: Lo deseo.»

El anhelo provenía de un rincón primario de su mente que había permanecido oculto hasta entonces. Charlene no tenía por costumbre desear a los hombres. Eran ellos quienes la deseaban a ella. Y había jurado que nunca nadie la poseería, que jamás renunciaría a su libertad.

Y, aun así, lo había sentido. El deseo.

La joven se recordó a sí misma que, al cabo de dos días, poco importarían sus deseos. Nunca volvería a ver al duque. Tenía que refrenar sus sentimientos, recordar que tenía una misión. Un papel que desempeñar. Nada más.

Seducir al duque.

Y, luego, desaparecer.

Charlene examinó a sus rivales. Lady Vivienne había convertido un lecho de hierba en un trono y, de alguna forma, la condenada lo había conseguido sin perder la elegancia ni la serenidad, a pesar de llevar el dobladillo cubierto de lodo seco. Lady Augusta, en cambio, era de esa clase de chicas que necesitaban ser el centro de la atención masculina. Hasta en una situación como aquella jugaba con el ribete de las enaguas y lo subía más de lo necesario para dejar al descubierto unos tobillos torneados y unas pantorrillas esbeltas, siendo muy consciente de lo que hacía. La joven miraba al duque con coquetería, para ver si la estaba observando.

La estaba observando con el rabillo del ojo; había una sonrisa de indulgencia en su rostro, como si fuera un bajá otomano rodeado por su harén. Seguro que las mujeres se lanzaban a sus pies y se levantaban las combinaciones sin cesar. Era merecedor de sus atenciones.

Charlene entrecerró los ojos. Riquezas, privilegios y belleza. Y, de nuevo, le entraron ganas de borrarle esa sonrisita de la cara. Con el codo. Alice se sentó junto a ella y se inclinó para susurrarle unas palabras al oído:

—¿Qué te pareció mi danza de la anguila?

—Eres maravillosa —respondió Charlene también entre susurros.

—Lo intento —dijo Alice con una modesta sonrisa.

El duque terminó de pelar la manzana y se la tendió a Charlene con un destello pícaro en la mirada.

—Pruebe una manzana, lady Dorothea.

Charlene se quedó sin respiración. Estiró el brazo para tomar la fruta. El duque le rozó los dedos con los suyos, y la joven sintió ese roce por todo el cuerpo, hasta los dedos de los pies.

Mientras ella le daba un mordisco a la manzana, el duque no apartó la vista de su figura. La fresca acidez de la fruta le estalló en la boca, tras lo cual notó un dulce sabor a miel. Las otras señoritas se desvanecieron. Sin previo aviso, Charlene regresó a las cocinas, con el cuello arqueado y el busto pegado al pecho del duque, saboreando en su lengua el chocolate y las especias.

El duque esbozó una sonrisa que indicaba que sabía perfectamente en qué estaba pensando la joven.

Charlene se apartó la manzana de los labios.

Aquella Eva ya sabía lo que era pecar.

Y aceptaría la tentación de buena gana, muchas gracias.

Capítulo 13

¿Cómo se suponía que iba a tomar una decisión racional cuando cada recoveco sombrío de su mente estaba inundado por el deseo cegador de devorar a lady Dorothea?

Se encontraba en el prado de flores púrpura, con los rizos como rayos de sol alborotados sobre los hombros desnudos.

Las enaguas mojadas no cubrían demasiado. Podía vislumbrar el corsé y la turgencia de sus pechos a través del algodón blanco. No tenía que imaginarse de qué color serían los pezones. Cuando la ojeó brevemente la noche anterior, atisbó la perfección rosada y erizada.

Quería acostarla sobre la hierba y las flores del prado. Levantarle las enaguas por encima de los senos y desatarle el corsé. Ver sus pezones endurecerse bajo la brisa del final del verano. Cerrar la boca alrededor de una de aquellas cimas y escuchar sus gemidos.

Ella dio otro mordisco a la manzana.

Una abeja pasó zumbando al lado del oído del duque. Necesitaba probar su sabor, la acidez de su lengua, la miel entre sus piernas.

Ella sonrió. Una variedad nueva de sonrisa. Una sonrisa sagaz, seductora, que bien podría ser una flecha de Cupido dirigida con puntería a la parte baja de su cintura.

Y dio en el blanco.

Él se removió en la hierba para cruzar las piernas. No sería de buen gusto recostarse en medio de un grupo de inocentes debutantes y concederles una lección de la anatomía del macho excitado.

«Piensa en anguilas viscosas. En verbos en latín. En criptas familiares.»

Eso es. La última había funcionado. Hacía poco que se había dejado de vestir de negro por el luto. Su padre habría esperado que fracasara en esa situación. Que se dejara llevar por las pasiones en vez de por la racionalidad. Debía demostrarle al viejo déspota que se equivocaba.

No estaba allí para encontrar a una dedicada compañera de lecho, sino porque necesitaba con urgencia una duquesa respetable y un heredero. Ya no era el sustituto despreocupado de antaño. Tenía obligaciones. Una fábrica que terminar. Aranceles que reducir. Una hija rebelde que precisaba del cariño de una madre.

Debía hallar la esposa adecuada y cumplir con sus obligaciones con tanta prontitud como le fuera posible para así poder regresar a Trinidad. Regresar a la vida que había creado para sí mismo. No con la fortuna mancillada y corrupta de la familia Harland, sino con su propio sudor y esfuerzo.

En sus planes no cabía retozar de forma bucólica con sirenas de rizos de oro que no sabían guardarse su opinión para ellas mismas, de forma que, con toda probabilidad, escandalizarían a la alta sociedad en vez de apaciguarla.

Le ofreció una manzana a lady Vivienne.

—¿Es aficionado a la caza, su excelencia? —preguntó con su tono refinado mientras le daba mordisquitos propios de una dama a la fruta. Señaló los bosques lejanos con la cabeza—. Debe de tener una temporada de zorros espléndida.

Estaba sentada y vestía sus enaguas y combinación, tan elegante a la par que imperturbable como siempre. No se salía de los temas aconsejados. Establos y caza. ¿Acaso explicaba algo sobre aquello el manual de la duquesa? «Cuando todo lo demás no surta efecto, un hombre siempre estará encantado de explayarse en temas como la caza.»

—Me quedaré aquí unos meses más —informó—. ¿Disfruta ir de caza con los perros, lady Vivienne?

—Sin duda alguna. —Sonrió—. Confío en que no lo encuentre demasiado insólito. Me crie entre caballos, ¿sabe? Y si los aduladores de mis hermanos están en lo cierto, mis habilidades están a la altura de cualquier jinete.

Lady Augusta hizo un mohín. Al parecer el duque no le estaba prestando la suficiente atención.

—¿Y de qué pasatiempos disfruta usted, lady Augusta? —preguntó como se esperaba de él.

—¿Quién, yo? —Batió las pestañas mientras hablaba con su voz entrecortada de niña pequeña; suponía que aquello debía despertar en él el instinto protector, pero lo único que le provocaba era escalofríos—. Soy la vida doméstica hecha persona —declaró ella—. Me encanta bordar mantelerías. Y... prendas para bebés. —Jugueteó con uno de sus rizos rubios entre los dedos—. Deseo tener montones de hijos. Así es, montones.

Caramba. Sin duda no estarían teniendo tal conversación si las madres los acompañaran. Como si fuera capaz de leerle la mente, lady Augusta continuó:

—Cielo santo, si nos vieran ahora mismo nuestras madres. Bueno, temería por nuestra seguridad.

—Por supuesto —corroboró la señorita Tombs—. Mi madre nunca aprobaría algo así. Ni por asomo. —Recogió la licorera de la hierba y dio varios tragos más—. En especial si me viera bebiendo de este... ¿Qué es esto?

—Brandy francés. Dispongo de una bodega repleta de él.

—Jesús. El señor Shelley estaría consternado. Sepa usted que no he bebido una gota de alcohol en toda mi vida. —Bebió más—. ¡La verdad es que me gusta!

—Poco a poco. Creo que ya ha tomado suficiente. —James le arrebató la licorera—. Usted no nos ha contado nada, señorita Tombs —comentó James para distraerla—. ¿Qué hay de sus pasatiempos?

—Me encantaría ver... —Dejó de hablar y levantó un dedo—. Me encantaría darme un baño —pronunció—. Un agradable y largo baño caliente para deshacerme de todo este lodo. —Soltó una risita—. En verdad eso es todo lo que le pido a esta vida.

Arrastraba las palabras. Estaba... ¿ebria? Comenzaba a pensar que la pobre señorita Tombs no estaba del todo cuerda.

Por una vez, lady Dorothea permanecía en silencio. Arrancó una de las flores púrpura que parecían de encaje.

—¿Y qué hay de usted, lady Dorothea? —instó él.

—Si pudiera pedirle algo a esta vida sería que las mujeres tuvieran los mismos derechos y libertades que se les conceden a los hombres —dijo en voz baja.

—Por Dios, Dorothea —declamó lady Augusta—. ¿Ahora eres simpatizante de las Medias Azules?

—Sin embargo, aceptaré las pequeñas victorias —continuó lady Dorothea haciendo caso omiso de lady Augusta—. La buena salud de mi familia. Que la lluvia golpee mi ventana mientras río y lloro con un buen libro.

James la contempló hipnotizado.

La señorita Tombs volvió a hacerse de la licorera.

—¡Brandy! —Lamió las últimas gotas—. ¡Adoro el brandy!

James peleó con ella para quitarle el recipiente.

—Ya va siendo hora de que las acompañe a casa. Esperaré tras aquellos árboles mientras se visten.

¿Quién le iba a decir que buscar esposa resultaría ser desastroso para su ropa... y cordura? Iba a enfrentarse al infierno mismo cuando las madres vieran el aspecto desaliñado de sus queridas hijas.

Una hora después, se encontraron con una manada de madres furibundas en el vestíbulo. James habría preferido verse cara a cara con los batallones de Napoleón.

—¡Nos tenía medio muertas de la preocupación!

—¿Qué les ocurrió a tus botas?

—Lady Augusta, ¿dónde se encuentra tu capota? Tienes las mejillas tan rojas como un tomate.

Dalton estaba de pie tras el enjambre que no cesaba en su zumbido. Se encogió de hombros, dibujó las palabras «Lo siento» en los labios y después hizo señas con la cabeza en dirección al pasillo a la par que imitaba el movimiento de empinar una botella.

James alzó los brazos y la marea de voces alteradas se acalló.

—Señoras, por favor. Todo tiene su explicación. Tuvimos un pequeño contratiempo, pero no hay de qué preocuparse...

—¡Nos volcamos! —La señorita Tombs apareció por debajo de su brazo extendido.

Los cabellos se le salían del peinado en ángulos disparejos y se balanceaba de atrás hacia delante. Tuvo que rodearle la cintura con un brazo para estabilizarla.

—Y luego tenía una anguila de horrendos ojos diminutos y dientes afilados en el pelo, pero el duque la aplastó. —Las obsequió con una breve demostración de la danza para librarse de las anguilas—. Y luego —hizo una pausa para otorgar mayor efecto—, ¡nos ordenó que nos despojáramos de nuestros vestidos!

«Por el amor de Dios.»

Se hizo un ominoso silencio mientras las tropas preparaban sus rifles para la descarga.

Dalton dejó escapar una exclamación ahogada y se tapó la boca con una mano.

Lady Dorothea esbozó una sonrisa traviesa. No le cabía duda de que estaba disfrutando de su enfrentamiento con el pelotón de fusilamiento.

Las madres exigieron una explicación a voces, todas hablaban a la vez.

—Confío en que no sea cierto.

—¿Que se despojaran de los vestidos? Eso es ridículo.

—Debe de haber sido un error.

—¿Qué significa todo esto?

—Fue una medida preventiva, como comprenderán —explicó James—. Sus hijas estaban mojadas y tenían frío. La caminata a casa con los vestidos empapados las habría expuesto a un resfriado.

Durante un instante, se hizo un silencio anonadado. Entonces los gritos volvieron a comenzar.

—¿Que han caminado hasta la casa? —inquirió lady

Gloucester, cuya voz se escuchó por encima del resto—. ¿Qué le pasó al barco?

—*Ranita* se hundió —confesó lady Augusta—. Y yo estuve a punto de pasar por lo mismo. Su excelencia me rescató. Me sacó del agua con un solo brazo. ¿Te lo puedes imaginar?

Su madre levantó las cejas.

—Y tanto que me lo imagino.

—Señorita Tombs, ven aquí ahora mismo —exigió lady Tombs.

La señorita Tombs avanzó con pasos vacilantes. Su madre la agarró del mentón y le olió el aliento.

—Por casualidad, no le habrá dado a mi hija licor, ¿verdad?

—¡Brandy! —exclamó la señorita Tombs con regocijo.

La papada de su madre tembló.

—Hasta aquí llegamos. Cruzó todos los límites. ¿Acaso la vida es una broma descomunal para usted, su excelencia? ¡Cómo se atreve a sonreír cuando mi hija estuvo al borde de la muerte por ahogamiento! Y después la corrompe con la bebida del diablo. Vamos, señorita Tombs. ¡Nos vamos ahora mismo!

La señorita Tombs pasó la mirada de su madre al duque y después volvió a posarla sobre su madre.

—¿En serio?

¿Eso que veía era un brillo triunfante en sus ojos? Casi parecía que de alguna forma hubiera orquestado aquel espectáculo.

—No hay por qué preocuparse —argumentó él—. Solo fueron unas gotas para que entraran en calor.

—Mi decisión ya está tomada. Partimos para Londres. —Lady Tombs agarró a su hija de la muñeca y la arrastró por la habitación.

La señorita Tombs se despidió con la mano de lady Dorothea.

—Espero que volvamos a vernos.

Qué curioso, ya no sonaba ebria.

—Ven aquí de inmediato, señorita Tombs. Por supuesto, habrás atrapado un resfriado.

—Lady Tombs, si la ofendí de alguna forma, lo siento de todo corazón —se disculpó James a sus espaldas mientras partían, aunque sus palabras no eran sinceras.

Se giró para contemplar a las damas que quedaban.

—¿Alguien más desea irse? —Señaló con la mano la entrada—. La puerta está por ahí.

Las madres se quedaron heladas. Nadie dijo nada.

Lady Dorothea se pasó una mano por la cintura, estirando así la tela de su vestido destrozado contra la curvatura de su cadera. Aquello le hizo recordar la forma en que sus opulentas curvas se habían visto destacadas bajo sus enaguas mojadas y ajustadas. Y la forma en la que se había acurrucado contra él cuando la sacaba del río, como si la hubieran moldeado expresamente para que encajara entre sus brazos. Y el ingenio y el ardor de sus ojos cuando abogó por la libertad de las mujeres.

Maldición, necesitaba una copa.

—De acuerdo entonces —entonó con brío—. A pesar de nuestro rodeo por el río, seguiremos con el plan establecido y visitaremos mi fábrica. Les sugiero que se tomen un pequeño descanso. Partiremos en cuanto termine el almuerzo.

Rompió las filas enemigas mientras evitaba la mirada divertida de lady Dorothea, o más bien a ella en su totalidad, y se retiró al refugio varonil que constituía la biblioteca, donde Dalton lo esperaba con más brandy.

James no solía beber tanto, pero aquella era una situación desesperada.

—Quiero que desaparezca —le transmitió James a Dalton tras haber dado solución a su mayor frustración.

—¿Cuál de todas?

—Dorothea.

—Vaya, conque ahora es Dorothea.

—¿Qué? ¿Dije Dorothea? Quería decir lady Dorothea. Aunque si ella es una dama de bien, yo soy un condenado lechero.

James recorrió la alfombra de la biblioteca de un lado para otro.

—Es más bien una amenaza. Una fuerza destructiva de la naturaleza. Debería venir con un aviso impreso en la frente: ¡PELIGRO! ¡CAOS! ¡RASGADURA DE VESTIDO INMINENTE!

—¿De verdad es para tanto? —Dalton rio—. ¿Qué hizo en esta ocasión?

James se calentó las manos frente a la chimenea. Probablemente debería cambiarse y ponerse unas prendas limpias, pero en aquellos momentos lo único que deseaba hacer era tomarse una copa y disfrutar lejos de todo lo que tuviera que ver con mujeres.

—Hizo que mi bote volcara al buscar un pájaro poco común entre los árboles —narró James—. Después se le engancharon las faldas en una roca y estuvo a punto de ahogarse, por lo que tuve que cortárselas con una navaja para liberarla.

Dalton esbozó una amplia sonrisa.

—Espléndido. A este paso ganaré la apuesta antes de que se ponga el sol.

—¿Qué? ¿Acaso te has vuelto loco?

—Incluso subiré la apuesta. Quinientas libras.

—Pues vaya que estás loco. —James se dejó caer sobre una silla—. ¿Ves lo que les hizo a mis mangas? —Levantó las mangas de la camisa manchadas de lodo—. ¡Y mira mis botas!

—¿Desde cuándo te importan estas cosas? Siempre has sido salvaje, y la moda te resultó indiferente.

—Y es cierto, pero las botas son solo el comienzo. Imagina lo que le haría a mi corazón.

Dalton sacudió la cabeza con fingida compasión.

—En fin. Dime, viejo amigo. Las has visto a todas luciendo sus enaguas mojadas. Quién presume de la mayor proporción en..., ya me comprendes. —Dalton hizo un movimiento redondo en dirección al pecho de James.

El duque levantó las cejas.

—¿De veras? ¿Es eso lo que vas a preguntarme? Descúbrelo por ti mismo —desaprobó con irritación.

—Si se da la ocasión, puede que lo haga. —Dalton pateó con los talones y se cruzó de piernas—. Lady Augusta me ha estado poniendo ojitos cuando le das la espalda.

—Vaya infierno de mañana. Con unos pocos sorbos de brandy la señorita Tombs actuaba como si le hubiera derramado toda una botella por la garganta. Tendría que haberte hecho caso. Fue una idea terrible.

—Odio admitir que te lo advertí...

—Pues no lo hagas. Lo soportaré. Seguiremos el programa establecido. Visitaremos la fábrica con la esperanza de que mi nueva prometida transmita un elogioso informe a su padre acerca de mis intereses comerciales. Después montaremos por el bosque, una cena más y todo habrá acabado.

—Me parece bien. Sigue el programa. Escoge a la adecuada, como, por ejemplo, lady Vivienne. Nada más sencillo.

James levantó las cejas.

—¿Por qué demonios me miras así? —preguntó Dalton—. Lo más probable es que sea un buen plan.

—¿Pero?

—Mis quinientas libras auguran que no va a funcionar.

Capítulo 14

Dos horas más tarde, estaban de pie junto a la entrada de la fábrica de cacao del duque, a las afueras de Guildford, un pueblo cercano; Charlene se preguntaba cómo encontraría la forma de quedarse a solas con el duque con tanta gente revoloteando a su alrededor.

Aquella tarde, James lucía como un verdadero duque: el traje abotonado y las manos enfundadas en unos guantes, con aire altanero y dando órdenes con un gabán de lana negro y su sombrero de piel de castor.

Los hombres corrían de un lado para otro con los rostros tiznados de negro por el hollín, y alimentaban los hornos con madera y carbón. Los albañiles levantaban muros para nuevas dependencias. Aquella fábrica era un bullicio de actividad y ruido.

—¿Para qué sirve ese enorme mazo que sobresale del edificio? —preguntó lady Augusta gritando para hacerse oír por encima del caos—. Parece que tenga vida propia, como si pudiera liberarse de su cautiverio y aplastarnos a todos.

El gigantesco mazo negro de hierro se elevaba, después descendía, se detenía un momento en la parte inferior con un rechinido y un crujido y, entonces, seguía con su recorrido hacia las alturas.

—Una máquina de vapor de Watt —contestó el duque—. Joseph Storrs Fry, empresario chocolatero de Bristol, fue el primero en instalar una máquina como esta hace más de diez años. Utiliza la energía del vapor para moler el cacao y hace el trabajo de veinte hombres.

—Cuantísima energía —comentó lady Augusta, y se estremeció—. ¿Está usted seguro de poder controlarla?

—El hombre la construye, el hombre la controla.

Lady Vivienne se recogió el bajo del vestido para esquivar un montón de excrementos de caballo, arrugando la nariz, mientras lady Augusta le había echado el ojo a uno de los robustos y jóvenes albañiles que trabajaban a pocos pasos de ellos.

—¿Cuántos acres tiene el terreno, su excelencia? —preguntó la condesa, que se colocó junto a Charlene.

—Unos mil cuatrocientos. Banbury Hall era la única edificación que había.

A Charlene no le preocupaba que el duque no la mirase a los ojos. Había comprendido que sus evasivas eran un buen augurio. Había visto el anhelo reflejado en su mirada cuando le había tendido la manzana en el prado, y también tras la partida precipitada de Alice.

El fulgor de la pasión, la desesperación.

El duque la deseaba. Tanto como ella lo deseaba a él.

Charlene lamentaba la partida de Alice. Le había tomado mucho cariño a la joven, a sus estrafalarias afirmaciones y a sus maquinaciones para evitar el matrimonio. Una pena que quien se marchara no fuera lady Vivienne. Era la mayor amenaza que se interponía entre Charlene y su éxito.

La joven contemplaba la escena con interés. Muchísimas de las muchachas de Covent Garden habían empezado a trabajar muy pronto, de niñas, pero al crecer tuvieron que dedicarse a vender su cuerpo por los míseros salarios que recibían y las terribles condiciones laborales. A Charlene le agradaba tener la oportunidad de ver una fábrica por dentro y poder comprobar en persona las condiciones de trabajo.

Entonces, un hombre de edad avanzada llegó afanosamente a su encuentro; lucía una mata de pelo blanco que hacía juego con el saco que llevaba, del mismo color.

—Señoritas, les presento a mi químico, el señor Van Veen —dijo el duque—. Vino desde Ámsterdam para ayudarme a encontrar un método con el que deshacernos un poco del amargor natural del cacao, y así poder producir una bebida más dulce y suave.

El señor Van Veen entrecerró un poco los ojos, de un azul desvaído, y se inclinó tantas veces que parecía un molino de viento.

—Señoritas, es todo un honor conocerlas. Todo un honor.

—¿Sería tan amable de hacernos una visita guiada? —preguntó el duque.

—Será un placer. Por favor, síganme, señoritas.

Van Veen encabezó la visita por la entrada de la fábrica y subieron un tramo de escaleras. Lord Dalton se rezagó un poco hasta caminar junto a Charlene en la fila del grupo. El noble se inclinó un poco para hablarle al oído y que, así, la condesa no escuchara su conversación.

—Lady Dorothea, debo confesarle que posee usted unas cualidades admirables que se me habían pasado por alto. —Charlene escudriñó el rostro del hombre mientras recorrían un largo pasillo. Lo mejor sería permanecer en silencio hasta que el lord se explicara—. Todas esas noches en las que caminaba por los límites del salón de baile, junto a las señoritas que nadie sacaba a bailar. Apenas me percaté de su presencia, la verdad. Pero, ahora, demuestra todo esto. —Le guiñó un ojo, y añadió—: Unas cualidades ocultas.

Charlene sonrió, aliviada al ver que lord Dalton no había descubierto su ardid.

—Muchas gracias, lord Dalton.

—Aposté por usted —comentó el hombre—. No me decepcione.

—¿Cómo dice?

—Todo Londres está haciendo sus apuestas, con el alma en vilo, aguardando quién de ustedes se convertirá en la elegida de Harland.

Caramba. A la condesa no le agradaría esa mala reputación.

—¿Y usted cómo sabe eso?

—Recibí una misiva de un amigo del club. Al parecer, las apuestas están subiendo con paso raudo y veloz. —Le dio una palmadita en el brazo, y continuó—: Ahora no irá usted a comportarse como una pusilánime, ¿verdad? Cuando está tan cerca de ganarse al duque... Haré lo que esté en mis manos por ayudarla, puede confiar en mí.

Otro guiño.

Lord Dalton era apuesto, con unos ojos azules oscuros de mirada traviesa, una melena tupida reluciente, y unos hombros casi tan anchos como los del duque. Sin embargo, el roce de la mano del lord en su brazo no provocó nada en Charlene. No sintió un deseo desenfrenado de lamerle el pecho. Ni una sola palpitación.

Los anchos hombros del duque las guiaron hasta una habitación que se encontraba al final del pasillo. Allí había un poco más de tranquilidad.

—Nos encontramos en la sala de aventado —explicó—. Aquí se pelan los granos tostados de cacao y se preparan para la molienda. Ahora mismo, como pueden ver, nuestro personal es reducido, pero pronto habrá más espacio para más aventadoras en la nueva sala.

Era una sala grande y amplia; resultaba evidente que, en el pasado, habían sido las cocinas de las antiguas dependencias. Había diez jovencitas sentadas delante de mesas bajas de madera. El duque saludó con la cabeza a un hombre alto y corpulento, con una nariz protuberante, encargado de supervisarlas. El hombre se quitó el sombrero café e hizo una inclinación ante las muchachas.

Las aventadoras vestían mandiles blancos y cofias con olanes del mismo color. Trabajaban con diligencia: pelaban y amontonaban lo que Charlene reconoció como los mismos granos de cacao que el duque le había enseñado la noche anterior.

Charlene intentó sonreír a una de las chicas, una joven delgada con una larga melena castaña recogida en dos trenzas, pero la muchacha agachó la cabeza y retomó su faena. No tendría más de quince años. El supervisor de nariz protuberante y llena de cicatrices se ganó la antipatía de Charlene en cuanto la joven lo atrapó mirándole el busto. Ya había sentido la misma mirada apreciativa demasiadas veces en la Pluma Rosada.

El duque hundió la mano en los granos que había en una de las mesas y se inclinó para inhalar el aroma que despedían.

—Ardo en deseos de regresar a Trinidad con un poco de nuestra nueva fórmula de chocolate para que los agricultores puedan probarlo. Les encantará.

Era evidente que no estaba haciendo todo aquello por dinero. Entonces ¿cuál era su motivación?

Charlene recordó el tono respetuoso que empleó el duque al describir las densas selvas donde crecían los granos de cacao. Podía imaginárselo en sus campos de las Indias Occidentales; en mangas de camisa y pantalones estrechos, con la piel bronceada por el sol y protegiéndose los ojos de sus rayos con una mano.

Colaborando con el cuidado de los árboles y cosechando el mejor cacao, con el objetivo de cumplir su sueño de hacer del chocolate a la taza un producto asequible para las masas. Era su forma de ser útil, y de diferenciarse de la figura de su padre.

Charlene estaba de acuerdo con todo el asunto de hacer del chocolate un bien asequible, puesto que ella nunca había podido permitirse ese lujo tan costoso.

—Y llegamos a la sala de experimentos, el imperio supremo de Van Veen —dijo el duque, y apoyó una mano sobre el hombro del químico al tiempo que entraban en la siguiente habitación.

Van Veen se frotó las manos.

—Estas barricas están llenas de nuestra nueva fórmula, señoritas.

Las barricas de cobre humeaban y silbaban, y despedían un intenso aroma a chocolate. El olor hizo que Charlene rememorara el beso con el duque en las cocinas. El corazón le borboteaba, como el cacao líquido que hervía a fuego lento delante de ella; Charlene miró de reojo al duque. Sus miradas se cruzaron, pero él la apartó casi al instante.

Una premonición le recorrió el cuerpo en forma de escalofrío. Aquella noche volvería a saborear sus labios.

—¿Qué nombre le pondrá a este chocolate a la taza? —preguntó lady Vivienne.

—Todavía no encontramos el nombre adecuado.

—¿Quizá podría ser «el chocolate del señor Van

Veen»? Imagino que su excelencia no querrá que asocien el apellido de su familia con el comercio.

El duque frunció el ceño. Estaba a punto de responderle cuando lady Augusta lo interrumpió:

—¿Este líquido que hace espuma es chocolate? —Se inclinó para echar un ojo al contenido de una barrica de cobre—. ¿Podría probarlo? Todas las mañanas me tomo una taza de chocolate de Fry and Hunt.

—Señorita, por favor, tenga mucho cuidado —exclamó el señor Van Veen—. ¡No toque la barrica! Se quemará la piel.

El duque tomó una de las pastillas redondas de cacao seco que había amontonadas en una mesa y partió un trocito para la joven.

—Lady Augusta, puede probar esto si así lo desea, aunque le advierto que estará mucho mejor al disolverlo en leche con azúcar y calentarlo.

Lady Augusta le dio un mordisquito al trocito granuloso de chocolate. Con la lengua atrapó una viruta extraviada. Se llevó una mano a la mejilla, como si estuviera muy abrumada.

—¡Santo cielo! Es una auténtica delicia. ¿Puedo llevarme un poco a casa?

—Faltaría más —contestó el duque—. Cuando se vayan, todas ustedes se llevarán una remesa.

Qué magnánimo por su parte. Un triste consuelo para las muchachas que no resultaran elegidas. Charlene pensaba irse con un duque.

Más bien, lady Dorothea se iría con un duque.

Y si Charlene quería sentir de nuevo el sabor de sus labios, tendría que ahorrar un poco de dinero y comprarse una lata de su chocolate. La comitiva pasó a la siguiente sala para ver la prensa de cacao a vapor. Charlene aprovechó la oportunidad para regresar a la sala de aventado solo un momento. Quería hablar con las chicas, preguntarles cómo eran sus vidas. Después regresaría con el grupo.

Charlene se quedó rezagada al otro lado de la puerta de la sala de aventado, observando sin ser vista. El supervisor se inclinó y le susurró algo al oído a la chica con las largas trenzas castañas. Ella se apartó, negando con la cabeza. El hombre jaló con fuerza una de sus trenzas, hasta echarle la cabeza hacia atrás, y acercó la otra mano al canesú de la muchacha.

Una ira abrasadora se apoderó de Charlene.

—¡Quítele las manos de encima! —gritó entrando a zancadas a la sala.

El supervisor alejó la mano, se irguió y, con brusquedad, le dijo:

—Debería estar con el duque, milady. —Entonces le lanzó una mirada lasciva—. No querrá perderse por aquí. Usted solita. Podría tropezarse con algo.

¿Acaso era eso una amenaza? Charlene respiró hondo. Al parecer, las cosas iban a ponerse feas.

—Señor, no tiene usted derecho alguno a tocar a esas chicas. Están aquí bajo su cuidado y responsabilidad.

Aquella larga nariz se acercó a ella.

—Regrese con sus amigas, milady. Esto no debe preocuparle lo más mínimo.

Pero Charlene se mantuvo firme.

—Usted me preocupa. Cualquier hombre que abuse de su poder me preocupa. Ahora, preséntele sus disculpas a..., ¿cómo te llamas, querida? —le preguntó a la chica del pelo castaño.

La muchacha negó con la cabeza y retomó su faena, muda e indiferente.

El supervisor le lanzó una mirada de odio a Charlene, quien pudo percibir todos y cada uno de los cráteres de su nariz. Toda la tensión que había sentido los últimos días avivó el ardor de su ira.

—Señor, se disculpará ahora mismo con esta chica o usaré sus testículos como campanas hasta que me suplique piedad.

Al hombre casi se le salieron los ojos de las órbitas. Lo único que evitó una respuesta furiosa por su parte fue que Charlene iba vestida como una señorita elegante.

—Será mejor que se retire ya, milady.

Charlene estaba acostumbrada a tratar con bravucones. Hombres que pensaban que las mujeres no eran más que objetos y sus juguetes personales. Se le revolvía el estómago. Las aventadoras los observaban, mirando de soslayo la escena que se desarrollaba en su lugar de trabajo. Charlene tenía que mostrarse fuerte por ellas, y demostrarles que las mujeres podían defenderse solas. Estiró el cuello y se tragó el asco que sentía.

—Es usted un hombre muy grande y fuerte. —Le dio a su voz un tono suave y sugerente. Con delicadeza, recorrió la mejilla del hombre con un dedo enguantado.

El supervisor vaciló, pues no estaba acostumbrado a que una mujer vestida con muselina de buena calidad lo tocara.

—Eh...

—Un hombre robusto como usted... —Charlene sonrió, y rozó el borde grisáceo de la tela del cuello, buscando el punto de agarre adecuado—, ¿de verdad necesita demostrar su poder ante estas pobres jovencitas?

—¡Smith! —La voz grave del duque retumbó en la sala como el estruendo de un cañón.

El supervisor se alejó de Charlene con brusquedad y miró al duque con consternación.

—Su excelencia.

—He estado en la misma situación en la que te encuentras ahora mismo, Smith, y sea lo que sea lo que hayas hecho para desatar la furia de esta señorita, te aseguro que te arrepentirás tras el castigo que te impondrá.

Smith miró fijamente al duque y luego observó a Charlene. James caminó hasta el centro de la sala con grandes zancadas, imponente y amenazador.

—¿Hay algún problema? —preguntó a Charlene.

La joven miró de reojo a la chica del pelo castaño, que seguía trabajando con frenesí: con unas manos finas, la muchacha se deshacía de la cáscara de los granos con destreza, y no osaba levantar la mirada de su puesto de trabajo. Charlene se llevó al duque aparte, para que así las chicas no oyeran su conversación.

—Lo he visto metiendo la mano en el canesú de una de las chicas.

Al duque se le ensombreció la mirada.

—¡Smith! —bramó—. Ven aquí.

Smith se acercó a ellos cabizbajo, retorciendo el sombrero de fieltro con las manos.

—Dígame, su excelencia.

—Llegó a mis oídos que estabas manoseando a una de mis empleadas.

Smith tragó saliva.

—Solo le estaba explicando cómo debía aventar el grano.

—Prueba otra vez.

Smith retrocedió un paso.

—Pero es una indolente, necesitaba que le enseñara a hacerlo.

—Prueba de nuevo. —La voz del duque era tan cortante como el viento invernal y Charlene sintió un escalofrío en la espalda.

Todo el rostro de Smith palideció, incluso la nariz rubicunda adquirió la misma tonalidad que el interior de un rábano.

—Como verá, no estaba haciendo nada malo. Es una perezosa, y alguien tenía que darle una lección.

El duque señaló la puerta con el dedo.

—Estás despedido. Recoge tus cosas y vete.

Las aventadoras clavaron la vista en el duque, boquiabiertas. La mirada de Charlene se cruzó con la de la chica de pelo castaño, y la falsa lady esbozó una sonrisa alentadora.

Smith apretó los puños con fuerza.

—Su excelencia, no tome una decisión precipitada. Vamos a hablarlo como caballeros.

Por muy alto y grande que fuera Smith, el duque lo era más. Y, además, contaba con la ventaja que le daba su intelecto. Antes de que Charlene pudiese pestañear, el duque tenía a Smith agarrado por el cuello de la camisa y sus pies no tocaban el suelo. El supervisor se revolvió entre los dedos del duque, intentando zafarse de su agarre, pero se tropezó con un férreo muro de granito.

—Tú no eres un caballero. —El duque sacudió a Smith por el cuello, como si fuera un zorro jugueteando con un ratón de campo. A Smith se le salieron los ojos de las órbitas y empezó a dar patadas, rozando el suelo—. Si me entero de que vuelves a poner un pie en mi fábrica, haré que te detengan —sentenció el duque—. O acabaré con tu vida. Seguramente acabe con tu vida.

En aquel momento Charlene comprendió cómo se había ganado el duque el título de «su tosquedad». En aquella situación, sus modales distaban mucho de los de un lord propiamente dicho, los músculos tensos y el instinto asesino reflejado en la mirada.

A Charlene no le habría sorprendido ver su imagen en las paredes de una taberna, desnudo de cintura para arriba, anunciado como el actual campeón de lucha sin guantes en la categoría de peso pesado de toda Inglaterra.

Smith abrió la boca, pero no llegó a pronunciar ni una sola palabra.

—¿Cómo has dicho? —preguntó el duque sacudiéndolo otra vez.

—Y-ya me voy —gritó Smith.

El duque lo lanzó hacia un lado, y el hombre tuvo que aferrarse al borde de una de las mesas para no acabar en el suelo. Se fue tropezando hasta la puerta.

El duque se acercó a la chica del pelo castaño.

—Tú, ¿cómo te llamas?

—R-Rosie, s-su excelencia —contestó la chica, con los ojos muy abiertos.

—¿Smith ya te había incomodado antes?

Rosie se encogió y una lágrima se deslizó por la mejilla de la muchacha.

—La está asustando —susurró Charlene—. No hablará con usted; déjeme que lo intente. —Volteó hacia la chica, y llamó su atención—: Rosie.

—Dígame, señora.

Otra chica, un poco mayor que Rosie pero con el mismo color de ojos y de pelo, le dio un codazo a su compañera.

—Hazle la reverencia a la señora —susurró.

Rosie se puso de pie e hizo una reverencia que carecía de delicadeza.

—No tengas miedo —dijo Charlene. Todo iría mucho mejor si pudiera cambiarse el elegante vestido de muselina de color lavanda que llevaba por uno más sencillo de estambre. Las chicas confiarían más en ella.

Las otras aventadoras que seguían en sus mesas observaban la escena con gran atención, mientras Charlene se acercaba a Rosie y se inclinaba para examinar los granos de cacao amontonados sobre la mesa.

—¿Cuántos años tienes?

—Quince, señora.

—¿Y cuántas horas trabajas al día?

—Catorce, si no me equivoco, señora.

—¿Y cuánto te pagan?

—Tres chelines a la semana, milady.

Tras la respuesta de la joven, Charlene apretó un grano de cacao hasta que la cáscara se soltó y se convirtió en polvo entre sus dedos.

Otra lágrima corrió por la mejilla de Rosie.

—Por favor, no nos despida. Necesitamos trabajar, milady.

Charlene levantó una mano y habló en alto para que el resto de las muchachas oyeran sus palabras:

—Ninguna perderá su puesto de trabajo. No deben albergar esos temores. —Tomó la mano de Rosie con la suya, y prosiguió—: Puedes confiar en mí, no tengas miedo. ¿El señor Smith las molestaba a menudo?

Rosie miró a su alrededor, a las otras chicas. La que era mayor que ella asintió.

—Puedes contar la verdad.

A Rosie le temblaban los labios, y fijó la mirada en el montón de granos que se alzaba ante ella.

—Sí, milady, nos tocaba a menudo. Pero nada más..., hasta ahora.

A Charlene se le cayó el alma a los pies, y se mordió el labio con tanta fuerza que notó el sabor metálico de la sangre.

—Ese hombre está corrompido hasta la médula —añadió la otra chica.

—Lo lamento muchísimo —dijo Charlene. Aunque de poco servía decir algo así. No había nada que ella pudiera decir que hiciera que la situación fuera menos dolorosa. Charlene apretó la mano de Rosie, y dijo—: Ahora debemos irnos, pero, por favor, no se preocupen. Smith no regresará por aquí nunca más.

Charlene volteó hacia el duque, que había presenciado toda la conversación con la mirada nublada. El hombre asintió con el gesto serio.

—Buscaré a una supervisora y abriré una investigación. El salario que dices que les daban es menor al que yo había autorizado. Seguro que Smith se estaba quedando con lo que falta. El dinero que no han recibido se les devolverá.

—Muchas gracias, su excelencia —respondió Rosie con un brillo de felicidad en la mirada—. Lo recibiremos con los brazos abiertos.

El duque salió de la sala de aventado en silencio. Charlene esperó que dijera algo, que se disculpara, pero el hombre se retiró con rápidas zancadas; la joven tuvo que acelerar el paso para ponerse a su altura. El duque tenía la espalda erguida y el semblante adusto.

Una vez fuera, en el pasillo, el duque se echó sobre ella hasta que la espalda de Charlene tocó la pared.

—¿En qué estabas pensando para escabullirte así del grupo? Con tu historial, podrías haberte caído en una barrica de cacao y habrías perecido abrasada por el chocolate ardiendo. Estaba preocupado.

Vaya disculpa. Charlene levantó el mentón.

—Necesitaba un poco de aire e intenté encontrar la salida yo sola.

—No me mientas —dijo el duque, y estampó las manos contra la pared, una a cada lado de la cara de Charlene.

La muchacha se quedó inmóvil, escuchando su propia respiración. Así se conseguía que el rival cometiera un error.

—Admítelo —el duque se inclinó hasta que su cara quedó muy cerca de la de ella—, querías demostrar que me equivocaba.

Charlene sonrió; otra técnica efectiva.

—Y así fue, ¿verdad? ¿Tres chelines a la semana? ¿Eso es para usted un salario justo por un trabajo especializado como ese?

—Ya te dije que no era la cantidad que yo había establecido.

—¿Cuándo fue la última vez que pasó revista para asegurarse de que estaban cumpliendo su preciado contrato? Pensaba que su fábrica sería más humana y, aun así, descubro a esas muchachas encorvadas delante de una mesa catorce horas al día, por un salario irrisorio y, encima, siendo violentadas.

—Ten cuidado con lo que dices, lady Dorothea. —Se le tensó un músculo de la mandíbula—. No eres consciente de las atrocidades que he presenciado en Trinidad, y cómo he luchado para ponerles fin. Los niños se morían de inanición. Azotaban con látigos a embarazadas. La oleada de crueldad es demasiado fuerte. Si se consigue cortar un chorrito, un torrente de salvajadas estalla en otra parte.

El dolor que pudo ver en su rostro era tan intenso que

Charlene quiso acunarlo entre sus brazos y reconfortarlo. En lugar de eso, lo miró directamente a los ojos, y dijo:

—Lo entiendo, pero, por favor, no desatienda los maltratos y abusos que se llevan a cabo en el interior de su propia empresa. Durante mis obras de caridad he visto a chicas como sus trabajadoras que se han visto obligadas a vivir en burdeles por los insuficientes salarios que recibían en las fábricas. —Charlene estaba temblando. Y, en aquel momento, no se estaba preocupando por mantener su papel como lady Dorothea. Tenía delante la oportunidad de hacer algo bueno por las muchachas de aquella sala, de hacerle ver al duque que estaba equivocado—. Las sociedades reformistas buscan sacarlas de la ciénaga que supone tener una vida de inmoralidad —continuó—, pero, dígame: ¿quién se centra en el origen real del problema? ¿Quién educa a las niñas? ¿Quién les da un salario justo?

El duque separó las manos de la pared y con ellas rodeó el mentón de Charlene.

—Nunca imaginé que a una señorita privilegiada como tú le importaran tanto estos asuntos. ¿Por qué te preocupas así?

«Por la resignación que veo reflejada en la mirada de una chica tras vender su cuerpo por primera vez. Por la cantidad de chicas que trabajaban en las calles y que se dieron a la ginebra barata para aliviar el dolor. Por las llagas rojas que arruinaban unas caras bonitas y por el pelo que se caía a mechones cuando la sífilis se apoderaba de sus cuerpos.»

—Porque yo tengo muchísimo en la vida —susurró Charlene—, y estas chicas no tienen nada. Nada.

El duque le limpió las lágrimas con el pulgar y le acunó el rostro con ambas manos.

—Nunca dejas de sorprenderme.

—Tengo un sueño, su excelencia. Quiero abrir una casa de huéspedes para chicas jóvenes. Pero no una cárcel disfrazada de obra de caridad, como el manicomio de lady Gloucester, sino un lugar seguro en el que las muchachas puedan resguardarse cuando no tengan adónde ir. Me aseguraría de que recibieran una educación.

Y les enseñaría a defenderse por sí solas. Les enseñaría a confiar en sus capacidades.

¿Acaso lady Dorothea diría algo semejante? ¿Le habría importado lo más mínimo lo ocurrido como para decir algo del comportamiento de Smith para con las chicas?

El duque la miró con una sonrisa en el rostro, y a Charlene se le olvidó hasta respirar.

—Esa idea me agrada enormemente —afirmó.

De pronto, Charlene se percató de lo cerca que estaban el uno del otro. Sintió la pared contra la espalda, y el cuerpo del duque justo delante de ella, tan sólido como el muro que tenía detrás.

¿Dónde estaba la condesa? Tendría que estar allí, descubriéndolos en una situación comprometida, pues Charlene estaba a escasos segundos de probar de nuevo el sabor de los labios del duque.

—Sabes —dijo el duque—, me preguntaba si mi fábrica podría servir para...

Charlene jamás sabría qué estaba a punto de decir el hombre, pues los interrumpió el jadeo de lady Gloucester, a quien le palpitaba el generoso pecho tras el esfuerzo que tuvo que hacer para recorrer el pasillo.

El duque se alejó de Charlene de un salto, pero al parecer lady Gloucester no se había percatado de la comprometida situación en la que se hallaban.

—¿Han visto a lady Augusta? No se me ocurre dónde puede estar.

James tomó a lady Gloucester por el brazo y la acompañó por el pasillo.

—Seguro que no fue muy lejos. ¿Cuándo fue la última vez que la vio?

—Hace apenas diez minutos. Pero su compañero, el señor Van Veen, me abordó y me dio un discurso sobre los sólidos del cacao, o algo semejante, y la perdí de vista.

—Subiendo las escaleras está la sala de observación; desde allí, hay una vista espléndida del valle. Quizá esté disfrutando del paisaje.

—¿Le parece? Espero que tenga razón.

La mujer estaba muy consternada. ¿En qué apuros creería que podría estar su hija? Charlene recordó la sonrisa seductora y las facciones marcadas que exhibía lord Dalton al contarle que la ayudaría a ganarse al duque.

Todas las alacenas que había a lo largo del pasillo estaban vacías o bien cerradas. Subieron las escaleras y el duque abrió la puerta de la sala de observación.

Y lady Gloucester lanzó un grito estridente, capaz de perforarles los oídos.

Dalton se colocó delante de lady Augusta y la protegió de las miradas de los recién llegados, pero no antes de que James viera las mejillas sonrojadas, los labios hinchados por los besos y el cabello despeinado de la joven.

—Augusta, ¿por qué? ¿En qué estabas pensando? —se lamentó lady Gloucester.

—Cálmese, por favor —dijo Dalton—. Solo estaba

mirando si tenía algo en el ojo. Me pareció que se le había metido una mota de polvo.

Como respuesta, James soltó un bufido.

—Creo que me está dando un mareo —dijo lady Gloucester tambaleándose.

Charlene la agarró a tiempo e intentó que la mujer no cayera al suelo.

—¿Por qué siempre andas besuqueándote con los indeseables, Augusta, chiquilla consentida? —gimió la mujer.

Lady Augusta se acomodó el canesú.

—Lo siento, mamá. Sabes que intento comportarme como una señorita. —La joven tenía los ojos azules acuosos, al borde del llanto—. Pero me temo que no soy lo bastante fuerte para resistirme a la tentación. Mira sus brazos. Y él es marqués, nada menos. No es que se esté repitiendo lo del lacayo de... —Lady Augusta se calló de pronto.

—Posees demasiada belleza para casarte con alguien inferior a un du... —Entonces su madre también cerró la boca, mirando a su alrededor; recordó que había gente presenciando su conversación y que no estaba hablando a solas con la díscola de su hija. Lady Gloucester apoyó casi todo el peso de su corpulento cuerpo en el brazo de Charlene—. No espero que le dé otra oportunidad a lady Augusta, ¿es así, su excelencia? Proviene de una familia de ocho. —La mujer lanzó una elocuente mirada a las caderas de Augusta—. Piense en las... posibilidades.

James levantó una ceja.

—Ya veo que no —concluyó lady Gloucester estremeciéndose; le temblaba hasta la papada.

Lady Augusta atravesó la sala corriendo y se hundió en el pecho de su madre.

—Lo lamento muchísimo, madre —dijo llorando.

Entre sollozos, Charlene acompañó a las dos mujeres al exterior de la sala.

—Deberíamos ir a buscar a las demás, ¿no creen? —la oyó decir James mientras se iban por el pasillo.

Entonces el duque se volteó hacia Dalton.

—¿A qué viene este espectáculo?

Su mejor amigo se encogió de hombros, tratando de parecer inocente.

—¿Qué puedo decir? Jamás he sabido negarme a una chica bonita que desea un beso. No puedo hacer nada para evitar atraerlas, como la luz atrae a las polillas. —Paseó la mirada por la sala—. Y este acontecimiento limita tus posibilidades, claro.

—¿Esperas acaso que te dé las gracias?

Dalton se dirigió a la puerta con aire despreocupado, al tiempo que blandía un bastón imaginario.

—Ahora solo te quedan dos candidatas. Y sé que tomarás la decisión adecuada, amigo mío.

James se reprimió de replicarle, y lo siguió.

«Harland, cíñete al programa», pensó con una sombría determinación.

Había llegado el momento de montar a caballo. Una actividad en la que lady Vivienne debería destacar. Y, tras eso, la cena.

Todo acabaría pronto.

Aunque no todo lo pronto que a él le gustaría.

Capítulo 15

—Me niego a tirarme de un caballo. —Charlene cruzó los brazos sobre el pecho. Trazaba el límite en los daños corporales.

—Hará lo que tenga que hacer —ordenó la condesa—. No sabe montar, pero eso no significa que no pueda arruinar las posibilidades de lady Vivienne. Trae el traje de montar de lady Dorothea, Blanchard.

Manon vistió a Charlene con un traje de montar de lana color verde oliva, decorado con botones dorados de inspiración militar y ribetes trenzados del mismo color, mientras la condesa iba de un extremo al otro de la habitación con los hombros en tensión.

—Piense..., piense. ¿Qué podemos hacer?

—¿Y si me lanzo a los cascos del caballo? —sugirió Charlene de forma sarcástica.

La condesa parecía perdida en sus pensamientos, como si estuviera considerando la eficacia que tendría que la pisotearan para conseguir a un duque.

—No. —Negó con cierta reticencia—. Eso sería llevarlo al extremo. Tendremos que dejar que baje y crear una distracción. Quizá podríamos provocar un pequeño incendio en la cocina.

Manon frunció el ceño.

—O quizá la señorita Beckett podría torcerse el tobillo mientras intenta subirse a la montura.

—Conque fingir una lesión antes de subirse al caballo... —La condesa se dio toquecitos en el mentón con un dedo—. Eso podría funcionar.

Estupendo. A Charlene no le entusiasmaba la idea de volver a convertirse en un espectáculo. Sin embargo, tratar de montar a caballo sería una hecatombe. Aquella no era una habilidad que la condesa hubiera podido enseñarle en cuestión de horas.

Manon escogió una capota verde oliva, a juego con el traje, adornada con una larga pluma curvada en la parte frontal, después la colocó sobre la cabeza de la joven.

—Ah —exclamó la condesa mientras miraba por la ventana—. Lady Vivienne ya está fuera. ¡Debe apresurarse!

Charlene corrió escaleras abajo, con lo cual estuvo a punto de arrollar a un lacayo que cargaba con una charola plateada y un servicio de té. Sus botas se deslizaron por la interminable extensión de mármol y patinó hasta detenerse ante las puertas. Salió cual torbellino al aire fresco de las últimas horas de la tarde y bajó a toda prisa los escalones, aunque se detuvo de forma abrupta al final.

La pareja trotaba por el camino serpenteante. Lady Vivienne, sentada de manera elegante en su silla de amazona, iba ataviada con un traje de montar de un precioso terciopelo azul que realzaba sus curvas. El duque montaba a horcajadas sobre un imponente semental negro.

Hacían una pareja perfecta. Eran altos, elegantes, aristócratas.

No pudo más que aplaudir a lady Vivienne, la había subestimado. A fin de cuentas, bajo todo aquel hastío había habido una rival. ¿Qué le había contado al duque para conseguir que se fuera dejándola atrás?

Charlene hizo caso omiso a la exquisita lana del traje de montar, se dejó caer sobre el último escalón y apoyó el mentón sobre el puño. Si hubiera sabido montar a caballo habría cabalgado hasta alcanzarlos.

Odiaba sentirse impotente.

Sin ganas de volver al interior de la casa y enfrentarse a la ira de la condesa, se levantó y puso rumbo al templete de hierro forjado que se levantaba en medio de los jardines. De camino, se dedicó a patear los relucientes guijarros de color blanco del duque.

Debería haber medido sus palabras en la fábrica. Lo había criticado en exceso. Le era imposible aplacar su opinión cuando tenía algo que decir.

«Diablos.»

Si le pedía la mano a lady Vivienne, a Charlene no le concederían más que cien guineas, lo cual no era suficiente para liberarse de la esclavitud de Grant o garantizar los estudios de Lulu.

Diablos. ¡Maldición! El dolor le atravesó el corazón.

Ya era hora de admitirlo. No le dolía solo a causa del dinero. Le dolía porque ansiaba fascinar y hechizar al duque, porque estaba comenzando a apreciarlo.

Al aproximarse al templete, distinguió un llanto. Subió los escalones. Flor se hallaba hecha un ovillo en una de las bancas de hierro, envuelta en el chal rojo de su madre mientras se estremecía con grandes sollozos llenos de angustia que le sacudían todo el cuerpo.

Charlene colocó una mano sobre su espalda.

—¿Qué ocurre, cielo?

Flor le echó un vistazo con solo uno de sus ojos verdes.

—Quería ir a cabalgar con papá, pero no me dejó. Odio este lugar. —Sollozó con más fuerza.

Charlene le apartó la larga melena oscura de los ojos.

—Siéntate, cariño.

Flor se estiró un poco. Charlene le rodeó los frágiles hombros con un brazo y sacó un pañuelo.

—Debes de extrañar a tu madre.

Flor asintió.

—Trato de ser va-valiente, papá dice que debo intentarlo. —Se le descompuso el rostro—. Pero no me siento así.

Enterró el rostro en el hombro de Charlene y lloró. La joven dejó que soltara el torrente de lágrimas mientras le acariciaba los cabellos y la arrullaba con sonidos tranquilizadores.

—¿Vas a ser mi nueva mamá? —preguntó Flor contra el pecho de Charlene.

La joven se afanó en desenredar el cabello de la niña, el cual habían recogido en una trenza suelta. No quería mentirle.

—Eso es decisión de tu padre.

—Espero que te escoja. —La vocecita de Flor tembló—. Me encantaría.

—Ay, cariño, a mí también me encantaría.

A Charlene se le llenaron los ojos de lágrimas. Jamás se le ocurrió que aquella situación llegaría a complicarse tanto. No le quedaba más que esperar que lady Dorothea fuera amable con Flor y le proporcionara el amor y la atención que ella necesitaba con tanta desesperación.

—Si fueras mi madre, ¿tendría que irse la señorita Pratt? —inquirió la niña mientras se sonaba la nariz con el pañuelo.

—¿Acaso no te agrada?

—A ella no le agrado yo. La oí contarle al ama de llaves que Dios ponía a prueba su paciencia al hacerle educar a una niña negra y desagradecida.

El ultraje atravesó el pecho de Charlene como si de una flecha se tratara. Tendría una charla muy seria con la señorita Pratt si volvía a encontrársela.

—Mi vida, no le prestes atención alguna. Es una mujer amargada y desagradable.

—Pero tiene razón. Nunca me había parado a pensarlo antes de llegar a Inglaterra. Aquí todos lucen una piel blanca como la leche. —Flor alzó la mano para tocar la mejilla de Charlene—. Como tú. Y como lady Vivienne. —Empezó a sollozar de nuevo—. La señorita Pratt me obliga a llevar una capota que pica durante todo el día. —Entrecerró los ojos al mirar la capota que había lanzado al suelo del templete—. Y me frota las mejillas y la nariz con limón y arde, pero asegura que mejorará mi aspecto.

Charlene apretó la mandíbula. Quizá ella se encontraba allí con un propósito más importante que hacerse del duque para su media hermana. Y aquel propósito estaba llorando entre sus brazos, desconsolada y falta de amor.

Charlene colocó las manos sobre los hombros de Flor.

—Escúchame bien, Flor. Presta atención.

Los ojos de Flor brillaron llenos de lágrimas.

—¿S-sí?

—Eres hermosa, tenaz y vales mucho. No dejes que nadie te diga lo contrario. La belleza existe en todos los colores y tamaños. ¿Comprendes?

Flor asintió.

—Y una cosa más —añadió Charlene—. Yo también detesto las capotas.

Los ojos de Flor se abrieron como platos.

—¿Tú también?

Charlene se despojó de la capota que le cubría la cabeza, lo cual arrancó de tajo los pasadores y las plumas, y la lanzó al césped.

—No puedo soportarlas, son una atrocidad.

Flor se rio.

Charlene la abrazó.

—Eso está mucho mejor. Tienes una risa adorable. —Señaló la pila de libros que descansaba totalmente desordenada sobre el suelo del templete—. ¿Estabas leyendo?

—Son los libros de la señorita Pratt. Los odio.

Charlene no pudo contener una sonrisa. Levantó un volumen fino y lo abrió por una página aleatoria.

—*Testimonio III. Sobre una pequeña niña que fue despertada cuando tenía entre cuatro y cinco años; con un relato de su vida santa y muerte triunfante* —leyó en voz alta.

—Todos los niños que salen en ese libro mueren. —Flor esbozó una mueca de asco—. Se mueren y no se divierten nada.

Charlene cerró el libro.

—¿No tienes nada más? ¿Qué me dices de este? —Escogió otro libro del montón—. *La historia de una niña piadosa* —leyó— *y los medios por los que consiguió su conocimiento y sabiduría, y en consecuencia, su patrimonio.*

Flor sacó la lengua.

—Esa mojigata nunca vive aventuras.

Charlene se rio.

—¿No tienes ningún libro del que disfrutes?

Flor se acercó más a ella.

—Tengo *El robinsón suizo*. —Se dio golpecitos en el

bolsillo del mandil—. Uno de los marineros me lo regaló. Pero la señorita Pratt dice que no debo leerlo porque me agita en exceso.

Flor le recordaba a ella misma a aquella edad. Siempre les tomaba el pelo a los demás para divertirse y prefería leer historias de muchachos náufragos, porque vivían todo tipo de aventuras.

—Entonces leámoslo juntas, ¿qué te parece? —preguntó.

Flor le entregó el libro y se acurrucó junto a ella con un suspiro de satisfacción.

—«Después de seis días de temporal vino la aurora del séptimo a revelarnos nuestra aflictiva y precaria situación...» —comenzó Charlene.

Leyó varios capítulos, se detuvo para contestar a las entusiasmadas preguntas de la chiquilla sobre la flora y la fauna con la que se cruzaba la familia y sus posibilidades de supervivencia en la isla.

El sol ya mostraba indicios de ponerse cuando Charlene cesó su lectura.

—Debemos volver adentro. —No había visto al duque y a lady Vivienne regresar, lo cual era muy mala señal.

—Ah, todavía no —protestó la pequeña—. Vayamos a la hierba y finjamos ser una familia de robinsones. —Arrastró a Charlene escaleras abajo hasta el jardín—. Tú puedes ser Fritz y yo seré Ernest.

Charlene le agarró un brazo a la niña.

—No será eso que veo un jabalí salvaje, ¿verdad? —inquirió mientras apuntaba a la lejanía.

—¡Lo cazaré! —Flor dejó escapar unos cuantos alaridos y se lanzó a correr por la hierba.

Charlene la siguió sin aliento y entre risas. Rodearon

un seto y se dieron de bruces con el duque y lady Vivienne.

—¡Papá! —Flor se lanzó contra el duque y se agarró a una de sus piernas.

Charlene se limpió el polvo de los faldones. Lady Vivienne no actuaba con ademán victorioso. De hecho, su rostro normalmente tranquilo mostraba una expresión bastante molesta.

El corazón de Charlene volvió a llenarse de esperanza.

—¿No deberías estar dentro haciendo tus tareas escolares? —le preguntó el duque a la niña con una voz fría como un témpano. Volteó para encararse a Charlene—. Y usted, lady Dorothea. ¿No se supone que estaba confinada en su alcoba con migraña?

Ella le echó un vistazo a lady Vivienne. Así que era eso lo que le había contado...

—Tuve una pronta recuperación —espetó ella con ironía.

Lady Vivienne la contempló por encima del hombro, la viva imagen de la marquesa.

—¿Dónde están sus capotas?

De repente, Charlene se sintió como si volviera a tener seis años.

—Lady Dorothea detesta las capotas. —Flor contempló a Charlene—. Díselo.

«Al cuerno.» Le preocupaba más defender a la criatura que fingir ser una dama decente.

—No puedo soportarlas, son una atrocidad —confirmó con aire despreocupado.

—Pero ¡bueno! —resopló lady Vivienne—. Lo que será un horror serán las pecas que les saldrán a ambas mañana. Ya verá.

El duque empujó a Flor hasta que los separó la longitud de sus brazos y la miró de arriba abajo, del pelo alborotado a los faldones manchados por la hierba.

—Se supone que deberías estar haciendo cálculo y las encuentro correteando por los jardines como un par de potrillos. —Esbozó una mueca con los labios hacia abajo—. No lo toleraré.

—Por favor, fue culpa mía. Pensé que le haría falta algo de aire fresco —explicó Charlene.

—Lo que necesita es practicar cálculo.

—No somos potrillos, papá. —Flor le jaló la mano—. Somos los robinsones suizos. ¿No quieres jugar con nosotras? Puedes hacer del padre robinsón. —Lanzó una ojeada a lady Vivienne—. Supongo que tú no querrás jugar.

Lady Vivienne volvió a resoplar.

—Por supuesto que no. Haz caso a tu padre y entra de inmediato.

—Entremos, querida —le dijo Charlene—. Podremos jugar más tarde.

Los ojos de Flor se llenaron de rebeldía.

—¿Te vas a casar con lady Dorothea, papá?

Durante un instante se hizo un silencio incómodo.

Flor se volteó hacia lady Vivienne.

—Espero que no te cases con ella. Es tediosa.

—¡Flor! —El duque se levantó y se dirigió hacia la casa—. Ya es suficiente. Sube ahora mismo.

A Flor le temblaron los labios.

Lady Vivienne miró con altivez y desdén a la niña.

Charlene tomó de la mano a la pequeña.

—Volvamos a casa juntas, ¿te parece? —propuso con dulzura—. Tu padre no pretendía hablarte en ese tono, solo está cansado por el largo paseo a caballo. —Lo fulminó con la mirada.

Él entrecerró los ojos.

Charlene condujo a la criatura de vuelta a la casa antes de decir algo de lo que pudiera arrepentirse.

Capítulo 16

«¿Te vas a casar con lady Dorothea, papá?»

¿Cómo iba a hacer algo semejante?

James colocó el tronco de un árbol en el tocón y levantó el hacha.

La joven acababa de demostrarle por qué no podía casarse con ella. Había incitado las actitudes rebeldes de Flor con gran vitalidad. El duque hincó la hoja del hacha en la madera.

Crac.

Lady Dorothea era impulsiva.

Lluvia de astillas.

Irrespetuosa.

Un golpe sordo.

Y lo peor de todo era que le resultaba imposible hacer caso omiso de su presencia.

Era como si fuera dos personas diferentes. Por una parte estaba la lady Dorothea decidida a cumplir con las exigentes expectativas de su madre; pero, debajo de esa fina capa de decoro y buenos modales, había una muchacha intrépida, sin pelos en la lengua, con unas convicciones vehementes y un firme desprecio por las convenciones sociales.

James arrojó el tronco que acababa de cortar por la mitad en el montón de leña y apoyó todo su peso en el hacha para descansar. Esa forma de jugar en el césped, dando gritos y fingiendo ser unos niños náufragos... El asombro que reflejaba el rostro de lady Vivienne. «¿Dónde están sus capotas?»

El duque contuvo una sonrisa. Había sido un momento divertido, era innegable.

No. Divertido no. Había sido vergonzoso. Muy poco apropiado.

Flor poseía muchas de las particularidades de James. Era inquieta; no podía quedarse sentada en una clase mientras hubiera pastos que recorrer y reglas que incumplir. Y era probable que Dorothea fuera exactamente igual que ella a su edad.

James no había viajado a Inglaterra en busca de una sensual diosa de mente aguda y actitud rebelde. Pero es lo que había encontrado. Y la muchacha le estaba haciendo perder la cabeza.

Continuó cortando leña hasta que le empezaron a doler los brazos y las gotas de sudor le cayeron por el pecho. Lo mejor sería que volviera a su habitación y se preparase para la cena, pero primero quería olvidarse de Dorothea.

Se quedó un rato detrás de las antiguas cuadras que ya nadie utilizaba y que había reformado y convertido en un taller. Le gustaba todo el espacio que tenía, sin obstáculo alguno, ni cortinas de terciopelo o enlucidos ornamentales.

Allí era donde dormía casi todas las noches, sobre un montón de almohadones. Allí las pesadillas eran más cortas. Menos vívidas. Tenía la sensación de que estas se desvanecían cuanto más alejado estaba de los aposentos de su madre, en el ala este de la casa. No había pisado esa zona desde su regreso a la casa de su infancia. Bickford le había explicado que sus aposentos seguían tal y como la duquesa los había dejado al fallecer. El servicio de la casa apreciaba muchísimo a su encantadora madre.

James sintió un escalofrío recorrerle la espalda. Colocó más madera en el tocón.

No quería revivir un dolor que ya había enterrado. Tenía que seguir el plan establecido. Ponerle fin al asunto con la mayor brevedad posible y regresar a Trinidad. Pero a Dorothea no le faltaba razón. James desconocía que hubiera casos de corrupción en su fábrica de Banbury Hall. No podía supervisar cada detalle del negocio en dos continentes diferentes. No cabía duda de que enmendaría el problema de inmediato, pero le molestaba que hubiera un problema que enmendar. Tendría que buscar un encargado en el que pudiera confiar.

No era más que un hombre. Y se estaba teniendo que dividir en varios frentes diferentes. Todavía podía recordar la mirada acusatoria de aquellos ojos azules grisáceos. La había decepcionado. ¿Por qué eso le removía tanto por dentro?

—¿Se está escondiendo, su excelencia?

Dorothea dobló la esquina del muro del taller, con las mejillas sonrojadas y los brazos en jarras, con los puños sobre las caderas. Se había deshecho de las prendas de montar y lucía un atuendo de un rosa pálido y virginal, aunque llevaba el cabello revuelto, que le caía como una cascada de rizos dorados que se escapaban de la prisión de una banda roja de seda. James colocó otro tronco en el tocón y levantó el hacha.

—¿Y bien? —preguntó la joven.

—¿Qué pasa? ¿A qué has venido?

Crac.

—Vaya a presentarle sus disculpas a su hija.

Una lluvia de astillas.

—Me es imposible.

Un golpe sordo.

—¿Por qué? Es su hija. ¿Acaso no la quiere?

—No lo comprendes.

—Pues explíquemelo para que lo haga.

James suspiró y dejó el hacha a un lado. Le dio la espalda a Dorothea y tiró la leña que acababa de cortar sobre el montón de madera.

—Que yo la quiera o no es irrelevante. Debo mantener la distancia con ella. No puede encariñarse demasiado. Me iré pronto.

—Se le da muy bien eso, ¿no, su excelencia? —dijo ella haciendo énfasis en las últimas dos palabras.

Era realmente impresionante cómo conseguía hacer que su título sonase como una palabra malsonante y grosera. James posó las manos en la pila de leña. Ya la conocía lo suficiente para saber que todavía no había dicho todo lo que tenía que decir, ni siquiera la mitad de lo que pensaba.

—¿A qué te refieres, lady Dorothea?

—Se le da muy bien huir. Mantener la distancia. Impedir que alguien se acerque a usted. —Sentía su seductora voz cada vez más cerca. No tardaría en oler el aroma de rosas frescas y al té de limón. En sentir su calor y pasión tras él.

Se posó sobre la leña con tanta fuerza que se clavó una astilla en la palma de la mano. Pero permaneció de espaldas a ella. No podía darse la vuelta. Si lo hacía, ardería en deseos de tomarla entre sus brazos y besar sus carnosos labios. De hacerle promesas que le sería imposible cumplir.

—Flor lo necesita, y no se hace una idea de cuánto —contestó ella—. ¿Cuándo fue la última vez que le contó un cuento? —Ni siquiera le dio tiempo a responder a la pregunta—. Y, además, tiene que deshacerse de esa institutriz. ¿Sabe lo que le obliga a leer a la niña?

—No, pero tengo el presentimiento de que me lo vas a decir —contestó James, y se giró.

Y, al hacerlo, casi se cae de rodillas.

Unos rizos dorados que resplandecían a la luz del sol del atardecer envolvían en un halo a la joven. Una escena embelesadora. El duque cerró la mano con fuerza, y la astilla se hundió todavía más en su carne.

«Eso es lo que sientes cuando piensas en besar sus labios. Dolor. No lo olvides nunca.»

La muchacha se sacó un libro de pocas páginas de entre sus faldones y leyó el título en voz alta:

—*Testimonios para niños: un relato preciso sobre las conversiones, las vidas santas ejemplares y las muertes gozosas de varios niños pequeños.* —Blandió el libro contra James como si fuera un arma—. Muertes gozosas. De niños, ¡niños!

—No suena muy divertido.

—Ah, y otra cosa —añadió Dorothea, y avanzó hacia él—. La señorita Pratt le unta las mejillas a Flor con jugo de limón para aclararle la piel. Es deleznable. No lo pienso tolerar. —Dicho eso, lanzó el libro al montón de leña—. Eso es lo que opino de la señorita Pratt —dijo, y se limpió las manos en las faldas—. Su excelencia.

—No tenía constancia de lo del jugo de limón. Le ordenaré que deje de hacerlo, sin duda, pero le di mi expresa autorización para seleccionar las lecturas que considerase más adecuadas para mi hija y para controlar su temperamento y convertirla en una señorita de bien.

—Una señorita de bien, dice —espetó las palabras como si fuera una grosería muy soez, primo hermano de «su excelencia»—. Si quiere mi opinión, la expresión *de bien* no es más que otra forma de decir «prisión».

—No recuerdo haber pedido tu opinión.

—Una señorita de bien no debe correr por el césped o llorar porque necesita atención o leer libros de aventuras. Una señorita de bien debe caminar con calma y sobriedad, mantener la barbilla en alto y leer insípidas historias sobre la moral y los principios, ¿verdad?

El asunto la afectaba enormemente. Seguro que, de niña, detestaba a su institutriz. James se la imaginó atormentando a toda una fila de institutrices, provocándolas hasta que estallaran en un acceso de ira, metiéndoles sapos en las camas y haciéndolas pedir a gritos por la diligencia de correos más cercana.

—No quiero arrebatarle la alegría de vivir —dijo—. Ese no es mi propósito. Lo único que busco es protegerla, guiarla. Me expulsaron de la universidad y me desterraron de por vida por una decisión precipitada y rebelde.

—Lo que conseguirá es convertir a su hija, una niña animada, que goza de salud y con una curiosidad enorme, en un modelo de decoro, sumisa y callada. Para mí, es una lástima. —La muchacha entrecerró los ojos—. Una verdadera lástima. ¿De verdad piensa que si habla sin alzar la voz y no vuelve a correr jamás, el resto de Inglaterra le permitirá olvidarse de quién es?

—A la larga será por su propio bien.

Dorothea negó con la cabeza. La banda roja se le escurrió del pelo y la joven se apartó los rizos de las mejillas con impaciencia.

—Eso no es excusa. Necesita que la incluya en su vida. Deje que pase la velada con nosotros.

Cualquier otra señorita le habría suplicado que ocultara el escándalo que suponía su hija ilegítima. La reacción de la marquesa al conocerla había sido la que James esperaba que tuvieran las beatas señoras de la alta sociedad.

—Su presencia contrariaría al resto de mis invitados.

—¿Y aunque sea un ratito? Se siente muy sola.

—Rotundamente no.

—La pequeña necesita amor y aceptación. No la abandone.

—Necesita aprender a controlar sus emociones.

—Ni cada palabra que sale de su boca se vuelve automáticamente una norma, ni todas sus decisiones son mandamientos sagrados.

—No escatimas nada en tus críticas. No apruebas la forma en que dirijo mi negocio y tampoco apruebas la educación que quiero para mi hija. Dime, lady Dorothea, ¿por qué querrías quedarte en mi casa un segundo más?

Ese comentario consiguió acallar a la muchacha. Pero no fue más que un momento de silencio.

—Porque necesita mejorar con urgencia. —Le chispeaban los ojos al hablar—. Y jamás he sido de las chicas que rehúyen un desafío casi imposible de lograr.

Maldita sea por hacerlo sonreír.

—Y me imagino que eres justo la clase de señorita irascible que intenta emprender tan disparatada misión.

—Así es. —La muchacha se acercó a él—. Usted no me engaña. Le preocupan las chicas que trabajan en su fábrica. Odia la maldad de la esclavitud. Y quiere a su hija. En alguna parte de las profundidades de ese oscuro corazón que tiene, desea hacer lo correcto, pero teme perderla como ha perdido al resto de su familia.

Se había pasado de la raya. Y, aun así, ¿por qué sentía un anhelo tan grande por besarla? En su defensa, el lazo rojo que lucía alrededor de los rizos le resultaba muy tentador. No dejaba de deslizarse por sus cabellos, y amenazaba con liberar un torrente de tentación satinada.

Se miraron el uno al otro, como un cazador y el ciervo al que se enfrenta. El duque casi podía sentir el vapor que le salía de los orificios nasales.

Al diablo con todo. Era su tosquedad. El canalla desterrado. Iba a enseñarle a esa señorita lo mucho que necesitaba mejorar.

Con una gran zancada, salvó la distancia que había entre ellos y enterró los dedos en el pelo de la joven. La banda de seda perdió la batalla y se soltó; una cascada de rizos ambarinos como la miel y claros como los rayos del sol cayó sobre los hombros de la muchacha.

James encontró el manantial de sus labios como un hombre que llevaba días vagando por el desierto, y todas las razones que había albergado para no besarla se desvanecieron como unas pisadas en las arenas movedizas. Los gemidos suaves y alentadores que emitía la joven acabaron con todo su autocontrol.

—Dorothea —gimió el duque, con la cabeza enterrada en sus cabellos.

Atrapó su boca, apretando las caderas de la chica contra su cuerpo, besándola como si fueran los únicos sobrevivientes del planeta. Como si el destino de la civilización dependiera de ellos y de ese momento.

Allí estaba.

El calor que manaba del cuerpo de ella lo abrasaba a través de la camisa de lino. La urgencia con la que su boca se movía bajo la suya, imitando el acto del amor de forma inconsciente. Abriéndose a él, dándole la bienvenida a su interior.

James hundió los dedos en el borde del canesú de su vestido, y rozó el principio de sus pechos, suaves como el terciopelo. La joven se movió entre sus brazos para, sin percatarse de ello, facilitarle el acceso a su intimidad.

Si le bajaba el canesú apenas unos centímetros e inclinaba la cabeza hacia abajo, podría darse un festín con esos pezones rosáceos. Sin embargo, enterró la cara en sus rizos, e inhaló el aroma fresco e inocente de las rosas de té.

No podía aprovecharse de una debutante confiada al aire libre, junto a un montón de madera. Por muy atrevidas que fueran sus provocaciones. Con un gran esfuerzo, James se separó de ella, y se maldijo por ser un tonto lujurioso.

—Lo lamento. No deberíamos...

La joven lo miró, jadeando, con la mirada neblinosa.

—Fue... un diez, desde luego —repuso con voz temblorosa, pero sonriendo. Se acomodó los faldones y continuó—: Sabía que lo llevaba dentro. —La muchacha se sacudió la melena, pero no consiguió que sonara con frivolidad.

—Dorothea... —empezó a decir el duque, sin saber muy bien cómo continuar la frase.

—Debo regresar. Mi madre estará preocupada. Le pedirá disculpas a Flor, ¿verdad?

—Por supuesto. Iba a hacerlo de todas formas.

—Pues estamos en paz —dijo asintiendo, y después se fue.

James la observó alejarse contoneando las caderas, con la melena cayéndole por la espalda. Podía talar el bosque entero si así lo deseaba, pero no podría borrar de su memoria el momento que acababan de vivir.

Quizá la chica estaba en lo cierto. Quizá tenía miedo de perder a Flor. Hacía mucho tiempo que había elegido vivir en soledad antes que conectar con alguien; así había sido tras la muerte de su madre y después de que su padre intentara quitarle la rebeldía a base de golpes y que lo desterrara a las Indias Occidentales.

Eso no iba a cambiar jamás. Pero iba a regresar a Trinidad y dejaría a su esposa en Inglaterra. Solo volvería al país cuando fuera absolutamente necesario: por negocios o para engendrar más descendientes.

Dorothea era una mujer que siempre seguiría un sendero impredecible. James admiraba su coraje, pero no estaba buscando una esposa con esa fortaleza de carácter. Necesitaba una esposa que fuera su emisaria del decoro y del honor, que acallase los rumores y calmase a los inversores mientras él seguía en el extranjero.

Lady Vivienne jamás lo tiraría de espaldas en el suelo.

Ni lanzaría los libros de su biblioteca a un montón de leña.

Tenía que tomar una decisión. Y debía hacerlo antes de cometer un acto de verdadera depravación con Dorothea y que eso decidiera por él.

Capítulo 17

Helas allí. Las dos candidatas a duquesa que persistían. Sentadas la una al lado de la otra en el salón tras otra cena interminable, tan distintas como podían serlo dos mujeres. Fuego y hielo. Pasión y decoro.

Los senos de Dorothea, como dos promontorios, brillaban por encima del terciopelo rosa pálido y los diamantes resplandecían en su pelo, orejas y garganta; se podría financiar un batallón completo con ellos.

No podía hallarse en la misma estancia que ella sin sentir el deseo abrumador de cargarla sobre el hombro y poseerla. La quería en su lecho, engalanada con aquellos diamantes y nada más. Quería despojarle del fino barniz del decoro y hundirse en la pasión que había vislumbrado hirviendo a fuego lento bajo su fachada refinada.

Su fuego le calentaba la sangre, y su inteligencia e ingenio lo retaban a imaginar nuevas posibilidades.

—Quizá le gustaría que lady Vivienne toque el pianoforte, su excelencia —sugirió la marquesa.

James arrancó la mirada de Dorothea y asintió para concederle permiso. Lady Vivienne tomó asiento ante el pianoforte pulido de color arce. Vestía un modesto vestido blanco y joyas con perlas sencillas que resaltaban su cabello y ojos oscuros. Era elegante, reservada y, obviamente, la elección más sensata.

Acallaría los chismorreos y rehabilitaría su reputación. Era bien sabido que su padre había estado a punto de desheredarlo. No le cabía duda de que muchos cuestionaban su aptitud para reclamar el título. Aquella última barrabasada que había llevado a cabo en Cambridge había sido la culminación de una ilustre carrera dedicada a las infracciones, las cuales iban de borracheras de brandy a acostarse con la mujer de un catedrático. Además, su estancia en el extranjero durante diez años no le había ayudado a granjearse ninguna simpatía.

Tenía que demostrar que se equivocaban y ganárselos, para lo cual lady Vivienne sería el arma perfecta.

La sonata de Scarlatti que escogió se había compuesto para clavicémbalo, con lo que perdió encanto al tocarse con pianoforte. Sin embargo, era una pieza virtuosa y requería de un toque experto. Deslizaba los dedos ágiles por el teclado, cruzaba la mano izquierda por encima de la derecha para ejecutar los trinos. Fue una interpretación inmaculada, planeada para deslumbrar e impresionar.

Se suponía que la música que tocaba debía ser un frenesí en clave menor fruto del anhelo desesperado. Sin embargo, cuando martilleaba las notas lo dejaba indiferente.

La idea de acostarse con ella le resultaba tediosa..., aunque aquel había sido su objetivo. Buscaba un acuerdo de negocios, un matrimonio por conveniencia.

James se imaginó a sí mismo pidiéndole la mano.

—¿Qué opinión le merece el matrimonio, lady Vivienne? —le preguntaría.

—Es lo que toca, supongo —contestaría ella entre bostezos.

Y después en su noche de bodas.

—¿Le parece que vayamos al lecho? —le preguntaría.
—Es lo que toca, supongo.
En el pianoforte, lady Vivienne fruncía levemente el ceño concentrada por completo en su tarea con implacable determinación. ¿Acaso era demasiado fría e independiente? Había tratado a Flor con desdén cuando la sorprendieron corriendo por el jardín. ¿Aprendería a querer a la niña con el paso del tiempo?
Cuando su hija terminó de tocar, la marquesa dirigió su atención a Dorothea.
—¿Le gustaría tocar una pieza en el pianoforte, lady Dorothea?
—Me temo que lady Dorothea no podrá tocar esta velada —declaró lady Desmond—. Ella... sufrió un accidente con el joyero esta mañana. Se machucó un dedo.
La marquesa levantó el monóculo y lo enfocó sobre la muchacha.
—No me diga.
—Se trata de una lesión sin importancia. En su lugar, me complacerá cantarles una canción —sugirió Dorothea.
La condesa se sobresaltó.
—No, estoy segura de que el duque gustará de tocar su guitarra de nuevo. ¿Nos haría el honor?
Interesante. La condesa se negaba a que su hija cantara para ellos. Aquello había despertado la curiosidad de James. ¿Le preocupaba que la joven hiciera algo escandaloso? ¿Que interpretara una canción obscena de borrachos y la avergonzara?
—Ya han disfrutado lo suficiente de mi guitarra. Preferiría escuchar la canción de lady Dorothea —afirmó.
Dorothea le sonrió y su corazón dio un vuelco.
—Entonces interpretaré una canción actual —anun-

ció mientras se levantaba de su asiento—. Una pieza de la ópera *El libertino*, del señor Bishop, ya que yo, digo nosotras... tuvimos el placer de disfrutar recientemente de la interpretación de la señorita Catharine Stephens en el Teatro Real de Covent Garden.

Lady Desmond hizo amago de levantarse de su asiento, como si quisiera echar a correr y acallar a su hija. Clavó las uñas en el brocado de seda.

Las caderas curvilíneas de Dorothea se acoplaron en el arco marcado del pianoforte. Tomó una profunda bocanada de aire, lo que hizo que su pecho subiera y bajara dentro del terciopelo rosa, y entrelazó las manos ante su cintura.

Otra bocanada semejante y todos volverían a contemplar los pechos coronados por pezones rosados.

«Señor, te lo ruego, nada de pezones», rezó. No se responsabilizaría de las consecuencias. No tras haberse pasado cada segundo desde su beso de aquella tarde imaginando lo que habría ocurrido si hubiera deslizado los dedos cinco centímetros más abajo por su canesú.

Si seguía así, quizá tendría que arrebatarle una de las charolas de plata a un lacayo para cubrirse.

Para su fortuna, los demás también contemplaban a Dorothea: su madre con expresión nerviosa, la marquesa con una leve mueca de condescendencia y lady Vivienne... No, su mirada se había perdido por la ventana y estaba tratando de contener un bostezo.

Dorothea comenzó a cantar.

—«Mozas bonitas, recuerden el amor del estío, como mariposas que vuelan con alas de gasa. Para no sufrir en diciembre el terrible frío, que con el arco y flecha de Cupido arrasa.»

Su voz no estaba a la altura de la ópera, aunque sí era

apasionada y sincera. La melodía era simple, si no se equivocaba la habían adaptado de la ópera de Mozart titulada *Don Giovanni*; pero era la forma en que la cantaba lo que atraía la atención de todos los presentes.

Ralentizó la melodía y, en lugar de gorjear con una aguda voz de soprano, sacó partido a las notas en un contralto ronco que hizo que un cosquilleo le recorriera la columna.

La sencilla canción aumentó de intensidad: una jovencita se percataba de que su belleza se marchitaría con el tiempo, su vestido de gasa no ofrecía protección alguna contra el aguijón del invierno.

—«Apúrense y sean felices, como yo» —cantaba. Pero, en vez de la despreocupación de la juventud, cada nota se impregnaba de angustia.

Él analizó su rostro. ¿Cómo había aprendido una debutante a cantar con tal perspicacia y emoción?

La condesa dejó de aferrarse a los descansabrazos de la silla y se hundió relajada en su asiento mientras sonreía con alivio.

Dorothea se encontró con su mirada y entonces comenzó a cantar solo para él.

—«Y para los mozos, siempre en cambio constante, rezongar durante un tiempo es placentero. De una belleza a otra, siempre errantes, luego ansiarán tener un amor verdadero.»

La marquesa se daba aire con un abanico de marfil tallado. Lady Vivienne no bostezó.

En aquel momento, Dorothea casi susurraba, sus ojos hablaban de desamores y anhelo, casi como si tuviera razones para dudar de la fidelidad de los hombres. La mente del duque bullía con preguntas. ¿Se había enamorado de otro hombre y este la había rechazado?

«Mía», declaró su mente traidora con posesividad primitiva. No podía amar a otro que no fuera él.

—«Apresúrense y sean felices, como yo...» —terminó Dorothea.

La habitación se sumió en el silencio.

¿Qué acababa de ocurrir? Esperaba una canción picante y provocativa, pero en su lugar había escogido una balada apropiada para salones y había hecho que resonara con sinceridad.

¿De dónde había salido aquella profundidad?

Dorothea regresó a su sitio y lady Desmond se aclaró la garganta.

—Lady Vivienne —la llamó con un indicio de triunfo en su voz refinada—. ¿Nos concedería el honor de volver a tocar?

—Por supuesto.

Lady Vivienne se colocó en el banco y se metió de lleno en una sonata de Chopin que sonaba tan serena e imperturbable como ella misma.

James hizo ademán de concentrarse en su interpretación experta y relajante, pero le resultó casi imposible debido al brillo de los diamantes enigmáticos que captaba con el rabillo del ojo.

Lady Vivienne continuó tocando, las notas fluían de forma impecable. El duque la contemplaba sumido en un aparente trance. Charlene debía admitir que tenía talento, pero en su función faltaba algo. No despertaba emoción alguna en ella.

—Ey, lady Dorothea. —La melena lustrosa de Flor se dejó entrever entre las piernas de un lacayo.

Charlene sacudió la cabeza.

—Ahora no —articuló sin decir palabra.

Flor levantó los discos de madera que había tocado la noche anterior. ¿Cómo los había llamado? ¿Castañas? Los hizo sonar entre sus deditos mientras que una sonrisa traviesa le jalaba de la comisura de los labios.

Charlene ya había visto esa sonrisa. En el duque. Justo antes de que se inclinara sobre ella para besarla.

Echó un vistazo a la habitación. Todos los comensales prestaban atención a lady Vivienne, incluido el duque. Volvió a mirar a la niña y levantó un dedo.

—Un momento —murmuró.

La cabeza de Flor desapareció.

Charlene se acercó a la condesa.

—Me siento algo mareada —susurró—. Voy a salir a tomar el aire.

La condesa asintió y ella se levantó con tanto sigilo como le fue posible para salir de puntitas de la estancia. La niña la esperaba fuera, en la terraza.

Charlene la tomó en brazos y le besó en la suave mejilla.

—Me vas a meter en un buen lío, diablilla.

Flor le rodeó el cuello con los brazos.

—No quieres escuchar eso, ¿verdad? —Arrugó la nariz en dirección al salón.

—Boba, Chopin es exquisito. De todas formas, ¿qué estás haciendo aquí fuera?

—Practicaba con mis castañuelas. La señorita Pratt no me permite tocarlas en mi cuarto. —Le ofreció los discos de madera—. ¿Quieres que te enseñe a tocarlas?

La velada era cálida, en la brisa todavía persistía el aroma a luz del sol y al polen que transportaban las abejas. La música del piano apenas se oía allí fuera, conformaba un tintineo apagado que acompañaba a la luz de la luna.

Charlene soltó a Flor. Debía regresar al salón, pero sentía una gran afinidad con la chiquilla. Le dolía en el alma pensar que jamás volvería a verla.

Rodeó los hombros de Flor con un brazo y asió con fuerza su diminuto cuerpo. Esperaba de todo corazón que lady Dorothea sintiera lo mismo que ella, que fomentara la independencia de la niña en vez de amansarla con la excusa del decoro.

—Por favor, no importa lo que ocurra, debes recordar que eres fuerte —le dijo Charlene—. Este país nunca te cambiará a no ser que tú se lo permitas. Habrá ciertos cambios que quizá aceptes y otros a los que te puedes negar.

Flor inclinó la cabeza hacia un lado.

—¿A qué te refieres?

—Verás, aunque la señorita Pratt no sea de tu agrado y ella corresponda dicho sentimiento, es importante que la obedezcas y recibas una educación. El conocimiento te concede poder, Flor. Quiero que me prometas que leerás tantos libros como te sea posible, que jamás dejarás de leer ni cesarás en tu ansia de conocimiento mientras vivas.

La pequeña se santiguó y asintió con solemnidad.

—Lo prometo.

Charlene sonrió.

—Entonces será mejor que comencemos con la lección.

La pequeña le colocó los discos de madera en la mano y le ató la tira de seda roja al pulgar.

—Ahora abre la mano y vuélvela a cerrar. —Le mostró el movimiento.

Charlene lo intentó, pero los discos de madera no cooperaban. Se le resbalaban de los dedos sin emitir sonido alguno.

—Dame y mira cómo lo hago. —Flor hizo chocar las piezas de madera hueca mientras controlaba el movimiento con los dedos.

En aquella ocasión, Charlene consiguió que emitieran un castañeteo. No era tan complicado. Tras unos cuantos capirotazos controlados, en un abrir y cerrar de ojos se encontraba con el brazo levantado y castañeteando al ritmo de la risa complacida de la niña.

—Espera —pidió Flor—. Necesitas esto. —Se desató el chal rojo de su madre de los hombros y envolvió las caderas de Charlene con él para después atarlo a un costado. Corrió hacia el barandal de la terraza—. Y esto. —Arrancó una rosa de verano tardío de las enredaderas que se enzarzaban por el barandal de hierro.

Charlene se inclinó y la chiquilla le colocó la rosa tras la oreja.

Flor dio un paso atrás para poder estudiar su creación. Asintió.

—Ahora sí estás lista para bailar.

Obviamente, James encontró a Dorothea bailando a la luz de la luna. Le resultaba imposible quedarse sentada con coqueta timidez en el salón y sin duda había rebasado el cupo de parloteo educado durante la cena. Había fingido no percatarse de su escapada y, tras aguardar un tiempo prudencial, la siguió con el pretexto de seleccionar él mismo una botella de oporto de la bodega.

No podía evitarlo. Él era una polilla, y Dorothea estaba iluminada con miles de refulgentes diamantes mientras daba vueltas ataviada con el mantón de seda de Flor y una rosa tras la oreja.

Si la banda roja que lucía por la tarde lo había vuelto loco, la seda de color fuego que se había anudado a las caderas y se le ceñía al tentador trasero era el equivalente a un batallón agitando sus armas.

Flor coordinaba la danza; su pelo oscuro absorbía la noche y su pequeño rostro se arrugaba por la concentración. Ella hizo una pose, empujó la cadera hacia un lado para después volver a colocarla en el sitio, con la cabeza bien alta y el brazo alzado con gracia.

—Sígueme —ordenó la pequeña.

Dorothea siguió a la niña por la terraza; imitaba con facilidad sus pasos y añadía sus propias florituras sensuales al baile.

James cerró los ojos, pero la tentadora visión de las amplias caderas de Dorothea perfiladas con la seda roja no dejó de repetirse dentro de sus párpados.

«Date la vuelta. Regresa al salón. Pídele la mano a la sosegada y culta lady Vivienne. Olvídate de esta danza imprudente a la luz de la luna.»

Y aun así... Dorothea se portaba muy bien con su hija. Aunque no fuera la jovencita más decorosa, era obvio que Flor le importaba y la trataría con amabilidad.

Se quedó de pie en un extremo de la terraza mientras se debatía entre ambas posibilidades.

Al cuerno con todo. Polilla. Llamas.

Se aclaró la garganta. Ambas muchachas se dieron la vuelta con la misma expresión de culpa dibujada en sus rostros.

Flor corrió hacia él, pero, en vez de lanzarse a sus brazos como haría normalmente, vaciló y se detuvo de repente con las manos inertes a sus costados.

«¿Qué le había hecho?»

Le tocó el pelo, muy consciente de que Dorothea relucía a espaldas de la niña.

—Deberías estar durmiendo, Flor. —Su voz le resonó en los oídos, ronca y brusca.

—Lo sé, papá. Lo lamento.

La niña le tomó la mano y sentir aquellos suaves deditos le trajo un recuerdo. De pie en la cubierta del barco que tomaron para regresar a Inglaterra, la manita de Flor entre la suya. Sus ojos tristes. La forma en que la brisa marina hacía que el pelo le azotara en la cara y ella se lo apartaba de los ojos con impaciencia porque no quería perderse nada.

Flor le jaló la mano.

—¿Papá? Le enseñé a lady Dorothea a tocar las castañuelas. ¿Lo viste?

—Lo he visto, sí. Aprende rápido, lady Dorothea —comentó mientras evitaba su mirada.

Aprendería rápido cualquier materia, no le cabía duda. Y había muchas cosas que quería enseñarle.

—Papá, ve a buscar tu guitarra y toca para nosotras —sugirió la niña.

Aquello era lo que le faltaba: que las suntuosas caderas de Dorothea ondearan mientras él marcaba el ritmo con su guitarra.

Dorothea sacudió la cabeza y se desató el lazo de seda que le rodeaba el pulgar. Le entregó las castañuelas a Flor, o palillos, como se las conocía en otras regiones.

—Es tarde, querida, tu padre debe acompañar a los invitados. Ya es hora de que vuelvas a la cama.

—No. —Flor pataleó—. Quiero que papá juegue con nosotras. —Apretó los labios para adoptar la expresión desobediente que James había llegado a conocer tan bien durante aquel último año. Auguraba que se encontraba al borde de estallar en uno de sus berrinches.

Dorothea no regañó a la niña, se limitó a ponerse en cuclillas de forma que sus ojos estuvieran a la misma altura que los de ella y a decir con una paciencia infinita:

—¿Recuerdas lo que te dije antes? No siempre podemos salirnos con la nuestra. A veces tenemos que dar el brazo a torcer, aunque sea un poco. A veces puede que incluso nos sacudamos como un árbol en una tormenta, pero no nos romperemos. Solo nos haremos más fuertes.

Para su sorpresa, Flor asintió.

—Lo comprendo —dijo en voz baja—. Me iré a la cama.

James sonrió.

—Bueno, solo un baile antes de ir a dormir.

Los ojos de la niña brillaron de la emoción.

—¿De veras?

Llevó su mano hasta la de Dorothea.

—Baila con lady Dorothea, papá.

Él tomó la mano de la dama. Fue incapaz de detenerse. Quería tocarla a la menor oportunidad que se le presentara.

—¿Me concede este baile, milady? —Hizo una reverencia sobre la mano de Dorothea, le acarició los nudillos con los labios mientras inhalaba su aroma a pétalos de rosa machacados.

Por un instante, tuvo la extraña sensación de que Dorothea se encontraba al borde de las lágrimas, pero entonces ella sonrió e inclinó la cabeza como una refinada debutante.

—Será un placer, su excelencia.

Flor comenzó a tararear un vals de tres compases.

—Pensaba que se trataría de una danza española —instó James.

—No. —Flor sacudió la cabeza con énfasis—. Es un vals. Están en un salón de baile elegante y todo el mundo las observa.

James se rio.

—De acuerdo, entonces un vals.

Agarró la cintura de Dorothea con un brazo. Ella se puso tensa un instante, pero se relajó cuando él comenzó a guiarla en los pasos. Se deslizaron por la terraza mientras Flor canturreaba y se reía a un lado.

En el cuello de Dorothea se dibujaban sombras; también en la hendidura entre sus pechos y en sus ojos.

Se inclinó para susurrarle en el oído:

—La canción que has interpretado... Sonaba como si hubieras experimentado lo voluble que puede llegar a ser un caballero. ¿Acaso... acaso... ha habido otro hombre?

Él le agarró con más fuerza de la cintura. Más le valía que no.

—No, no hay nadie más.

Gracias a Dios. Le creía. Solo era una actriz con talento, nada más.

Al bailar con ella casi estuvo a punto de desear asistir a la temporada. Para danzar junto a aquella mujer por tantos salones de baile como les fuera posible.

Ella rompió su abrazo.

—Ahora baile con Flor.

Tenía un nudo en la voz. ¿Por qué sonaba tan afligida? Él le giró la barbilla para que lo mirara.

—Por favor —rogó—. Baile con Flor.

James se alejó e hizo una reverencia ante su hija.

—¿Me concede este baile, lady Flor?

Ella sonrió avergonzada y susurró:

—Sí, papá.

Él la tomó en brazos y giró con ella por la terraza. Su hija estaba llena de luz, de vida y de risas aquella noche. Se dio cuenta de que no había oído su risa con frecuencia. Era un sonido de lo más encantador.

Miró por encima de la cabeza de Flor y se encontró con la mirada de Dorothea. Ella sonrió, pero ¿acaso le brillaban los ojos por las lágrimas?

—Baila de maravilla, lady Flor —dijo con pura seriedad.

Flor le rodeó el cuello con más fuerza.

—Es usted muy amable, su excelencia —contestó con su mejor imitación de una dama de alta alcurnia.

El murmullo de las voces del salón subió de tono.

—¿Dónde está el duque? —oyó que preguntaba la marquesa a voces.

Dejó a Flor en el suelo.

—Es hora de irse a dormir —dijo Dorothea. Le dio un beso en la mejilla a la niña—. ¿Recordarás lo que te he dicho?

Flor asintió.

—Debo regresar —le comentó Dorothea a James.

James llevó a Flor al cuarto de los niños y la arropó en su lecho. Ella se acurrucó y cayó profundamente dormida de inmediato; entonces él comprendió algo que lo golpeó en el pecho como la hoja de una espada maciza.

Iba a extrañar a su intrépida pequeña. Mucho.

Y para que se percatara había hecho falta una mujer igual de franca, con ojos de un azul grisáceo que brillaban con más intensidad que los diamantes bajo la luz de la luna.

Capítulo 18

Manon desabrochó los botones de terciopelo y le quitó los diamantes que llevaba.

A partir de la mañana siguiente, Charlene jamás volvería a lucir diamantes, ni se vería envuelta en los lujos que pertenecían a Dorothea por derecho natural. Su media hermana perfeccionaría su elegante ajuar de lino y seda y se prepararía para su noche de bodas, mientras Charlene volvería a sus tristes camisones de franela y a su cama, estrecha y solitaria.

Cuando pensaba en Dorothea, Charlene había dejado de utilizar la palabra *lady*. ¿Acaso hacerse pasar por su media hermana no le daba derecho a reclamar una relación más íntima con ella? A muchos podría parecerles una sandez, pero Charlene empezaba a sentirse conectada con ella. Como si le estuviese preparando un regalo.

«Toma, este duque es para ti. Sé la duquesa perfecta que necesita. Sé una buena madre para Flor.»

La condesa entró majestuosamente en la habitación, todavía ataviada con el vestido de seda negro y las perlas.

—¿Y bien, señorita Beckett? —preguntó—. He notado que se ausentó un buen rato y el duque también ha desaparecido. ¿Qué pasó?

—Bailamos un vals en la terraza, a la luz de la luna.

—¿Y?

—Me besó. —Bueno, en realidad el duque no la había besado, al menos en ese momento. Lo había visto pensativo, meditabundo. Pero había querido besarla. Y anteriormente ya la había besado, claro, dos veces.

—¡Espléndido! —La condesa se acercó a Manon—. Es el momento de dar el golpe de gracia. Ve a buscar la creación de madame Hélène.

Manon hizo una reverencia y se fue al vestidor.

—Esta noche irá a verlo —explicó la condesa—. Sabemos de buena fuente dónde se encuentran sus aposentos. Blanchard la llevará hasta allí, al abrigo de la oscuridad. Le daré algo de tiempo para hacer su trabajo antes de llegar.

—No estará en su dormitorio —replicó Charlene negando con la cabeza.

—¿Cómo es posible que sepa usted eso?

—No se preocupe, sé dónde estará.

—¿Dónde? —quiso saber la condesa entrecerrando los ojos.

—En las cocinas.

—¿En las cocinas? ¿Y por qué estaría allí a altas horas de la noche?

—Tiene problemas para conciliar el sueño. Su... cocinera me dijo que va a las cocinas para prepararse un poco de chocolate.

La condesa se quitó el chal bordado con hilos de oro y lo dobló en un cuadradito perfecto, con cuidado y precisión.

—Muy bien, entonces la veré en las cocinas tras aguardar el tiempo apropiado. ¿Hace falta que le recuerde lo que nos estamos jugando esta noche?

Los ojos de Charlene se cruzaron con la calculadora mirada de la condesa.

—Soy perfectamente consciente de los términos de nuestro acuerdo.

Lady Desmond asintió con brusquedad.

—A pesar de la desafortunada educación que recibió, es usted una muchacha con un ingenio notable y un temple sorprendente.

—Vaya, gracias, señora —contestó Charlene sonriendo. Era lo más parecido a un cumplido que había recibido de la condesa en todo ese tiempo.

—Confío en usted, señorita Beckett. Lady Dorothea confía en usted. No nos decepcione.

La condesa se fue, y la acompañó el frufrú que emitían los faldones de seda negra de su vestido al rozar con la alfombra.

Manon regresó a la habitación y le enseñó un *negligé* vaporoso.

—Señorita Beckett, estarás irresistible con esto puesto —dijo, y colocó la prenda sobre la cama con sumo respeto.

Largo hasta los pies, una prenda de satén de color crema. Tirantes finos y apliques de lazos. Pura seducción, lo mejor que la condesa podía comprar. Manon le cepilló el pelo a Charlene. Veinte pasadas. Todo enredo desapareció. Cincuenta. Cien. Las sedosas ondas del color del trigo le caían a Charlene por la espalda, hasta la cintura.

—El duque es muy apuesto e imponente, *non?* —comentó Manon con un brillo en los ojos—. ¿Estás segura de que podrás controlarlo?

Charlene se mordió el labio.

—¿Y si lo que no puedo es controlarme yo?

—Quizá no deberías hacerlo —contestó Manon con una sonrisa. Después, la ayudó a quitarse la combinación que llevaba y le pasó el *negligé* por la cabeza. La seda gruesa se deslizó por su cuerpo y abrazó sus curvas con una caricia silenciosa.

La doncella se sacó un frasco de vidrio tallado de perfume del bolsillo del delantal.

—Es de París —dijo y, con toquecitos, esparció la fragancia por las muñecas de Charlene, tras las orejas y en el pelo.

Vainilla, jazmín y algo más fuerte, como una hierba; semejante al romero. Resultaba más sofisticado que el simple olor a rosas de Dorothea. Una fragancia que perduraría toda la vida en la mente de un hombre.

Charlene le acarició la mano a Manon.

—Muchas gracias.

—No me las des. —Manon recogió el vestido que Charlene se acababa de quitar, la combinación y las sandalias—. El duque no podrá contenerse —afirmó y, al irse, cerró la puerta.

Charlene se pasó la mano por el pecho, que se marcaba bajo el satén de color crema del *negligé*. Bajó un poco más, por el vientre, y un poco más, hasta meter la mano entre los muslos, donde notaba un latido débil pero constante.

¿La tocaría allí donde tenía la mano?

Y, si así ocurría, ¿se despediría ella para siempre de la antigua Charlene?

Su práctico vestido gris y los desgastados botines de cuero estarían esperándola en el fondo de alguno de los baúles. Podía ir a buscarlos en aquel mismo instante. Huir de aquella casa.

Antes de que fuera demasiado tarde.

Dio un paso hacia el vestidor. El satén se arremolinó

entre sus piernas. El jazmín y la vainilla revolotearon en su pelo.

«Nada de miedo, ¿recuerdas?»

En la mente de Charlene resonó la escalofriante voz de Grant: «No te resistas, pajarillo. Llevo demasiado tiempo esperando».

Ella no era la concubina de nadie. Acabaría todo ese asunto esa misma noche. Por Lulu. Por su madre. Por su libertad.

Pero también... por ella.

Deseaba sentir las manos del duque sobre su cuerpo, sobre el punto exacto en el que había posado sus propias manos.

Lo deseaba a él.

Por ella.

Charlene miró fijamente a la mujer que veía en el espejo; dos mujeres le devolvieron la mirada.

Una seguía cerrada e impedía la entrada de nadie en su vida; precavida con su misión y con el duque.

La otra estaba impaciente y lista para pecar. Quería ir a verlo.

«Date prisa —dijo su yo pícaro—. Sáciate y disfruta. Lo suficiente para que te dure toda la vida.»

Antes de entrar en las cocinas, Charlene inhaló el familiar aroma del chocolate y las especias.

El duque.

Se detuvo un momento para pellizcarse las mejillas y ahuecarse el pelo a la altura de los hombros. Despacio, empujó la pesada puerta de madera hasta abrirla, con el estómago revuelto.

En los fogones, alguien estaba cocinando el chocolate. Pero no era el duque. A Charlene se le cerró la garganta por la decepción y casi se fue corriendo de allí, pero la señora Mendoza volteó la cabeza y la vio allí plantada.

—Pasa —dijo y, con un movimiento de cabeza, le indicó que se acercara. Al ver la confusión en los ojos de la chica, la señora sonrió—. Ven a ver lo que estoy preparando.

Charlene olió la mezcla. Unos chiles rojos flotaban en el líquido burbujeante. Despedía un aroma picante e intenso. El chile la hizo estornudar.

La señora Mendoza se echó a reír. Aunque tenía el rostro curtido y repleto de arrugas bien marcadas, los ojos cafés seguían brillando con luz y claridad.

—¿No te gustaría llevarle un poco de chocolate al duque? —dijo, y sonrió con picardía.

—¿Sabe dónde está?

Antes de contestar, la señora Mendoza dejó de remover la mezcla.

—Fuera. Ha estado trabajando en la prensa de cacao. Juntos haremos el mejor chocolate a la taza del mundo. Los granos de cacao de mi familia serán conocidos en toda Inglaterra.

La mujer vertió la mezcla líquida en una gran taza de barro, la tapó con un paño y la envolvió con fuerza.

—Date prisa o se enfriará. Sigue el camino y verás la luz.

Podía vislumbrar una luz que titilaba por las ventanas del edificio donde el duque la había besado aquel mismo día.

—Pero he de...

—Ve, rápido. —La señora Mendoza le dio un par de palmaditas en las manos—. Apresúrate, niña, por favor.

Con la mano que le quedaba libre, Charlene se cerró la bata. ¿De verdad debía atravesar los jardines e importunar al duque? La condesa no sabría dónde encontrarlos.

Ese no era el plan.

La puerta de las cocinas se le cerró en la cara.

Charlene se estremeció al sentir el aire frío de la noche. Avanzó por el camino hacia la luz del duque.

Los jardines de la casa estaban cuidados a conciencia. La luz de la luna se reflejaba en la blanca fuente de mármol, y los setos, bien podados, proyectaban largas sombras a su paso. Ni una sola ramita de helecho se atrevía a salirse del molde de esos setos perpendiculares perfectos.

Unas flores rojas bordeaban el camino. Charlene estaba más acostumbrada a ver las rosas todas juntas y apiladas en montones en las carretillas de los vendedores ambulantes del mercado de Covent Garden. En cambio, allí las raíces de las flores estaban bajo tierra, y las rosas podían hablar con sus hermanas durante la noche, entre susurros.

Pronto, cuando el calor del sol las abrigase y la lluvia las alimentase, se abrirían. Pétalo a pétalo. Se abrirían hacia el sol, ofreciéndole lo que les había otorgado. Color, aroma, belleza.

La vida de las chicas de la Pluma Rosada era semejante a la de las rosas de Londres: las habían cortado demasiado pronto y las habían obligado a florecer antes de tiempo. Qué pequeño era su mundo. Unos muros manchados de hollín y unas puertas lo cercaban, y las encerraban en el negocio de la lujuria.

Charlene quería que las muchachas pudieran echar raíces. Que pudieran tener un hogar. Tendrían un jardín como aquel en su casa de huéspedes.

La puerta del escondite del duque estaba cerrada, pero la joven pudo ver una columna de humo que salía de la chimenea.

Llamó a la puerta.

No obtuvo respuesta.

Entonces giró la manija, y la puerta se abrió ante ella.

El duque estaba en la otra punta de la sala rectangular; estaba echando un montón de madera para avivar el fuego que crepitaba en una chimenea de hierro. No se percató de su llegada, ahogada por el rechinido de un aparato de metal que bombeaba y zumbaba a sus espaldas.

Del extraño aparato emergían unas tuberías angulares, y estaba conectado a una caldera acoplada al horno.

—¡Le he traído chocolate!

Pero el duque seguía sin oírla por el gran estruendo que los rodeaba.

De una pared colgaba una colección de cuchillos. Cimitarras, antiguas herramientas de piedra, puñales de plata adornados con piedras preciosas. En una esquina, una alfombra roja y un montón de almohadones cubrían el suelo, como si el duque tuviera costumbre de pasar allí las noches.

—¡Su excelencia! —gritó alzando la voz.

Entonces el duque volteó.

Las gotas de sudor le caían por el cuello, y se le había pegado la blanca camisa al musculoso pecho. Al verlo, cualquiera diría que en aquella habitación se sentía como en casa, en ese titilante infierno, con lámparas de aceite y la luz de la lumbre trazando su fornido cuerpo.

Se enjugó la frente con un paño, que le dejó un rastro de hollín por el pómulo y le dio un aspecto peligroso.

Más que un duque, era el mismísimo diablo.

Charlene tragó saliva.

«Cálmense, señoritas. No hay peligro. ¡El agua no es profunda!» Se repitió mentalmente las palabras que les había dicho el duque durante el incidente con el bote, mientras avanzaba por la gran habitación y se adentraba en las profundidades de la guarida del diablo.

James se secó el sudor de la frente.

Había estado pensando todo el tiempo en Dorothea, y allí estaba ella, cubierta por una bata de seda color crema, con el pelo suelto y cayéndole por los hombros como una aureola dorada.

Sus pensamientos se habían vuelto realidad.

Ella le tendió una taza.

—Le traje un poco de chocolate.

Antes de darle un sorbo, James sopló el líquido caliente que le ofrecía la joven. El chile rojo le abrasó los labios, aunque la sensación se disipó al instante, y tras ella notó el chocolate mezclado con azúcar y leche en abundancia.

—¿Josefa te dijo que vinieras? —preguntó.

—Sí. —Bajo la tenue luz de la hoguera, los ojos de la joven eran dos charcos oscuros insondables.

—Le gustas.

A él sí le gustaba. Demasiado. Ya no servía de nada seguir negando lo evidente.

La muchacha miró detenidamente la prensa de vapor.

—¿Qué es esto?

Tras ellos, la prensa emitió un sonido metálico y vibró. James dio otro sorbo de chocolate.

—Se supone que es una prensa de cacao a vapor. Sigue los mismos principios que el motor a vapor que les enseñé hoy en la fábrica. Aunque a menor escala, claro.

—¿La construyó usted?

—Con la ayuda del señor Van Veen. Aunque no logramos que funcione del todo. No aplica la fuerza necesaria. Se supone que tiene que tomar la masa del cacao que conseguimos al triturar los granos y quitarle toda la grasa.

James le mostró los finos chorritos de aceite, de color ambarino, que caían en unos cuencos ubicados a cada lado de la gran maquinaria, que contenía una serie de tazones interconectados diseñados para aplicar la presión a la masa del cacao.

—Van Veen dice que, tras eliminar la grasa, será más sencillo hacer el cacao en polvo, y este será mucho más soluble. Además, no se pondrá rancio tan rápido. —El líquido ambarino se enfriaba enseguida y se convertía en una sustancia grasosa de color amarillo. James sumergió un dedo en uno de los cuencos—. Esto es la grasa, también llamada manteca de cacao, porque, al enfriarse a temperatura ambiente, se solidifica, pero se derrite en cuanto entra en contacto con la piel. —Se restregó la manteca por los dedos—. Es un producto que puede resultar muy provechoso. Se puede comer y funciona como crema hidratante natural; las mujeres lo utilizan para conseguir un resplandor juvenil.

—¿De verdad? ¿Puedo probarlo? —preguntó la chica.

«Dios, ayúdame.»

La inocente petición de la joven inundó su mente de provocadoras imágenes.

Dorothea. Desnuda. Untada en aceite y deseo. Gimiendo su nombre.

Hasta ese mismo momento, James había luchado

contra lo evidente, pero si una mujer hermosa (esa mujer hermosa en particular, exasperante y con una inteligencia divina) invadía su santuario, le ofrecía chocolate y después le pedía que la untase con manteca de cacao..., la situación solo podía acabar de una manera.

James iba a dejar de luchar.

Le rozó la mejilla con el dorso de la mano, bajó por el cuello y llegó a la abertura de la bata de la joven. Esos ojos azules lo miraban enturbiados.

La chica dio un paso atrás, y a James le dio un vuelco el corazón. «No te vayas.» Pero la muchacha se quedó mirándolo a los ojos, y se deshizo de la banda que llevaba a la cintura, muy despacio.

La bata se deslizó por su cuerpo hasta caer al suelo, y dejó al descubierto una prenda confeccionada con satén y lazos, diseñada para apresar el alma de un hombre y postrarla a sus pies.

Unos brillantes rizos dorados se desparramaron sobre los finos tirantes y los hombros desnudos de la chica.

Una invitación al paraíso enmarcada en oro puro. Oh, maldición. La deseaba. Su ímpetu. Su calidez. Su valentía.

A esos abundantes senos que encajaban a la perfección en las palmas de sus manos.

La joven le rodeó el cuello con los brazos y se recostó contra su cuerpo, soltando un gemido que acabó con el último resto de autocontrol que le quedaba en el interior. James se llenó las manos con los suaves pechos de ella, y le acarició los pezones hasta que se endurecieron.

Inhaló el aroma que manaba de ella, una mezcla de flores con hierbas intensas que le hicieron perder la cabeza. El vapor húmedo inundaba el aire. La humedad de la boca de ella, la de sus lenguas, que imitaban los movimientos de los pistones de metal que trabajaban junto a ellos.

Entonces se oyó un silbido desgarrador, y una nube de vapor estalló a su lado.

James se había olvidado de la prensa.

El duque apartó de pronto a su deseada acompañante.

Tenía que evitar que la prensa se sobrecalentara y explotara.

Capítulo 19

El duque se abalanzó hacia la prensa, se arrancó la camisa para utilizarla como barrera entre sus manos y el metal candente mientras aflojaba las válvulas y las manijas para soltar el vapor.

Charlene no sabía qué hacer para ayudar. Tomó un libro de una de las mesas y comenzó a abanicar el artilugio siseante.

Cuando todo se quedó en silencio, él se reclinó contra la mesa con el aliento entrecortado.

—Estuvo cerca. Pero ya pasó el peligro. Lo estabilicé.

Que no había peligro. Charlene estuvo a punto de echar la cabeza hacia atrás y estallar en una risa incontenible.

Puede que la prensa ya no supusiera una amenaza, pero el duque era cien veces más peligroso que la máquina. Con esos cabellos húmedos que se le rizaban alrededor del cuello y el vapor condensado que le goteaba por la abrumadora amplitud de su pecho desnudo. Las gotas se deslizaban hacia abajo por su firme abdomen y desaparecían en el ante que le abrazaba los muslos fuertes.

Él la cazó observándolo y una sonrisa perezosa le jaló las comisuras de los labios. Las mejillas de la muchacha se encendieron. El satén de su *negligé* se le aferraba al cuerpo por la humedad y la palpitación que sentía entre los muslos latió con más ímpetu.

—¿Por qué no vienes aquí? —Dio palmaditas en la mesa de madera con los ojos relucientes.

El aire estaba cargado de vapor y de la fragancia del cacao; repleto con la promesa de su invitación.

Ella dudó. Casi notaba náuseas en el estómago. Si iba hasta él, no habría marcha atrás. Quizá ni siquiera los descubría la condesa. No le quedaba otra que creer que tendría la decencia de pedirle matrimonio si... si ella sucumbía a su yo pícaro.

Ah, y cuánto anhelaba sucumbir.

«Esta noche es tuyo. Sáciate. No le temas al mañana.»

Pasó las palmas húmedas por la tela fina del *negligé*, adoraba el modo en que los ojos del duque se oscurecieron y siguieron con la mirada a sus manos.

Él la deseaba, pero en sus ojos también se vislumbraba cuánto la veneraba. La veía como una promesa, no como un capullo que debía cortar y forzar a florecer antes de tiempo, al que debía atar en un ramo y vender al mejor postor.

La miraba como contemplaría a una rosa viviente y hecha persona.

O mejor dicho, pensaba que Dorothea era una rosa.

Una que regar, cuidar y mimar.

Quería estar cerca de él, como si del sol y de la lluvia se tratara. Quería florecer para él.

—Ven aquí —gruñó el duque.

Ella le regaló una media sonrisa. Su yo pícaro se iba haciendo del control con cada paso hasta que se detuvo frente a él.

—Date la vuelta —ordenó él.

En su última prueba de defensa, ella había estado con los ojos vendados y Kyuzo la atacó por la espalda. Por instinto, con los sentidos y los reflejos alerta, le clavó un codo en el estómago. La habían entrenado para prevenir lo imprevisto. Tuvo que hacer uso de toda su fuerza de voluntad para confiar en el duque. Confiar en que no le haría daño.

Él pensaba que era una debutante inocente. Como hombre respetable que era, le pediría matrimonio si las cosas llegaban demasiado lejos y se descontrolaban.

Se dio la vuelta y le ofreció su espalda.

Él enganchó un dedo bajo el fino tirante del *negligé*. Siguió la línea de la tira por el hombro y deslizó la prenda unos cuantos centímetros hacia abajo. Su cuello y la parte de arriba de los hombros quedaron expuestos, desnudos.

Ella vio con el rabillo del ojo cómo él hundía los dedos en el sumidero y sacaba con ellos una pizca de la manteca.

Charlene se tensó cuando su mano le untó la sustancia resbaladiza por el cuello.

—No tienes por qué estar nerviosa —aseguró él.

Relajó los hombros cuando él comenzó a masajeárselos en círculos lentos.

—Eso es —animó—. Relájate.

Notaba el roce ligero de los callos que presentaban las yemas de sus dedos. Su mano conocía las cuerdas de la guitarra. El peso de un hacha. Conocía el trabajo. Y, desde luego, conocía el placer.

Los nudos de los hombros comenzaron a aflojarse. Él se los frotó con el bálsamo y los masajeó hasta que la tensión se evaporó.

Charlene respiró hondo, le maravillaban los tenues

crujidos de sus huesos cuando se movían bajo la piel. Nunca había sido tan consciente de su cuerpo. Él hundió los pulgares en un punto sensible y ella se sobresaltó.

—Shhh... —la calmó el duque.

Él la moldeaba, la transformaba en una nueva sustancia y alejaba las dudas con su masaje. Le apartó el cabello y bajó la cabeza hasta su nuca. Sus labios encontraron el cuello, la mejilla y el lóbulo de la oreja de la joven.

Jaló el *negligé* para bajarlo más. Se le enredó en la cintura y dejó la espalda al desnudo.

Su espalda estaba al desnudo.

Se apartó de él retorciéndose con brusquedad. Aunque no fue lo suficientemente rápida.

—¿Qué es esto? —Él trazó la marquita que había bajo su escápula izquierda con los dedos. El lugar en el que Grant había tratado de dejar su huella.

Se había olvidado de ocultarla.

Por eso mismo no podía permitirse perder el control. Tenía demasiados secretos que esconder. Cuando viera que su esposa no tenía la marca, sin duda se daría cuenta de que ella no era Dorothea. En el fondo tampoco es que importara, naturalmente, pues él solo necesitaba una socia para sus negocios, algo para lo que la dulce y femenina lady Dorothea resultaba idónea.

Ella lo miró por encima del hombro haciéndose la confundida.

—Ah, ¿eso? No es más que... una apuesta que perdí.

—Vaya apuesta. Esto es algo que solo había visto en marineros. Qué extraño que una dama luzca uno. —Acarició las letritas oscuras y angulares—. ¿Qué significa?

«Guerrera.»

Desde los años que pasó en el mar, Kyuzo lucía muchas marcas similares en los brazos. Le contó que eran su forma de proclamar su libertad, de inmortalizar su voluntad de vivir y escapar.

Después de que Grant intentara marcarla, Charlene le pidió a Kyuzo que también le hiciera un pequeño tatuaje que simbolizara que ella nunca pertenecería al barón. Kyuzo esterilizó una aguja con la llama de una vela, la hundió en tinta y le atravesó la piel. Dolió, pero fue una forma de inmortalizar su resolución.

Cuando Grant regresara, ella estaría preparada. Jamás sería su juguete. Jamás vendería su cuerpo para el placer de un hombre. Era una guerrera. Fuerte. Inquebrantable.

Aunque en esos momentos la estaban quebrando. Apartó la mano del duque y volvió a taparse la espalda con la melena.

—Según tengo entendido significa «mariposa».

Intentó que la mentira sonara frívola y despreocupada. Había demasiados embustes acumulándose, como el hollín en una chimenea. Jamás se los quitaría de encima.

Él retiró los cabellos y siguió el trazo del tatuaje con la lengua. El tacto suave hizo que su cuerpo se derritiera.

—¿Y qué otros secretos me ocultas, mariposilla? —Le acarició el cuello con el rostro—. ¿Hum?

«No me preguntes eso.»

Él no dejaba que ella se girara para mirarlo. La acercaba a su cuerpo con uno de los fornidos brazos alrededor de su cintura, mientras que con la otra mano untaba la aromática manteca por sus clavículas. La mano descendió para acunar uno de sus pechos y embadurnar el pezón con el ungüento.

Quedarse impasible no era una opción. Ella se arqueó bajo sus manos y de sus labios escapó un gemido. Él le pellizcó suavemente el pezón y el latido que sentía entre las piernas se aceleró.

Los dedos del duque se deslizaron bajo el satén, se aventuraron más abajo, le acariciaron el vientre y los muslos mientras se acercaban peligrosamente a la fuente de su necesidad.

—Eres exquisita —susurró en su oído—. Me moría de ganas de tocarte.

Él se apoyaba en la mesa y sostenía el peso de la muchacha. Tras ella, podía notar la dureza y longitud de su excitación presionada contra su cuerpo. Se fundió con el pecho fuerte y dejó caer la cabeza sobre su hombro.

Jadeó cuando él encontró la puerta entre sus piernas.

—Ábrete para mí —murmuró. La palpitación incrementó frenéticamente—. Dorothea. No tengas miedo.

Ni siquiera escuchar el nombre incorrecto saliendo de sus labios podía desviar su atención de aquel placer. La necesidad que sentía era demasiado intensa.

Solo hizo falta uno de sus dedos sobre aquel lugar secreto, casi sin llegar a tocarla. Ella se recostó hacia atrás levemente. Él la premió con un suave toquecito que le envió descargas ondulantes por todo el cuerpo.

—Ah —jadeó ella.

Él volvió a premiarla, esta vez acarició el tiempo suficiente para establecer un ritmo. Se detuvo. Acarició los alrededores. La provocó. No, ¡no!

—Por favor... —gimió ella.

—Di mi nombre.

—Por favor, su excelencia.

—Me llamo James.

—Por favor..., James.

El aliento del hombre se entrecortó cerca de su oído y le mordisqueó el cuello.

—Muy bien.

Él la acarició con ímpetu y rapidez en su epicentro. Ella perdió todo control y gimió con fuerza mientras se movía contra sus dedos.

—Sí —dijo él—. Así.

Siguió acariciando y aplicó el nivel exacto de presión. Cada vez más rápido. Firme y en el lugar justo.

La otra mano abandonó su abdomen y se dirigió al mentón de la muchacha. Le giró el rostro y cuando sus lenguas se encontraron, deslizó un dedo en su interior. Primero solo uno se embarcó en una expedición de reconocimiento, después dos. Tres. La invadía y mancillaba tanto con los dedos como con la lengua, además del muslo fuerte que le había colocado entre las piernas.

Alternaba entre acariciar el epicentro de su placer e introducirse en lo más profundo de su cuerpo; ella estaba cada vez más cerca. Tensó los músculos del abdomen, se dirigía a un precipicio que estaba a punto de vislumbrar.

Solo hacían falta unas cuantas caricias más.

Él dejó de besarla.

—Estás muy húmeda —gimió.

Si se detenía en aquel instante, su yo pícaro le suplicaría sin vergüenza alguna.

Ahí, más presión. Estaba tan cerca... Abrió la boca, pero no dejó escapar sonido alguno. Rezaba sin palabras.

—No te preocupes, no voy a detenerme —le aseguró el duque.

Ella distinguió la diversión en su voz. No le importaba. Tan solo quería que aquellos dedos habilidosos siguieran moviéndose, que la llenaran, que la acariciaran más deprisa, más fuerte.

—Quiero sentir cómo llegas —le pidió él con urgencia—. Necesito oír cómo lo haces.

Tocó su cuerpo como si de una guitarra se tratara, le sonsacaba la música del alma. Cuando tensó el vientre, él rasgó las cuerdas con más ímpetu, sabía exactamente lo que necesitaba.

—Ahora —dijo.

La orden la hizo llegar al éxtasis.

—James..., sí. —La palpitación entre sus muslos se tensó y se relajó, adoptó una nueva cadencia cuando el placer reverberó por su cuerpo con una liberación pasmosa.

Él la envolvió con sus brazos, le dio la vuelta para acunarla en su pecho y ella hundió el rostro en el hueco de su hombro. Si pudiera seguir siendo Dorothea, si pudiera tenerlo unos cuantos meses más, podría averiguar qué libros le gustaba leer. Quizá podría convencerlo de que leyera para Flor, de que admitiera que la quería. Había tanto sufrimiento en su interior, una sensación de pérdida tan profunda que ella podía sentirla como si se tratara de un vacío en su propio corazón.

Quería envolverlo entre sus brazos y no soltarlo jamás.

James escuchó cómo su aliento se relajaba, se deleitaba con los suaves estremecimientos que todavía le recorrían el cuerpo.

Cuando llegó a la cumbre del placer, cuando se arqueó bajo sus dedos y gritó su nombre en una serie de jadeos y balbuceos, hubo algo en su interior que también cambió. Ahora, mientras la abrazaba bajo la luz tenue del candil, no sintió la necesidad imperiosa de aliviarse él también.

Se sentía satisfecho solo con acariciarle el pelo y abrazarla, aferrarse a ella.

En cierto modo se sentía vulnerable. Como si ella le hubiera atravesado la piel y le hubiera hecho un tatuaje en el corazón. Se dijo a sí mismo que sería una madre estupenda para Flor. Paciente y amable.

Quizá no sería una duquesa perfecta e intachable, o siquiera la opción prudente para ser su esposa. Desde luego, no era la candidata indicada para un acuerdo de negocios anodino. Pero su apellido compensaría sus metidas de pata en sociedad.

Ella era fuego refulgente y pasión, pero el fuego siempre se convertía en cenizas. Con el tiempo, las llamas que prendían entre ellos dos se apagarían. Y si no lo hacían, él cruzaría el océano para alejarse de la tentación.

Al menos eso era lo que se decía.

Ella se acurrucó más contra su pecho y las tiernas curvas hicieron que él se endureciera de inmediato. Sería muy fácil posicionarse entre sus caderas y dejarse llevar.

Pero jamás se atrevería. No con una debutante joven y confiada. Ella era totalmente ajena a la ruina que en aquellos momentos le palpitaba contra el estómago, que crecía un centímetro más cada vez que sus generosos senos rozaban el pecho del hombre.

¿Había algo de malo en desabrochar unos cuantos botones? No es que fuera a devorarla.

No aquella noche.

Bajó la mano y se abrió el orificio de los calzones. Se tomó a sí mismo entre las manos. Después la giró hasta que su trasero se apoyó contra toda su virilidad.

Se recostó en la mesa maciza y colocó las manos en las caderas de la muchacha. Entonces, se deslizó entre sus muslos resbaladizos debido a la manteca, justo debajo de su feminidad. Gracias a la manteca y a los restos de la pasión de la muchacha que lo lubricaban, le resultó muy sencillo empujar hacia delante y hacia detrás sin tener que penetrarla.

—Ah —jadeó ella—. Eso me gusta. —Se mecía contra él de forma instintiva.

Él sonrió entre sus rizos enredados mientras pensaba en los meses que tenían por delante, en todas las formas en que le haría sentir placer. En todo lo que él le enseñaría.

Le agarró las caderas con más fuerza y aceleró los movimientos. Su intimidad húmeda lo acunaba y el túnel ardiente que se encontraba entre sus piernas lo llevó al límite en un abrir y cerrar de ojos. Pero no era suficiente. Necesitaba estar dentro de ella.

Poseerla.

Tan solo hacía falta un ligero cambio de posición.

Su miembro empujó la entrada de la muchacha.

No, no podía.

Pero sería su duquesa en cuestión de semanas.

Él bajó la voz.

—Dorothea —susurró—. No tenía pensado que esto pasara. No esta noche, pero yo...

No pudo terminar la frase porque la puerta se abrió de par en par y la condesa Desmond apareció en el umbral, sus ojos pálidos ardían por la indignación.

—¿Qué significa todo esto? —La pregunta de la condesa reverberó por la estancia.

James bajó a Dorothea de su regazo y le entregó la bata que había caído al suelo. Ella se subió el *negligé* y se cubrió con la bata anudándosela con un lazo en la cintura. James se acomodó los calzones con un movimiento rápido.

¿Cómo había sabido la condesa dónde encontrarlos?

Las palabras de Dalton le resonaron en la mente: «Será mejor que, por la noche, cierres la puerta de tu cuarto con llave, o puede que descubras a una debutante empeñada en meterse sigilosamente entre tus sábanas».

Se estremeció. Sin Dorothea entre sus brazos notó el frío de la estancia. Necesitaba avivar el fuego. Encontrar otra camisa. Incapaz de dar con ninguna prenda que sirviera a mano, se quedó de pie con el pecho al aire y se irguió cuan alto era.

—Lady Desmond.

La condesa avanzó con la columna totalmente rígida.

—Harland —pronunció, se negó deliberadamente a llamarlo por su título.

Dorothea evitó su mirada. Llevaba escrita la culpa en el rostro oculto en las sombras. Sabía que su madre iba a venir. Habían urdido todo aquel espectáculo.

Le habían tendido una trampa.

Le dio un vuelco en el estómago, sus emociones se congelaron hasta que no sintió nada al mirar a Dorothea.

—Estoy esperando una explicación —espetó la condesa.

—Quizá debería preguntarle a su hija por qué vino hasta aquí ataviada solamente con un retazo de satén y encaje acompañado de una generosa cantidad de perfume —contestó.

La condesa rodeó los hombros caídos de Dorothea con un brazo.

—Es una muchacha casta. No sabía lo que hacía deambulando vestida con su ropa de cama.

Él mismo había estado a punto de pedir su mano en matrimonio, pero que lo forzaran a desposarla de esa forma tan mezquina lo enfurecía.

—¿Tenías que recurrir al embaucamiento? —le preguntó a Dorothea.

Ella no contestó, aunque tampoco lo negó y seguía sin mirarlo a los ojos.

—Cómo se atreve —estalló la condesa sin darle oportunidad a su hija de contestar—. La mancilló, la ha deshonrado. Me encontré con su lecho vacío y no me quedó más opción que salir a buscarla. Esta es la peor pesadilla que una madre pueda tener.

—Usted gana —declaró él.

La condesa le dedicó una mirada gélida.

—¿Y qué se supone que significa eso?

—Que usted gana. Lady Dorothea se casará conmigo. Tiene un año para dar a luz a un heredero. —Señaló la puerta con la mano—. Ahora váyanse.

Lady Dorothea alargó una mano en su dirección con lágrimas en los ojos y la opresión que él sentía en el pecho disminuyó durante un instante. Después, como si hubieran ajustado una válvula de vapor, dejó caer la mano y lo miró a los ojos.

—Acepto su propuesta —dijo sin mostrar sentimiento alguno.

—Bien. —Cruzó los brazos sobre el pecho—. Pediré un permiso para una boda en privado. Nos casaremos dentro de tres semanas aquí, en la iglesia St. Peter de Warbury.

—¿Tres semanas? —Los ojos de la condesa se abrieron completamente—. Eso no es tiempo suficiente para planear una bo...

—Tan solo dispongo de unos meses más en Londres. Embarcaré antes de la época de huracanes. Me pondré en contacto con lord Desmond dentro de una semana para estipular las cláusulas del acuerdo.

Lady Desmond recuperó la compostura. Inclinó la cabeza.

—Mi señor esposo estará encantado de recibirlo.

—No me cabe duda —dijo James con ironía. Las despachó con dos escuetas inclinaciones de cabeza.

Dorothea abrió la boca para hablar, pero su madre la agarró del brazo.

—Vámonos, lady Dorothea. Ya ha habido suficientes emociones por esta noche.

—Buenas noches, James —susurró ella antes de que su madre se la llevara a rastras por la oscuridad.

Capítulo 20

La condesa había conseguido su ansiado premio. Lady Dorothea sería la duquesa.

Charlene no era más que un secreto del que se avergonzaban; envuelta en prendas negras, la sacaron de la casa a escondidas antes del amanecer, mientras todos seguían durmiendo, salvo la doncella que se encargaba de todas las tareas. La condesa se había acomodado en las ahuecadas almohadillas del carruaje, frente a Charlene, y permanecía en silencio. Era evidente que no hablarían sobre lo ocurrido.

Las aterciopeladas colinas verdes de Surrey no tardaron en cederle el paso a las callejuelas estrechas, asediadas por piedras grises y puertas cerradas a cal y canto. Cada giro que daban las ruedas del carruaje la alejaban más de James y de Flor.

Se repitió para sus adentros que no le importaba. Se esforzó por odiarlo. Pero él había hecho todo aquello. Todas esas cosas escandalosas y reveladoras.

«¿Tenías que recurrir al embaucamiento?»

El duque se había puesto furioso al descubrir su engaño. Charlene sentía el dolor atravesarle el pecho al recordarlo, como si fuera uno de los cuchillos que decoraban su escondite.

¿Valdría la pena la recompensa que iba a recibir por el precio que había pagado?

Se haría la misma pregunta después de saldar sus deudas con Grant, de ver cómo su madre dejaba de toser y de ver a Lulu extasiada de felicidad pintando en Essex.

Charlene cerró los ojos con fuerza, y se imaginó a Lulu respirando el aire puro del campo y pintando prados llenos de florecitas moradas, como aquel que James había encontrado tras rescatar a Charlene de una muerte en el agua. La había sacado del río en brazos solo para lanzarla a algo más profundo, una peligrosa corriente de anhelo que había erosionado el dique que rodeaba su corazón y la había lanzado directa a sus brazos.

La muchacha apoyó la cabeza sobre el brocado de seda de color crema de los festones del interior del carruaje. Todo su mundo estaba patas arriba. Ahora... ¿qué era malo? ¿Qué era bueno?

Ceder el control podía ser bueno.

Y no todos los duques eran malos.

Pero había llegado el momento de recomponer su mundo. Aquella aventura no había sido más que un medio para pagar a Grant y poder recuperar su libertad, y para ofrecerle a Lulu la oportunidad de tener una nueva vida, alejada de los peligros que entrañaba vivir en un burdel. Cuando Lulu se hubiera instalado en su nueva vida, Charlene podría disfrutar de la satisfacción de saber que había hecho lo que tenía que hacer para asegurarle un buen futuro a su hermana.

—Señorita Beckett, ya casi llegamos —avisó la condesa—. Espero que pasado mañana emprenda el viaje a Essex junto a su hermana, antes de que el duque llegue a Londres y conozca a lord Desmond. Nadie debería relacionarnos ni a mí ni a mi familia con usted.

Charlene se aferró a la borla de seda que le colgaba junto a la cabeza.

—Dudo que el duque y yo nos movamos en los mismos círculos.

—Nunca se sabe. Los caballeros como el duque suelen frecuentar los lugares donde se ofrecen..., bueno, lugares como su hogar. No puedo correr ese riesgo.

A Charlene ni siquiera se le había ocurrido esa posibilidad.

—Claro, desde luego —contestó hablando con la misma frialdad que la condesa.

Lady Desmond volteó para mirar el paisaje por la ventana. La situación era mucho más complicada de lo que Charlene había esperado. James estaba enojado con Dorothea por haberlo manipulado, aunque Dorothea no había hecho nada. Charlene quería tener la oportunidad de explicarle a su media hermana todo lo que había pasado.

Bueno, no, todo no. No mencionaría los momentos de debilidad en los que Charlene se había permitido abrir su corazón. Pero sí quería hablarle de Flor y de la situación de las trabajadoras de la fábrica del duque, desde luego.

Antes de hablar, se abrazó el cuerpo con más fuerza.

—Cuando lleguemos a Londres debo mantener una conversación con lady Dorothea.

La condesa volteó la cabeza hacia ella.

—Eso es imposible.

—Pero tengo muchísimas cosas que contarle.

—No puedo permitir que se relacione con mi hija —contestó lanzándole una gélida mirada con aquellos ojos azules. El tono de su voz parecía indicar que el simple pensamiento de que eso ocurriera le producía escalofríos.

Molesta, la respiración de Charlene hizo que el velo se moviera.

—Comprendo. Soy lo bastante buena para cumplir con sus propósitos, para hacerme pasar por su hija, pero es imposible que me permita hablar con ella.

—Señorita Beckett, intente ver las cosas desde mi perspectiva. Por desgracia, se ha difundido la noticia de nuestra estancia en la casa del duque, y llegó a mis oídos que se han hecho apuestas en todos los clubes —dijo la condesa, y se estremeció—. No me resulta nada grato saber que mi Dorothea fue la protagonista de unas especulaciones tan morbosas.

—Pero debo hablar con ella, solo será un momento.

—Rotundamente no. Sea lo que fuere que crea que debe contarle, carece de relevancia. Su labor ha terminado.

—Quizá el duque se dé cuenta de que es una persona diferente a la que conoció —susurró Charlene—. Si no la preparo para su encuentro.

—¿Cómo dijo?

Charlene levantó el velo y lo echó hacia atrás, por encima de la capota.

—Dije que quizá el duque pueda percatarse de que lady Dorothea no es la persona que conoció. ¿Se ha planteado esa posibilidad?

—Cuento con que vea que ha mejorado con creces —contestó lady Desmond, y curvó los labios—. La refinada duquesa que siempre deseó. Mil veces más idónea para sus propósitos.

—Estará en lo cierto, seguro. —Charlene no conseguía ocultar la amargura de su voz. Le cubría la garganta, como el té de hierba de Santa María. Quizá no se desvanecería jamás.

—Y en el caso de que vea una diferencia, sería lo más normal —continuó la condesa—. La gente cambia de un día para otro. Se vuelven más distantes..., guardan secretos. Te decepcionan.

Charlene tuvo la sensación de que la condesa ya no estaba hablando del duque.

—El duque dijo que pronto se iría a las Indias Occidentales. Nos dejará y Dorothea se quedará en Londres. Será la duquesa, con todo el respeto y los privilegios que el título conlleva. —Para la condesa, era el matrimonio ideal: un marido que escondería sus infidelidades al otro lado del océano, en vez de hacer ostentación de ello en su cara—. Nadie más se reirá de mi hija. No podrán chismorrear que nadie la saca a bailar en los eventos. Puede que sea grosero y maleducado, pero es un duque. —La condesa cortó el aire con la mano—. Tendrán que arrodillarse y hacer reverencias ante ella. Lo único que escuchará será: «Como desee, su excelencia» y «Su excelencia, nos complacería que asistiera a nuestro baile».

—Estará en lo cierto, seguro —repitió Charlene sin entusiasmo alguno. Se volvió a tapar la cara con el velo y apoyó la espalda en los cojines del carruaje. No serviría de nada intentar razonar con la condesa. Lady Desmond jamás comprendería la urgencia que sentía Charlene por hablar con Dorothea. Las necesidades de una hija ilegítima nunca se tenían en cuenta.

Si Charlene no podía contarle a Dorothea la conversación que había mantenido con el duque, James se casaría con una completa desconocida que ignoraba totalmente el delicado estado emocional de Flor o la necesidad que tenía la pequeña de que mostrasen empatía con ella y la orientaran.

La culpa se adueñó de su estómago en forma de calambres mientras aparecían ante ellas las calles que tan bien conocía, y Charlene volvió a su antiguo estado de vigilancia; aguzó los sentidos para la batalla que iba a librar, y se preparó para el combate. No sabía cómo reaccionaría Grant cuando le devolviera el préstamo, o si el hombre buscaría otra manera de controlar sus vidas. Por lo menos, al irse de Londres y asentarse en la campiña inglesa alejaría a Lulu del peligro.

El carruaje se detuvo con un traqueteo; los muelles rebotaron y los caballos relincharon. Charlene se dio cuenta de que ya habían llegado a Henrietta Street, frente a la plaza de Covent Garden donde estaba su casa.

La condesa clavó la mirada en la puerta del carruaje.

—Puede quedarse con la capa y el vestido, Blanchard quemó la ropa con la que se fue de aquí. Adiós, señorita Beckett.

«No me importune nunca más, señorita Beckett», añadió Charlene al final de la fría despedida de la condesa, mientras uno de los lacayos le ofrecía la mano para ayudarla a bajar. La puerta del carruaje se cerró tras ella y las ruedas empezaron a girar.

La plaza todavía estaba vacía, y los restos de las fiestas y el jolgorio de la noche anterior atascaban las alcantarillas. Botellas de ginebra vacías, entradas del teatro, y un solitario guante blanco manchado de lodo tras las pisadas de las botas de tacón.

Los vendedores ambulantes estaban armando sus puestos, rebosante de flores y verduras. Mientras Charlene atravesaba la plaza, un vendedor de pájaros la saludó ladeando el sombrero de ala ancha que llevaba y sonrió, un gesto con el que dejó al descubierto una hilera de dientes podridos.

—Mire, señorita, fíjese en estos preciosos jilgueros —dijo señalando una jaula—. Y si no le gustan los pinzones, mire las alondras.

Charlene aminoró el paso, y los pensamientos le invadieron la mente. Se quedó mirando una de las jaulas. En ella había unos jilgueros con la característica careta roja, con la forma de un antifaz, y las panzas de un blanco aterciopelado, que se balanceaban en las perchas y ladeaban la cabeza sin cesar. Pero había una excepción: un pajarillo que se refugiaba, encogido, en un rincón de la jaula.

La joven había aceptado el trabajo por el bien de Lulu, y gracias a él podría cambiarle la vida a su hermana.

—Estos pájaros de aquí cuestan un chelín cada uno, y pido tres peniques por la jaula —informó el vendedor acercándose furtivamente a Charlene con un brillo de esperanza en la mirada.

—¿Por qué todos los pájaros picotean a ese de allí? —preguntó la muchacha mientras observaba cómo uno de los pajarillos volaba hacia el pobre pequeñuelo que temblaba en el rincón y comenzaba a picotearlo.

—No lo sé —contestó el vendedor encogiéndose de hombros. Uno de los pajarillos se lanzó a entonar un aria preciosa—. Ese es un campeón —comentó el hombre.

El día anterior era libre y volaba por un prado, pero, en aquel momento, batía las alas contra una jaula de madera, vendida por pura diversión.

—Me los llevo todos —decidió Charlene en un impulso.

—No se arrepentirá, señora. —El vendedor se metió las monedas que le dio Charlene en el bolsillo y le tendió la jaula llena de pájaros. La joven dio un par de pasos; después, dejó la jaula sobre un montón de cajas y abrió la portezuela.

—Eh, oiga, ¿qué está haciendo? —gritó el vendedor a sus espaldas.

Charlene metió la mano en la jaula y espantó a los pajarillos para que se acercaran a la puertecita de su prisión. Toda la bandada la atravesó volando en una ráfaga de oro y bermellón, y gorjeaban mientras se elevaban hacia las inmensidades del cielo.

Hasta el pajarillo herido logró escapar. Pronto estaría sobrevolando las azoteas de todo Covent Garden. El vendedor soltó una sarta de groserías y sus amigos se rieron ante lo ocurrido.

Corriendo, Charlene atravesó la plaza para liberar a su hermana. Llegó al que era su hogar y se detuvo ante la puerta principal, reuniendo toda la determinación que tenía en su interior. Cuando atravesase el umbral de aquella puerta, sería la Charlene de siempre. Se frotaría bien la piel para eliminar el último rastro de rosas que le quedaba, se desharía del elegante vestido de muselina y no soñaría nunca más con el brillo de aquellos ojos verdes.

La dulce mirada de color avellana de Lulu, rebosante de alegría, sería su recompensa.

Charlene respiró hondo. En el interior de la casa reinaba el silencio. La joven contempló su hogar como si fuera la primera vez. Las sillas rosas que cuchicheaban en la sala principal, hasta arriba de cosas. La pintura maltratada, de un dorado chillón, del pasamanos de las escaleras. Los rechinidos y crujidos de los escalones con cada paso que daba hacia el piso superior. A aquellas horas de la mañana, todos, salvo Lulu, seguían en la cama; hasta Kyuzo estaba durmiendo.

Su hermana estaba sentada en su sala de estar: los finos hombros inclinados sobre la caja de madera en la que guardaba sus pinturas, que hacía las veces de caballete. Mientras Charlene la observaba, Lulu sumergió un pincel fino en una paleta de porcelana y eligió una tonalidad intensa de azul para pintar el cielo en el reverso de las cartas que utilizaba como lienzos, pues no podían permitirse el marfil que necesitaba para sus retratos en miniatura.

Charlene no quería asustarla y que cometiera un error con el pincel. En silencio, dejó la capota y la capa en una silla; se quedó embelesada por la forma en que el sol de la mañana acariciaba el cabello bermejo de su hermana, y realzaba su color hasta que se pareció al carmesí de las hojas otoñales.

Una oleada de amor, orgullo y esperanza le inundó el pecho. Tras su aprendizaje, Lulu podría ganarse la vida de forma independiente con sus pinturas. Su hermana dejó el pincel sobre el caballete y volteó la cabeza.

—¡Charlene! —Se levantó de la silla de un salto y se echó a los brazos de su hermana—. Has estado mucho tiempo fuera.

—Solo han sido un par de días —contestó Charlene entre risas mientras acariciaba la suave melena de la chica—. ¿Cómo estás? ¿En qué estás trabajando?

—En el retrato del duque de Wellington, pero no consigo que me salgan bien los ojos. Ni se asemejan a los de un noble. O, al menos, no a cómo me imagino que deben ser los ojos de un noble.

—Me tranquiliza saber que estás bien. —Charlene inhaló el intenso aroma de las pinturas, que tan familiar le resultaba, y el fuerte olor del aceite de linaza que utilizaba su hermana para limpiar los pinceles. Jamás se habría perdonado que Grant le hubiera hecho daño a Lulu mientras ella estaba fuera, con el duque.

A Lulu se le ensombreció la mirada.

—¿Y por qué no iba a estar bien?

—Por nada, corazón. —Charlene le dio un beso en la coronilla y la alejó un poco—. Vamos, guarda esas pinturas y vamos a tomar un poco de té.

Lulu ladeó la cabeza, de forma idéntica al movimiento de los pajarillos que había liberado.

—Pero... luces diferente. —Se quedó mirando el rostro de Charlene—. Hay algo en tus ojos que... Tendré que utilizar colores nuevos para pintarlos. Veo sombras llenas de misterio, como si guardases un secreto.

Charlene trató de reírse, pero se quedó a media carcajada. Siempre le había sorprendido lo intuitiva y sensible a las emociones que era Lulu y cómo, al mismo tiempo, no tenía conciencia de la realidad de sus vidas y prefería vivir en los mundos que creaba en sus cuadros.

—La misma Charlene de siempre —contestó la joven—. No tengo nada de misteriosa.

—Pero ¿dónde has estado? Mamá no me lo quiso contar. Seguro que tienes un secreto.

—Me has descubierto —dijo Charlene con una sonrisa en el rostro.

—¡Lo sabía! —Los ojos de Lulu se movían llenos de curiosidad—. Por fin has conocido a un apuesto pretendiente, y la mujer con la que te vi la noche que te fuiste era su madre. Con una sola mirada a tus divinos ojos azules y a tus rizos dorados cayó rendido a tus pies.

—Prueba de nuevo. —Negó Charlene con la cabeza.

—¿No hay apuesto pretendiente?

—No, señorita.

—Veamos... —Lulu se golpeó los labios con un dedo, pensando—. ¿Un benefactor? Un familiar lejano que te dejó como legado una enorme fortuna y un viejo castillo en ruinas en el que habitan cientos de espíritus. ¡Cómo me gustaría vivir en un castillo! —Lulu suspiró con los ojos brillantes—. Dime que acerté esta vez.

Charlene se echó a reír.

—Cariño, has estado leyendo demasiadas novelas.

—Me rindo —dijo Lulu arrugando la nariz.

Charlene tomó la mano de su hermana.

—¿Recuerdas que te dije que quería buscar a una profesora de pintura que fuera tu mentora?

—Sí —suspiró Lulu con los ojos bien abiertos.

Charlene le dio un suave apretón.

—Pues encontré a la mentora perfecta.

Lulu se quedó mirando a su hermana, con el brillo de un millón de preguntas sin hacer en sus ojos.

—Serás la aprendiz de la señora Anna Hendricks —continuó Charlene—. Una pintora ya entrada en años a quien le falla la vista. Necesita a alguien que la ayude a terminar sus cuadros. Podrás aprender bajo su tutela, y quizá te ayude a lanzar tu carrera como artista.

—¿Es verdad lo que dices? —preguntó Lulu.

—De verdad. Yo misma te llevaré a su casa en Essex. Vive en una preciosa casita de campo de piedra, con un jardín hermoso. —La condesa le había dado más detalles a Charlene sobre su próximo viaje—. Tendrás marfil y pigmentos franceses de calidad, y podrás dar paseos por el campo. Te hará muchísimo bien, y yo me quedaré contigo las primeras semanas.

Lulu apretó un poco más la mano de su hermana.

—No puedo creerlo. Es mucho mejor de lo que jamás había soñado. Pero... —Lulu bajó la cabeza—. Mamá empeoró, Charlene. Pasa las noches tosiendo. No puedo irme y dejarla sola.

Charlene besó los nudillos de su hermana pequeña.

—No te preocupes, cariño, yo cuidaré de mamá. Quiere que aproveches esta oportunidad. Estará muy orgullosa de ti.

Lulu se debatía entre la preocupación por la salud de su madre y la alegría ante la nueva vida que se le ofrecía.

—¿Estás segura? —preguntó con vacilación—. Ay, Charlene, ¿estás segura?

—Segurísima. No hay que tomar ninguna decisión. Está todo arreglado.

Lulu sonrió, incapaz de contener la euforia ni un segundo más. Bailando, fue hasta su caja de pinturas, tomó el pincel y empezó a hacer florituras sobre el cuadro.

—¿Ha oído las buenas noticias, su excelencia? —le preguntó al retrato del duque de Wellington que todavía no había terminado—. Me voy a vivir a Essex, y podré acabar su retrato en marfil de verdad, como le corresponde a un héroe de guerra como usted. —Entonces Lulu volteó hacia su hermana—. ¿Habrá prados llenos de flores en Essex? —preguntó y dejó el pincel en la caja—. ¿Habrá castillos en ruinas?

Charlene sonrió.

—Estoy segura de que habrá miles y miles de flores, y montones de ruinas de castillos. Anda, vamos abajo, cariño. Estoy hambrienta.

Mientras las hermanas bajaban por las escaleras hacia la cocina, Charlene notó un alivio en el corazón que hacía mucho tiempo que no sentía. Lulu disfrutaría de una juventud tranquila, sin incidentes, lejos del sulfuro y del humo del carbón de Londres. Jamás tendría que subir las escaleras hasta la Pajarera y descubrir la sórdida verdad de sus vidas.

—Necesitarás un vestido elegante para el viaje —comentó Charlene mientras se servía una taza de té. Las señoritas que Lulu pintaba siempre vestían sedas y lucían joyas, pero su hermana llevaba todos los días el mismo vestido gris y la misma bata de pintora manchada y sin forma.

—¿La señora Hendricks será una dama muy elegante? No creerá que soy una chica poco agraciada y sin remedio, ¿verdad?

—Nadie podría pensar jamás que eres poco agraciada.

Esa era otra de las razones por las que Charlene necesitaba enviar a su hermana a vivir al campo. Con la melena pelirroja y esos grandes ojos de color avellana, la floreciente belleza de Lulu pronto llamaría la atención de muchos de los caballeros de Londres.

Hombres peligrosos, como Grant.

El té negro estaba rico y fuerte, y resultaba vigorizante. Ya no había más chocolate intenso, ni sueños imposibles para Charlene. No habría más tentadores ojos verdes.

Ni más besos.

—Pareces distraída y ausente —dijo la niña—. Hay algo que no me has contado. Un misterio. ¿Estás segura de que no aparecerá un apuesto pretendiente y te secuestrará montado en un semental de pura raza?

Charlene intentó controlar el temblor que se había adueñado de su mano mientras se servía un poco más de té.

—No digas tonterías. Eso solo sucede en los cuentos de hadas.

En la vida real, el príncipe se casaba con alguien de su misma posición social, y la doncella barría el polvo el resto de su solitaria vida.

James se había mostrado impaciente por que las madres oficiosas, las hijas aduladoras y los baúles llenos de plumas abandonaran su propiedad. Quería recuperar su soledad. Pero, entonces, ¿por qué le parecía que la casa estaba demasiado vacía tras su partida?

Bajó a las caballerizas y ensilló uno de sus corceles; después, se preparó él mismo una taza de chocolate, pero el líquido estaba amargo y sabía a quemado.

Recorrió de arriba abajo los pasillos de su casa, en los que resonaban sus pasos, y sobresaltó a las sirvientas que no esperaban su presencia allí. Pudo ver su reflejo en el espejo de uno de los vestíbulos, y se percató de por qué se encogían al verlo. Se había negado a rasurarse, y una incipiente barba oscura empezaba a ensombrecerle la mandíbula. Llevaba el pelo revuelto, mostraba una mirada atormentada y todavía vestía la misma ropa arrugada de la noche anterior.

Debía de estar perdiendo la cabeza.

Mientras atravesaba a zancadas los sofocantes pasillos de su casa solariega, en su mente no dejaba de darle vueltas al mismo tema. Si Dorothea había urdido un plan para que se comprometiera con ella, era de esperar que todos sus actos y todas sus palabras no fueran más que una interpretación propia de una actriz de renombre. Si no había sido más que una patraña, quizá la joven no se preocupaba por él, ni por Flor, tanto como había demostrado. Y si no se preocupaba por él..., ¿por qué le molestaba que así fuera? ¿Tan arrogante había sido como para esperar que su futura esposa se enamorara de él, cuando él mismo quería mantener su corazón bien cuidado?

James se detuvo ante las puertas de los aposentos de junquillo. Las sirvientas ya habían retirado la ropa de cama del lecho de Dorothea. El hombre reprimió el impulso de entrar al dormitorio y ver si todavía notaba el aroma a rosas del té. En lugar de eso, se alejó de allí a paso rápido, sin importarle el destino al que le llevaran sus pies.

La noche anterior, mientras bailaba con Flor y Dorothea, algo había aliviado la carga del interior de su pecho. Una pared se había derrumbado. James se había imaginado una vida los tres, juntos... como una familia.

La casa se apoderaba de su mente, y en ella se sentía atrapado e indefenso. ¿Qué importancia tenía que ella se preocupara por él o no? Él necesitaba un heredero. Flor necesitaba una madre. Era todo lo que necesitaban, nada más.

Aunque Dorothea hubiera orquestado el sórdido momento en el que los descubrió la condesa, James había estado a punto de pedirle su mano, así que el ardid de la joven no alteraba el inevitable final. ¿Eso no debería simplificar las cosas? Él había buscado un acuerdo de negocios hecho con mente fría. Debería estar aplaudiendo la ambición desalmada de la muchacha. El modo en que la condesa y ella se habían ido tan deprisa tras conseguir su objetivo, sin despedidas, superándolo en su propio juego.

¿O acaso lady Desmond había urdido la trampa y Dorothea no había sido más que una cómplice inocente de los engaños de su madre? Todo lo inocente que puede ser una mujer con semejante ingenio retorcido reflejado en la mirada.

James no podía compartir sus sospechas con nadie. Dalton se había instalado en el club de Londres. El duque había intentado hablar con Josefa, pero la mujer no comprendía dónde estaba el problema.

«Te dará muchos hijos, fuertes y sanos, y su notorio padre bajará los aranceles», recordó que le había dicho a James, como si con eso se resolviera todo el asunto. Josefa había estado de acuerdo con su elección.

¿Su madre le habría dado el visto bueno a Dorothea?

Esa pregunta le llegó de improviso, y James se detuvo. Se aferró a una manija de latón, preparándose mientras le llegaban los recuerdos, demasiado rápido y demasiado vívidos para frenarlos.

El día que se fue a Eton, su madre, Margaret, le había dado un abrazo con tanta fuerza que casi lo había asfixiado. «Cuánto has crecido —oyó que decía ella en su recuerdo—. Y lo fuerte que eres. James, cariño, te quiero muchísimo.»

El James de catorce años se había avergonzado ante aquella muestra de sentimientos. Se había alejado de su madre, se había aclarado la garganta en un gesto varonil y se había cruzado de brazos para resguardarse de más abrazos.

Había sido la última vez que la había visto. Jamás había vuelto a permitir que una mujer lo refugiara entre sus brazos.

—¿Se encuentra bien, su excelencia?

James no se había percatado de la presencia de Bickford.

—Sí, estoy bien —dijo, y se pasó la mano por los ojos.

Bickford inclinó la cabeza hacia la puerta que se alzaba ante el duque.

—¿Está pensando en... ella?

Entonces James alejó los dedos de la manija de la puerta y descubrió el dibujo de una rosa grabado en la palma de su mano. Sobresaltado, comprendió que estaba ante los aposentos de su madre, en el ala este de la casa.

—Sabe, hemos mantenido su dormitorio intacto —informó Bickford con gesto solemne—. ¿Desea que se lo enseñe?

James se alejó de la puerta. No podía entrar. Pero Bickford, tan dinámico y eficaz como era, ya estaba abriendo la puerta. Entró afanoso a la habitación, y se movió de aquí para allá, corriendo las cortinas y pasando un dedo por la repisa de la chimenea.

—Ni una mota de polvo —dijo con satisfacción.

James se aventuró a entrar. Todo estaba tal y como lo recordaba. Las cortinas en curva, los cómodos sillones, y las mesitas redondas cubiertas de puntillas y encaje. A James no le habría sorprendido descubrir a su madre sentada en su mecedora favorita junto a la chimenea, mientras unos zapatitos se formaban bajo el rechinar de sus agujas de tejer.

Cuando era pequeño, James pensaba que su madre era la mujer más hermosa del mundo, con los diamantes de la familia Harland alrededor del esbelto cuello y la lustrosa cabellera rubia que lucía, así como la dulce sonrisa que siempre tenía en los labios para él.

Al crecer, su madre dejó de lucir los diamantes y empezó a llevar vestidos negros de cuello alto. Era muy pequeño para entenderlo entonces, pero ahora sabía que, tras su nacimiento, su madre había dado a luz a seis bebés muertos. Margaret había fallecido en el parto del séptimo.

—Me dijeron que tomó una decisión, su excelencia. ¿Es así? —preguntó Bickford.

James se obligó a volver al presente.

—Sí, me casaré con lady Dorothea.

Bickford esbozó una sonrisa singular.

—Una joven con un alma muy viva, si me permite

decirlo. Me recuerda mucho a la duquesa cuando tenía su edad.

—¿En serio? —preguntó James mirándolo.

—Desde luego, la duquesa siempre corría de forma caótica por los jardines. Sin capota.

James no lo sabía.

—¿De verdad?

Bickford asintió con la mirada risueña. James jamás lo había visto tan animado. Al parecer, Dorothea había conseguido despertar la simpatía hasta de su serio y solemne mayordomo.

—Usted no se percataría porque no era más que un niño —comentó Bickford—. Pero su madre era una mujer enérgica, hasta que...

James apretó las manos. No fue necesario que Bickford terminara la frase. Ambos sabían por qué su madre había perdido toda la energía. Su padre había puesto en peligro la vida de su madre una y otra vez, hasta cuando se hizo evidente que la duquesa no podía darle otro hijo sano.

Si no producía más hijos, carecía de utilidad. Tras cada parto, cada funeral, su madre se había ido apagando, hasta que se convirtió en una sombra que rondaba por aquellos aposentos. Que canturreaba a los espíritus de sus hijos. Que tejía montones de zapatitos tejidos.

James jamás se convertiría en el duque que su padre había sido. Jamás arrasaría con todo lo bueno y lo puro del mundo con exigencias imposibles, fríos silencios y mano de hierro.

—Espero que no le moleste lo que le voy a decir, su excelencia, pero su madre lo quería mucho. El suyo fue el último nombre que pronunció antes de dejarnos. —Bickford se enjugó una lágrima—. Pero ya ha pasado mucho tiempo de aquello. Es maravilloso que vaya a casarse. Su madre estaría muy orgullosa de usted.

Bickford se le quedó mirando, a la espera de su reacción. James se sintió paralizado, como si sus labios se hubieran olvidado de cómo formar palabras.

—Ha pasado mucho tiempo, cierto —consiguió decir al fin.

—Así es.

Ambos guardaron silencio.

—Guardé todas sus joyas y he mantenido su brillo para una ocasión dichosa como lo es esta, su excelencia —dijo entonces Bickford—. ¿Quiere que se las traiga?

James asintió sin mediar palabra, pues no se atrevía a añadir nada más.

Bickford hizo una reverencia y desapareció por la puerta de la habitación adyacente.

¿De verdad la difunta duquesa de Harland había sido tan impulsiva e inusual como lo era Dorothea? Para James, aquello era imposible. Repasó sus recuerdos, en busca de momentos en los que su madre mostrara falta de decoro. Claro que recordaba su risa... argentina y desenfrenada, que sonaba en sus oídos como las campanas de una iglesia.

Bickford regresó y levantó la tapa del alhajero de teca y marfil. Con un gesto, James rechazó tomarlo.

—Elige lo que consideres más apropiado.

Bickford sacó del alhajero un collar de perlas con un débil tono de color durazno. Estaban un poco deslustradas por el contacto con la piel de su madre.

—Estas perlas eran las favoritas de la duquesa. En pocas ocasiones se le veía sin ellas.

James recordó cómo las perlas brillaban en contraste

con la austera amplitud de las vestiduras de luto de su madre.

—Aunque ya casi carecen de brillo —dijo Bickford—. Quizá esto sea más apropiado para lady Dorothea. ¿Qué le parece, su excelencia?

El mayordomo abrió una cajita de terciopelo azul y sacó un anillo que centelleó a la luz que provenía de las ventanas.

Unos diamantes en talla rosa brillaban engastados en un adorno calado de filigranas en oro. Fuerte, aunque delicado. La misma combinación enigmática que había percibido en Dorothea.

James tomó una decisión repentina. Su viaje a Londres estaba programado para la semana siguiente, pero no iba a esperar tanto tiempo. Necesitaba confrontar a su prometida, y exigirle respuestas a todas las preguntas que no dejaban de llenarle la mente.

Se levantó del sillón y se guardó la cajita de terciopelo en el bolsillo.

—Muchas gracias, Bickford. Avisa al personal de mi casa de Londres. Estaré allí mañana mismo.

Capítulo 21

—Me has estado ocultando cosas. —La madre de Charlene dio golpecitos en la cama, a su lado—. Ven y cuéntale a tu madre lo que ocurre. ¿Qué te llevó hasta Surrey? Tu nota era un tanto misteriosa.

La madre de Charlene, Susan o madame Cisne, como la conocían en la mayoría de sus entornos, se reclinó en la cama. Lucía un anodino lazo de encaje alrededor del cuello y de las muñecas. Seguía siendo de una belleza luminosa, aunque en sus mejillas se atisbaba un tinte febril.

—Hola, madre. —Charlene se inclinó para darle un beso en la mejilla y se sentó junto a ella.

—El señor Yamamoto me dijo lo que ocurrió con lord Grant —reveló Susan—. No tenía ni idea de que hubiera regresado de Escocia.

—No importa..., ahora tenemos la forma de reembolsarle.

Su madre se incorporó en los cojines.

—¿Cómo lo has conseguido?

—Conocí a un duque.

—¿Un duque? —Susan agarró las manos de su hija—. ¡Qué maravilla!

—No fue una maravilla, ni la respuesta a todas tus plegarias. Fue solo por esta ocasión. Nunca se repetirá.

—Pero claro que es maravilloso, querida. Mi primer hombre no fue más que un simple baronet. Me has eclipsado por completo. Serás la cortesana más brillante que Londres haya visto jamás.

—Basta, madre. —Charlene apartó las manos—. No volveremos a pasar por eso. Jamás seré cortesana. Vamos a saldar nuestra deuda con Grant y cerrar la Pluma Rosada, tal y como acordamos. Hasta encontré un puesto como aprendiza de pintura para Lulu.

Un ataque de tos sacudió el delgado cuerpo de Susan como harían las olas con el casco de un barco. Charlene se apresuró a llegar al buró para abrir una botella de láudano. Aquella tos seca hacía que le doliera el pecho por empatía y que se le pusiera la garganta en carne viva.

Cuando su madre por fin consiguió tragar un poco de medicina, la tos se disipó y se volvió a desplomar sobre las almohadas.

—Lo lamento —murmuró—. No sé qué me pasó.

—Shhh —susurró Charlene—. Hablaremos mañana. Ahora debes descansar.

Posó una mano sobre la frente de su madre para acariciar las arrugas que se le volvían más y más pronunciadas a medida que pasaban los días. El pecho de su madre traqueteaba con cada respiración, amenazaba con estallar en otro ataque de tos.

—Necesitas un médico, madre.

—No quiero oír lo que tenga que decirme —mascullo. Charlene le rozó la fina piel de la mano.

—Debes hacerlo. Por favor. Por mí. Por Lulu.

Su madre asintió. Se le cerraron los ojos y su voz sonó cada vez más somnolienta a medida que el láudano iba haciendo efecto.

—¿Cómo es tu duque?

—No es mi duque y, para tu información, lo detesto. —El corazón de Charlene latía con una cadencia contradictoria y errática—. Es arrogante e insensible.

—Cariño, los duques siempre son arrogantes. ¿Por qué no iban a serlo? Tienen a todo el mundo a sus pies. —Los labios de Susan se curvaron hacia arriba—. Pero ¿era apuesto? Es todo lo que ansío saber.

Charlene se dirigió a la ventana. Estaba lloviendo. Mantos de plata caían sobre los adoquines e inundaban los desagües. Con los dedos, siguió el reguero de una gota de lluvia que se deslizaba por el cristal de la ventana.

—Tiene unos ojos increíblemente intensos —narró—. Cada vez que me miraba me sentía como si me encontrara en una avenida bordeada con árboles, como si estos se entrelazaran hasta formar un dosel sobre mí y me rodearan. Era la clase de verde que le mostraba al sol qué color tenía que crear cuando se filtrara a través las hojas.

—Ah, cielo santo. —Susan esbozó una débil sonrisa—. Es peor de lo que pensaba.

—No me gusta perder el control, madre.

—Nunca lo hiciste, ni de pequeña. Siempre colocabas bien la cobija y me dabas órdenes en tu contundente habla de bebé. Pero siempre existe la forma de hacer que un hombre se desplome de rodillas, Charlene, de asegurarse de que jamás te deje hasta que tú así lo desees.

—El conde te abandonó.

—Tu padre fue un error. Me engatusó con joyas y agasajos, pero en cuanto se enteró de que estaba embarazada me repudió y se negó a reconocerte, cuando cualquiera podía saber sin lugar a dudas que eras su hija.

Habría renunciado a ti si eso significaba que podías criarte como una dama.

Charlene regresó a la cama.

—Estos días he experimentado el lujo. Y puedo afirmar con toda seguridad que la fortuna y la posición social no equivalen a la felicidad, ni siquiera a un mínimo de decencia.

—Y aun así, ¿por qué no dejas que el duque te mantenga?

Aquella era la mejor vida que su madre podía concebir. Que te poseyeran. Que te compraran una casa en un distrito elegante, con una doncella y tres lacayos, todo aliñado con una pensión generosa para gastar en vestidos y joyas.

El mismo cautiverio que Grant deseaba para ella.

—Ya te lo dije —repitió Charlene—. Lo detesto.

—Si insistes... —Su madre se secó los lagrimales con un pañuelo—. Solo quiero que recuerdes que a veces el odio se parece al amor en formas insospechadas... —Su voz se acalló y se le cerraron los ojos.

—¿Está dormida? —La melena oscura y sedosa de Diane o Paloma, como la conocían los asiduos de la Pluma Rosada, apareció por la puerta.

Charlene asintió. Arropó a su madre con las cobijas y la besó en la frente.

En el pasillo, Diane la abrazó.

—Bienvenida a casa. Todas nos morimos de ganas de saber dónde has estado.

—En ningún lugar en especial.

—No me vengas con eso. Acompáñame arriba y nos lo cuentas.

Charlene la siguió por el pasillo y cruzaron la puerta que se escondía tras las escaleras hacia la Pajarera, donde las exclusivas bellezas de su madre entretenían a la clientela.

—Me enteré de lo que ocurrió con Grant. Dios, cómo lo detesto. —Diane sacudió la cabeza mientras subían las escaleras—. ¿Sabías que nos contrató para bailar en un espectáculo esta noche? No nos atrevimos a negarnos. Ha estado de un mal humor muy inusual estos últimos días.

Charlene trastabilló y estuvo a punto de saltarse un escalón.

—No tendrás que volver a bailar para él, Diane. Te lo prometo.

—¿Cómo puedes estar tan segura?

—Ahora no puedo contártelo. Pero pronto lo haré. Confía en mí.

Habían movido las mesas y las sillas a un extremo de la Pajarera y las señoritas seguían los pasos de Linnet como ocas que aprenden a volar en formación.

—Recuerden, son aves del paraíso. Revolotean de una rama a otra. —Linnet aleteó con elegancia de un lado a otro de la estancia con su larga melena rubia, casi blanca, flotando a sus espaldas.

—Es para el espectáculo —explicó Diane—. Una de las célebres noches de fiesta libertina de lord Hatherly.

—¿Grant acudirá al baile de esta noche? —preguntó Charlene.

—Por supuesto. Tiene que asegurarse de que desempeñamos el espectáculo de acuerdo con sus estándares —comentó Diane con rencor—. La audiencia se conformará principalmente de hombres, así que sin lugar a dudas encontraremos nuevos admiradores y Grant se meterá a nuevos inversores para sus planes en el bolsillo.

Aquella podría ser la oportunidad que Charlene estaba esperando. Había estado pensando que lo mejor sería entregarle el dinero a Grant fuera de la casa. Tomarlo desprevenido. No quería volver a estar a solas con él nunca más. Si se negaba a aceptar el dinero, Kyuzo lo convencería, pero antes tenía que enfrentarse a él sola.

—Voy con ustedes al baile —anunció.

Linnet dejó de revolotear.

—¿Cómo dices? ¿Vas a acompañarnos?

Las cinco muchachas dejaron de bailar y la miraron fijamente.

—¿Estás segura de querer asistir a semejante evento? —inquirió Diane.

Charlene asintió.

—Necesito entregarle algo a Grant en un lugar público. No quiero que se entere de que estoy allí hasta el último momento.

Diane levantó de la mesa un antifaz de satén rosa engalanado con perlas y plumas blancas y rosas.

—Llevaremos estos antifaces puestos. Nadie te reconocerá.

—Perfecto —afirmó Charlene.

Charlene se colocó el antifaz de satén sobre el rostro y se lo ató con un largo lazo rosa. Otra de las muchachas le alcanzó un espejo. El antifaz hacía que los ojos de Charlene parecieran felinos. Jamás se había visto tan diferente.

Con aquel disfraz, no tendría que preocuparse por cruzarse con alguien como, por ejemplo, lord Dalton. Además, el duque había afirmado que no visitaría Londres hasta la próxima semana. Ella estaría en Essex con Lulu para cuando él llegara.

—¿Es posible que te oyera hablar con tu madre sobre un duque o algo parecido? —interrogó Diane.

—No quiero hablar de ello.

Diane abrió mucho los ojos.

—¿Tan malo fue? Lo siento, querida.

—No estoy pensando en él. Tenemos mucho trabajo que hacer. —No estaba pensando en ojos verdes y pelo color carbón. Labios traviesos. Manos fuertes, toscas, que acariciaban su piel y avivaban el fuego de su bajo vientre.

Cuanto más intentaba no pensar en el duque, con mayor rapidez le venían los recuerdos a la cabeza. La media sonrisa que se dibujaba en sus labios. La sensación de sus manos recorriéndole la columna y acariciando la curva de sus caderas. El sabor a chile y chocolate de su lengua. El murmullo grave de su voz.

Sus defensas se habían deshilachado por las costuras, se habían deshecho. En la ciudadela tapiada de su corazón había grietas. El anhelo se arremolinaba como el polvo en un rayo de sol penetrante.

Tendría que cerrar las persianas, cerrar su corazón y bloquear el recuerdo de sus ojos.

—Su excelencia, no lo esperábamos en Londres hasta dentro de varios días.

Lord Desmond le ofreció la mano. Era un hombre presumido, rubicundo y tenía una voz aguda que ponía a prueba los nervios de James. Aun así, cuando se decidió a encontrar un matrimonio favorable, James supo que se toparía con alguien así en el proceso. Un suegro avaricioso, insaciable y deseoso de asegurar a un duque para su hija.

—Lord Desmond. —James aceptó un puro y una copa de oporto—. Vine para hablar con lady Dorothea.

Desmond sacudió la cabeza.

—Me temo que no será posible. Mi señora condesa alega que hubo cierta desavenencia. Ordena que no se le permita acercarse a lady Dorothea hasta el día del casamiento.

—No necesito más que una hora. La condesa puede acompañarnos.

—Cuánto lo lamento. —La papada del conde tembló cuando volvió a sacudir la cabeza—. Nada puede hacer cambiar de parecer a esa mujer cuando ha tomado una decisión. Ni siquiera la visita de un duque. Me parece que piensa que arruinará a nuestra pequeña. Que mancillará su impecable reputación y demás. —Sonrió—. Es usted un canalla, ¿no es así?

—Dudo que me atreviera a desflorar a su hija con su madre como testigo.

El anfitrión se aclaró la garganta.

—De nuevo, lo lamento muchísimo, pero lady Desmond incluso sugería llevar a Dorothea al campo para visitar a su tía hasta el día de la boda.

James levantó las cejas. Algo olía mal. Primero la condesa le ofrecía a su hija en charola de plata y ahora quería confinarla en el campo.

—Conocía bien a su padre, ¿sabe usted? —declaró lord Desmond para cambiar de tema—. Es una verdadera lástima. Nos dejó demasiado pronto. Y su hermano también. —Le indicó al lacayo que les sirviera más oporto—. Sin embargo, ahora usted es el duque, ¿no? Tendremos que brindar por ello.

Alzó la copa. La bajó cuando James no se unió al brindis.

—Llegó a mis oídos que se está involucrando un poco con el comercio —tanteó Desmond—. No me cabe duda de que no le faltará capital.

La avara mirada de soslayo de Desmond hizo que a James se le revolviera el estómago. Se acomodó en su asiento.

—En efecto.

El conde dejó escapar un suspiro.

—Me alegra saberlo.

Era obvio que el afecto que sentía por su futuro yerno dependía únicamente de su solvencia.

—Aunque esa es en parte la razón por la que vine a hablar con usted —manifestó James—. Necesito un aliado que vele por mis intereses en el Parlamento cuando yo regrese a las Indias Occidentales. Los aranceles que se imponen al cacao son exorbitantes, si permite que comparta con usted mis preocupaciones. Me gustaría reducir los impuestos sobre el cacao cultivado específicamente en granjas en las que no se use a esclavos como mano de obra.

—Reducir los aranceles del cacao... Tendré que convertirlo en mi cruzada personal durante la próxima sesión. —Desmond alzó la copa—. Por las alianzas de mutuo acuerdo.

En aquella ocasión James levantó la copa. No le agradaba Desmond, pero, por desgracia, lo necesitaba.

—Lady Dorothea es joven y fértil. —El hombre engulló su copa—. Me atrevería a decir que conseguirá su heredero, además de varios hijos de sobra y ella recibirá... ¿Qué le parece un presupuesto personal de seiscientas libras al año?

Viejo rata. Aquello era un hurto a mano armada, pero James no se molestó en discutir. Si no podía ver a Dorothea, quería que su visita fuera tan breve como fuera posible.

—Muy bien —concedió—. Pero espero que ella cumpla mis normas de conducta. Lo incluiré todo en el contrato.

—No hay por qué preocuparse. Lady Dorothea es pura y dócil como ella sola. Jamás nos ha dado ningún problema.

Aquello no sonaba a Dorothea, pero su padre no se atrevería a sugerir lo contrario.

—También le pido que supervise el progreso de mi mayor preocupación: la abolición de la esclavitud —comentó James.

Desmond tamborileó con los dedos y se recostó en su asiento, los botones del chaleco se tensaron para contener su enorme barriga.

—Los abolicionistas están armando un gran alboroto. Un gran alboroto. No me malinterprete, yo apoyo la causa, pero tengo intereses en la Real Compañía Africana y no me gustaría que ocurriera nada de forma precipitada.

James agarró su puro con tanta fuerza que estuvo a punto de partirlo en dos. Así eran las cosas con los hombres que se aprovechaban del comercio: rebosaban intolerancia e ineptitud.

—Se equivoca, señor. La esclavitud debe abolirse en todo el mundo.

—Vamos, vamos, no hablemos de nuestras diferencias —interrumpió Desmond—. Dice usted que regresa a las Indias Occidentales pronto, ¿no es así?

—En rara ocasión visitaré Inglaterra. Estoy acostumbrado a mi vida en Trinidad.

—A veces yo también desearía poder mudarme al extranjero. Escapar de mi querida esposa. —Desmond le guiñó un ojo.

James no se veía capaz de soportar durante más tiempo aquella conversación. En adelante, lo más adecuado sería llevar a cabo sus negocios con el conde a través de intermediarios. Asesinar a su suegro no beneficiaría en nada su reputación.

James dejó el vaso sobre la mesa con brusquedad.

—Visitaré entonces a mi procurador y a algunos de mis viejos amigos. Esta noche hay un evento en casa de los Hatherly.

Y todas las noches, según le había informado Dalton. Su viejo amigo Nick, lord Hatherly, se había convertido en todo un hedonista.

El conde también se levantó.

—¿Hatherly? Ese muchacho sabe organizar una fiesta. —Condujo a James hasta la puerta—. Los acompañaría, pero debo asistir a un soporífero evento de la beneficencia. Mi esposa siempre me tiene ocupado.

—Informe a lady Dorothea de mi visita.

Desmond asintió.

—No me cabe duda de que tendrá tiempo de sobra para hablar con la muchacha después de la boda. Solo quedan dos semanas, ¿me equivoco? Debería disfrutar de sus últimos días de libertad. Yo también era un canalla a su edad. —Volvió a hacerle un guiño—. Recuerdo la semana antes de mi boda...

—Entonces, me voy.

—... o debería decir que no recuerdo nada de nada. Hubo una gran cantidad de ron de por medio. Si no recuerdo mal, terminamos en un lupanar muy divertido en Covent Garden...

James aceptó su abrigo y sombrero, y se escapó antes de enterarse de más detalles nauseabundos.

Al subir a la calesa, levantó la mirada para contemplar la casa. En el piso de arriba, una cortina se movió ligeramente. Vislumbró unos cabellos dorados. Dorothea lo había estado observando.

Qué extraño le resultaba que no le permitieran verla. Todavía tenía una montaña de preguntas sin respuesta.

Y ahora estaba todavía más convencido de que le ocultaba algo.

Capítulo 22

Charlene se escondió al final del grupo, cerca de Diane, mientras uno de los guardias de Grant, que las miraba con el ceño fruncido, las escoltaba a la propiedad de lord Hatherly por la puerta de entrada del servicio. Era un hombre de pecho fuerte y grueso, y una cicatriz irregular le recorría una de las mejillas. Tenía aspecto peligroso, y seguro que arrojarlo contra el suelo sería una ardua tarea.

Charlene llevaba la pesada bolsita de seda negra llena de billetes bajo la capa, lista para entregárselos a Grant. El barón las aguardaba detrás de un telón de terciopelo rojo, en un escenario que tenía que dar al salón de baile. Charlene oyó varias voces masculinas que provenían del otro lado del telón, y alguna que otra estridente risita femenina.

—Pajarillos míos —dijo Grant—, su devoto público las espera.

Había estado bebiendo. Charlene lo sabía por la forma en que se tambaleaba, aunque era un movimiento casi imperceptible, y por el intenso aroma a enebro que manaba de la mezcla de ginebra con el amargo olor a naranja del mejunje que llevaba en el pelo.

Grant estiró la mano para atrapar la capa de Linnet y la jaló hacia él.

—Qué traen escondido bajo estas largas capas, ¿eh? ¿Plumas rosas, como les pedí? —El hombre le toqueteó los pechos a través de la seda negra—. Me gustan los antifaces. Bonito detalle.

Jalándole el pelo, le echó a Linnet la cabeza hacia atrás y la besó; en un atrevimiento muy sonoro, introdujo la lengua en la boca de la muchacha. Una oleada de asco se apoderó de Charlene al recordar la sensación de aquellos labios sobre los suyos. Su intención había sido darle la bolsita cuando las chicas estuvieran encima del escenario, pero ya no podía esperar más.

—Lord Grant —lo llamó, y su voz sonó fuerte y clara.

—¿Quién habló? —preguntó el hombre levantando la cabeza.

Charlene se abrió paso entre las chicas y se quitó la capucha. Después, se levantó el antifaz un momento, antes de volver a ocultarse la cara con él casi al instante.

—¿Charlene? Pero ¿qué demonios? —Grant soltó a Linnet y dio un paso hacia la joven—. ¿Qué diablos estás haciendo tú aquí?

La muchacha sacó la bolsita de debajo de la capa, y se cuadró de hombros.

—Vine para pagar nuestra deuda y obtener nuestra libertad.

Grant volteó hacia el guardia con la cicatriz en la mejilla y soltó una carcajada sonora.

—¿Has oído eso, Mace? Quieren obtener su libertad.

Mace se echó a reír, con una risa ruda y malvada.

Charlene extendió el brazo con la bolsita en la mano. Al verla, a Grant se le borró la sonrisa socarrona del rostro.

—Vete a casa, ya. Mañana te haré una visita —dijo. Le

dio una palmada en el trasero a Linnet y la empujó hacia el escenario—. Ha llegado la hora de su actuación. Vamos, enséñales sus plumas.

—Nadie irá a ninguna parte a menos que usted acepte este dinero. —Charlene alzó el mentón y lo miró directamente a los ojos. Dio otro paso hacia delante, alejándose del grupo, y se quedó tan cerca de Grant que, de haber querido, podría haberlo tocado.

—¿De dónde has sacado el dinero, Charlene? —preguntó el hombre con un fuerte tono de crispación en su voz—. ¿Has vendido tu cuerpo a cambio de un dinerito extra? Por el amor de Dios, si fue así, te prometo que voy a...

—Acepte el pago. —Charlene seguía con el brazo extendido, tendiéndole la pesada bolsita, aunque le estaba empezando a doler por el esfuerzo.

Grant se cruzó de brazos.

—Pajarillos, si no empiezan a caminar hacia el escenario, mi amigo Mace se pondrá furioso. Y no quieren enfurecer a Mace.

El susodicho frunció más el entrecejo, y la violeta cicatriz se plegó en la mejilla.

—¿Alguna vez ha pensado en nuestros sentimientos? —preguntó Charlene—. ¿Acaso en algún momento ha perdido un minuto de su tiempo pensando en las consecuencias de sus actos?

—¿Y por qué debería preocuparme a mí eso? —se burló Grant—. Pagué por estos pajarillos. Me pertenecen. Y tienen un espectáculo que ofrecer. Así que hazte a un lado, ya.

Lord Grant la apartó de su camino de un empujón; Charlene titubeó, pero enseguida recuperó la compostura y levantó de nuevo la bolsita.

—No le pertenecemos —replicó—. Y jamás le hemos pertenecido.

Mace hizo crujir los nudillos. Charlene se percató de que intentaba no forzar la rodilla derecha. ¿Una vieja lesión? Podía aprovecharse de ello.

Diane se alejó del grupo y se colocó junto a Charlene. Con la mano, rodeó el codo de Charlene, y así impulsó hacia arriba el brazo con el que la joven sostenía la bolsita.

—Acepte el dinero, barón —dijo. Los ojos dorados le brillaban con intensidad.

—Sube al escenario ya, Paloma —ordenó Grant—. Sé un buen pajarillo.

—No soy un buen pajarillo. Y me llamó Diane —contestó la chica, y entrecerró los ojos—. No Paloma.

Charlene esbozó una sonrisa de gratitud.

—Gracias.

Diane asintió.

—Qué momento tan emotivo —se burló Grant—. ¿Qué es esto? ¿La rebelión de las cortesanas?

Una mueca semejante a una sonrisa se dibujó en el rostro de Mace.

—Yo sé lidiar muy bien con las rebeliones. ¿Quiere que las acompañe afuera, milord?

Charlene respiró hondo y se preparó para soltar la bolsita y colocarse en posición de defensa.

—Esto es ridículo. ¿Oyen sus ovaciones, pajarillos? —Grant señaló el telón con una mano—. Si no aparecen en el escenario, se amotinarán.

Las otras muchachas se juntaron todavía más, y formaron un estrecho semicírculo detrás de Charlene y Diana, fulminando a Grant con la mirada. Charlene estaba llena de orgullo. Eran muy valientes, unas mujeres que no habían tenido nada en la vida, salvo unos cuerpos que vender. Estaban a su lado, apoyándola. Dándole las fuerzas que necesitaba.

Charlene agitó la bolsita.

—Acepte el pago.

Grant le hizo un gesto a Mace, pero antes de que el guardia pudiera pasar a la acción, de entre las sombras del telón de terciopelo del escenario emergió un hombre alto, vestido con una casaca hecha a medida. Por un segundo, en el que se le paró el corazón, Charlene creyó que era James.

Pero el duque seguía en Surrey.

Cierto, era un hombre alto y de hombros anchos, pero tenía el cabello castaño, que le caía por debajo de los hombros (mucho más largo de lo que dictaban las normas del decoro), y los ojos grises.

—Estamos listos para la actuación, Grant... —Se detuvo—. ¿Qué está pasando aquí?

Grant se ruborizó.

—Nada, no pasa nada. No es más que una pelea sin importancia, lord Hatherly. Solo necesitaré un momento para solucionarlo y podrá comenzar la actuación.

Así que tenían ante ellas a su anfitrión, lord Hatherly. El hombre miró a Charlene con la inquietud reflejada en los ojos grises.

—¿Tiene algún problema, señorita?

—Lord Grant se niega a que le devolvamos el préstamo que nos facilitó —contestó Charlene asintiendo.

—¡Silencio! —gritó Grant—. No vamos a inquietar a lord Hatherly con unos asuntos tan triviales.

Lord Hatherly volvió la vista hacia el barón.

—¿Por qué no lo aceptas?

Grant empezó a farfullar, y se ruborizó todavía más si era posible.

—Esto no es más que un malentendido.

—No. —Charlene le lanzó la bolsita—. No hay cabida posible al malentendido. Queremos nuestra libertad.

—Cómo te atreves a humillarme de esta forma —siseó Grant—. Vete a casa. Ya hablaré contigo más tarde.

Lord Hatherly volteó en contra de Grant, y los argentados ojos del anfitrión brillaron en la penumbra del escenario.

—Deberías aceptar la bolsita. —Grant pasó la mirada de lord Hatherly a Charlene—. Ahora —sentenció lord Hatherly en un tono grave y autoritario.

Grant aceptó el dinero.

Hatherly dio un golpecito; dos lacayos corpulentos se materializaron de entre las sombras.

—Acompañen a lord Grant y a su... socio —añadió, y le lanzó una mirada de desdén a Mace— hasta su carruaje.

—Pero ¡son mis pajarillos! —dijo Grant—. No puede correrme.

Con una velocidad increíble, lord Hatherly cruzó la tarima hasta el barón y lo agarró del cuello de la camisa. La distancia entre sus caras era mínima.

—No me agradas, y nunca me has agradado. Te vas de esta casa y no regresarás jamás.

Los lacayos atraparon a Grant, que se tambaleó hacia atrás por la fuerza del empujón de lord Hatherly.

El noble extendió los brazos hacia Charlene y Diane, en forma de ofrecimiento.

—¿Señoritas? —Ambas entrelazaron los brazos con los del lord, y él las acompañó hasta el telón—. ¿Bailamos?

A medida que se acercaban al terciopelo rojo, el alboroto que armaba el público resonaba con más fuerza y acallaba los gritos de furia de Grant. Charlene sonrió a lord Hatherly.

—Muchas gracias, milord. Fue todo un detalle por su parte.

Una mirada plateada se cruzó con la suya.

—No recuerdo por qué lo invité, si le soy sincero. Supongo que sería para poder disfrutar de su encantadora compañía.

Charlene esperó a que sonara la música que indicaba que daba comienzo el espectáculo de las chicas. Se escondería al fondo del grupo y se iría a escondidas cuando todos estuvieran disfrutando del espectáculo.

James observó el decadente caos de excesos y lujos del salón de baile de Hatherly. Unos monos con gorros rojos de borlas negras se columpiaban en los candelabros. Un pavo real dormía posado sobre un montón de cojines de seda. Había lujosos divanes por la habitación, que ocupaban varios poetas de melena despeinada dedicados a recitar rimas penosas a fulanas de pechos abundantes.

El ambiente estaba cargado por el humo con aroma a ámbar y una cacofonía de carcajadas, conversaciones filosóficas y ruidos de animales: una torre de Babel de la depravación, presidida por Nicolas, lord Hatherly, el heredero del desquiciado duque de Barrington. Nick, Dalton y él eran amigos de la infancia, y habían sido camaradas de bromas en Cambridge.

James divisó a Nick bajando de un escenario al otro lado de la sala. El duque de Harland se acercó a él, y atravesó la multitud de hombres que se reunían alrededor del escenario.

—Vaya, vaya, si es su mismísima tosquedad en carne y hueso. —Nick le dio una palmadita en la espalda—. Me gusta la barba. Empezaba a pensar que no eras más que un cuento que las madres se inventaban para asustar a sus hijas y que se comportaran como señoritas en los bailes.

Varias personas voltearon las cabezas y empezaron los cuchicheos.

—¿Dónde está el duque? —preguntó James a Nick—. ¿Acaso no le importa que hayan transformado su salón de baile en una casa de fieras?

—Arriba, pudriéndose. Ni siquiera sabe quién soy yo. Afirma que soy su amigo sir Pemberton. Siempre se aventura a besar a su enfermera; la confunde con mi madre. Mi madre se fue al extranjero, ¿sabes?; no soporta verlo en este estado. —Nick le arrebató una botella de brandy a uno de sus devotos seguidores y dio un largo trago—. Me produjo mucha tristeza enterarme de la muerte de William. Qué forma más desafortunada de dejarnos.

—Habría sido el duque perfecto —respondió James asintiendo—. Yo, en cambio, seré un fiasco, no cabe duda.

Nick negó con la cabeza.

—Dalton ya me informó de tus planes de contraer matrimonio. Mi más sincero pésame.

—¿Dónde está Dalton, por cierto? ¿No nos complace con su presencia esta noche?

—Volvió a desaparecer. Siempre desaparece. Lo más probable es que yazca en los brazos de una princesa extranjera. Me contó que...

El estruendo de unos cornos de latón ahogó las palabras de Nick, al tiempo que una orquesta se abría paso a través de la multitud. Varias mujeres, ataviadas con largas capas negras y unos antifaces decorados con plumas rosas, flotaban por el escenario ante los halagos que vociferaban los caballeros allí reunidos.

—Unas criaturas extraordinarias —gritó Nick mientras señalaba a las chicas con la cabeza—. Vienen de una casa que se llama la Pluma Rosada. Muy apropiado.

Las mujeres mencionadas se mecían con aires de seducción. Una de ellas dio un paso al frente y, despacio, se deshizo de su capa.

Unos rizos largos, negros como el cielo de medianoche, le llegaban a la cintura, y unos ojos dorados llenos de descaro centelleaban tras el antifaz. Llevaba un traje de plumas rosas y gasa blanca que apenas cubría su cuerpo. Unas caderas curvadas y unos pechos redondos y turgentes.

Nada.

Una belleza tentadora, casi desnuda ante él, y el cuerpo de James no parecía responder. En cambio, su mente recordaba las curvas de Dorothea, su cuerpo menudo y sus bucles dorados. ¿Qué estaría haciendo aquella noche? James no lograba imaginársela en casa bordando.

—¿Hola? —Nick agitó la mano justo delante del rostro de James—. ¿Qué opinas de las bailarinas?

—Son encantadoras, supongo. Si es que te gusta esa clase de mujer.

Nick se le quedó mirando.

—Dalton me contó que lady Dorothea te había embaucado, pero no había creído sus palabras hasta ahora.

—No te creas todo lo que dice Dalton.

La orquesta entonó una melodía lenta, y las mujeres, una por una, se deshicieron de sus capas y exhibieron más plumas rosas y gasa blanca, que dejaban muy poco a la imaginación.

Las chicas bailaban para los hombres: alzaban una pierna por aquí, un empeine arqueado con delicadeza por allá. Todo encanto, curvas y voluptuosidad. El público las aclamaba y se apiñaba a su alrededor.

Una de las bailarinas no se había despojado de su capa y bajaba las escaleras a paso lento con la espalda encorvada. Hubo algo en su caminar que llamó la atención de James.

—Esa de ahí —dijo, y la señaló—, la que está bajando las escaleras.

Con la mirada, Nick siguió la dirección del dedo, y asintió al ver a la mujer a la que se refería su amigo.

—Buena elección, pero al parecer se va ya.

¡Ah, no!, no se iba a ningún lado. Al menos, no hasta que James se hubiera acercado para examinarla mejor. El duque se abrió paso entre la multitud de espectadores y sus ovaciones. La chica miró a su alrededor y era evidente que buscaba la salida.

No podía ser ella. Era imposible que estuviera en un sitio así.

La chica lo vio y abrió la boca en un gesto de sorpresa. Antes de que pudiera escapar, James la asió por el brazo y la obligó a mirarlo a la cara.

Unos ojos del color de una tormenta chispeaban tras el satén rosa.

James reconoció aquellos ojos.

Ella se revolvió para zafarse.

El duque le arrancó el antifaz de plumas.

Era ella.

Dorothea. Su duquesa.

«Traspasó los límites.»

La indignación le aceleró el pulso.

James la alzó en brazos haciendo caso omiso de sus quejas, se la echó al hombro y salió del salón con grandes zancadas.

Capítulo 23

—¡Suéltame!

Charlene le golpeaba la espalda con los puños, pero su brazo era un cinturón de hierro que le rodeaba la parte baja de la espalda y el otro le inmovilizaba los muslos contra su pecho.

Se limitó a gruñir como respuesta, salió precipitadamente a una terraza y bajó unos cuantos escalones hasta los jardines.

Si ella encontraba el punto exacto en su cuello, tendría que soltarla. Pero no, entonces podrían caer rodando por las escaleras. Lo más sensato sería conservar la energía para lo que le esperaba. Ya no había manera de que siguiera creyendo que era lady Dorothea. La había encontrado en el baile libertino disfrazada con un antifaz de plumas.

Charlene tomó aire. Sentía un alivio inmenso al saber que se iban a revelar sus embustes. Hasta que recordó que el hecho de que la descubriera ponía en peligro todo aquello por lo que tanto se había esforzado.

La condesa le exigiría que le devolviera la recompensa porque había incumplido su contrato. Un dinero que Charlene ya le había pagado a Grant.

Todo aquel sufrimiento no habría valido para nada.

Lulu perdería su puesto de aprendiza.

Flor se quedaría sin madre si él no se casaba con Dorothea.

«Piensa, Charlene. Piensa. ¿Puedes fingir que no sabes nada? ¿Que no sabes quién es o por qué está allí? ¿Que nunca has oído hablar de lady Dorothea?»

Él cargó con ella por el camino del jardín; avanzaba con el aplomo de un gato montés por la oscuridad, con la única iluminación de la luna amarilla. ¿Adónde la llevaba? Estiró el cuello. Una cúpula de cristal y metal que reflejaba la luz de la luna apareció ante ellos.

Él abrió la puerta del edificio abovedado con una patada de su bota y la condujo al interior.

De repente, se dejó caer sobre una banca de metal forjado arrastrándola con él y levantó todo su peso hasta colocarla tendida boca abajo sobre sus rodillas. Los dedos de la muchacha apartaron las hojas y la tierra.

Se distinguía el sonido del goteo del agua. El aroma a sustrato y flores. El aire caliente y húmedo.

Podía percibir la respiración del duque, entrecortada y jadeante. Ella permaneció recostada sobre sus rodillas, aunque sabía que si lo necesitaba podría escapar en cualquier instante, ponerse en cuclillas y prepararse para lo que fuera.

—¿Qué voy a hacer contigo, Dorothea? —preguntó.

La angustia de su voz era tan tangible como la tierra que se encontraba bajo sus dedos.

Un momento. La había llamado Dorothea.

La voz sucinta de la condesa le vino a la mente: «La gente solo advierte lo que espera ver. Y un duque no es ninguna excepción».

—¿Por qué estás en este lugar? —inquirió—. Hoy he ido a tu casa, tu padre no me ha permitido verte. Y ahora te encuentro aquí. ¡No puedes romper todas las reglas!

Maldita sea, necesito una duquesa respetable. Y te encuentro aquí bailando para una multitud de hombres lascivos. —Sus manos le agarraban los hombros y la mantenían tendida sobre sus rodillas—. No lo permitiré. ¿Me oyes? Mi duquesa no puede exhibirse frente a mis amigos como una... meretriz.

Todavía pensaba que era Dorothea. Había visitado la casa de lord Desmond, pero no había conocido a su media hermana.

La farsa seguía su curso.

Charlene ajustó su reacción de forma apresurada, relajó los músculos y pasó de una actitud arrolladora a una más coqueta en cuestión de un instante imperceptible.

Ella volteó la cabeza y levantó la mirada para observarlo.

—Papá no me dejaba verte, pero tenía que hablar contigo. He oído que ibas a estar aquí, así que he venido para encontrarme contigo. Creen que estoy en Vauxhall, por lo que debo irme pronto. Estabas tan furioso conmigo la otra noche..., en el taller.

—Yo también quería hablar contigo sobre ese tema. ¿Acaso planeabas que te deshonrara?

—Fue idea de mi madre. Yo quería detenerla. Sabía... sabía que tú eres un hombre decente. —Se esforzó por darle a su voz un tinte, solo un tinte, de desafío—. Sé que estuvo muy mal por mi parte. Lo lamento mucho. Yo... me merezco un castigo.

Bajo la tenue luz de la luna, los ojos del duque se tornaron casi negros.

Ella dejó caer la cabeza y escondió el rostro entre su melena. No era complicado fingir que temblaba.

Una mano tanteó la tela hasta desabotonarle la capa, se la quitó a jalones de debajo de las caderas y se la desprendió del cuerpo. Bajo la prenda se encontraba el vestido de muselina color gris pichón de Dorothea. Nada provocativo, al contrario que las plumas y la gasa que lucían las bailarinas.

—Necesitas un castigo muy severo, Dorothea. —Posó la enorme mano sobre su trasero y una nueva remesa de estremecimientos comenzó en su vientre—. Y jamás he sido de los hombres que rehúyen un desafío casi imposible de lograr.

Repitió las mismas palabras que ella le había dicho, lo que estuvo a punto de hacerla sonreír.

—Y supongo que precisamente usted es el gran duque canalla que se atreverá a acometer tan estúpida misión.

Pensó que no volvería a verlo. Y allí estaban, piel contra piel. Qué sencillo le había resultado volver a meterse en el papel. Volver a ser Dorothea una vez más.

—En efecto, milady. Lo soy. Sé exactamente qué tengo que hacer con las debutantes recalcitrantes. —Le azotó en el trasero.

—¡Ah! —Se sobresaltó ella. No le había hecho daño, simplemente la había tomado por sorpresa.

Charlene era muy consciente de su posición. Sobre sus rodillas, con el rostro escondido entre la melena. Totalmente expuesta. Bajo su control. Él le deslizó los dedos por las pantorrillas en busca del dobladillo del vestido. No llevaba ningún tipo de calzón bajo la prenda. Si le levantaba los faldones...

James le alzó las faldas, se dedicó a subirle capas de muselina hasta que estuvo desnuda.

Podía verla.

Ahí.

Ella apretó los muslos.

La mano del duque le acarició el trasero, dulce y calmante. Después desapareció. Y volvió a dejarla caer.

¡Zas! Su palma le impactó contra la piel.

El calor y la humedad le encharcaban cierto lugar entre las piernas.

Aquel era un placer secreto y depravado que jamás habría llegado a imaginar.

Tenía que ponerle fin. Salir corriendo antes de que se acumularan más mentiras. Pero... cómo iba a irse ahora que su excitación se le apretaba contra el vientre y su mano le azotaba el trasero desnudo, le aceleraba el corazón y hacía que su mente se nublara por el deseo.

Él volvió a acariciarla, bajó poco a poco los dedos, cada vez más cerca de la apertura entre sus muslos. La muchacha se retorció bajo sus dedos.

Oyó que el duque tomaba aire de forma brusca. La embargó una oleada de poder embriagador.

Él incrementó la frecuencia de sus azotes oblicuos, la golpeaba de forma gentil a la par que firme. Un impacto perfectamente calibrado que hacía que le hormigueara la piel y su interior se derritiera hasta volverse líquido.

El dulce e intenso tormento que sentía entre sus piernas incrementó.

—Dorothea —gruñó—, ¿qué me estás haciendo?

La levantó con un rápido y potente movimiento, le colocó los muslos uno a cada lado de su cuerpo y ahuecó las manos para sostenerle las nalgas y acercarla con fuerza a su pecho.

Había dejado de rasurarse. La incipiente barba oscura le raspó la mejilla y la mandíbula cuando la besó con ímpetu y pasión, con un hambre que la dejó sin aliento, jadeante y con necesidad de más.

—Lo siento —dijo ella con la respiración entrecortada cuando por fin rompió el beso—. Vine por ti, solo por ti.

Su cuerpo se estremeció con un retumbar amenazador, como una tormenta de truenos lejana en un día de verano.

Ella se restregó contra su erección con las piernas abiertas de forma lasciva, mientras que sus rodillas, que descansaban a ambos lados del cuerpo del hombre, se apretaban contra el sólido hierro. Le habían concedido una noche más de placer. Sabía que aquello solo significaría más dolor. Pero tenía que aprovechar. Debía hacerlo. No le quedaba otra opción.

Él capturó la boca de Charlene con la suya y la besó sin descanso. Una espiral de enredaderas se desplegó por su estómago. Las manos de James le moldearon los pechos.

Ella le devolvió el beso mientras se aferraba a su cuerpo con la esperanza de grabar aquellas sensaciones en lo más profundo de su ser y no olvidarlas jamás. Él se detuvo un instante para arrancarse el frac y el pañuelo, y así darle acceso a su terso pecho. A su calor.

Le recorrió el cuello a besos mientras jalaba su canesú hasta que los senos se liberaron y se volcaron sobre la tela. Él bajó la boca, le succionó uno de los pechos y pasó la lengua por el pezón hinchado con rápidos movimientos.

La pared que se encontraba tras ellos estaba repleta de hojas verdes cerosas y flores delicadas de color amarillo. Él extendió la mano hacia la pared y arrancó una de las flores para deslizarla por su mejilla y sobre sus labios. Charlene mordió uno de los pétalos. Notó un suave sabor a miel. El aroma a limón.

Él dejó un reguero de pétalos en el valle entre los pechos de la chica. Los siguió con los labios; coqueteaba y lamía, hacía girar la lengua alrededor de sus pezones hasta que ella quedaba jadeante y sin aliento.

La flor encontró el vientre y siguió bajando. El duque le separó todavía más las piernas y presionó los tersos y fríos pétalos contra su epicentro.

Charlene se iba a entregar a él, aunque solo fuera por aquel momento de frenesí. Se abriría para él, dejaría que le diera placer.

James la separó con los dedos y la flor rozó con delicadeza su núcleo, el lugar que palpitaba anhelando su tacto. Los dedos del duque reemplazaron a los pétalos, tocó su feminidad, primero con cuidado y luego de forma más intensa, más exigente.

Ella volvió a encontrar sus labios y la lengua de él se introdujo en su boca siguiendo el mismo ritmo que los dedos.

Se desabotonó los pantalones y la erección brotó, liberada, dio con su centro y se deslizó por el vientre de Charlene.

—Ah. —No pudo contener la exclamación de sorpresa que se le escapó de los labios.

No era una joven casta. Había oído a las chicas de la Pluma Rosada describir el acto sexual, las variedades, la posibilidad de que doliera... e incluso de que resultara placentero con la persona indicada. Alguien a quien escogías. No un cliente.

Su dura longitud era tan implacable como la banca de hierro que se le clavaba en las rodillas.

Ella metió la mano entre sus cuerpos para rodear su virilidad con ella.

—Ah —gruñó él—. Sí. Tócame. —Cerró los dedos sobre los de ella y le mostró lo que le gustaba. Ella se movió hacia arriba y hacia abajo entre sus cuerpos, lo tenía completamente bajo su control con la cabeza echada para atrás y los músculos del cuello tensados—. Sí —gimió. Pero, entonces, con la respiración entrecortada dijo—: Estaremos casados pronto. Podemos esperar.

Lo haría por ella. Se privaría del placer. A Charlene aquella moderación le afectó en su propio cuerpo, en lo más profundo de su corazón.

Movió las caderas para que su carne entrara en contacto con la de él. Se abrió un poco más y le empujó la erección contra su intimidad.

—No tenemos por qué esperar —afirmó—. Te necesito, James —reveló—. Aquí. —Le mostró la parte de su cuerpo que lo anhelaba, presionándola contra él, vulnerable, sincera..., perdida para siempre.

—¿Estás segura? —preguntó—. Hay alcobas en el piso de arriba. Al menos podríamos...

No había tiempo para palabras bonitas. Solamente para el deseo voraz.

—Estoy segura —corroboró—. Aquí. Ahora.

«Ahora. Hazlo ya.»

Él le levantó las caderas. La punta de su virilidad la ensanchó.

—Ahora desciende sobre mí —explicó. Él aguantó el aliento bajo la muchacha, se esforzaba sobremanera por quedarse quieto mientras ella se deslizaba hacia abajo tomándolo en su interior de seda centímetro a centímetro.

—Dorothea. —James enterró el rostro en su cuello. Su voz le reverberó por toda la columna.

«No es Dorothea. Es Charlene.» Sintió la necesidad imperiosa de pronunciar esas palabras de forma tan abrumadora que tuvo que morderse los labios con tanta fuerza que se sacó sangre.

Él le agarró las caderas con las manos cuando comenzó a moverse dentro de ella. Al principio con lentitud, después incrementó el ritmo. Empujaba, salía..., la manejaba. Los impulsaba hacia delante.

Sus ojos verdes centelleaban. El cabello oscuro le caía por encima del ceño.

James cerró los labios sobre uno de sus senos y lo lamió. Ella le pasaba las manos por la melena mientras se movían al unísono. Sabía que acabarían así. Que él la arrastraría como una marea y no le dejaría subir a la superficie para tomar aire.

Él ya estaba dentro de ella casi por completo. La dilataba y le ardía, pero entonces la movió levemente para poder meter la mano entre ellos y acariciarla. Su pulgar encontró las carnes más sensibles de la muchacha, que enseguida estuvo gimiendo encima de él, y se humedeció de forma que le facilitó el acceso. Era como si rasgara unas cuerdas vibrantes, el placer se acumulaba con olas lentas y sensuales.

Había vivido siempre bajo un dosel de follaje, arrastrándose por la oscuridad. En aquel momento, entre sus brazos, supo por fin cómo era la vida para los halcones que planeaban por encima de los árboles. El sentimiento de ligereza que suponía dejar atrás la tierra y subir a una altura nueva e inconcebible.

Cuando creyó estar a punto de fallecer, cuando los músculos de su vientre se tensaron hasta que dolieron, sobrevoló los límites del bosque hacia un amanecer de placer tan intenso que la hizo arder hasta convertirse en cenizas entre sus fuertes brazos.

Charlene ardía más que el sol tropical, cálida y húmeda a su alrededor, su éxtasis todavía le contraía el miembro con los músculos interiores.

—Agárrate a mi cintura —pidió. Y así hizo ella. Lo rodeó por completo. Enganchó las piernas tras su espalda y las manos del duque acunaron sus suntuosas nalgas.

Él se hundió por completo en ella y después le levantó las caderas, con lo que estuvo a punto de deslizarse totalmente fuera de la muchacha.

Entonces volvió a entrar en su morada.

Cada vez más rápido. La mantenía justo donde debía estar. Se dirigía hacia arriba, hacia ese lugar tan lejano en su interior. Aquel que conocía el nombre del duque. Y jamás conocería otro.

Era su duquesa. Su apasionada e impulsiva duquesa sin miedo a compartir su opinión.

—No puedo creer que te haya encontrado en la vieja y fría Inglaterra —susurró entre las decadentes ondas de seda de sus cabellos. Volvió a embestir, adoraba la forma en que ella se apretaba a su alrededor, lo aceptaba y le pedía más con los ojos y los delicados gemidos—. Jamás bailarás para otro que no sea yo —le ordenó.

—Jamás —jadeó ella.

—Mi duquesa solo baila para mí.

—Sí. Solo para ti.

La presión era cada vez más intensa, el placer se acumulaba.

—Dios —resopló él—. Me... encanta.

Él arremetió con más urgencia, empujaba su sedoso calor. Ella gemía y le arañaba la espalda a través del lino de su camisa. El duque se movía con intensidad y velocidad. Estaba muy cerca.

Charlene cerró los ojos con fuerza, como si estuviera conteniendo las lágrimas. Él bajó el ritmo. Usó cada pizca de su fuerza de voluntad para detenerse. Era una muchacha virginal. Aquella era su primera vez. Al aire libre, con las faldas levantadas hasta la cintura. Él ni siquiera se había quitado la ropa.

—Si te duele —advirtió con la respiración entrecortada—, si no quieres que lo hagamos, solo tienes que decirlo.

Abrió los ojos de repente. Él se sumergió en aquellos mares abiertos de color azul.

—No quiero que te detengas. Me lastima... un poco. Pero es... —Sonrió con timidez—. Salvaje, ardiente, peligroso y... hermoso. Todo a la vez.

Él siguió sin moverse, mientras que el estoque que había clavado en su interior rogaba que culminaran.

—Tú sí que eres hermosa —la halagó. La besó en la mejilla—. No quiero hacerte daño. Nunca.

Ella reajustó las caderas. Se relajó. Primero empujó vacilante, después con movimientos más atrevidos; hacía palanca con la banca que se encontraba bajo sus rodillas y encontró el ritmo que lo obligó a aferrarse al poco control que le quedaba.

—Ah —gimió ella al aceptar toda su longitud en su interior y frotarse contra él.

Aquel sonido estuvo a punto de acabar con él. Tenía que esmerarse por mantener el control. Encontrar la fuerza de voluntad que se escondía tan profunda en su interior que ni sabía que existía. Se agarró con fuerza a las lindes de su éxtasis, necesitaba que ella llegara con él.

Metió el brazo entre los dos y utilizó su pulgar en el lugar exacto.

La banca temblaba bajo ambos cuerpos. De repente, James colocó la bota en una nueva posición, lo que sorprendió a un pájaro que salió volando entre agudas protestas.

Al cuerno con los escrúpulos.

Aquella era su duquesa. Y no iba esperar ni un momento más para reclamarla como suya. Hizo que se abrazara con más fuerza a su cuello y que apretara las piernas con más firmeza alrededor de su cintura. La agarró del trasero, sentía que el orgasmo acechaba como un huracán tropical que acumulaba calor y energía, que giraba en una espiral tan veloz que no dejaba nada a su paso, solo necesidad arrolladora.

Ella se tensó a su alrededor, su respiración se aceleró y se convirtió en jadeos superficiales. Cuando se desató la tormenta y él eyaculó en su interior, fue salvaje, peligroso y todo aquello que había pensado.

James se desplomó sobre los acolchonados pechos de la muchacha para escuchar el latido desbocado de su corazón. Adoraba la sensación de aquellas curvas contra su cuerpo. Le encantaba que sus gemidos hubieran sonado naturales. Despojados de todo artificio.

Fornicar con su prometida en el baile libertino no era la forma en que solía poner fin a veladas como aquella. Normalmente acababa en los brazos de una mera cortesana.

Seguro que aquello habría sido más sensato.

Una cortesana tendría experiencia. Solo esperaría de él que le regalara unas joyas y se fuera.

Él le había asegurado que no quería hacerle daño. Pero ¿no era exactamente eso lo que iba a hacer si la desposaba y después la dejaba sola en Inglaterra? James la bajó de su regazo para acomodarse los calzones. Dorothea se acurrucó contra él en la banca.

De alguna parte desconocida del interior del pozo oscuro que era su corazón brotó la ternura. Retiró con delicadeza un mechón húmedo que le descansaba sobre la suave curva de la mejilla y se lo colocó detrás de la oreja. Quería hacerle promesas disparatadas, decirle que se quedaría a su lado para siempre.

Quería decirle todo aquello que ella quería escuchar.

Pero no podía hacerlo.

Tenía que guardar silencio.

Hacer lo que siempre había hecho. Regalarle unas joyas caras e irse.

Aquel silencio la estaba matando.

Le rompía el corazón en mil pedacitos dentro del pecho. Cuando se levantara se oiría el ruido sordo del traqueteo de los restos. Había tenido su momento de frenesí. Recordaría para siempre el fuego de sus ojos y el calor de ambos cuerpos unidos.

Pero ahora tenía que confesarse. Aunque arruinara todos sus planes.

—James —comenzó, pero él no la escuchaba. Ya se estaba levantando de la banca y alejándose hacia las sombras.

Charlene oyó cómo frotaba la yesca contra el acero. En un instante encendió una vela. Aquel lugar habría sido espléndido en el pasado, pero en el presente las plantas habían crecido sin control alguno y las enredaderas se encaramaban por todas partes resquebrajando los pilares de piedra y brotando entre las baldosas. Con toda aquella flora, el aire era cálido y húmedo, todavía conservaba el calor del sol diurno entre el amotinamiento de extremidades verdes.

Podía esperar unos minutos más.

—¿Qué es este lugar? —preguntó.

James se sentó junto a ella y volvió a acunarla entre sus brazos.

—El invernadero de orquídeas del duque. Estaba obsesionado. Pasaba horas aquí dentro todos los días para cultivar sus especies exóticas. —Alzó la vista hacia el techo de cristal resquebrajado—. Ahora lo llaman el «duque loco». Parece que hace años que nadie entraba aquí. Nick y yo solíamos jugar en este lugar cuando éramos niños, fingíamos ser exploradores. —Nick tenía que ser lord Hatherly, el hombre que había corrido a Grant—. Somos amigos de la infancia —continuó James—. Yo partí para las Indias Occidentales, exploré las junglas de verdad. Inglaterra es demasiado insulsa para mí, con costumbres muy arraigadas. Aquí nunca podría ser feliz, Dorothea. Espero que puedas entenderlo.

Sí. Lo comprendía. Él estaba hecho para estar en campo abierto, no en salas de baile ni de té.

—James, debo confesarte algo —susurró, las palabras se le atragantaban en los labios.

Él le acarició la mejilla.

—Primero, deja que te muestre una cosa.

Sacó una cajita cubierta con terciopelo azul de uno de los bolsillos del frac abandonado.

«Maldición. Por favor, que no sean...»

—Esto pertenecía a mi madre —declaró mientras abría la cajita.

«Diamantes.»

—Se llamaba Margaret. Le habrías gustado. Ella habría querido que yo fuera feliz. Y tú me haces más feliz de lo que nunca imaginé que llegaría a ser.

No era ostentoso. Se trataba de una pequeña cantidad de diamantes en talla rosa sobre un delicado anillo de filigranas en oro.

—Estás muy callada —manifestó—. No te gusta. Puedes escoger algo mejor, que vaya más acorde con una...

—Lo adoro.

Lo adoraba a él. «No, no.»

—Entonces, pruébatelo. —Le tomó la mano, pero ella

se resistió. Si él le colocaba el anillo en el dedo se dedicaría a soñar durante unos instantes que se lo estaba regalando a ella. A Charlene.

James frunció el ceño.

—¿Acaso no quieres lucirlo?

—Ay, James, por supuesto que quiero.

El duque deslizó el anillo en su dedo anular y le besó los nudillos.

—Sé que dije que quería un acuerdo de negocios, pero después me lanzaste de bruces contra mi propia alfombra. ¿Qué se suponía que debía hacer?

Ella sonrió al recordar ese momento. El horror en el rostro de la condesa. El mayordomo consternado.

—Eso es —jadeó James mientras le pasaba el pulgar por los labios—. Esa sonrisa. Esa sonrisa cegadora. Cualquier hombre podría hacer de ella su ambición en la vida, dedicarse a provocar esa sonrisa.

—James. Basta.

—¿Por qué? Necesito a una mujer como tú, rebosante de luz, vida y convicción. ¿Recuerdas lo que me dijiste sobre la responsabilidad que tengo de crear un nuevo tipo de fábrica? Creo que estás en lo cierto. He contratado a un arquitecto para que elabore los planos.

Al menos había conseguido algo. Un indicio de bondad entre el hollín acumulado de sus embustes.

—Estoy dispuesto a intentarlo —continuó él—. Estoy dispuesto a aprender a ser mejor padre. Mejor hombre. Flor no ha vuelto a tener un berrinche desde que te conoció. No sé qué le dijiste, pero hasta se sentó y completó todas sus lecciones. He despedido a esa terrible institutriz. Puedes escoger una nueva.

Durante un breve instante, Charlene se imaginó un mundo distinto. Uno en el que podrían ser una familia.

James, Charlene y Flor. En aquel mundo, habría nacido como hija legítima del conde. En aquel mundo, podría lucir el anillo de la madre del duque.

Era un sueño muy tentador.

Y nunca podría ocurrir.

Pero él estaba dispuesto a cambiar. Por ella.

No, por ella no. Por Dorothea. Por la mujer que él creía que era. Pura. Buena. De pedigrí.

—No seré el marido que te mereces —confesó—. No estaré contigo la mayor parte del tiempo. Pero, cuando lo esté, siempre intentaré hacerte sonreír. Y jamás desistiré en mi empeño de ganarme tu corazón.

Ella apartó el rostro de aquellos ojos verdes que relucían como esmeraldas rodeados de enredaderas y flores.

James le tomó del mentón con los dedos y la obligó a contemplarlo.

—Maldición. Lo estoy estropeando todo.

—No. No eres tú. Soy yo. Yo no soy... ella. La mujer de la que hablas. No soy... ¿Por qué dices tales cosas, condenado?

Él sonrió.

—¿Lo ves? Ninguna debutante respetable diría algo así.

La acercó a él y le dio un beso cerca de las comisuras de los labios.

«Porque no soy respetable, ni una debutante, ni nada de lo que necesitas en una duquesa.» Debería soltarlo sin más o jamás se atrevería a decir esas palabras.

No era capaz. ¿Qué pensaba que iba a ocurrir? ¿Que él renunciaría a Dorothea y se casaría con ella? Los duques jamás se casaban con muchachas ilegítimas a las que habrían criado para ser cortesanas.

Charlene perdería el puesto de aprendiza para Lulu y los ojos de James perderían aquel brillo reverente.

—Bueno, ¿qué querías decirme? —inquirió mientras le acariciaba el cuello con la nariz.

Una gota de agua cayó de una hoja en las alturas y aterrizó en su mejilla.

En Saint James, Dorothea estaría buscando entre los artículos de su ajuar, acariciando el delicado lino y el encaje. Se estaría preparando para su boda.

En casa, Lulu soñaba con pintar castillos en ruinas ubicados en campos de flores silvestres.

Charlene cerró los ojos.

—Solo que tengo que irme. Mis amigas estarán preocupadas —susurró.

«Cobarde.»

—Te llevaré a Vauxhall. —Cuando ella se tensó, él sonrió y le acarició la mejilla—. Tranquila, te dejaré cerca de la entrada. Nadie te verá con su tosquedad antes de la boda.

Agarró una vela del aplique de la pared, la tomó de la mano y la guio hacia el exterior, hacia el aire frío y los cielos estrellados. Ella tembló y se abrigó dentro de su capa oscura.

En el interior rojo sangre del carruaje del duque, en la seguridad de sus fuertes brazos, el anhelo la envolvió, tan denso que casi podía notar su sabor. El dulce aliciente de la miel y el amargor del té de tanaceto elaborado con lágrimas saladas.

Él la atrajo aún más hacia su calidez. El anillo de su madre le pesaba en el dedo. Ahora el dolor que le causaba perderlo sería incluso más mordaz. Pero nunca había sido suyo. No del todo. Lo que había tenido se basaba en una sarta de mentiras.

Tenía que hallar la forma de entregarle el anillo a Dorothea al día siguiente por la mañana, temprano.

Ya se atisbaban las arcadas de piedra de Vauxhall.

—Detén el carruaje —ordenó—. Por favor. —Estaba a punto de deshacerse en llanto y sollozar entre sus brazos. Debía irse.

James despachó al lacayo y la ayudó a descender del carruaje él mismo.

—Lady Dorothea. —Hizo una reverencia cuan alto e imponente era, cada centímetro de él la viva imagen de un duque.

Ella avanzó unos pasos. Se dio la vuelta. No le importó que hubiera gente por la zona. Corrió hacia él y se puso de puntitas para rodearle el cuello con los brazos.

Sus labios encontraron los de ella y la besó hasta que Charlene se quedó sin aliento. Hasta que no recordó su nombre. Hasta que no quedó nada más que pasión, urgencia y dulzura.

Aquel beso tendría que durar. Su último beso.

Debía durarle toda la vida.

Finalmente, él se separó.

—Iré a visitarte mañana por la tarde —informó—. No podrán alejarme de ti, Dorothea.

Volvió a subirse al carruaje.

—Adiós, James —murmuró ella sabiendo que no habría un mañana.

Capítulo 24

James no podía esperar semanas para casarse con Dorothea.

No después de lo que había ocurrido la noche anterior. Alguien podría haberla reconocido. Ella le había prometido que a partir de entonces se comportaría como una duquesa ejemplar, pero en el momento de la promesa él estaba dentro de ella, así que seguramente la joven le habría prometido todo lo que le hubiera pedido. Lo mejor sería casarse con ella cuanto antes y alejarla del escrutinio de la alta sociedad.

Y posarla en su cama, donde debía estar.

Solo de imaginarse lo que harían en el enorme remanso que era la cama del duque, donde estarían aislados durante días... o semanas... se le aceleró el corazón y le empezaron a sudar las palmas de las manos.

James dio un buen sorbo de chocolate a la taza; estaba demasiado insípido.

—Voy a despertar al arzobispo y solicitar una licencia especial —le dijo a Nick, sentado justo frente a él en la habitación del desayuno del club.

En aquel lugar nada había cambiado en los diez años que James llevaba sin frecuentarlo. Cuando llegaron la noche anterior, el portero, un hombre con bigote blanco, lo había reconocido al instante. Aquella mañana, la habitación del desayuno era tan lúgubre como de costumbre: los discretos meseros se paseaban por la gruesa alfombra sin hacer ni el más mínimo ruido, sirviéndoles panecillos recién horneados y tazas de café a los miembros del club que se recuperaban de las jaquecas provocadas por el brandy y que se lamentaban por las pérdidas en las mesas de apuestas.

Nick lo miró por encima del borde del periódico que estaba leyendo.

—¿Cómo dices?

—¿Por qué debería esperar y casarme en Surrey? Solicitaré un permiso especial y me casaré aquí, en Londres.

Al decirlo en voz alta, la felicidad lo embargó. Aunque James no pretendía analizar a profundidad aquel sentimiento. Estaba allí, sin más, como una veta de oro escondida en una montaña de granito.

—Eso me había parecido oír. —Nick dejó el periódico sobre la mesa y levantó una ceja mirando a un mesero delgado y elegante, que se apresuró a atender su mesa—. Morley —dijo Nick—, llama a un médico, trae una cubeta de agua helada y consigue un buen trago de láudano. Su excelencia no se encuentra bien.

Morley hizo una reverencia y chasqueó los dedos enfundados en guantes blancos hacia uno de los meseros más jóvenes.

—Me encargaré de todo de inmediato.

James sacudió la cabeza.

—Eso no será necesario, Morley. Estoy bien. Hatherly solo se está divirtiendo un rato.

—Me tranquiliza mucho oír eso, su excelencia —contestó Morley con cuidado de no reflejar expresión alguna en su largo rostro. Hizo otra reverencia y regresó a su puesto.

—Anoche tendrías que haberme acompañado con esa botella de whisky de contrabando —se quejó Nick—. Si tuvieras la cabeza a punto de estallar, como yo, no te estarías planteando una idea tan temeraria como es la del matrimonio.

—Lady Dorothea impulsa a... cometer insensateces.

—A mí nada podría impulsarme a casarme, salvo que alguien me apuntase al pecho con una pistola.

James se terminó su bebida.

—Ya lo comprenderás cuando la conozcas mañana, ya que tú serás uno de mis testigos. No es una debutante cualquiera. Es una mujer extraordinaria...

Con la mezcla de pasión, intelecto y belleza más fascinante que James había visto en su vida, aunque no se daría el gusto de clamarlo a los cuatro vientos. Menos en la habitación del desayuno de Brooks's, una zona totalmente vedada para las esposas.

Nick asintió.

—De acuerdo. Pero hasta el mismísimo instante en que el sacerdote firme tu sentencia de muerte, no dejaré de darte argumentos a favor de la soltería.

—Bien sabes que debo casarme —dijo James, e intentó encogerse de hombros con un aire de apatía—. ¿Por qué no hacerlo mañana?

—Sabes, tú a mí no me engañas. —Nick partió un panecillo y lo untó de mantequilla—. Será problema tuyo si haces algo tan vergonzoso como enamorarte de tu propia mujer.

¿Enamorarse? James no había pensado en la situación utilizando ese término. Tras la muerte de su madre, había renunciado al amor. Aunque debía admitir que notaba algo diferente en él. Seguramente sería el resplandor que quedaba en su interior de la extraordinaria noche que habían compartido.

Si Dorothea se comportaba, James la trataría con respeto y caballerosidad mientras estuviera en Inglaterra. No dudaba ni por un instante que ella, a cambio, sería una madre cariñosa con Flor y con sus futuros retoños mientras él estuviera fuera del país. Aunque el comportamiento de Dorothea distaba mucho de poder describirse como intachable, James confiaba en que su preocupación por su hija era genuina, y esperaba que la reputación familiar de la chica, junto con su nuevo título nobiliario, allanase el camino de su hija en la sociedad inglesa.

—Búrlate de mí todo lo que quieras —dijo James—, pero nunca digas nunca. Puede que, algún día, encuentres una mujer que esté dispuesta a pasar por alto tus muchos defectos.

—Eso no ocurrirá. —Nick desmenuzó otro panecillo—. Me encantaría que Dalton estuviera aquí para hacerte entrar en razón. ¿No recuerdas nuestro juramento? Jamás nos casaremos y, ante todo, jamás nos convertiremos en nuestros padres.

—Nunca seré como mi padre —contestó James—. Sabes que esto no entraba en mis planes. La vida me ha puesto esta curva en el camino, y solo la estoy tomando.

Era mucho más complejo que eso, pero James no iba a admitir que a Dorothea no le faltaba mucho para conseguir que él se replanteara la aversión que sentía por la intimidad.

—Lo sé —suspiró Nick—. Discúlpame, tengo un dolor de cabeza de mil demonios. Será mejor que me vaya a dormir para que se me pase. —Se levantó de la silla y arrojó la servilleta—. Saluda al arzobispo de mi parte.

James terminó de desayunar solo, y en su mente no

dejaba de recordar el invernadero de orquídeas y a Dorothea; así había sido desde que la había dejado delante de la entrada de Vauxhall la noche anterior. Aprovecharse de una debutante inocente iba en contra de sus principios, aunque fuera su prometida. Por eso debía desposarla cuanto antes. La joven podría estar ya encinta de su heredero.

Lady Desmond había estado del todo acertada al no permitirle ver a Dorothea, pues el duque no podía controlarse en presencia de la joven. Y tampoco deseaba hacerlo. Pensaba poseerla una y otra vez.

Aquel pensamiento hizo que saltaran chispas en su mente.

Dorothea no saldría de su cama hasta que James hubiera agotado todos y cada uno de los métodos para hacerla sonreír, gemir y gritar su nombre.

Charlene había envuelto el anillo de diamantes del duque con un pañuelo liso de batista, y lo había guardado en el bolsillo de su capa. Por enésima vez, volteó la cabeza hacia la entrada principal. La joven le había enviado una nota a Manon, y en ella le pedía que llevara a Dorothea a la iglesia de St. Paul, en la zona oeste de la plaza. Sin que nadie lo supiera, pues era un asunto urgente.

Llegaban con casi media hora de retraso.

Charlene no tenía tiempo para sentarse y pensar. Debía mantenerse entretenida haciendo cosas y así evitar pensar en Ja..., en duques. Tenía que encargarse de los preparativos para el viaje de Lulu. Pedir cita en el médico y, así, obligar a su madre a que acudiera a verlo.

Tenía que dejar de pensar en esos ojos verdes que le miraban el alma y descubrían sus anhelos más profundos. Los suaves pétalos de flores que recorrían sus labios. El delicado punto entre sus muslos que había vibrado al conocerlo de forma carnal; las palpitaciones que todavía clamaban su nombre.

Charlene no podía culparlo por llevarse lo que ella tan libremente le había ofrecido. Él creía que ella era su futura duquesa. Así que allí estaba, sentada, vestida de negro, y posiblemente con un hijo ilegítimo del duque en sus entrañas. Después de todo, era digna hija de su madre. Las defensas que con tanto cuidado había alzado se habían derrumbado como un folio ante el abrazo del duque.

La enorme puerta tallada de la iglesia se deslizó por el suelo de piedra. Los rayos del sol penetraron en la penumbra e iluminaron un ángel de mármol recostado sobre un pedestal. Manon apareció. Cuando vio a Charlene, abrió la puerta un poco más y se hizo a un lado. Lady Dorothea se deslizaba por el suelo de piedra con una capota de paja cubierta por un velo blanco con puntitos y un vestido rosa palo ribeteado con lilas bordadas y adornos de perlas.

Charlene tensó la mandíbula. ¿Cómo diablos podrían haberla confundido con la personificación de la bella doncellez inglesa, envuelta por una cáscara rosa; elegante, delicada y recatada? Charlene se puso de pie, pero Dorothea le hizo un ademán con la cabeza con el que la invitaba a sentarse de nuevo en la banca de roble y tomó asiento a su lado.

Manon montó guardia a sus espaldas, preparada para avisarles si alguien entraba en la iglesia. La doncella le hizo una señal de ánimo a Charlene.

Dorothea volteó hacia su media hermana y, a través de la gasa blanca del velo, la joven pudo vislumbrar el color de los ojos de Charlene, el mismo azul que el de un cielo despejado de verano.

—¿Señorita Beckett? —susurró Dorothea.

Charlene asintió.

—Gracias por reunirse conmigo, lady Dorothea.

Dorothea escudriñó a Charlene sin quitarse el velo.

—¿De verdad nos parecemos tanto? Siento gran curiosidad desde que mi madre me informó todo lo que había pasado.

La muchacha se aseguró de que no hubiera nadie en las galerías antes de deshacer el lazo que impedía que se le moviera el velo de sitio.

Cuando su media hermana se quitó el velo, el corazón de Charlene empezó a latir con más fuerza. Era como verse reflejada en un espejo con un cristal un poco ondulado, que distorsionaba la imagen de forma casi imperceptible.

Charlene se levantó su propio velo.

—¡Caramba! —Dorothea se llevó la mano a la boca, y contuvo la exclamación—. Es extraordinario —susurró—. Podríamos ser gemelas.

Las dos jóvenes se miraron fijamente con la fascinación en el rostro. Con razón el engaño había surtido efecto.

—Nadie debe vernos juntas —dijo Charlene tapándose el rostro con el velo—. La condesa se pondría furiosa. Pero tengo algo en mi poder que debo darle de inmediato.

Dorothea también se cubrió el rostro.

—No sabía nada de su existencia. ¿Por qué mi padre me ocultaría que tengo una media hermana? No encuentro palabras para expresar cuán desconcertante resulta llegar a casa tras un largo viaje y descubrir no solo que tengo una hermana, sino que mi madre le pagó para conseguirme un duque. —Dorothea sonrió—. Es cierto que yo no causaba gran interés, pero aun así...

Charlene ansiaba poder tomarle la mano, pero se contuvo. Tenía que darle el anillo cuanto antes. Nadie podía verla en compañía de Dorothea.

—Espero no haberle causado ningún tipo de dolor.

—Siempre he sido consciente de que mis padres elegirían al hombre indicado para ser mi esposo. Soy la hija obediente. Esa soy yo.

Charlene sintió una nota de rebeldía en la voz de la joven, lo cual le enterneció el corazón.

—En ocasiones —prosiguió Dorothea—, me siento como un títere en una obra de cachiporra, y que mi madre es quien jala mis hilos. ¿Alguna vez ha sentido algo similar, señorita Beckett?

A Charlene la embargó una sensación de vértigo que casi la deja sin respiración, y entonces la joven se percató de algo nuevo para ella.

—Sé exactamente cómo se siente —afirmó.

Charlene había pasado toda su vida sintiendo envidia de Dorothea, pero la vida de su media hermana tampoco había sido un cuento de hadas. Tenía que soportar a una madre autoritaria, a un padre insensato y mujeriego, y el peso de las expectativas que tenía toda la sociedad en ella y en su capacidad de encontrar un buen partido con el que unirse en sagrado matrimonio.

—Todo el mundo opina que el duque es un hombre sin modales y de mala reputación —comentó Dorothea—. ¿Es eso cierto?

Charlene negó con la cabeza, en un gesto rotundo.

—No haga caso de las habladurías. Le gusta causar estupefacción a su alrededor, nada más. Lleva navajas escondidas en las botas y toca la guitarra española. Nunca podrá anticiparse a su próximo paso..., pero no es para nada un hombre desagradable. Ya lo verá usted misma. Es fuerte y... bueno.

Dorothea inclinó la cabeza hacia un lado.

—Habla como si..., no sé..., como si lo admirara.

—Admiro la originalidad que posee.

—¿Y no siente nada por él?

La carcajada que consiguió soltar le sonó falsa hasta a la mismísima Charlene.

—Será amable con usted.

—Señorita Beckett, no ha respondido a mi pregunta.

Por primera vez en toda la conversación, Dorothea sonó igualita a su madre, la condesa. Era bueno ver que la joven poseía algo del carácter de su madre sin la crueldad que caracterizaba a la mujer.

—Desde luego que no —respondió Charlene.

Dorothea se quedó callada unos instantes.

—Está mintiendo. Lo noto en su voz. —La muchacha tomó la mano de Charlene—. ¿Cómo voy a casarme con alguien a quien mi hermana ama? —susurró—. ¿Cómo?

Charlene contuvo unas lágrimas con las que no había contado.

—La condesa me contrató porque me criaron para ser... cortesana. —Pronunció la palabra rápido, con la sensación de que, solo con decirla, ya estaba corrompiendo de alguna forma a su media hermana—. El duque necesita una novia respetable, apropiada para ser duquesa. Yo quiero que se case con él, de verdad. Será la duquesa perfecta que necesita... y espero que pueda ser una buena madre para Flor, su hija.

A través de la gasa blanca, Dorothea escudriñó el rostro de Charlene.

—Mi madre me contó todo sobre su hija, y sé que jamás podría culparla a ella por haber nacido en el lado equivocado de..., es decir...

—No se preocupe. —Charlene era consciente de que Dorothea no había querido ofenderla—. Me alivia escuchar que es usted tan comprensiva. —Había cumplido con su cometido. Sabía que Flor estaría en buenas manos. Y James estaría complacido con la repentina llegada de una esposa decente y afable—. Tenga —dijo Charlene, y dejó el anillo envuelto en lino sobre la palma de la mano de Dorothea—. Esto es suyo. —Se levantó y añadió—: Debo irme.

—Espere. —Dorothea la tomó del brazo—. Tengo una pregunta más. El duque le envió un mensaje a mi padre esta mañana, para hacerle saber que nos casaremos mañana con una licencia especial. ¿Por qué tiene tanta prisa?

Charlene notó el peso de sus palabras en el estómago, como si alguien le hubiera dado un golpe. Se casarían al día siguiente.

—¿Señorita Beckett? —insistió Dorothea.

—Bueno, anoche... el duque y yo... —balbuceó Charlene, pero no daba con las palabras adecuadas.

—¿Sí? —la animó Dorothea.

A través del velo, Charlene pudo ver cómo la joven fruncía el ceño.

—Vaya, comprendo —comentó en voz baja. Se guardó el anillo en la bolsa—. En tal caso, ¿de verdad espera que se crea que somos la misma persona? ¿Y si descubre la verdad y la envía a usted a uno de sus castillos de Northumberland?

Charlene volteó.

—Eso jamás ocurrirá. —Sonrió, aunque en aquel momento lo que más deseaba era echarse a llorar—. Cásese con él y sea feliz.

Charlene se sorprendió al comprender que sus palabras carecían de falsedad. Si las circunstancias hubieran sido diferentes, quizá su media hermana y ella habrían podido ser amigas.

Lady Dorothea se puso de pie, y Charlene la imitó.

—Lo intentaré —contestó Dorothea. La joven vaciló, extendió la mano para estrecharla con la de Charlene, pero, en un impulso, acabó dándole un abrazo a su media hermana—. Le deseo lo mejor en esta vida, señorita Beckett.

Antes de que Charlene saliera corriendo al bullicio que reinaba en la plaza, Manon y ella intercambiaron una sonrisa. Sin darse cuenta de lo que estaba haciendo, la joven se llevó la mano al bolsillo vacío.

Dorothea se casaría con el duque al día siguiente, y ya no habría más diamantes para Charlene. Se dijo a sí misma que así era mejor. Los diamantes no eran más que una forma de decir «Eres mía, soy tu dueño». Y Charlene jamás podría aceptar algo así.

Capítulo 25

—Todavía estás a tiempo de cancelar la boda —aseguró Nick.

James sacudió la cabeza. No, no lo estaba. No cuando Dorothea ya podría llevar a su hijo en el vientre.

Quería llevar a cabo la ceremonia en su casa de la ciudad, adonde Flor y Josefa llegarían en breve, pero la condesa había insistido en una iglesia con la excusa de que su primo era el sacerdote.

De pie ante el altar decorado con telas doradas, acompañado por el anciano sacerdote que vestía hábitos de color negro y estola blanca coronada por una peluca cana rizada, James no podía pensar en otra cosa que no fuera el invernadero de orquídeas. El aroma a los pétalos machacados y el sonido de los tenues gemidos de Dorothea.

La luz del sol danzó por la alfombra roja. La comitiva nupcial entró en la iglesia.

El corazón de James estuvo a punto de salírsele del pecho. Dorothea estaba radiante, ataviada en seda rosada tornasolada con hilos de oro resplandeciente bajo los rayos de sol que se filtraban por el vitral redondo.

«Qué hermosa. Es la indicada.»

Lucía una capota de ala ancha que le ocultaba el rostro, adornada con rosas del té color rosa; aun así, él podía distinguir que estaba nerviosa y no sonreía. Caminó hasta el altar con pasitos vacilantes.

Él deseó que se apresurara, la necesitaba a su lado, ansiaba que se uniera a él en nombre y después en cuerpo. Anhelaba la calidez de su sonrisa, el destello desafiante de sus ojos. Incluso su talento para enfurecerlo era bien recibido y también la forma en que no prestaba atención al decoro, la forma burlona en que se refería a su título.

Cuando por fin estuvo junto a él, James le dio la mano. Ella abrió mucho los ojos, se puso rígida e hizo que el ala de la capota la escondiera de él.

Algo no iba bien.

Parecía... diferente. Seguramente serían los nervios del día de las nupcias.

—¿Dorothea? —preguntó—. ¿Te ocurre algo?

—No, su excelencia —susurró.

Él inclinó el cuello para mirarla a la cara. ¿Por qué sus ojos no tenían ese aspecto felino? Eran de color azul claro con motas de gris sílex, pero más redondos. ¿Tenía los pómulos más marcados? ¿Y acaso su labio inferior era más fino?

¿Estaba alucinando?

Se inclinó para acercarse todavía más.

—¿Eres lady Dorothea?

Vaya pregunta que hacerle a su propia prometida.

La muchacha tensó un músculo de la mandíbula.

—Por supuesto que sí. —Su voz no sonaba como debía: era más aguda, menos humeante.

El sacerdote senil comenzó a leer el *Libro de oración común*, ajeno a la conversación de la pareja.

La que estaba a su lado debía de ser lady Dorothea, ya que sus padres estaban allí. Pero James estaba dispuesto a apostar su propiedad a que aquella no era la mujer a la que le había hecho el amor en el invernadero de orquídeas. No podía saber por qué estaba tan seguro, pero no le cabía duda alguna.

Se le revolvió el estómago.

Lady Dorothea volteó para encararse a él. Sus enormes ojos azules le escudriñaron el rostro. Apretó los dedos enguantados alrededor del ramo de rosas blancas y salvia a punto de partir el tallo en dos.

El sacerdote siguió divagando en su tono monótono acerca de las uniones místicas y del respeto.

Lady Dorothea respiró hondo.

—Basta —pidió. Cuando el sacerdote continuó con la lectura haciendo caso omiso, ella alzó la voz—: Por favor, deténgase.

El hombre levantó la cabeza del libro de oraciones.

—Milady, ¿acaso hay algo que la inoportune?

—¿Le importaría concedernos un momento, vicario? —preguntó alzando el mentón, lo que por primera vez le recordó a James a la mujer que había tenido en sus brazos entre las flores.

El anciano levantó las cejas canas. Sus ojos vidriosos buscaron a la condesa en la primera fila de bancas.

James le hizo un gesto al sacerdote.

—Concédanos un momento. —Condujo a lady Dorothea al otro extremo del altar.

Tras ellos, la condesa dejó escapar un suspiro trémulo.

—Este... ¿Le importaría decirnos cuál es el problema? La voz de Desmond reverberó por el techo abovedado.

Lady Dorothea se giró para mirar a sus padres con miedo. Dejó el ramo sobre un barandal y se despojó del guante.

—Aquí tiene —susurró mientras se quitaba un objeto del dedo—. Tómelo.

Los ojos de la joven estaban desbordados de lágrimas. La filigrana de oro y los diamantes centellearon en la palma de su mano. Era el anillo de su madre.

—No lo comprendo —reveló él.

—Le regaló este anillo a otra persona.

James sintió que iba a estallarle la cabeza.

—¿No fuiste tú la que estuvo en la fiesta de Hatherly?

Ella negó con la cabeza, su rostro lucía más pálido que las flores de su ramo.

—¿Y en Warbury Park? ¿Eras tú? —interrogó James.

Lord Desmond se levantó de su asiento con la mano apoyada sobre su espada ceremonial.

—Se lo advierto, Harland...

Aquel momento era una pesadilla que se arqueaba y doblegaba como el mástil de un barco a punto de ceder ante la tormenta.

Los hombros de lady Dorothea temblaban. James la contempló fijamente, no sentía más que un desdén enfermizo. Se hacía una idea de lo que estaba a punto de confesar. Ella profirió unos jadeos y se estremeció.

—No se trataba de mí en ninguna de las ocasiones, su excelencia. Sino de mi media hermana.

—Ya veo.

No era capaz de sentir nada. Su cuerpo estaba entumido, como si se estuviera hundiendo en el océano Ártico.

—Su nombre es Charlene Beckett —le informó Dorothea—. La encontrará en el número 50 de Rose Street, en Covent Garden. —Le dejó el anillo en la mano—. No puedo decirle más.

Las campanadas de alarma se convirtieron en un coro estruendoso que hizo que le doliera la cabeza.

«Embustes. Trampas y embustes.»

Dorothea posó una mano sobre su manga.

—Por favor, no se enoje con ella.

James le apartó la mano.

—Debo irme.

Le dio la espalda y se enfrentó al conde y a la condesa.

Nick le dirigió una mirada inquisitiva.

—Hoy no me desposaré —anunció James.

La condesa se llevó las manos a las mejillas. Lord Desmond desenfundó la espada ceremonial.

—¿Cómo que no? —bramó.

James recorrió a grandes zancadas la nave central hasta la salida.

Nick se abalanzó sobre el conde y evitó que lo siguiera. Debería habérselo permitido. James habría recibido de buena gana la oportunidad de aplastar a Desmond como la garrapata presumida que era. Había estado conteniendo las oleadas de furia y frustración, había tratado de ser lo bastante civilizado para la sociedad de Londres, pero todo aquello había acabado.

¿Querían a su tosquedad? Él les proporcionaría el escándalo que tanto ansiaban ahora que había descubierto que aquella mujer lo había tomado por imbécil.

Salió corriendo por las puertas de la iglesia, lo cual sobresaltó a sus mozos.

—Rose Street, en Covent Garden —gritó mientras subía de un salto a la carreta.

Se pusieron en marcha con un vaivén que le sacudió los huesos y atravesaron la calle a toda prisa.

Capítulo 26

Kyuzo bajó los brazos.

—Hoy no pareces la de siempre.

«Y puede que jamás vuelva a serlo», pensó Charlene. Al menos no sabiendo que, en aquellos momentos, el duque y Dorothea estaban de pie frente a un sacerdote en alguna parte de Londres, prometiéndose que se amarían y respetarían hasta que la muerte los separase. A Charlene no debería importarle lo más mínimo, pero así era. Se sentía impotente, y eso la enfurecía.

Charlene rodó y se puso de pie, lista para defenderse del próximo ataque. Estaban entrenando en uno de los sótanos del Teatro Real, en Drury Lane, pues Kyuzo conocía a uno de los encargados. El hombre les permitía practicar allí, en una pequeña sala que había decorado con bambúes y tapetes.

La embriagó el olor a sudor. La joven se ajustó la tela del vestido de algodón que se había anudado en lo que era una vaga aproximación a los pantalones de hombre.

—Otra vez —dijo enderezando la espalda. Encontró su centro de equilibrio y pegó los codos a los costados.

Uno de los pies descalzos de Kyuzo se despegó del suelo en un rápido movimiento. Charlene dio una vuelta e intentó bloquear la patada, pero perdió el equilibrio y cayó de bruces al suelo.

—Los sentimientos y las emociones nos hacen débiles, Charlene —le advirtió Kyuzo—. Respira. Pon la mente en blanco.

Era el duque quien la hacía débil. Maldito fuera una y mil veces.

Kyuzo la atacó con un gancho; Charlene logró bloquear el golpe con el antebrazo izquierdo y dio un paso hacia delante para inmovilizar al hombre con una llave, pero no calculó bien la trayectoria de Kyuzo y la joven acabó inmovilizada con el codo del guardia rodeándole la garganta.

La joven le dio un par de palmaditas en el brazo y Kyuzo la soltó.

—¿Ya estás dispuesta a parar? —preguntó él—. Tienes la mente en otra parte.

En una iglesia, donde un sacerdote les estaría pidiendo al duque y a Dorothea que le confesaran si había algo que pudiera impedir la unión legal de su enlace. Y Charlene no estaba allí para echar por tierra la boda con una de las escandalosas formas que se había imaginado la noche anterior en la soledad de sus aposentos.

Se abalanzaría sobre el altar y realizaría el *seppuku*, la ceremonia suicida de la que Kyuzo le había hablado. En ella, los guerreros japoneses acababan con sus propias vidas tras cometer una deshonra, y para ello se clavaban una espada en el estómago y se desangraban con un corte limpio, de izquierda a derecha.

Con eso seguro que lograba impedir la boda.

Charlene se dejó caer en el suelo y se abrazó las rodillas.

—Y bien —dijo Kyuzo sentándose a su lado—, ¿vas a contarme qué te tiene tan preocupada? Conseguiste el dinero, ¿verdad? Pudiste devolverle el préstamo a Grant y Lulu podrá aprender de su mentora.

—Sí.

—¿Es por el duque? —preguntó el hombre; una expresión feroz se apoderó de su rostro y eso acentuó las arrugas que le rodeaban los labios—. ¿Te lastimó?

—No —respondió Charlene y se pegó las rodillas al pecho—. No de la forma que piensas.

—¿Y cómo, entonces?

Charlene apoyó la frente en las rodillas.

—Kyuzo, ¿alguna vez has estado enamorado?

—Ah —dijo el hombre, y sonrió—. Así que esto es por amor, ¿eh? Bueno, en ese caso, has sido muy acertada con tu respuesta. El amor puede doler.

—Ya.

—Yo mismo creí estar enamorado cuando tenía tu edad. Ella se llamaba Yuki y era la hija de un acaudalado comerciante. Yo no era más que el hijo de un humilde pescador. La amé en secreto durante años.

—¿Y ella sentía el mismo afecto hacia ti?

—Eso carece de importancia. Ya conoces cómo acaba la historia. El navío que me capturó. Jamás volví a ver a Yuki.

«El navío que me capturó.»

Eran cinco palabras muy simples para describir todo su sufrimiento. Vivió seis años en aquel barco como esclavo, hasta que logró escapar y llegar a las calles de Londres. A Charlene se le partía el alma al pensar en el joven que Kyuzo había sido. Sin un solo penique en el bolsillo y un extranjero en un país tan extraño para él.

—No lo sabía —se excusó—. Lo lamento muchísimo.

—No es culpa tuya —contestó Kyuzo con la mirada clavada en la pared—. La culpa no fue más que mía, por emborracharme aquella noche, pensando únicamente en mi amor imposible. Cuando me drogaron, no me di cuenta.

—Deberías regresar a Japón. Quizá ella todavía te quiera. Quizá ha pasado todos estos años esperándote, mirando el océano cada día, fiel a tu recuerdo.

—Ya es demasiado tarde —repuso él suspirando—. Me olvidó. Y, además, ahora disfruto de una nueva vida en Inglaterra, y he tenido otros amores. —Entonces la miró directamente a los ojos—. Charlene, no es demasiado tarde para ti. Todavía eres muy joven. Volverás a encontrar el amor.

—Jamás. Jamás permitiré que esto vuelva a pasarme.

—Siempre tan melodramática —contestó Kyuzo con una sonrisa.

Charlene se quedó con la vista clavada en las tablas con paisajes pintados que había colocadas sobre las paredes del almacén. Cielos de un azul brillante. Unas esponjosas nubes blancas. La fantasía de un mundo en el que no existía el humo del carbón.

—Le daré a Lulu una vida perfecta —juró Charlene—. Viviré por y para ella, nada más.

—Honorable por tu parte —dijo Kyuzo—, aunque melodramático también. —Sin dejar de sonreír, el hombre se levantó, le ofreció una mano a la chica y la ayudó a levantarse—. Vete a casa. Hoy no deberías entrenar.

Charlene se desató las faldas y se puso su sencilla capota de yute.

—Gracias.

Kyuzo asintió y continuó con sus ejercicios.

Charlene atravesó la plaza a paso lento. Kyuzo se equivocaba. No existía posibilidad alguna de que ella volviera a encontrar el amor. Consagraría el resto de su vida a conseguir la felicidad de su hermana.

La joven estaba tan absorta en sus planes para el futuro de Lulu que no se percató de la presencia de un carruaje a las puertas de su casa hasta que lo tuvo delante de los ojos.

Con el estómago revuelto, reconoció el león rampante tallado en oro en el lateral del carruaje.

Lord Grant. En su casa. Con Lulu.

Charlene se arrancó la capota y abrió la puerta principal de un portazo. Al instante reconoció el sonido de la voz de Grant proveniente del salón principal. No tenía tiempo para regresar en busca de Kyuzo; debería enfrentarse a la situación sola, antes de que Grant le hiciera daño a su hermana. Corrió por el pasillo e irrumpió en el salón, confiando en el elemento sorpresa.

El barón estaba sentado en uno de los sillones junto a la chimenea. Charlene se abalanzó sobre él, pero unas fuertes manos la agarraron de los brazos y la sometieron en contra de su voluntad. La joven giró el cuello para descubrir la identidad de su captor. Era Mace, el guardia con la cicatriz en la cara. Habría estado esperándola junto a la puerta, con instrucciones de agarrarla en cuanto entrara en la habitación.

Adiós al elemento sorpresa.

—Vaya, Charlene, por fin nos deleitas con tu presencia —dijo Grant—. Acompáñanos, ¿quieres?

Diane y Lulu estaban sentadas en un sillón, frente a Grant. Un rastro de lágrimas recorría las mejillas de Lulu. A Charlene se le encogió el corazón.

Se relajó ante el agarre de Mace, con una docilidad fingida. Junto a Mace había otro guardia, fuerte y con el ceño igual de fruncido.

Charlene rezó por que Kyuzo llegara pronto a casa. Era imposible que ella sola pudiera con los tres hombres.

Le dio un vuelco el corazón al percatarse de que Grant estaba haciendo girar su hierro de marcar en las llamas de la chimenea, de forma distraída. El hierro emitía un resplandor anaranjado.

—Charlene, dile que no es verdad —espetó Lulu.

—Sí, Charlene, cuéntaselo —dijo Grant—. Cuéntale a tu hermanita que esto es una respetada casa de huéspedes y que Paloma aquí presente es una huésped casta y pura.

Si hubiera tenido las manos libres, Charlene le habría borrado esa horrible sonrisa de la cara con un buen gancho.

—Cielo, no era mi intención que te enteraras así —comentó.

—¿Qué estás diciendo? —Más lágrimas brotaron de los ojos de Lulu.

—Charlene, vamos, no seas tímida. —Grant levantó el hierro, comprobando su color—. Cuéntale la verdad. Que esto es un burdel. Que las chicas que viven aquí son todas cortesanas. Que tú misma eres una cortesana.

Charlene se volteó hacia Lulu, angustiada. Tendría que haberla preparado para la verdad. No había peor forma posible para que lo descubriera. Charlene había estado tan preocupada por resguardar la inocencia de su hermana que ni siquiera le había enseñado a defenderse. Había cometido un grave error.

—Diane —dijo abruptamente con una seguridad que en realidad no sentía—, por favor, llévate a Lulu arriba. No es una conversación que deba escuchar.

Diane le lanzó una mirada llena de temor a lord Grant.

—Barón, a quien usted quiere es a mí —le espetó Charlene—. Aquí estoy. A sus órdenes.

Grant la miró con los ojos entrecerrados.

—Llevo mucho tiempo esperando a que pronunciaras esas palabras.

Charlene dominó sus emociones y logró enmascararlas con un gesto inexpresivo.

—Si permite que Lulu se vaya, seré toda suya.

Lulu tenía los ojos de color avellana inundados de lágrimas.

—No puedo dejarte aquí.

—Todo irá bien, cariño. Enseguida subo.

Grant asintió; Diane tomó a Lulu de la mano y se apresuró a salir de la habitación. Charlene oyó las rápidas pisadas recorriendo el pasillo y subiendo por las escaleras. Cuando se aseguró de que ambas estaban a salvo, se encaró con Grant.

—Nuestro guardia llegará de un momento a otro —mintió Charlene—. Seguro que se acuerda de él, ¿no es así?

—Así es, lo recuerdo. —Grant sonrió—. Pero el caso es que sé que ahora mismo se encuentra en el teatro de Drury Lane, y que no regresará hasta dentro de una hora.

«Maldición.»

—No debiste humillarme de esa forma ante lord Hatherly —dijo Grant—. Esperaba conseguir su apoyo. En lugar de eso, me hiciste quedar como un idiota. —Golpeó el hierro contra la piedra de la repisa de la chimenea y varias chispas salieron volando—. No debiste hacerlo —repitió. Se puso de pie y se acercó a la muchacha.

Sin descuidar el hierro incandescente que portaba el hombre en la mano, Charlene permitió que la agarrara por el cuello del vestido y la empujara hasta el espejo que colgaba encima de la repisa.

Grant se quedó detrás de ella y, con la mano libre, la obligó a observar su reflejo en el espejo.

—Charlene, fuiste diseñada para el placer y disfrute de los hombres —susurró en su oído. Con los dedos, le rodeó la garganta—. ¿Ves estos labios carnosos? —Le estrujó las mejillas hasta que se vio obligada a abrir la boca—. Y esta melena tan magnífica...

El barón le soltó la cara y le jaló el chongo, hasta que el pelo le cayó suelto por la espalda. A lord Grant se le aceleró la respiración.

La desesperación y la ira amenazaban con apoderarse de ella. Debía mantenerse serena y buscar el momento idóneo para atacar.

—Vaya al grano, Grant —dijo con toda la bravuconería que consiguió albergar.

—¿Quieres que vaya al grano? —Grant la jaló hasta que su espalda chocó con toda su extensión, y mantuvo el hierro candente muy cerca de su cuello—. Pues tengo dos cosas que debes saber.

Los guardias explotaron en sonoras carcajadas.

—¿Sabías que tu madre fue la primera mujer con la que yací? —preguntó—. Mi padre la adquirió para mí cuando yo apenas tenía catorce años. Ah, qué maestra tan habilidosa era tu madre. Le estaba tan agradecido por sus enseñanzas que, cuando cumplí la mayoría de edad, la ayudé a abrir este pequeño negocio.

—Y le devolvimos su préstamo —repuso Charlene—. No le debemos nada.

—Pero no conoces toda la historia —replicó el hombre con serenidad, como si estuvieran hablando del tiempo—. Yo compré este edificio y jamás les he cobrado un mísero penique de renta.

Eso no podía ser cierto. Charlene siempre guardaba

trescientas libras al año. Aunque nunca había conocido al propietario del edificio ni había oído su nombre... Dios, no.

—Charlene —suspiró Grant—. He invertido mucho y he recibido muy poco a cambio. Te he estado preparando para que fueras mi pajarillo privado. Para que embellecieras mis estancias y me convirtieras en la envidia de todos los caballeros de Londres. Qué decepción. Habrías tenido muchísimo éxito... —El hombre la alejó de un empujón y la joven se tambaleó hasta chocar con Mace, que la sujetó por los hombros—. Y ahora no me queda más remedio que destrozarte —dijo en voz baja—. Iba a marcarte en el hombro, pero creo que debo encontrar algún lugar más... visible.

Mace posó una mano sobre su canesú y le desgarró el vestido a la altura del pecho y del hombro. Charlene forcejeó para liberarse, pero él la contuvo con un agarre de hierro.

Grant hizo una reverencia burlona.

—Por favor, ten a bien disculpar a mi socio. No es más que un tipo rudo sin modales.

La desesperación sofocó la ira que se había apoderado del alma de Charlene. La superaban en número y dominaban la situación.

«Los sentimientos y las emociones nos hacen débiles», recordó que le había dicho Kyuzo. Pero ¿cómo iba a mantener la calma cuando estaban a punto de marcarla para siempre?

Con un dedo, Grant le recorrió el cuello y la parte superior del pecho.

—¿Aquí? —preguntó, y trazó un círculo sobre el pecho, justo encima del pezón. Siguió recorriéndole el cuerpo con los dedos, por el hombro, bajando por el brazo, hasta llegar a la sensible piel de la parte interna de la muñeca—. ¿O aquí?

Mace la obligó a colocar las dos muñecas sobre una de sus enormes manos; el guardia esbozó una sonrisa llena de maldad.

—Seguro que en la muñeca sufrirá un dolor atroz —dijo, y utilizó toda su fuerza para obligarla a ponerse de rodillas en el suelo.

Entonces, Charlene adoptó la postura *shikko*. Los talones pegados uno al otro, agazapada y lista para atacar. Inclinó la cabeza. Mace la empujó para que extendiera los brazos todo lo que pudiera.

Grant llevaba unas botas muy lustradas. Charlene inclinó la cabeza un poco más, hasta que pudo ver su ondulado reflejo en el calzado.

Sabía lo que tenía que hacer.

Cuando el hombre bajara el hierro, ella lo pararía y lo desviaría; con ese movimiento, el hierro le rebotaría a él. Grant estaría tan preocupado por evitar que le marcara su preciosa cara que lo soltaría al instante, y ella aprovecharía el momento de caos para salir corriendo en busca de ayuda.

Era su única oportunidad.

Alzó la vista y miró a Grant. La muchacha sonrió.

—¿Por qué sonríes? —preguntó Grant con el ceño fruncido.

Porque él no tenía ni idea de lo que le tenía preparado.

Capítulo 27

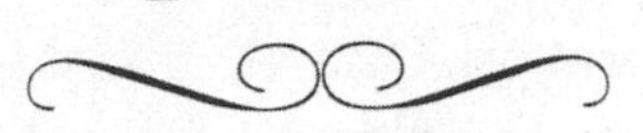

«Embustes y trampas, trampas y embustes», salmodiaban con burla las ruedas del carruaje al ludir ruidosamente los adoquines desgastados de Covent Garden.

James le asestó un puñetazo al tapizado de cuero y aceptó de buena gana el dolor que le brotó entre los nudillos. Conocía muy bien aquella zona. Dalton y él habían desperdiciado una gran parte de su juventud bebiendo cerveza barata en las tabernas ubicadas en sótanos que servían a su vez de burdel en Maiden Lane. En cuanto pasaran de las cuatro y media, ya no quedaría ni una mujer respetable en las calles.

La mujer que buscaba, esa tal Charlene Beckett, distaba de ser una mujer de bien.

Había fingido ser Dorothea con el claro objetivo de embaucarlo para que se casara con una completa desconocida, todo por razones que todavía tenía que descifrar. La condesa debía de haber sido su cómplice. Aquella era la única explicación que se le ocurría para que no le hubiera permitido ver a Dorothea antes de la boda.

Pero ¿por qué?

¿Por qué le ocurría a él algo así?

«Porque cada vez que te permites encariñarte con alguien todo se va al diablo, sin excepción. ¿Es que aún no has aprendido la lección, carajo?»

¿Cómo iba a explicarle a Flor que la mujer que consideraba su nueva madre era un fraude y una impostora? Le rompería el corazón. Una vez más.

James gruñó en voz alta. El viejo duque tendría que estar carcajeándose desde su asiento reservado en el infierno. James había conseguido meterse de lleno en un desastre enrevesado de proporciones colosales, lo cual le daba la razón a su padre una vez más.

Las piezas del puzle comenzaron a encajar: era un hecho que ninguna debutante criada entre algodones podía conocer movimientos de pugilismo profesional. Lo sabía, pero no había sido capaz de desenmascarar el ardid. Había estado muy ciego. Además, estaban los comentarios crípticos que ella había pronunciado en el invernadero después de que él le diera el anillo.

«Tengo que confesarte algo... Yo no soy ella. La mujer de la que hablas.»

El deseo le nublaba tanto la mente que había ignorado sus advertencias por completo. Ya no habría más verdades a medias, no habría más evasivas.

La puerta del número 50 estaba entreabierta. Oyó voces que venían de un cuarto cercano.

Oyó su voz.

Recorrió el pasillo de forma silenciosa y se detuvo frente a la puerta de un salón. Lo primero que distinguió en la estancia fue una maraña de cabellos dorados que caían sobre unos ojos azules empapados por gotas de lluvia. Charlene se arrodillaba, agarrada por dos personajes indeseables y un hombre que él reconoció como lord Grant blandía un hierro candente sobre su muñeca.

¿Qué demonios estaba ocurriendo en aquel lugar?

—Ya no sonreirás cuando acabe contigo —oyó James

que decía el barón. La punta del hierro resplandecía anaranjada.

A James se le cayó el alma a los pies.

¡Estaba en peligro!

El instinto tomó las riendas y se impuso a la mente. James irrumpió en la estancia y se abalanzó sobre uno de los hombres para después hundirle el puño en la nariz. El hombre titubeó hasta caer al suelo con estruendo. El secuaz de la cicatriz en el rostro se enfrentó a James. El duque hizo una finta hacia la derecha y golpeó con la mano izquierda, la cual impactó en la mandíbula del indeseable y le jaló la cabeza hacia atrás.

Con el rabillo del ojo vio que Charlene se enfrentaba a Grant. Ella bloqueó el hierro candente con el brazo en un movimiento sorprendentemente rápido.

El hombre de la cicatriz embistió y su puño conectó con la garganta de James, lo cual lo dejó sin aire durante unos instantes. James abrió la boca hasta emitir unas carcajadas feroces. Necesitaba mucho más que eso para derribarlo.

Alzó la cabeza. Eran dos brutos contemplándose el uno al otro.

Al de la cicatriz no le agradaba lo que veía. Su rostro palideció y, de repente, giró sobre sus talones para salir corriendo de la estancia.

James tensó los músculos del estómago y tomó aire. Estaba magullado. Pero no tenía nada roto. Conocía de sobra la diferencia.

«Ahora es el turno de Grant.»

James se dio la vuelta.

Grant lo contemplaba, agarraba a Charlene por el cuello con un brazo y situaba el hierro candente de forma que casi le rozaba la mejilla.

—No te acerques ni un paso más —advirtió.

James se quedó inmóvil, sin atreverse ni a respirar.

—James —dijo Charlene con los labios retorcidos por la angustia—. ¿Qué estás haciendo aquí?

Grant la asió con más fuerza.

—Ni una palabra más —espetó el barón—. Seas quien seas, esto es un asunto privado... —Estiró el cuello para mirarlo y la incredulidad le contrajo el rostro—. ¿Harland?

—Parece que tenemos un interés mutuo, Grant. Suelta a la mujer. No hay necesidad de llegar a los golpes.

James le dirigió una sonrisa que le revelaba sin dejar lugar a dudas lo que le ocurriría si no obedecía sus instrucciones.

—Es un poco tarde para eso, ¿no te parece? —Grant extendió la bota y le dio un empujón a la montaña de carne y músculo que había sido su guardia. El hombre no se levantó—. ¿Está muerto?

—Sobrevivirá —gruñó James.

Charlene intentó hablar, pero los dedos de Grant se le cerraron sobre la boca. James estuvo a punto de perder el control y actuar, pero debía esperar al momento indicado. El hierro de marcar estaba demasiado cerca de la cara de la muchacha. Ya la había quemado. Podía atisbar el verdugón rojo inflamado que serpenteaba por su antebrazo desnudo.

—Esta mujer me pertenece. Puedo marcarla porque es mía. —El brazo del barón tembló y el hierro rebotó cerca del rostro de Charlene. Ella jaló el cuello hacia atrás para distanciarse del metal ardiente.

James contuvo el aliento. Tendría que arriesgarse. Si era lo bastante rápido, podría interponerse entre el hierro y Charlene.

Dio otro paso más.

—No te acerques —vociferó Grant—. ¿Por qué te importa tanto? ¿Qué significa ella para ti? —Apretó con más fuerza el codo que envolvía el cuello de Charlene. La joven le arañó el brazo mientras trataba de respirar trabajosamente—. Sabía que no eras tan poderoso como fingías ser. —Le mordió el lóbulo de la oreja a la muchacha y esta se acobardó—. Así que lo que consiguió que abra las piernas es un noble de gran fortuna, ¿eh, Harland?

—Suelta el hierro y entrégame a la mujer o te mataré —contestó James—. La decisión es sencilla. Vivir. O morir.

—No te atreverías —siseó Grant—. Ahora eres duque. No puedes dedicarte a matar a tus iguales.

—No te falta razón, soy duque. Pero, créeme, los déspotas arrogantes que cuelgan en los cuadros de mis paredes ancestrales no tienen nada que ver conmigo. Mi corazón es más sombrío y mis puños están manchados de sangre. La única diferencia es que yo lucho de parte de la justicia. No tendría problema alguno en enviar a un cobarde como tú al infierno para que conociera al resto de los duques de Harland.

Grant palideció. Sus manos flaquearon y bajó el hierro un instante. Aquello fue todo lo que Charlene necesitó para voltearse y deshacerse de su agarre. Dejó bastante distancia entre ellos mientras respiraba con dificultad y se agarraba a la repisa de la chimenea.

Grant hizo un gesto despectivo en su dirección.

—No quiero las sobras del duque. Cuando se canse de ti y te prostituyas en la calle a cambio de unos chelines te escupiré en la cara.

Escupió en la alfombra, tan centrado en humillarla

que no se percató de que James acechaba cada vez más cerca. James estampó el puño en la nariz larga y recta del barón con toda la fuerza de su ira.

El tabique de aquel hombre ya no sería tan recto.

Grant se tambaleó durante un momento con una expresión de sorpresa casi cómica dibujada en el rostro, después se desplomó en el suelo con un estruendo que hizo temblar el entarimado.

Un hombre de mayor edad de pecho ancho, cabello negro y ojos oscuros irrumpió en la estancia.

—Kyuzo —gritó Charlene.

Parecía feliz de verlo, por lo que no podía tratarse de otro de los secuaces del barón.

El hombre de la cicatriz apareció cuan alto era y se abalanzó sobre el recién llegado, pero un golpe dirigido a su mandíbula en el momento exacto lo derribó.

Los ojos de Charlene se encontraron con los de James.

—Este es el señor Kyuzo Yamamoto —explicó.

—Tiene usted un gancho izquierdo excelente, señor Yamamoto —aseguró James.

—Gracias. Y usted debe de ser el duque de Charlene —inquirió Yamamoto.

—Kyuzo —exclamó Charlene con la voz ronca y débil.

Yamamoto miró con el ceño fruncido a los tres hombretones tendidos sobre la alfombra. La nariz del barón sangraba y teñía la alfombra de rojo.

—Deberíamos devolver a estas sabandijas a la alcantarilla de la que se han escapado, su excelencia.

—En efecto, Yamamoto. Eso mismo estaba pensando.

Yamamoto se agachó, levantó al barón por las axilas y comenzó a arrastrarlo fuera de la estancia.

—Vuelvo enseguida —le aseguró James a Charlene.

Esta asintió. Las profundidades de sus ojos azul grisáceo hicieron que se volvieran a arremolinar todas las preguntas, como olas en el océano que rompían por encima de su cabeza.

Él apartó la mirada y arrastró al luchador desvanecido fuera de la estancia.

Ya habría tiempo para buscar respuestas más tarde.

Charlene se recostó contra la repisa de la chimenea, apoyando la espalda en busca de más aire. Había estado a punto de atacar a Grant cuando el duque apareció, enorme, furioso y letal. Y la distrajo tanto que se había detenido durante un instante para observarlo. Fue entonces cuando Grant la atrapó en su estrangulamiento.

¿Qué hacía allí el duque? ¿No debería estar con Dorothea?

—¿Charlene? —la llamó su madre.

—En el salón —graznó ella. Todavía le dolía la garganta donde los dedos de Grant habían impedido todo suministro de aire durante unos interminables y terroríficos segundos.

Su madre entró seguida de Lulu y Diane.

—Charlene, ¿qué ocurre? Oímos mucho ruido.

Lulu corrió hacia su hermana y la abrazó por la cintura.

La muchacha hizo una mueca de dolor cuando su hermana le tocó el brazo quemado.

—¿Estás herida, Charlene? —preguntó Lulu con los ojos abiertos por la preocupación.

La hermana mayor sonrió a pesar de la intensidad del dolor y de sus piernas tambaleantes.

—Estaré bien —susurró.

El duque y Kyuzo volvieron a aparecer. De repente, el saloncito rosa y blanco parecía mucho más pequeño ya que el duque se había situado en medio de la estancia y lucía una camisa salpicada por la sangre.

—Ah —exclamó la madre de la muchacha—. ¿Quién es usted?

—James, duque de Harland, a su servicio, señora.

—¿Es este tu duque? —susurró Diane a Charlene con una sonrisa secreta y traviesa—. No me extraña que estuvieras suspirando por él. Es de ensueño.

La madre de Charlene recuperó el aplomo.

—Su excelencia. —Hizo una reverencia experta, siempre se comportaba como una dama elegante, a pesar de la palidez y delgadez debidas a la enfermedad—. Quedo para siempre endeudada con usted por haber rescatado a mi hija. —Batió las pestañas. Después le dio un codazo a la mayor de sus hijas—. Ofrécele una taza de té a su excelencia, Charlene.

—No creo que le apetezca un té, madre.

Sabía que lo que él deseaba eran respuestas. Se había enterado de su engaño. Vislumbró las acusaciones en sus brillantes ojos verdes cuando entró en la sala. Había venido para exigir respuestas y, en vez de aquello, había acabado por rescatarla.

Sin embargo, las preguntas no tardarían en llegar. Tendría que contarle la verdad y enfrentarse a la traición en sus ojos.

—Me encantaría tomar el té. —La voz grave del duque reverberó por la pequeña estancia—. Yamamoto, ¿quiere un poco de té?

—Me encantaría. —Kyuzo sonrió. Parecía ser que el duque había hecho buenas migas con él mientras arrastraban los cuerpos de los hombres que habían tirado.

Lulu inclinó la cabeza.

—Es usted mucho más apuesto que el duque de Wellington, incluso con todas esas cortadas y golpes, su excelencia.

—Gracias.

—Supongo que no tendrá a bien dejarme pintar su retrato —pidió Lulu.

Sus labios esbozaron aquella media sonrisa tan peculiar que tanto gustaba a Charlene.

—Sería un honor, señorita...

—Luisa. Pero Charlene me llama Lulu. —Ella creó un cuadrado en el aire con los dedos para enmarcar el rostro del duque—. Sí. —Asintió—. Lo dibujaré encima de un semental negro azabache. Será el retrato más magnífico que haya pintado.

—¡Lulu! —la regañó Charlene—. Su excelencia no tiene tiempo para té ni para retratos. ¿Acaso no has visto que está herido? —Al hombre le sangraba una cortada que tenía sobre el ojo y Charlene se percató de que se estremecía levemente cada vez que tomaba aire—. Además, se casó hoy mismo. No me cabe duda de que querrá regresar con su esposa.

El duque levantó una ceja de aquella forma tan sarcástica y expresiva en que solía hacerlo. Se pasó una mano por la espesa melena negra y sus ojos verdes estudiaron el rostro de ella.

—Acudí hoy a la iglesia..., pero en el altar se encontraba la mujer equivocada. Así que me fui.

El corazón de Charlene latió con fuerza.

«No se desposó con Dorothea.»

El cuarto comenzó a dar vueltas. Se agarró al hombro

de Lulu en busca de apoyo. El duque acudió a su lado en dos zancadas.

—Tú eres la que está herida.

—No es nada.

Él le levantó el brazo para examinar la quemadura. Su contacto hacía que la piel llena de ampollas doliera.

—Tienen que tratártelo de inmediato. Podría infectarse.

—Ay, Charlene, cariño. —Su madre agitó las manos.

—Mandaré llamar a un médico —informó Kyuzo.

—No necesito... —comenzó Charlene y se detuvo de inmediato. Su mente pensaba las palabras, pero su boca no era capaz de formularlas. Lo volvió a intentar—. Yo... no...

No necesitaba que volvieran a rescatarla. Y no iba a caer rendida en los brazos del duque.

Ella no era de esas muchachas que sufrían un desmayo por la emoción.

La habitación giró más deprisa.

Y después el mundo se desvaneció.

Capítulo 28

Las doncellas corrían en busca de agua. Los lacayos desgarraban tiras de algodón para usarlas como vendas. Todo el servicio de la casa trabajaba con la precisión de los engranajes bien engrasados de un reloj, tal y como llevaba siendo desde hacía décadas, durante las que organizaban las vidas de los duques de Harland. James jamás les estuvo tan agradecidos por su eficacia como lo estaba en aquellos momentos.

Charlene parecía pequeña y frágil postrada en su gigantesca cama, con el rostro tan blanco como las sábanas de lino; el mentón, que siempre levantaba con aire decidido, descansaba sin fuerza mientras la chica se encontraba en un sueño profundo.

James le recorrió la parte interna de la muñeca con el dedo, buscando el latido de su corazón.

—¿No debería haberse despertado ya?

—No te preocupes —dijo Josefa—. Fue un susto y está conmocionada, nada más. —La mujer machacó unas cuantas hierbas en un tazón con agua y sumergió un par de tiras de algodón en la mezcla—. Ayúdame a cortarle la manga —pidió.

James blandió la navaja y cortó la rasgada manga de algodón que cubría el brazo de la joven; ante él, se reveló una quemadura de un rojo intenso que le bajaba desde el codo hasta llegarle casi a la muñeca. Josefa metió el brazo de Charlene en una palangana y, con sumo cuidado, le echó un poco de agua fría sobre la quemadura. A continuación, le secó el brazo con una toalla limpia y después presionó la herida con unas hojas de consuelda de olor acre.

Cuando Josefa le envolvió el brazo con las vendas, Charlene gimió. Le temblaron un poco los párpados, pero la muchacha no abrió los ojos.

Josefa le puso a Charlene un paño húmedo, mojado en agua fría, en la frente. En el ambiente podía olerse el balsámico aroma de la manzanilla.

—No sé nada de ella —admitió James.

—Te hace feliz —contestó Josefa encogiéndose de hombros. Acomodó los cojines de la cama y jaló las cobijas para tapar el cuerpo de Charlene—. ¿Qué más necesitas saber?

No era tan sencillo. Con una mujer como Charlene, nunca nada sería sencillo. James recorrió el dormitorio de un lado a otro mientras una doncella ayudaba a Josefa a quitarle el vestido a Charlene bajo las sábanas; tras lograrlo, la vistieron con un camisón limpio de algodón.

Josefa sacudió la cabeza.

—Debes descansar, tú también has salido herido.

—No es nada, son solo un par de costillas golpeadas. —Se frotó los ojos con el dorso de la mano—. ¿Y si empieza a tener fiebre?

—Deja de preocuparte, por favor, es una joven muy fuerte y está en buen estado de salud. No corre peligro. —A Josefa le brillaron los ojos—. Sobrevivirá para darte muchos hijos.

—No lo comprendes —dijo James con el ceño fruncido—. No es la mujer que creía que era.

—¿Y quién es, entonces? —preguntó Josefa.

—Lo desconozco. Pero no es lady Dorothea.

La había rescatado de lo que casi podía afirmar que era un burdel. La explicación más probable era que la joven fuera una de las cortesanas del lugar. Pero aquello no era lo que provocaba que se le hiciera un nudo en el estómago. Era el hecho de que le hubiera mentido en la cara durante días.

¿Acaso había sido todo una farsa?

—No proviene de una familia respetada o decente —explicó—. No conseguiremos la bajada de aranceles que queríamos.

Josefa entrecerró los ojos.

—¿Qué es lo que te impide quedarte aquí con ella, en Inglaterra, y bajar los aranceles tú mismo?

—Me mintió —dijo el duque.

—Tendría sus motivos.

Fueran cuales fueran dichos motivos, había entrado en su vida como un vendaval y había causado estragos en su meticuloso plan. James recordó el momento en que la joven había desviado el hierro candente con el brazo. En toda su vida no se había encontrado con una mujer tan feroz y valiente como ella. ¿Quién era esa muchacha?

La respiración de la joven ya se había estabilizado. James podía ver cómo el pecho le subía y le bajaba con cada respiración, a un ritmo lento y regular. Había presenciado cómo la fiebre se había cobrado la vida de demasiada gente. Para algunos de los fallecidos, todo había empezado con un pequeño rasguño que se les había enconado.

Aun en aquel momento, siendo consciente de que le había mentido, James todavía quería tocarla, consolarla.

Si su respiración cambiaba, si la joven se agitaba, o si la piel se le enrojecía un poco más, James mandaría que fueran a buscar al médico privado del príncipe regente si era necesario para salvarla.

—Escúchame, duque de una larga estirpe de duques —dijo Josefa—. Yo debo regresar con mi familia, a mi hogar. Pero tú debes quedarte aquí. Con Flor. Y con esta mujer, se llame como se llame.

—Charlene.

—Pues deberías quedarte con Charlene. Es una buena mujer, de gran corazón. Lo bastante grande como para querer a Flor. Lo bastante grande como para quererte incluso a ti.

Ante esas palabras, James detuvo sus andares. ¿Quererlo? ¿Ella lo quería, o no era más que una actriz con grandes dotes para la actuación?

Josefa señaló a la joven agitando un dedo.

—Si no la perdonas, te arrepentirás el resto de tu vida. Siempre la tendrás en tu mente.

—No podría volver a confiar en ella.

—Pues entonces eres un tonto —repuso Josefa poniendo los brazos en jarras—. Un duque tonto y mentecato.

Vaya, la mujer había estado ampliando su vocabulario. Genial. Josefa salió del cuarto con paso aireado y se llevó con ella un tazón de toallas empapadas.

James se sentó y apoyó la cabeza en uno de los sillones de respaldo alto que había en el dormitorio. A través de los grandes ventanales adornados con parteluces, observó que la luz perdía intensidad en el cielo y se tornaba del mismo morado pálido que sus golpes.

Charlene continuó dormitando, con la respiración estable y rítmica. No podía dejar de pensar en ella, ocupaba todos sus pensamientos. Ignorarla no era una opción.

Pero perdonarla tampoco parecía serlo. James quería colarse bajo las sábanas y abrazarla, enterrar el rostro en la maraña de rizos de oro; decirle lo preciosa y fuerte que era, incluso cuando estaba herida.

Y, después, zarandearla hasta que le dijera la verdad.

Charlene abrió los ojos. Estaba en una habitación que le era desconocida. Una sola vela de cera de abejas se había derretido sobre el buró de madera y ya casi se había agotado. Era de noche. Yacía en una cama grande, con unas sábanas muy suaves. Acomodada en un sillón junto al fuego, había una figura larga y oscura.

El duque.

Las almohadas olían a agujas de pino. Estaba en su cama.

—Has despertado. —La voz del duque retumbó desde el sillón. El hombre se giró y estiró las largas piernas.

—¿Cómo llegué hasta aquí? —preguntó Charlene—. ¿Qué pasó?

—Te desmayaste. Te traje aquí, y Josefa preparó una pomada de hierbas para la quemadura. ¿Qué tal el brazo?

Charlene probó a doblar el brazo. No sentía tanto dolor como esperaba.

—Apenas me duele, lo cual es sorprendente.

—Josefa tiene muy buena mano.

Ya no podía evitar la conversación. La joven apartó las sábanas y deslizó las piernas doloridas hasta el borde de la cama. Alguien la había vestido con un modesto camisón que le cubría todo el cuerpo, del cuello a los dedos de los pies. Se llevó consigo la cobija, y se sentó en el sillón que quedaba frente al duque. Charlene metió los pies bajo la suave franela de la cobija y se envolvió en ella.

James añadió más leña a las brasas encendidas, y las llamas lamieron la madera casi al instante. Vestía una bata de terciopelo azul oscuro sobre los pantalones. En vez de darle un aire más civilizado, el contraste de su cuerpo con la lujosa tela solo servía para resaltar su bruta masculinidad.

La inmensa anchura de sus hombros hizo que Charlene se sintiera mareada, como si el fuego hubiera consumido todo el oxígeno de la habitación.

Una barba de varios días le oscurecía la mandíbula. No se había rasurado, ni se había dado un baño. Tenía aspecto cansado pero al mismo tiempo peligroso: varios golpes le ensombrecían las mejillas y una cortada le atravesaba una de las cejas.

A Charlene le costaba interpretar su expresión bajo la tenue luz del dormitorio, pero al ver la forma en que estaba sentado, con la espalda recta y la mandíbula tensa, supo todo lo que necesitaba saber.

Había llegado el momento del interrogatorio.

—Necesito saber cómo has podido... —Empezó el duque, pero Charlene lo interrumpió, apurándose a dar su explicación antes de darle oportunidad de continuar.

—Me llamo Charlene Beckett. Soy la hija ilegítima del conde de Desmond, y soy cortesana. Me prepararon para llevar la vida de mi madre, pero me negué a seguir sus pasos. El señor Yamamoto me ha enseñado a defenderme. —Hizo una pausa para tomar aliento y continuó—: Sé que no tienes motivos para creerme, pero es la verdad. Lady Desmond me pagó mil libras para hacerme pasar por su hija.

Incredulidad, dolor, furia. Charlene pensó que podía

reconocer todas las emociones que luchaban en su mirada; James tensó la mandíbula y se aclaró la garganta.

—Pero ¿por qué? —preguntó con voz ahogada—. ¿Por qué te contrató?

—Cuando la condesa recibió tu invitación, lady Dorothea seguía en el barco que la traía de vuelta de su viaje a Italia. —Charlene se abrazó las rodillas y las acercó un poco más a su cuerpo, en busca de protección—. Lady Desmond estaba desesperada. Y me parezco tanto a su hija que podríamos ser gemelas.

—Mil libras. ¿Ese es mi valor?

¿Acaso era un dejo de diversión lo que le había parecido oír en su voz? No, era imposible. Sería amargura. Sarcasmo.

—Acepté los términos de su propuesta para poder pagarle a mi hermana su formación artística y para devolverle su préstamo al barón. Tú presenciaste las consecuencias de dicha devolución. —Las llamas crepitaban y chisporroteaban, y no hacían más que acentuar la tensión en la estancia. Charlene clavó la vista en las llamas amarillas, que poseían un dejo azulado en la base, y se rodeó los tobillos con las manos—. Lord Grant ya había intentado marcarme antes con el hierro candente —susurró—. Juega con tu mente y te hace desconfiar de quienes te rodean.

Las enormes manos de James se aferraron más a los brazos del sillón.

—Tendría que haberlo matado.

—Por un momento pensé que ibas a hacerlo. Percibí una mirada asesina en tus ojos. —Charlene se estremeció a pesar de la cobija que la abrigaba y mantenía confortable.

—Así que necesitabas el dinero para poder pagarle a Grant.

—Así es. Además, iba a cerrar el negocio de mi madre y a abrir una casa de huéspedes decente, un refugio para jóvenes vulnerables.

—¿Seguro que no es una mentira más? Eso que comentas me parece un objetivo poco común para una mujer a la que han educado para ser cortesana.

¿Por qué cuando lo decía en voz alta su sueño parecía inconsistente y poco realista? Había pensado todo hasta el más mínimo detalle: cómo repintaría la casa, la compra de las camas nuevas, cómo se adentraría en las calles de Covent Garden y buscaría a las jóvenes recién llegadas, las que habían puesto un pie en aquel lugar por pura desesperación. En su mente, era un proyecto sólido y real. Pero en aquel momento, con la intensa mirada del duque atravesándole el alma, le parecía un sueño inverosímil, imposible de cumplir.

—¿Por qué no me contaste la verdad en la fiesta de Hatherly? —preguntó el hombre, y su voz hizo que volviera a temblar—. Tuviste varias ocasiones para hacerlo.

—Créeme, lo intenté muchísimas veces. Pero cada vez que empezaba a hablar, tú me dabas un beso o se me hacía un nudo en la garganta. No me sentía con el valor suficiente para hablar y expresarme.

—Tendrías que habérmelo contado. Haberme dado una oportunidad.

—¿Una oportunidad para qué?

—Para tomar mis propias decisiones.

—Jamás me hiciste pensar que existiera una decisión que tomar. ¿Acaso importaba que jamás hubieras ni siquiera visto a Dorothea antes de casarte con ella? El mensaje que recibí fue que no te importaba lo más mínimo con quién te ibas a casar, siempre y cuando la futura novia cumpliera con los requisitos de poseer linaje, propiedades y la influencia política de su padre.

James se levantó de pronto y apretó el cinto de su bata. Charlene se vio obligada a cerrar los ojos, porque el duque lucía demasiado atractivo allí de pie, delante de ella.

La joven oyó que el hombre se acercaba a la chimenea. Oyó el ruido sordo del metal contra la madera mientras atizaba los troncos a medio quemar de la chimenea.

Estaban en la misma habitación, pero a mundos de distancia. La sensación era palpable y densa, como el humo del carbón que cubría las calles de Londres, se alojaba en ojos y gargantas, y obstruía el paso de los rayos de sol.

James la odiaba por haberle mentido.

Charlene se odiaba a sí misma por amarlo.

—Cuando llegué a Surrey, creí que serías como el resto de los lores que había conocido a lo largo de mi vida —dijo Charlene con los ojos cerrados—. Arrogante y egoísta. Por favor, pero si invitaste a cuatro mujeres a tu casa para competir por ti. —Más pasos sordos de metal contra la madera—. Y cuando conocí a lady Dorothea, también quise odiarla. Sentí envidia porque había vivido una vida que yo jamás tuve. Pero es una chica dulce, amable, inteligente... y está dispuesta a proteger a Flor. James, tienes que recuperarla.

En aquel momento, el metal rechinó contra la madera.

—¿Que tengo que recuperarla, dices? —preguntó—. ¿De verdad me estás pidiendo que me case con tu hermana?

Unas lágrimas de humillación se agolparon en el rabillo de los ojos de Charlene. La joven los cerró todavía más, si eso era posible, para evitar que se escaparan de su cautiverio.

—Sí. Dorothea será la duquesa perfecta. Ve por ella. —Le costó muchísimo pronunciar aquellas palabras, pero era lo que debía hacer.

—Quieres que me case con ella. —Al percibir el sentimiento de traición que destilaba la voz del duque, las lágrimas se acumularon más rápido en sus ojos—. Entonces ¿todo era una farsa? ¿Para ti no soy más que un medio para conseguir un fin?

Charlene tragó saliva. Odiaba mostrarse vulnerable ante la gente. Jamás había permitido que nadie tuviera semejante poder sobre ella. Pero le dijera lo que le dijera James, hiciera lo que hiciera, nada la haría sentir peor que como se había sentido las últimas veinticuatro horas, cuando creía que el duque se estaba casando con Dorothea.

—Al principio sí, fue una farsa —susurró—, pero eras muy diferente a la idea que tenía formada en mi cabeza. Tocabas la guitarra para Flor, la reconociste como tu hija... y, además, te preocupas por los trabajadores de tu fábrica. Al final, su excelencia, dejó de ser una farsa.

—James. —Fue la única respuesta que obtuvo.

Charlene vaciló. Había jurado que nunca volvería a utilizar aquel nombre para referirse a él, ni siquiera en sus pensamientos. De pronto, la joven sintió que el duque estaba justo delante de ella. Abrió los ojos. Él estaba de rodillas y había enterrado el rostro en su regazo.

—Di mi nombre —pidió rodeándole la cintura con los brazos.

—James —musitó ella. Le acarició los cabellos; no lograba contenerse y no tocarlo.

—Y tu nombre es... —con los dedos, apresó la muñeca de la joven y besó la piel sensible— Charlene.

Fue el más sutil de los roces, pero aquel suave beso y la forma de pronunciar su verdadero nombre hicieron que Charlene se derritiera de deseo.

—James —repitió ella. La joven encontró lo poco que le quedaba de determinación y apartó la muñeca—. Tenemos que hablar. Hay más cosas que debo contarte.

Con un amplio movimiento, James se puso de pie, la levantó del sillón y la tomó en brazos, acallando sus palabras con un beso tras otro. No iba a dejarla respirar, mucho menos hablar.

El duque la llevó hasta la cama y posó su cuerpo sobre ella con suma delicadeza; después, él mismo se acostó en el colchón, a su lado. Le besó los párpados, la nariz, los labios bien apretados, al tiempo que moldeaba todo su cuerpo con las manos. Le demostró su amor hasta que la joven abrió los labios y pudo profundizar más el beso.

Estuvieron tanto tiempo besándose que Charlene dejó de respirar por sí misma; él respiraba por ella, y la llenaba totalmente.

—Ya hablaremos luego —dijo James cuando por fin se separaron sus labios—. Te necesito, Charlene. Ahora.

Al oírlo pronunciar su nombre, todas las protestas que tenía en la mente carecieron de utilidad.

Hubo una respiración rápida; después, un siseo, el mismo que emite un recipiente de agua al romper a hervir y, entonces, notó en la nuca la mano del duque, quien la acercó a la tormenta de sus labios. Duró un minuto, o quizá una hora, y no quedaba tiempo para pensar.

La barba incipiente que poblaba el mentón del hombre le hacía cosquillas en el pecho, y sus labios se movían por debajo del canesú, buscando sus senos. Un ligero roce en el pezón y, después, un ligero dolor que la jaló con dulzura e hizo que arqueara la espalda.

—No —negó Charlene—. No podemos —dijo, aunque al mismo tiempo permanecía con los ojos cerrados y le ofrecía sus pechos para explorarlos.

James se detuvo y pegó la cabeza al pecho de la joven.

—Tu corazón dice que sí.

El duque acarició los pechos de la chica, tocando bajo el algodón, y se llenó las manos con ella; le retorció los pezones hasta que estos se irguieron y ella gimió debajo de él, olvidándose del dolor de la quemadura.

Acunó los dos pechos con una mano y deslizó la otra por el vientre y los muslos de ella, hasta dar con el bajo del camisón, que le levantó hasta la altura de la cintura. Después, le separó los muslos y enterró el dedo entre ellos.

—Charlene, estás tan húmeda y lista para mí... —susurró con voz ronca.

Cada vez que pronunciaba su nombre, más crecía la lujuria en ella.

Con mucho cuidado de no tocarle el brazo vendado, James depositó besos por todo el cuerpo de la muchacha, bajando cada vez más; se detuvo para venerar sus pechos, su vientre, y cada uno de los huesos de la cadera. Después, le abrió más las piernas.

—Quiero saborearte —gruñó, y Charlene notó su aliento contra su muslo.

No iba a besarla... allí abajo, ¿verdad?

La joven se sobresaltó cuando los labios de él descendieron un poco más por su cuerpo.

Sí, iba a hacerlo.

Cuando la lengua de James la tocó, Charlene soltó un grito ahogado; él la lamió y la mordisqueó hasta que la respiración de ella se aceleró a un ritmo irregular. James la lamía sin cesar, la llenaba de besos, y hacía que le temblase el vientre. Introdujo un par de dedos en su interior mientras con la lengua la acercaba al precipicio con urgencia.

Charlene sintió la necesidad de que él la rodease con los labios y bebiera de ella, y se lo hizo entender con las manos en la cabeza, empujándolo contra su cuerpo, y él atendió su silenciosa petición, con las manos sujetando sus nalgas; absorbió todo su ser con los labios y movió la lengua al mismo tiempo, hasta que ella empezó a jadear.

James se movía con fuerza, seguridad y sin prisas, y con las manos le rodeó la cintura; después, las llevó hasta sus pezones, sin dejar de mover la lengua en su interior, sin interrupciones.

El deseo se arremolinó en la mente de Charlene y se vertió hasta su corazón. Aquella vez, el placer se abalanzó sobre ella sin previo aviso; hubo un estallido como el que ocurría cuando mordía una fresa madura, un torrente de dulzura que le inundó el pensamiento.

Cuando James subió hasta que su boca quedó a la altura de la de ella, y se reencontró con sus labios, Charlene pudo saborearse a sí misma en la lengua de él. Sabía a miel y a mar. Mientras ella seguía vibrando de felicidad y dicha, él se deshizo de la bata y los pantalones y se colocó entre sus muslos.

A la luz de las velas, sus ojos parecían casi negros. Las manos del hombre estaban por doquier: la recorrían por el costado, trazaban la curvatura de sus caderas, de sus pechos...

James le pellizcó los pezones y Charlene gimió.

—Poséeme —dijo. ¿De quién era esa voz?

La oscuridad reinaba en la habitación, salvo por el débil brillo de las brasas del fuego y la vela que se consumía en el buró.

James le quitó el camisón por la cabeza y le levantó las caderas hasta lograr que ella lo abrazara con los muslos. El primer toque entre su piel sensible y la erección de él provocó que una chispa de placer le recorriera todo el cuerpo.

El duque se deslizó en su interior, aunque fueron apenas unos centímetros.

—Creí que no volvería a verte en mi vida —susurró ella.

—Y yo creí que hoy iba a hacerte mi esposa.

Entonces, él se movió hacia delante con todo su ser, besándola mientras la tomaba con unas arremetidas lentas y controladas. Tomó la mano de ella y se la llevó a su pecho, cubierto por el sudor. Hizo que abriera la palma de la mano sobre su corazón. Charlene sintió sus latidos bajo la piel.

«Este es el ritmo. Síguelo.»

La joven lo comprendió; se quedó quieta bajo su peso, se relajó y lo dejó que la guiase por las arremetidas y los arqueos de espalda, por la formación constante de un coro de latidos y silencios.

Charlene volvió a notar que se formaba aquella sensación en su interior, y él aumentó la velocidad, moviéndose sobre ella, con la respiración agitada y gutural. Ella nunca se había imaginado cuánto lo necesitaba. Se tensó y se aferró a sus caderas con los muslos.

Entonces, se oyó el débil sonido de sus cuerpos entrechocando. El brillo resbaladizo del sudor. Charlene descubrió que, si le mordía el cuello, la respiración de James se aceleraba y él se movía más rápido.

Los labios de él encontraron sus párpados, sus pestañas, las yemas de sus dedos. Ella ya hablaba aquel idioma; no tenía la necesidad de aprenderlo. No había dudas, ni miedo. Charlene quería reír, llorar, las dos cosas a la vez.

—Así, Charlene, así. Sí. Estalla conmigo.

Una última arremetida, el temblor de todo su cuerpo en brazos de Charlene, y llegó el alivio. James se hundió contra el cuerpo de la joven, cubriéndola, y su peso le quitó el aliento.

Aquel momento de euforia que había experimentado con él casi le resultaba violento. Apretó los puños y contuvo la respiración hasta que le empezaron a doler los músculos del estómago; después, el clímax llegó con un alivio repentino. La intensidad de los espasmos involuntarios que la sobrecogieron casi la aterrorizaron.

Charlene era consciente de que con cada momento así, con la llegada de cada éxtasis, también llegaba una despedida. El placer que sentía no podía durar el tiempo necesario para que ella olvidara la realidad. Sabía que las mujeres como ella solo les resultaban útiles a los hombres para unos propósitos muy limitados. Distracciones temporales. Relaciones ilícitas.

Sí, en aquellos instantes estaba entre sus brazos, pero al fin y al cabo, se casaría con su duquesa perfecta. Y abandonaría Inglaterra. Las abandonaría a ambas.

Charlene estaba teniendo el mejor de los sueños. James dormía en su cama, cálido y vigoroso; con el brazo le rodeaba la cintura y tenía los labios junto a su cuello. El cuerpo del duque encajaba con ella a la perfección, acurrucado contra su espalda. Ella se afianzó más el agarre de su brazo y se removió contra su calidez y su... erección.

Una erección dura, como tallada en mármol.

Entonces, Charlene abrió los ojos de golpe.

—Mmm..., estás despierta —murmuró el duque mientras le mordisqueaba el lóbulo de la oreja—. Yo también —dijo y se pegó más a sus muslos, por si la joven no había entendido el significado de su frase.

—James, no podemos. Esto no está bien. Por favor, tenemos que hablar.

—Hablaremos por la mañana —replicó el hombre.

Entonces la hizo girar y la muchacha quedó recostada boca abajo. El duque le apartó el pelo del cuello y lo esparció por la almohada.

Con delicadeza, James apoyó su peso en la espalda de ella, y Charlene se vio inmovilizada contra las suaves sábanas almidonadas. Él se tomó su tiempo, abriéndole las piernas con el codo; le daba lentos besos en el cuello, le decía lo hermosa que era y que nadie en todo el mundo lo había hecho sentir así antes.

James la acariciaba, y metió la mano por debajo de su cuerpo para atrapar sus pechos con las manos. Charlene estaba medio dormida y se dejó hacer por el roce de sus dedos, permitiéndole trazar su silueta. La almohada ahogaba sus gemidos mientras esas enormes manos le levantaban las caderas y con las rodillas le separaba los muslos.

Él llevaba el control de la situación, tan grande encima de ella, presionándola contra el colchón. Pero Charlene sabía que solo hacía lo que ella le permitía.

Unos dedos inquisitivos exploraron sus muslos y llegaron a la fuente de su deseo. Sin vergüenza alguna, Charlene separó las piernas y levantó el trasero de la cama, que acabó clavado contra el cuerpo del duque.

A la joven le gustaba entregarse así. Le gustaba tener los muslos tan separados que le temblaban por la tensión. James la tomó de la cintura con ambas manos, rodeándola, preparándola. Entonces, se deslizó en su interior. Con mucha facilidad. Al cuerpo de Charlene ya no le resultaba extraña su intimidad.

La almohada amortiguó sus gritos y, mientras él la embestía contra la cama, ella gritó su nombre una y otra vez, al tiempo que unas lágrimas inadvertidas empapaban las sábanas.

Ella se entregó a él.

«Por favor, no pares nunca. No dejes que la luna se ponga y que el sol salga.»

Al terminar, Charlene apoyó la cabeza en el pecho de James, y este la rodeó con los brazos. La joven recorrió la aspereza de su mejilla. Él se estaba quedando dormido; podía notar la relajación en la que se sumía su cuerpo.

No debían volver a quedarse dormidos, pero a Charlene le pesaban muchísimo los ojos, y el duque respiraba muy profundamente. No los cerraría más que un momento.

En el futuro, se odiaría a sí misma por haber permitido que pasara todo aquello. Pero, en aquel instante, lo único que quería hacer era acurrucarse en sus brazos, y encontrar ese hueco perfecto entre el cuello y el hombro para resguardarse en él.

Charlene se apretujó más contra él, consciente de que, en cuanto se fuera, lo haría para siempre y jamás volvería a verlo.

Capítulo 29

Se trataba de la misma pesadilla. La que James había estado reviviendo casi todas las veces que se quedaba dormido desde su viaje de vuelta a Inglaterra.

Estaba de pie ante un promontorio de tierra amontonada sobre el marco de una puerta de madera. Había una iglesia, aunque en Inglaterra nadie la habría reconocido como un lugar de culto.

Un sacerdote ataviado con un chal de lana rayado de color intenso se agazapaba junto a las oscuras fauces de la puerta. Alzó la mano nudosa, atravesó el aire con ella y comenzó un lamento en latín mezclado con otro idioma que para los oídos de James tan solo se componía de chasquidos guturales y zumbidos llenos de sentimiento.

En su pesadilla, James dejaba atrás al sacerdote y se adentraba en la parroquia. El interior era húmedo y sombrío. Había una mesa rebosante de fruta, cerveza de maíz fermentada, agua y pan.

Entonces los vio.

Su madre. Su hermano. Allí, cerniéndose sobre la mesa. Desvaídos y resplandecientes.

«Muertos frescos.» Así llamaban en Trinidad a los que habían fallecido recientemente.

Otro fantasma flotaba junto a ellos y le daba la espalda. Una larga melena dorada peinada con trenzas sueltas. Un camisón fino.

El espíritu se dio la vuelta.

«Charlene.»

Se apresuró a ir a su encuentro, trató de tocarla, pero sus dedos le atravesaron el brazo por completo.

«No sabe que está muerta. No puedo permitir que se entere.»

El sacerdote se adentró en la estancia atravesando el marco de madera. Hundió los dedos en una jarra de cerveza y salpicó con ella el pan. Cuando comenzó a salmodiar, Charlene miró fijamente a James.

—¿Dónde estoy? —susurró—. ¿Dónde estoy, James?

James se irguió de un salto, completamente despierto. Tenía el pecho empapado de sudor. El fuego se había consumido hasta convertirse en ceniza. Se había quedado dormido.

¿Charlene tenía fiebre?

Le tocó la frente. Su temperatura era un tanto cálida, pero no febril. Se inclinó para escuchar su respiración. Lenta y acompasada.

Dejó escapar el aliento que no sabía que estaba conteniendo. Salió de la cama y encendió otra vela.

La luz de la vela danzó por sus curvas escandalosas. Su pelo tenía vida propia, absorbía la luz de la llama hasta que lo único que pudo ver fueron sus ensortijados rizos de oro.

Dejó la vela en el buró y se deslizó bajo las sábanas para enterrar su rostro en el pelo de la muchacha. No tenía el aroma femenino a rosas del té. Olía a lavanda cálida por los rayos del sol y a las hojas de consuelda que Josefa le había untado en la quemadura. Aromas prácticos y relajantes.

Ella suspiró mientras se acurrucaba junto a él, que la rodeó con los brazos. Encajaba perfectamente entre ellos.

Se enderezó, apoyado en un codo, para mirarla maravillado y con un toque de temor. Que alguien te importara suponía enfrentarse al entendimiento de que te lo podían arrebatar. Era dulce y amargo al mismo tiempo, como los granos de cacao recubiertos de miel.

Su melena dorada se extendía por las sábanas. Sus pechos abundantes sobre una cintura diminuta y unas tórridas caderas. Él estaba increíblemente duro y listo para otro asalto.

Le apartó los muslos.

—Ah, James —jadeó ella con los ojos aún cerrados. Él acarició su intimidad con el dedo a la par que observaba el rubor que se extendía desde sus mejillas al cuello y a la parte de arriba de los senos.

Encontró su boca y se perdió en su dulzura. La respuesta enfebrecida de la muchacha hizo que le bullera la sangre y se le nublara la mente. La lengua de Charlene danzaba con la suya. Nunca antes había sentido semejante maravilla. Aquella sensación de estar hechos el uno para el otro.

—Charlene —gimió—. No eres sumisa ni prudente, la mayor parte del tiempo ni siquiera eres cortés. Pero eres mía. El día en que te conocí, cuando estábamos sentados en el salón y el resto jugaba cartas, te imaginé junto a mí en la cubierta de un barco.

—Qué curioso —jadeó ella.

Él insertó dos dedos en su interior, adoraba los sonidos que se le agolpaban en el fondo de la garganta. Tan fieros. Estaba muy cerca de llegar al final. Su vientre se contrajo.

—Quiero viajar contigo, Charlene. Quiero que trepemos a los antiguos bancales tallados en los precipicios. Que sintamos el esfuerzo en nuestros pulmones y sepamos que estamos vivos. Que veamos a las civilizaciones levantarse y caer... —Sus dedos subieron y bajaron en su interior, surcaron la ola de su pasión. Ella le pasó las manos por la espalda para instarle a seguir—. Los vastos cielos —continuó—. Los escalones de piedra. Esto enderezará nuestros corazones para que abramos más nuestras mentes, para que las elevemos.

—Sí —afirmó entre suspiros—. Ah, James, sí. —Ya estaba muy cerca.

—Después iremos a una taberna sombría y ajetreada donde beberemos alcohol casero condimentado con semillas de cardamomo. Me lo imagino con total nitidez: tú lucirás un vestido de seda fina que no dejará de resbalarse por uno de los hombros. Me volverá loco. —La besó en el hombro—. Anhelaré tocarte... aquí. —Movió las manos hacia sus senos y le pellizcó con ternura los pezones—. Pero tendré que esperar hasta más tarde.

»Podré besarte las yemas de los dedos, una por una. Algo que jamás se me permitiría hacer en Inglaterra. —Convirtió sus palabras en hechos, capturó sus dedos y los besó uno a uno—. Te pondré de pie —dijo—. Correremos bajo la cálida lluvia. Nadaremos desnudos en el océano con el sol sobre nuestras espaldas.

—¿Desnudos?

Él reanudó las caricias en su ápice. Estaba tan cerca.

—Totalmente desnudos. Y después...

—¿Sí? —jadeó ella—. ¿Después?

—Te haré el amor cuando el sol se ponga sobre el océano.

Ella se deshizo bajo sus dedos, gemía y se estremecía.

Solo entonces la reclamó él con su miembro, se deslizó en su interior con embestidas lentas y comedidas.

Ya no hubo más palabras.

Únicamente el conocido placer que le causaba abandonarse a la sensación de aquel nuevo y desconocido deseo de tener más que una mera intimidad física.

Le agarró la cabeza entre las manos y la besó con un propósito firme y profundo. Quería que supiera lo mucho que la necesitaba. Que no era capaz de imaginarse abandonándola. Sus cabellos se arremolinaron sobre la almohada mientras pronunciaba su nombre.

No iba a ser capaz de durar mucho más.

Ella se arqueó bajo su cuerpo, instándolo a moverse más deprisa.

—James —gimió—. Ven. Trepa conmigo.

Y eso hizo.

Y ella estaba allí, a su lado.

Donde debía estar.

Capítulo 30

Por la mañana, cuando la luz que entró a raudales por una rendija de las cortinas la despertó, descubrió que James se había ido.

Le había dicho a Charlene que hablarían por la mañana, pero se había ido.

Así sería su vida en sus lujosos aposentos ubicados en un barrio de gente elegante, con sus doncellas, sus lacayos y sus diamantes. Él la visitaría cada noche, calentaría su lecho y se fuera antes de que saliera el sol.

Mientras estuviera entre sus brazos, se diría a sí misma que nada de eso importaba. Le permitiría entretejer más fantasías, sosegarla hasta que se autocomplaciera. Cuando partiera, el mundo volvería a ser un lugar desapacible y lúgubre, en el que únicamente tendría sus sueños y fantasías para calentarla.

No podía hacerlo. Abandonar a Lulu; abandonar a su madre. Ser su querida.

Charlene debía irse antes de que él regresara y acabara con todas sus defensas. Sería mejor así. Huyendo, Charlene evitaría el momento en que él le ofrecería ser su amante, su querida, y ella tendría que buscar las fuerzas necesarias para ser capaz de rechazarlo.

Notaba el brazo agarrotado y dolorido, pero la compresa de hierbas que Josefa había usado todavía mitigaba gran parte del dolor. Charlene se levantó de la cama, fue al baño y se esforzó por recogerse el pelo en un chongo. Encontró un vestido liso de algodón en un anaquel de la habitación contigua, con sus enaguas y sus botines lustrados y colocados con cuidado.

Se las había arreglado para ponerse el vestido, aunque los vendajes que le cubrían el brazo le habían dificultado bastante la tarea; entonces, oyó una vocecita que la llamaba a sus espaldas.

—¿Lady Dorothea?

—¿Flor? No sabía que estabas aquí.

—Papá me trajo para su boda. Me hace muy feliz que vayas a ser mi madre. —La pequeña entrecerró los ojos—. No vas a morirte, ¿no? Anoche Josefa me dijo que estabas enferma y que no podía venir a verte —explicó, y se sorbió la nariz—. No te mueras, por favor.

—Cariño mío, no me voy a morir.

—Estupendo. Entonces, podrás leerme más de *El robinsón suizo*. —Flor se recompuso al instante, y sacó el librito del bolsillo de su vestido—. Papá me leyó un par de páginas, pero las voces no le salen tan bien como a ti.

—Flor, tengo que confesarte una cosa. —Charlene la sentó en un sillón y se arrodilló frente a ella—. No me llamo lady Dorothea.

—¿Ah, no? —preguntó la niña ladeando la cabeza.

—No, me llamo Charlene.

Flor la miró sin pestañear.

—Todo era un juego. Fingías ser lady Dorothea.

—Así es.

—A veces, cuando leo mi libro de historia, finjo que soy la señora Ana Bolena y que le corto la cabeza a ese viejo malvado del rey Enrique antes de que él pueda cortarme la mía.

Charlene sonrió. Iba a añorar muchísimo a aquella niña.

—Estoy segura de que el rey Enrique no habría podido hacer nada por evitarlo.

—¿Sabes que papá le pidió a la señorita Pratt que se fuera?

—¿Ah, sí?

—Sí, y tú serás la encargada de elegir a mi próxima institutriz. —Flor se inclinó hacia Charlene—. Si vas a reunirte con ella antes de contratarla, no olvides preguntarle su opinión sobre las capotas.

Charlene le acarició la mejilla.

—Cielo, no me has entendido. No soy la verdadera lady Dorothea, y no puedo ser tu madre.

—¿Por qué? —preguntó la niña e hizo un puchero.

¿Cómo podía explicarle lo enrevesada que era la vida de los adultos a una niña de seis años que, además, estaba involucrada en la historia?

—¿Recuerdas que el rey Enrique tenía un montón de esposas? Bueno, pues tu padre, en vez de cortarme la cabeza cuando se canse de mí, no llegará ni siquiera a desposarme.

Flor sacudió la cabeza.

—Pero eso no tiene sentido.

Charlene suspiró. La pequeña era demasiado precoz para su edad y eso acabaría haciéndole daño.

—Tienes razón. Bueno, pues déjame que te cuente una historia, un cuento sobre una chica ingenua y un duque muy peligroso, ancho de espaldas y fuerte, y unos penetrantes ojos verdes.

—¡Ay! —dijo Flor en voz baja—. ¿Una historia de amor?

—Sí, pero este cuento no tiene un final feliz.

—¿Cómo? Pero esos cuentos siempre tienen un final feliz —le informó Flor con la misma seguridad que tenía su padre.

—El duque de este cuento debe casarse con una señorita de alta alcurnia con una reputación intachable.

Flor volvió a sacudir la cabeza.

—¿Y por qué debe casarse con ella?

—Porque no es libre de casarse con nadie más.

—¿Por qué? —preguntó la pequeña encogiéndose de hombros.

Charlene era consciente de que esa conversación no conducía a ninguna parte, y ella necesitaba irse de allí antes de que James regresara. Pero tampoco quería hacerle daño a Flor.

¿Por qué la vida tenía que ser tan dolorosa?

Mientras cabalgaba a través de la neblina matutina de la grisácea selva de empedrados que era Londres, James cayó en la cuenta de varios hechos importantes. Lo vio todo muy claro, como si hubiera salido de la niebla tras haberse quedado medio ciego; como si sus pensamientos se reprodujeran con todo lujo de detalles.

El primer hecho que comprendió fue que se había enamorado de Charlene, y que no le importaba lo más mínimo si se había criado en un burdel.

El segundo fue que el ferviente deseo que sentía jamás desaparecería, nunca. Era una atracción primaria, como si ella fuera el polo norte y él, la aguja de una brújula; él había surcado todo el mundo hasta que por fin había encontrado el que era su hogar: sus brazos.

El tercer destello de cegadora nitidez fue que a él, en realidad, no le importaba dónde vivir, siempre y cuando ella estuviera junto a él. Podía nombrar a Josefa y a otro socio en el que confiara como los elegidos para supervisar sus negocios en el extranjero. Si se quedaba en Inglaterra, podía ocupar su lugar en el Parlamento y luchar por la abolición de la esclavitud en persona, tal y como Charlene le había sugerido la noche en que la conoció.

Qué sabia era su futura duquesa. Y poseía una pasión desenfrenada. Con sus brazos rodeándolo, Inglaterra jamás volvería a ser una tierra fría y desolada.

Lo único que ignoraba era si ella sentía por él lo mismo que él por ella. James no podía creer que ella hubiera fingido todo lo ocurrido la noche anterior. Nadie tenía tanto talento como actriz. Si lo quería, si lo aceptaba, entonces él la haría su esposa y jamás volvería a alejarse de su lado, juntos hasta el día de su muerte. Su intención había sido comprar el honor del que carecía casándose con la mujer adecuada. Pero James no tenía por qué ser un hombre respetado.

Podía ser tanto el renegado como el duque. Y ese fue el cuarto hecho importante, y el último. El que hizo que jalara a su caballo para dar la vuelta y cabalgar a casa. Guio a su montura para que esquivara un agujero en el empedrado. James habría preferido estar en campo abierto, donde podría darle a su semental una buena caminata, claro; pero si debían aprender a moverse por las estrechas calles de Londres, lo harían.

Charlene sería su refugio en Inglaterra o en las Indias Occidentales.

Cuando llegó a su casa, le tendió las riendas del caballo a un mozo y subió corriendo las escaleras. Podía oír un par de voces que provenían de su dormitorio, así que Charlene debía estar despierta. No podía esperar a contarle todo lo que había comprendido tras su partida. James abrió la puerta. Charlene estaba arrodillada frente a Flor, y su hija estaba sentada en un sillón, junto al fuego.

—Cielo, el duque no quiere a la joven ingenua —oyó que dijo Charlene.

—Entonces ¿papá no te quiere? —planteó Flor y se le arrugó el ceño—. ¿Por qué no?

—No lo sé..., la vida es complicada.

—Pero tú sí lo quieres a él, ¿verdad? ¿Me quieres a mí? —Flor hablaba con la voz entrecortada y parecía que estaba al borde del llanto.

—Claro que te quiero, mucho, muchísimo —respondió Charlene—. Pero debo irme.

—¿Porque no eres lady Dorothea?

—Algo así. —El dolor y la frustración que destilaba la voz de Charlene era real, y eso fue toda la prueba que James necesitó—. Cariño, tengo que irme —repitió Charlene.

James irrumpió en el dormitorio.

—¿Por qué? —inquirió.

—Eso, ¿por qué? —Los ojos de Flor brillaban con intensidad.

Charlene paseó la mirada de un par de ojos verdes al otro.

—Porque tú eres un duque y yo soy... —Alzó aquel puntiagudo mentón con brusquedad y lo miró desafiante—. Jamás tendré dueño. No puedes obligarme a aceptar tal cosa. Jamás seré tu querida.

—¿Qué es una querida? —preguntó Flor.

Charlene soltó un gritito ahogado.

—Ay, cielo. —Se apartó el bajo del vestido y se levantó—. Debo irme —espetó y salió corriendo del dormitorio.

—¡Charlene! —gritó Flor—. ¡No te vayas!

La pequeña entrecerró los ojos y puso los brazos en la cintura.

—¡Papá, corre, ve tras ella! —le ordenó—. ¡Haz que vuelva!

James se inclinó y besó la adorable e imperiosa cabeza de su hija; después, hizo justo lo que ella le había ordenado.

Capítulo 31

—¿Y ahora quién está huyendo, Charlene? —oyó que vociferaba James.

La alcanzó en la puerta y la agarró de los hombros mientras respiraba afanosamente.

Charlene alzó la vista hacia el cielo gris mientras parpadeaba para deshacerse de las lágrimas. Pronto comenzaría a llover.

—James, suéltame. —Se retorció y se liberó de su agarre con facilidad—. Me vuelves débil y no puedo permitírmelo.

—Eres la persona más fuerte que conozco —declaró él con ojos llenos de admiración—. Nadie puede volverte débil.

—Tú sí. —Lloró a la par que le golpeaba el pecho con los puños—. Me vuelves débil por el deseo. Y no puedo... no puedo ser tu amante. Por favor, no me pidas eso.

James negó con la cabeza.

—¿Quién ha insinuado algo de que seas mi amante? No sé de dónde has sacado esa idea.

—Dijiste que me llevarías a una taberna ataviada con un vestido indecoroso. ¿Qué crees que es eso, James? ¿En qué me convierte sino en una amancebada?

Él se golpeó la frente con la palma de la mano.

—No te estaba pidiendo que fueras mi querida, Charlene.

—Pero no puedo partir a las Indias Occidentales, ¿no lo comprendes? Tengo que quedarme aquí, con Lulu y con mi madre. No puedes destrozarme de esta forma.

—Ah, Charlene... Por Dios, qué mentecato soy. —Juntó sus frentes—. Deseo viajar contigo, sería una experiencia de lo más increíble. Pero podemos esperar. De momento, podemos permanecer en Inglaterra. Estabas en lo cierto. Acerca de todo. Me atemorizaba conocer a alguien, permitirme sentir amor. Me daba miedo perder a Flor... y perderte a ti. Pensaba que si blindaba mi corazón no me harían daño.

Charlene contuvo el aliento. Levantó la mano para tocarle el mentón, donde se apreciaba una barba incipiente tras varios días sin rasurarse.

—Me alegra sobremanera que por fin te hayas percatado de lo mucho que Flor te necesita.

—¿Y tú me necesitas? —preguntó él con vulnerabilidad en los ojos.

Ella echó la cabeza hacia atrás para contemplar la creciente cantidad de nubes.

—Pues claro —susurró—. Pero eso carece de importancia. Somos muy diferentes.

—Yo no estoy hecho para ser duque —manifestó él—. Al menos no la clase de duque que fue mi padre. Y tú distas con creces de ser la duquesa idónea, pero me hechizas, Charlene. Eres fuerte, afectuosa y no me tienes miedo, ni pizca.

En ese preciso instante sí le tenía miedo. Porque estaba recitando con exactitud el guion que ella había escrito para él, palabra por palabra.

—James, por favor, sé que piensas que lo que estás

diciendo es cierto, pero solo se trata de esta atracción salvaje que sentimos el uno por el otro. En unas pocas semanas me agradecerás que te haya liberado. Nada ha cambiado. Sigo siendo una hija ilegítima nacida en un burdel.

—Todo ha cambiado —aseguró él—. Yo he cambiado. Jamás me convertiré en el duque que fue mi padre. O en el duque en el que se habría convertido mi hermano. Pero tú me has mostrado el camino para convertirme en algo nuevo. —Ella se perdió en el pasaje verde de sus ojos—. La fábrica ya está casi terminada —informó—. Quiero que sirva como refugio y escuela para chicas en situación vulnerable, tal y como tú describiste.

—Eso es maravilloso, James.

—Y quiero que tú lo supervises.

—¿Cómo podría hacerlo? Cuando te fuiste esta mañana pensé que sería así cuando me abandonaras. Cuando te cansaras de mí. Jamás me poseerá ningún hombre.

—Me fui porque debía pensar, Charlene. Tenía demasiadas cosas que asimilar tras descubrir que me habías mentido y que habrías dejado que me desposara con lady Dorothea. Tenía que asegurarme; asegurarme de que me amabas. Porque yo te amo. Con toda mi alma.

—Ah, por favor, no digas eso.

Ella intentó escaparse, pero él la atrajo hacia su pecho y la abrazó.

—¿Por qué no? —inquirió.

—Porque te mentí. ¿Cómo puedes amarme?

—¿Y si le doy las gracias a Dios por aquella mentira? Porque fuera Charlene y no Dorothea quien entrara como un vendaval en mi vida, me lanzara por los aires y capturara mi corazón. —Bajo la mano de la muchacha, el latido del corazón de James era constante—. ¿Acaso puedes perdonarme tú a mí? —preguntó mientras le acariciaba la melena—. No estaba preparado para encontrarte. Nadie habría estado preparado para la fuerza de la naturaleza que eres.

—¿Que yo soy una fuerza de la naturaleza? Soy... —Charlene parpadeó—. Tú eres el que siempre parece estar de pie en la proa de un barco, preparado para enfrentarse a una tempestad.

—Pues entonces imagíname gritando a los vientos, tratando de encontrar las palabras que nos librarán a ambos de la desesperación. Escúchame, hazme el favor. Escúchame.

Él tocó las yemas de los dedos que descansaban sobre su pecho con las suyas. Aquel tierno contacto hizo que ella soltara las amarras y navegara a la deriva por un mar de posibilidades.

¿Qué escuchaba?

Las ruedas de los carruajes que crujían más allá de las puertas.

A su madre diciéndole que el odio se parecía al amor en formas insospechadas.

A Kyuzo pidiéndole que no dejara el amor de lado. Instándola a respirar.

«Espera. Escucha.»

Cerró los ojos. Allí estaba, dentro del núcleo silencioso de su corazón. Tan nuevo que podía pasarse por alto con facilidad. Se colaba por las grietas de ladrillo y argamasa con las que había fortificado su corazón.

—Lo oigo. —Abrió los ojos—. Pero aun así debo irme. —Se apartó con gran esfuerzo—. Por favor, deja que me vaya. No puedes casarte conmigo. Eres un duque.

—Tienes razón.

«Maldición.» Charlene no quería estar en lo cierto.

—Entonces... debería irme.

James le alzó el mentón.

—Tienes razón —repitió—. Y a la vez te equivocas. Los duques no se casan con hijas ilegítimas criadas en burdeles. Es un hecho. Sin embargo, yo disto de ser un duque. Soy «su tosquedad», un intento patético de duque, degenerado y sin civilizar.

»Y también soy un hombre al que le aterra perderte. —Le puso una mano en la mejilla—. Cuando te haga esta pregunta que estoy a punto de pronunciar, tú estarías en tu derecho de negarte. Y eso me mataría.

Charlene dejó de resistirse. Si James pensaba que alguna vez podría negarse a algo que él le propusiera, estaba muy equivocado.

—No quiero poseerte, ni controlarte —explicó él—. Estoy orgulloso de tu arrojo. Serás sin duda una duquesa de lo más ignominiosa y una socia de negocios desafiante a la par que exigente.

Charlene se rio porque, si no lo hacía, se echaría a llorar.

—Supongo que no recibiremos muchas invitaciones a fiestas.

—No, supongo que no.

Charlene se puso seria.

—Pobre Dorothea. Será su ruina.

—No necesariamente. Nadie tiene por qué saber que fuiste tú la que estuvo en mi propiedad. Pueden pensar que te conocí en la Pluma Rosada. Deja que crean que soy un ser monstruoso que se atrevió a dejarla plantada en el altar. Seré incluso más desvergonzado para que ella se convierta en la víctima. No me cabe duda de que la condesa jamás lo desmentirá.

—Tienes razón. No lo había pensado así. Así que cuando la gente nos pregunte cómo nos conocimos...

—Diremos que nos conocimos en el baile libertino y que te cargué sobre mi hombro para llevarte a los jardines y allí fornicamos sin descanso.

Ella le golpeó en el hombro.

—Pero Flor... jamás podrá presentarse en sociedad con una madre como yo.

—¿Todavía sigues inventándote obstáculos? Quiero que Flor disponga de todas las ventajas posibles y que sea una dama de bien, pero ¿de qué serviría todo eso si no tiene una madre que la quiera de verdad? De nada. La vida no es nada sin amor. Eso es lo que tú me has enseñado.

—Nos excluirán, nos condenarán al ostracismo.

—Tengo amigos. Igual que tú. Estoy dispuesto a quedarme en Inglaterra hasta que nuestros hijos sean lo bastante mayores para viajar.

—Ah, ¿conque ahora tenemos hijos? —bromeó Charlene jocosa.

Él asintió.

—Tendrán mis ojos verdes y tu mentón obstinado.

—James.

—¿Sí, amor mío?

—Todavía no me has preguntado nada.

—¡Maldita sea! Es cierto.

Hincó una rodilla sobre los duros adoquines.

—Charlene Beckett de Covent Garden, ¿me harías el honor de ser la duquesa más indecorosa que jamás haya visto Londres? ¿Estamparás contra el suelo a cualquiera que ose tocarte? ¿Serás la defensora de Flor y la amarás pase lo que pase?

Su corazón amenazaba con salir disparado hacia las nubes.

—A veces estoy afligida y no puedo ocultarlo, James. Hay cosas que me enfurecen. Que abusen de las muchachas, que las desestimen y las golpeen. Este mundo es duro y complicado, quiero hacer algo para ayudar, pero no puedo salvarlas a todas. Y me pesa.

—Entonces busquemos la solución juntos. Si tú lo imaginas, yo haré que se haga realidad. Toda esta fortuna mal habida tiene que servir para algo.

Ella cerró los ojos. Una gota le cayó en la mejilla. La siguió una lágrima.

Cuando volvió a abrir los ojos, James había abierto un estuche de terciopelo que contenía el anillo de su madre.

—Cásate conmigo y que la alta sociedad se vaya al cuerno.

Cayeron más gotas sobre los diamantes.

A Charlene se le detuvo el corazón. Y después empezó a latir de nuevo, con un ritmo desconocido, galopante.

—Sí, claro que sí, James. Sí.

Él se levantó y la sostuvo entre sus brazos, la besaba mientras se abrían los cielos y la lluvia bautizaba su promesa.

Fue un beso con la fuerza de un huracán.

El primer beso del resto de su vida.

Epílogo

Tres meses después...

A mediodía, el timbre resonó por la puerta lateral del ala este de la factoría de cacao ubicada cerca de Guildford. Charlene fue a abrir la puerta. Al otro lado había una joven temblorosa con la mirada de color castaño llena de terror y con la piel de la nariz y las mejillas cortada por el frío. Era deplorable lo fino que era el abrigo que vestía, y no llevaba baúl alguno. Pocas lo hacían.

—Me han dicho que podía venir aquí si no tenía adónde ir —susurró la muchacha, a quien le castañeteaban los dientes.

—Ven, pasa. —Charlene le rodeó los finos hombros con un brazo y la hizo entrar en el salón recién restaurado, donde la chimenea estaba encendida—. ¿Cómo te llamas, querida?

La joven agachó la cabeza, sin desviar la mirada tímida de sus botas, llenas de lodo.

—Mary, señorita.

—¿Y de dónde vienes?

—Vengo caminando desde Bramley, señorita.

—Debes de estar helada. Ven, siéntate aquí, te traeré un poco de chocolate caliente. —Charlene dejó a la chica en el sillón, junto a la chimenea—. Llegó una chica nueva —gritó.

Unos minutos después, Diane bajó corriendo las escaleras, con un chal de lana muy calentito en los brazos, y Linnet llegó con una charola llena de galletas y chocolate en una jícara de plata, con el mango de madera y un pico largo y fino.

Las tres mujeres se retrasaron para mantener una reunión entre susurros.

—Se llama Mary —explicó Charlene—. Parece que tiene entre quince y diecisiete años.

—¿Golpes evidentes? —preguntó Diane.

—No, gracias al cielo. Pero tiene miedo de algo.

—Bueno, pronto lo arreglaremos —afirmó Linnet moviendo la cabeza con determinación.

En el salón principal, Diane le cubrió los hombros a Mary con el chal de lana.

—Mary, ¿cómo nos has encontrado?

—Una chica que trabaja en un hostal de Guildford me habló de este lugar. No tengo adónde ir. —Hundió un poco más los hombros bajo el alegre chal amarillo—. Mi padre murió de forma repentina y han vendido la granja. Probaré mejor suerte en Londres si... si aquí no hubiese trabajo para mí —dijo, y se mordió el labio.

—¿No tienes ningún familiar a quien recurrir en busca de ayuda? —preguntó Charlene.

—No, señorita, a nadie. Mi padre era toda la familia que me quedaba...

La joven tomó con las manos un buen trozo de las burdas faldas que se había hecho en casa y las retorció, en un intento evidente de contener las lágrimas. En las frías calles de Londres, Mary sería presa fácil de los depredadores. Una ingenua chica de campo, de facciones dulces, y sola en el mundo.

Charlene tenía que decirle a James que les hacían falta más camas. Cada día llegaban más jóvenes que huían del peligro, la pobreza y los maltratos. En aquel momento había quince chicas bajo su techo. Al principio se mostraban desconfiadas, pero no tardaban en descubrir que la fábrica de cacao les ofrecía cobijo, les enseñaba nuevas técnicas que les resultarían provechosas, les daba un salario y unas clases poco habituales sobre el arte de la autodefensa.

—Vaya, ¿a quién tenemos aquí? —La madre de Charlene entró en el salón envuelta en un chal de lana rojo. La tos ya casi había desaparecido. Cada vez que veía una mejora en ella, Charlene esbozaba una sonrisa de satisfacción. Los huesudos pómulos se habían rellenado. El pelo rubio platino había recuperado su brillo. Tenía el pulso firme, y sus ojos brillaban con más luz.

—Te presento a Mary —dijo Charlene. Después, le lanzó una sonrisa alentadora a la joven—. Se quedará con nosotros esta noche, y tantas noches como necesite.

A medida que platicaban y bebían chocolate, se hizo evidente que Mary se relajaba un poco más, pero todavía conservaba la mirada atormentada de una chica que se había enfrentado a la desesperanza y que no podía llegar a creer que existiese algo tan sencillo como una taza de chocolate gratis.

Charlene dejó a Mary bajo los cuidados de Diane y su madre, bien abrigada y alimentada. Mientras se dirigía a la sala de experimentación para ver a James, Lulu y Flor salieron disparadas por el pasillo a su encuentro.

—¡Charlene! —gritaron al unísono.

—Ven, rápido —ordenó Flor con los ojos oscuros llenos de alegría.

La tomaron de las manos y, jalándola, la arrastraron por el pasillo. Sin dejar de reírse, Charlene se rindió ante la oleada de entusiasmo de las niñas. Se complementaban la una a la otra a la perfección, como ella sabía que pasaría: la impulsiva imprudencia de Flor por lanzarse a vivir la vida compensaba la tendencia de Lulu de escapar a sus mundos imaginarios.

Las dos chicas intercambiaron una mirada de anticipación justo delante de la puerta de la sala de experimentación.

—¿A qué viene tanto revuelo? —preguntó Charlene.

Ninguna dijo nada y únicamente se limitaron a sonreír; abrieron la puerta con un gesto triunfal y se quedaron ante ella con los brazos extendidos, animando a Charlene a atravesarla.

Por un momento, el aire lleno de vapor, y con aroma a chocolate, impidió que la joven pudiese ver lo que tenía delante. Entonces apareció ante ella una alta e imponente silueta.

—Charlene —dijo James, y pronunció su nombre alargando el sibilante sonido de las primeras dos letras con un tono de voz grave y seductor.

La empapada camisa de lino blanca se le ceñía al musculoso pecho, y pudo ver que tenía las oscuras cejas levantadas sobre los brillantes ojos verdes. Sin vergüenza alguna, el hombre se había remangado la camisa, con lo que había dejado al descubierto sus antebrazos, y se había desabrochado los primeros botones.

Porque era plenamente consciente de lo que su aspecto despertaba en ella.

Charlene tragó saliva.

—Duque —lo saludó e inclinó la cabeza con coqueta timidez, aunque se le aceleraba el corazón.

—¡Enséñaselo, enséñaselo! —gritó Flor dando vueltas alrededor de sus piernas.

En aquel momento, Charlene se percató de que James estaba junto a un caballete cubierto por terciopelo rojo. Pero cuando él pronunciaba su nombre con ese tono pícaro, ella era incapaz de fijarse en nada más que no fuera él.

James tomó a Flor por la falda y depositó un beso en la coronilla de la niña. El duque había cambiado su actitud con la pequeña, era mucho más cariñoso. Y esta, por su parte, había aprendido a controlar su carácter y a emplear métodos más sutiles de persuasión para hacer que el mundo bailara a su son.

James se inclinó ante su público.

—Por la presente, voy a descubrirles el chocolate más apetitoso y tentador del mundo entero.

Entonces levantó la tela de terciopelo rojo del caballete y reveló un anuncio con el rótulo escrito a mano.

—«Chocolate La Duquesa» —leyó Charlene en voz alta—. «Puro. Concentrado. Delicioso.»

Las letras rojas estaban escritas encima de uno de los fantasiosos cuadros de Lulu de las ruinas del castillo de Guildford. Flor y Lulu estallaron en aplausos.

—Qué cuadro más bonito, Lulu —dijo Charlene.

—Nunca me canso de pintar ese castillo —contestó su hermana con una sonrisa.

—Pero, James, no puedes llamarlo La Duquesa —lo regañó la mujer.

—¿Por qué no?

—Porque para el caso también podrías llamarlo «Chocolate escandaloso» o «Chocolate ignominioso»;

para que la gente lo comprase sin que haya siquiera un atisbo de relación conmigo.

James se echó a reír, un sonido exquisito que Charlene escuchaba cada vez más y más.

—La verdad es que me planteé ambos nombres, pero decidí quedarme con «Chocolate La Duquesa». Y quien no quiera comprarlo por su nombre, entonces no es el cliente que buscamos.

Charlene lo miró fijamente, con sus largas pestañas. James siempre se sentía muy seguro de sí mismo. La dejaba sin palabras.

Flor soltó una risita.

—¿Y qué tal si le ponemos «Chocolate libre de capotas»?

James se rio entre dientes.

—Me aventuro a decir que ese chocolate lo comprarían las pequeñas llamadas Flor —dijo y le dio un jaloncito a su trenza—. Pero me quedo con «La Duquesa». Es el nombre más atrevido y atractivo que hay.

Los ojos verdes de James le hicieron una promesa a Charlene: en cuanto estuviesen solos, el duque iba a enseñarle cuán atrevida podía ser una duquesa con los estímulos adecuados. La ilusión de lo que iba a pasar hizo que a Charlene se le ruborizaran las mejillas.

—Vamos, chicas, márchense ya —ordenó James—. Charlene tiene que probar mi nueva fórmula y, si declara que está lista, les prepararé una cazuelita para ustedes.

—¡Ay, sí, sí, por favor! —dijo Lulu. Tomó a Flor de la mano y las dos salieron de la habitación con paso veloz.

—Pronto nos mudaremos a Londres para que puedas ocupar tu asiento en el Parlamento —recordó Charlene—. ¿De verdad quieres provocarlos de esta forma? —preguntó y señaló el anuncio—. Suficientes habladurías y rencor tendremos que soportar ya.

—Te vestiré de rojo escarlata y te besaré en el mismísimo Parlamento si así lo deseo. No pueden dictaminar lo que hacemos con nuestra vida.

Al oír sus palabras, Charlene no pudo evitar sonreír.

—Mira que eres malo —dijo sin mucha convicción en la voz—. No me preocupo por mí, pero... Flor, Lulu y..., bueno, hay otros motivos.

James frunció el ceño.

—¿Otros motivos?

Charlene le tomó las manos y se las llevó al vientre.

—Este otro motivo.

—¿De verdad? —preguntó él mirándola directamente a los ojos.

—No estoy segura..., pero creo que sí...

—¡Dios mío, Charlene! —James se arrodilló delante de ella y le plantó un beso en el abdomen—. ¡Mi escandalosa duquesa!

Charlene le despeinó el pelo y lo acercó más a su cuerpo. La vida que habían elegido llevar nunca sería fácil. Pero era la suya. Y eran más felices de lo que dos personas debían ser en su vida.

James la llenó de besos mientras se levantaba del suelo; se detuvo para probar sus pechos antes de reclamar sus labios.

Sabía a chocolate, sabroso y picante.

Y ella jamás llegaría a saciarse.

AGRADECIMIENTOS

Ningún sueño se hace realidad sin contar con el increíble apoyo y amor de familiares y amigos. Le agradezco a mi marido encarecidamente el calor de leña, las comidas caseras y el amor intenso que arde a fuego lento. Quiero agradecerles a mis padres el haberse asegurado de que sus descendientes fueran de por vida ratoncitos de biblioteca y artistas, al llenar nuestra casa de música y literatura. Gracias a mis hermanos, en especial a mi querida Amelia, que son mis asesores creativos y constante inspiración.

Me siento bendecida por tener las amigas escritoras y compañeras de críticas más increíbles del mundo: Tessa, Courtney, Kerensa, Laura, Rachel, Lisa, Maire, Delilah, Darcy, Meljean, Piper, Pintip, Sheri, Evelyn, Patty..., les debo la vida.

También quiero darles las gracias a mi fantástica agente, Alexandra Machinist, a mi editora milagrosa, Amanda Bergeron, y a su increíble ayudante, Ellen Keck. Quiero transmitir toda mi gratitud al equipo de Avon Books por completo, entre ellos Carrie Feron, Pamela Jaffee, Tom Egner, Karen Davy y Nicole Fischer. No hay ningún sitio como Avon, el lugar donde hago mis sueños realidad.

Un abrazo para las Nonfiction Vixens por todo el

vino, el chocolate, las citas de Skype a altas horas de la madrugada y por ser mis almas gemelas. Ahora me toca a mí ocuparme del diario de viajes.

Por último, es un honor ser miembro de la talentosa comunidad de Dream Weavers de 2014, cuyo apoyo y aliento ha significado mucho para mí.

Además, quiero darle las gracias a la asociación Romance Writers of America®, en especial a Carol Ritter, quien ofrece el premio Golden Heart® para autoras sin publicar, dándoles así esperanzas y una oportunidad de oro a las jóvenes escritoras, a las soñadoras y a las que siguen creyendo.